折射集
prisma

照亮存在之遮蔽

Antoine Compagnon

Le démon de la théorie :
Littérature et sens commun

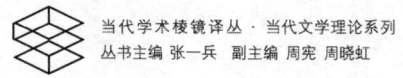

当代学术棱镜译丛·当代文学理论系列
丛书主编 张一兵　副主编 周宪 周晓虹

理论的幽灵：
文学与常识

［法］ 安托万·孔帕尼翁 著　吴泓缈 汪捷宇 译

南京大学出版社

《当代学术棱镜译丛》总序

自晚清曾文正创制造局,开译介西学著作风气以来,西学翻译蔚为大观。百多年前,梁启超奋力呼吁:"国家欲自强,以多译西书为本;学子欲自立,以多读西书为功。"时至今日,此种激进吁求已不再迫切,但他所言西学著述"今之所译,直九牛之一毛耳",却仍是事实。世纪之交,面对现代化的宏业,有选择地译介国外学术著作,更是学界和出版界不可推诿的任务。基于这一认识,我们隆重推出《当代学术棱镜译丛》,在林林总总的国外学术书中遴选有价值篇什翻译出版。

王国维直言:"中西二学,盛则俱盛,衰则俱衰,风气既开,互相推助。"所言极是!今日之中国已迥异于一个世纪以前,文化间交往日趋频繁,"风气既开"无须赘言,中外学术"互相推助"更是不争的事实。当今世界,知识更新愈加迅猛,文化交往愈加深广。全球化和本土化两极互动,构成了这个时代的文化动脉。一方面,经济的全球化加速了文化上的交往互动;另一方面,文化的民族自觉日益高涨。于是,学术的本土化迫在眉睫。虽说"学问之事,本无中西"(王国维语),但"我们"与"他者"的身份及其知识政治却不容回避。但学术的本土化绝非闭关自守,不但知己,亦要知彼。这套丛书的立意正在这里。

"棱镜"本是物理学上的术语,意指复合光透过"棱镜"便分解成光谱。丛书所以取名《当代学术棱镜译丛》,意在透过所选篇什,折射出国外知识界的历史面貌和当代进展,并反映出选编者的理解和匠心,进而实现"他山之石,可以攻玉"的目标。

本丛书所选书目大抵有两个中心:其一,选目集中在国外学术界新近的发展,尽力揭橥域外学术20世纪90年代以来的最新趋向和热点问题;其二,不忘拾遗补阙,将一些重要的尚未译成中文的国外学术著述囊括其内。

众人拾柴火焰高。译介学术是一项崇高而又艰苦的事业,我们真诚地希望更多有识之士参与这项事业,使之为中国的现代化和学术本土化做出贡献。

丛书编委会
2000 年秋于南京大学

目　录

1/ **序言：爱罢何所余？**
7/ 理论与常识
10/ 理论与文学实践
13/ 理论、批评、历史
15/ 单一理论或多个理论
16/ "文论"或"文学理论"
17/ 简化为要素的文学

21/ **第 1 章　文学**
24/ 文学的外延
27/ 文学的内涵：功能
30/ 文学的内涵：内容的形式
32/ 文学的内涵：表达形式
34/ 文学性或偏见
37/ 义学就是文学

39/ **第 2 章　作者**
41/ 论作者死了
45/ "意图"(voluntas)与"行为"(actio)
48/ 寓意与文献学
52/ 文献学与阐释学

57 / 意图与意识

60 / 对齐法

63 / "第一手信息"(Straight from the horse's mouth)

67 / 意图或一致性

71 / 反对意图论的两个论据

76 / 回归意图

77 / 意思非意义

82 / 意图不同于构思

84 / 关于意图性的推定

89 / **第 3 章　世界**

91 / 破除"模仿"

95 / 蜕化的"模仿"

99 / 现实主义:反映或规约

102 / 指涉幻象与互文性

107 / 有争议的术语

108 / 反模仿论的批评

115 / 语言的任意性

120 / 辨别式模仿

126 / 虚幻世界

129 / 书的世界

131 / **第 4 章　读者**

132 / 被忽视的阅读

135 / 读者的反抗

138 / 接受与影响

139 / 隐性读者

145 / 开放的作品

147 / 期待视野(幽灵)

148 / 作为阅读模型的体裁

150 / 脚踏自由之轮的阅读

154/ 读者身后

156/ 第5章 风格
157/ 风格面面观
164/ 语言、风格、写作
167/ 对风格的呵斥
171/ 标准、偏离、语境
175/ 作为思想的风格
178/ 风格归来
180/ 风格与样例
183/ 标准或范型

185/ 第6章 历史
188/ "文学史"与"文学的历史"
191/ 文学史与文学批评
193/ 观念史、社会史
197/ 文学演变
198/ 期待视野
203/ 改头换面的文献学
206/ 是历史还是文学？
210/ 历史即文学

213/ 第7章 价值
215/ 诗歌大多拙劣，但仍是诗歌
218/ 美学幻象
222/ 何谓经典？
227/ 文学中的民族传统
229/ 拯救经典
234/ 对客观主义最后的辩护
237/ 价值与后世
240/ 走向温和的相对主义

243/ **结论：理论探险**
244/ 理论或虚构
245/ 理论与"语言层级"
248/ 理论与困惑

250/ **致谢**

252/ **参考书目**

273/ **人名索引**

序言:爱罢何所余?

> 可怜的苏格拉底,唯有一个自我管束的精灵;而我的精灵是一个自强自信的精灵,一个行动的精灵,战斗的精灵。①
>
> ——波德莱尔(Baudelaire②)《把穷人打昏吧》

戏用一句名言:"法国人的脑袋不适合搞理论。"这一说法至少符合20世纪六七十年代理论大兴之前的情况。20世纪六七十年代,文学理论在法国走向辉煌,仿佛信仰一变,转瞬间法国便消弭了将近一个世纪的落伍。要知道在此前,法国文学研究既没经历过俄国的形式主义,也没滋养出捷克斯洛伐克的"布拉格学派"或英、美的新批评学派,更不用提利奥·斯皮策(Leo Spitzer③)的风格学、恩斯特·罗伯特·库尔提乌

---

① 这段译文参考了郭宏安先生的译作《巴黎的忧郁》,第 132 页。——译注(本书的页下注皆为译注,下略。)
② 波德莱尔(1821—1867):法国象征主义诗人。他的作品表现形式接近古典主义,内容却奇特、奔放,与往昔的诗作迥然不同。他著有诗集《恶之花》等。
③ 利奥·斯皮策(1887—1960):美国语言学家、哲学家。其著作有《语言学与文学史》、《文学解读法》、《风格研究》等。

斯(Ernst Robert Curtius①)的拓扑学、贝内代托·克罗齐(Benedetto Croce②)的反实证主义、吉安弗朗科·孔蒂尼(Gianfranco Contini③)的变体考证学、"日内瓦学派"、"意识流"、F. R. 利维斯(Frank Raymond Leavis④)及其剑桥弟子推出的"反理论主义"了。相对于20世纪上半叶风行于欧洲、北美的标新立异且影响深远的文学运动,法国值得一提的只有瓦雷里(Valéry⑤)的《诗学》与让·包兰(Jean Paulhan⑥)的《塔布城辞藻》。《诗学》是瓦雷里在法兰西学院(1936)所开设的公共课的名称,可惜昙花一现,先是二战爆发,继而诗人去世,遂使该课半途而废。《塔布城辞藻》(1941)可能至今依然过于玄奥,含含糊糊地尝试着界定语言的——非工具性的——普遍修辞法:所谓"一切皆修辞",即解构方法于1968年前后在尼采遗著中的新发现。1949年,勒内·韦勒克(René Wellek)与奥斯汀·沃伦(Austin Warren)合著的教程《文学理论》在美国出版,到60年代末,该书的西班牙语、日语、意大利语、德语、朝鲜语、葡萄牙语、丹麦语、芬兰语等译本均已问世,唯独没有法译本。直到1971年,其法文译本才以《文学理论》为名出现在瑟益出版社(Édition du Seuil)的《诗学》丛书中,但未出简装版。1960年,斯皮策临去世前曾把法国人的这一闭塞落伍的状态归因为三点:首先,基于该民族传承不息、辉煌卓绝的文学和思想传统,法国人有着根深蒂固的优越感;其次,19世纪以来,探索因果的科学实证主义精神在文学研究中成

---

① 恩斯特·罗伯特·库尔提乌斯(1886—1956):德国历史学家。其著作有《欧洲文学与拉丁中世纪》等。

② 贝内代托·克罗齐(1866—1952):意大利历史学家。其著作有《历史学的理论和历史》、《作为思想和行动的历史》、《那不勒斯王国史》、《1871—1915年意大利史》、《十九世纪欧洲史》等。

③ 吉安弗朗科·孔蒂尼(1912—1990):意大利文学评论家、文献学家。其著作有《意大利文学史纲》等。

④ F. R. 利维斯(1895—1978):英国文学评论家。其著作有《伟大的传统》、《文化与环境》等。

⑤ 瓦雷里(1871—1945):法国诗人。其著作有《诗学》、《地中海随想》等。

⑥ 让·包兰(1884—1968):法国作家。其著作有《盲女》、《光与暗》、《塔布城辞藻》等。

为主流；最后，学校以讲解文本为主，这种对文学形式深入浅出的描述妨碍了更为明晰缜密的研究方法的形成。依我看还有两个因素不容忽略：一个是缺乏语言学和语言哲学的指导，自戈特洛布·弗雷格(Gottlob Frege①)、罗素(Bertrand Russel②)、路德维希·维特根斯坦(Ludwig Wittgenstein③)、卡尔纳普(Rudolf Carnap④)以来，语言学和语言哲学已经占领了英、德高校的讲堂；另一个是阐释学传统十分薄弱，虽说埃德蒙德·胡塞尔(Edmund Husserl⑤)、海德格尔(Heidegger)在德国已经先后对这一传统进行了抨击。

情况很快发生了变化。在斯皮策发表上述尖锐言论时，局面已是大为改观，可谓是耐人寻味的大起大落，法国理论一时间跃居世界文学理论研究的前沿。神奇的60年代(时间跨度实为1963年阿尔及利亚战争至1973年第一次石油危机)，昨日的沉寂似乎成就了今朝的跨越，狂热单纯，烟花满天，但愿这种一蹴而就并非镜花水月。1970年前后，文学理论如日中天，令我们那一代年轻人为之癫狂。新的理论争奇斗艳："新批评"、"诗学"、"结构主义"、"符号学"等等，不一而足。经历过那段流光溢彩岁月的人无不对之无限缅怀。但凡新流派强势登场，人人趋之若鹜。在那些日子里，有理论撑腰，文学研究盛极一时，令人倾倒，令人叹服。

今日的情况颇为不同。理论已被制度化、条理化，蜕变为一种刻板僵化的教学小技巧，与干巴巴的文本讲解无异，而当年理论所穷追猛打的正是此种干巴巴的讲解。将理论纳入教学，其命运似乎就只能是僵

---

① 戈特洛布·弗雷格(1848—1925)：德国数学家、哲学家，现代逻辑学的先驱。
② 罗素(1872—1970)：英国哲学家。
③ 路德维希·维特根斯坦(1889—1951)：英籍奥地利裔哲学家。其著作有《哲学研究》等。
④ 卡尔纳普(1891—1970)：美国哲学家、逻辑学家，逻辑实证主义的代表人物。
⑤ 埃德蒙德·胡塞尔(1859—1938)：德国哲学家，现象学的创始人。其著作有《算数哲学》、《纯粹现象学和现象哲学的观念》、《形式、先验逻辑》、《笛卡儿式的沉思》、《现象学与哲学的危机》、《现象学运动》、《现象学与文学批评》等。

化。作为19世纪末志存高远、极具魅力的年轻学科,文学史有着同样的悲惨经历,新批评亦未能幸免。20世纪六七十年代,相对于国外这方面的研究而言,法国文学研究尽管在形式主义和文本性方面迎头赶上,甚至后来居上,但六七十年代的狂飙过后,理论研究并未在法国取得重大进展。这是否应归咎于新批评:它没能从深层撼动,只是暂时地屏蔽了文学史在研究中的垄断地位?解释——热拉尔·热奈特(Jérard Genette①)的解释——显得比较简短,尽管新批评没能推倒索邦大学的高墙,但它在国家教育,尤其是中学教育中站稳了脚跟。或许,这正是它变得僵化教条的原因。时至今日,学生没有掌握叙述学的说法及其微妙的切分,就不可能通过会考。如果考生说不出考卷中的那段文本是"同质"还是"异质",具有"单一性"还是"重复性",属于"内聚焦"还是"外聚焦",肯定会被拒之门外。这就像以前的考生必须要弄清换置中的错格和孟德斯鸠(Montesquieu②)的生日一样。要了解法国高等教育及其科研的特色,就不能不提及一个事实,即大学长期以来依赖考试从中学教师中选拔招聘师资。仿佛1980年以前我们便已经拥有了足够的理论,可以对教学进行革新了:来点诗学,再来点叙述学,就能解释诗歌和散文了。与几代以前居斯塔夫·朗松(Gustave Lanson③)的文学史的下场一样,新批评理论很快沦为在考卷上显示才华的偏方、窍门和捷径。一旦理论开始向无比神圣的文本讲解提供某种辅助科学时,理论的冲动就冻结了。

理论在法国乃昨日昙花,1969年,罗兰·巴特(Roland Barthes④)

---

① 热拉尔·热奈特(1930—):法国文学理论家。其著作有《形象Ⅰ》、《形象Ⅱ》、《形象Ⅲ》、《体裁理论》等。

② 孟德斯鸠(1689—1755):法国启蒙哲学家。其著作有《论法的精神》、《波斯人信札》等。

③ 朗松(1857—1934):法国文史学家、学院派文学批评家。其著作有《法国文学史》、《居斯塔夫·朗松谈伏尔泰》等。

④ 罗兰·巴特(1915—1980):法国文学批评家、符号学家。其著作有《写作的零度》、《论拉辛》、《批评与真理》、《S/Z》、《恋人絮语》、《神话学》、《流行体系》、《符号学原理》、《符号帝国》、《显义与隐义》、《神话大众文化诠释》、《明室》等。

曾表达过以下心愿:"'新批评'应该很快地成为推陈出新的沃土。"(Barthes,1971,p.186)这一心愿看来尚未实现。20世纪六七十年代的理论工作者没有找到接班人,就连巴特本人的理论最后也被奉为圣典,这自然不是保持某一著作生命活力的最佳做法。有人改弦更张,远离初衷,投向别的领域;另一些人,例如茨维坦·托多洛夫(Tzvetan Todorov①)和热奈特,则转向伦理学视角或美学视角。很多人回归传统文学史,正如时髦的所谓发生学评论所显示的那样,他们特别关注新发现的前人手稿。勉力支撑的《诗学》杂志,其内容大多是些拙劣的模仿;同样,《文学》——1968年学潮后的另一名刊,则变得更加兼容并蓄,对马克思主义、社会学、精神分析学统统来者不拒。浪子回头之后的理论早已今非昔比:它被归入文学史的长河,与大学里其他分门别类的著作比肩而立。理论被摆进书架,失去了攻击精神,只能在固定时段等待学子们的光临,除了与流连于各个学科书册之间的大学生外,跟其他学科和外界不再有任何交流。文学理论一旦不再申明为何以及如何研究文学,不再点出什么是文学研究当下的相关性与危险性,也就失去了超越前人的盎然生机。文学理论的角色固然无可替代,然而人们已经不太热衷于文学研究了。

"万物生生不息,理论将卷土重来。当人们陷于无知的泥潭不能自拔而徒生烦恼时,就会发现问题之症结。"早在1980年,菲利普·索莱尔斯(Philippe Sollers②)在其《集合论》的再版前言中就宣告了这种复兴。雄心勃勃的《集合论》初版于五月风潮之后的1968年秋,书名源于数学术语,书中收录了米歇尔·福柯(Michel Foucault③)、罗兰·巴特

---

① 茨维坦·托多洛夫(1939—):法国文学理论家、批评家。其著作有《文学理论》、《谈诗歌》、《象征理论》、《语言学百科辞典》、《批评之批评》等。

② 菲利普·索莱尔斯(1936—):法国作家、文学评论家。其著作有《写作与极限体验》等。

③ 米歇尔·福柯(1926—1984):法国思想家、哲学家。其著作有《精神病的历史》、《精神病与非理性:古典时期精神病的历史》、《康德的人类学》、《精神病与心理学》、《词与物》、《雷蒙·鲁塞尔》等。

雅克·德里达(Jacques Derrida①)、朱丽娅·克里斯蒂娃(Julia Kristeva②)以及《原样》杂志创作阵营的作品。借用上述理论家的盛名，它多少有点"学术霸权"(Sollers, p. 7)的味道，索莱尔斯本人事后对此也供认不讳。那一阵子，理论研究乘风破浪，让人觉得活得滋润。列宁有言："发展理论以免落后于生活。"于是路易·阿尔都塞(Louis Althusser③)便以列宁的名义将自己在马斯普罗出版社主编的论文汇编命名为《理论》。在结构主义大行其道的1966年，皮埃尔·马舍雷(Pierre Macherey④)出版了《构建文学生产理论》一书。以文学为背景，马克思主义理论(意识形态批判和科学观的确立)与形式主义(语言学分析方法)在书中成为佳配。理论是批评，是论战，是战斗，鲍里斯·艾亨鲍姆(Boris Eikhenbaum⑤)1927年出版的书的书名就是这么咄咄逼人：《文学·理论·批评·论战》(茨维坦·托多洛夫在其1966年介绍俄罗斯形式主义的文集《文学理论》中对此有节译)。另一方面，理论还雄心勃勃要建立一门关于文学的科学。热奈特在1972年写道："理论的对象不单单是唯一的'现实'，还应该是文学虚构之全部的'可能'。"(Genette, p. 11)形式主义与马克思主义是他的两大理论支柱，被用来证实他关于探求文学不变元素或普遍元素的研究。他宁愿将一部部个人作品看作种种创作之可能而非真实作品，看作体现潜在文学系统的实例，因为它们比那些尚未实现的潜在的作品更容易操作，有助于我们

---

① 雅克·德里达(1930—2004)：法国现代哲学家、解构主义学派的创立者。其著作有《文字语言学》、《文字与区分》等。
② 朱丽娅·克里斯蒂娃(1941—)：法国符号学家、文学理论家。其著作有《符号学：关于符号分析的探究》、《小说文本》、《诗性语言的革命》、《关于中国妇女》、《符号的运动》等。
③ 路易·阿尔都塞(1918—1990)：法国结构主义哲学家、马克思主义学者。其著作有《拥护马克思》、《读〈资本论〉》、《政治和哲学》等。
④ 皮埃尔·马舍雷(1938—)：法国思想家，路易·阿尔都塞的学生。其著作有《文本生产力论》等。
⑤ 鲍里斯·艾亨鲍姆(1886—1962)：前苏联文学史家、形式主义者。其著作有《论电影风格问题》等。

进入结构。

如果说糅合了马克思主义与形式主义的理论在1980年已经过时，那么今天我们谈什么？我们是否已经无知、浮躁到了这一步，又开始期盼理论了呢？

理论与常识

有可能对文学理论进行总结并绘制全貌吗？那又该采用何种形式？我们大概在盲目下注，因为保罗·德曼（Paul de Man①）曾说："文学理论最主要的理论意义就在于它无法定义。"（de Man, p. 3）我们需要一种对立理论，否则文学理论就无法把握，这就好比要说清楚隐身的上帝，没有否定派神学不行。看来得放宽尺度，好好谈谈文学理论与虚无主义之间的——确实存在的——亲缘关系。理论不应被简化为一门技巧，一门教案（当它成为规则技巧的汇编，带着色彩斑斓的封面被摆在拉丁区书店的橱窗中时，它就已经在出卖自己的灵魂了），当然，这也不能成为将其玄学化、神秘化的理由。文学理论绝非宗教。再说，文学理论未必只有一种"理论意义"，我完全有理由说，它很可能在本质上是论战性的，批判性的，生有反骨的。

对我而言，理论的有趣与真意主要不在于其神乎其神或精致严密，也不在于实践或教学方面，而在于它对文学研究中固有观念的充满活力的抨击，以及固有观念对它的顽强抵抗。或许，给出了自己关于文学的定义（这定义从定义上讲十分可疑，可谓是占据首位的理论陈词滥调，即"什么是文学？"），人们期待一份关于文学理论的总结，继而草草回顾所有上古、中世纪及古典文学理论，从亚里士多德

---

① 保罗·德曼（1919—1983）：美国解构主义文学批评家。其著作有《美国新批评中的形式与意向》、《解构之图》等。

(Aristote)到巴陀(Batteux①),当然也不会忘记提一提种种非西方的诗学,扫描20世纪为理论所关注的种种流派:俄国的形式主义,布拉格的结构主义,美国的"新批评",德国的现象学,日内瓦学派的精神分析学,国际马克思主义,法国的结构主义与后结构主义,阐释学,精神分析学,新马克思主义,女权主义,等等。此类教材可谓汗牛充栋,让教师省心,为学生分忧。然而,那些教材所谈的不过是理论中的细枝末节。它们不是让理论失却本性就是将其引入歧途,而理论真正的精神恰恰与折中主义背道而驰。理论的精神,是全身心投入的精神,是论战的精神,是低着头一条死胡同走到黑的精神。理论家们常常给人这样的感觉:他们对其对手立场的批评不够中肯理性。他们像其对手一样自以为是且故步自封,他们侃侃而谈且反复强调,结果常常把自己的命题或反命题推至荒谬地步,甚至自己推翻自己,信口雌黄,让对手不战而胜,乐不可支。你只需任由某位理论家高谈阔论,时不时地带点嘲弄意味地打断他一下:"是吗?"你就能见到他不顾一切地赤膊上阵!

我在贡多塞中学上初一时,有位老教师,教拉丁语和法语,同时还兼任了布列塔尼区他家乡小镇的镇长。每遇到一篇文学课文,他就会问我们:"这一段如何理解?作者想告诉我们什么?该诗歌或该散文美在何处?作者观点的独到之处体现在哪里?它对我们有何启迪?"人们一度以为这类令人烦心的问题已被文学理论一劳永逸地荡涤干净了。然而,答案过耳,问题犹在,并没有什么真正的变化。有些问题每代人都会重提,其形成早于理论,早于文学史,理论建立之后,冒出来的还是这些问题,几乎一模一样的问题。这不禁让人寻思是否有文学批评"史"这回事,比如说的确有哲学史或语言学史,史中常有新造的概念,如cogito("我思故我在")或补语。在批评领域,范式永远不会消失,它

---

① 巴陀(1713—1780):夏尔·巴陀神父,法国哲学家、作家、文艺理论家。其著作有《文学原理》等。

们互补共存,基本上相安无事,翻来覆去地折腾那些相同的观念,即属于大众语言的观念。此乃原因之一,可能是主要原因,让我们觉得文学批评史始终在重弹老调:阳光之下无新事。人们在理论中不遗余力地试图剔除那些惯用术语:文学、作者、意图、含义、表述、再现、内容、背景、价值、个性、故事、影响、时代、风格,等等。长期以来,大家在逻辑学领域里就是这样做的:在一般语言中切出一块具有真值的语言区域。不过,逻辑学后来被形式化了。文学理论没能摆脱与文学有关的那些通俗说法,即读者和票友们的用语。因此,每当理论远去,那些旧有观念便会沉渣泛起,依然如故。我们永远无法摆脱它们,是因为它们自然贴切、名副其实吗?抑或如德曼所认为的那样,我们有意抵制理论,因为理论让人难受,因为理论妨碍我们借助语言和主观性制造幻觉。有人说今天已经几乎没人能感到理论之翅所扇之风了,这大概让人觉得更安逸。

　　那么还剩下些什么呢,除了我所说的那个微不足道的教学法?情况并非完全如此。在1970年前后那个辉煌的时代里,理论就是反话语,对传统批评的前提进行质疑。巴特曾想用"文学科学"来取代当时风行高校的"似是而非的批评",神奇的1966年,他在《批评与真理》中将此类文章概括为"客观、有趣、明晰"。当关于文学之惯常说法的前提不再天经地义地被人们接受时,当这些前提被当作历史产物与约定来质疑时,新的理论就出现了。最初,文学史也是根据某一理论搭建起来的,以理论的名义它在文学教学中驱逐了古老的修辞学。然而,随着文学史越来越适应大学、中学课堂,理论便渐渐淡化,甚至淡出了人们的视线。从本质上讲,呼唤理论就是呼唤对立,呼唤颠覆,呼唤起义。理论有一个逃脱不了的宿命,那就是被学术机构化解为某种方法,即所谓被回收。20年过后,令人惊讶的假如不是历史与理论间的强烈冲突,那就一定是各种学说在初期所热衷的那些问题之间的极端相似,而其中反复出现的一个问题,就是"什么是文学?"

问题依旧,给出的种种答案却自相矛盾不堪一击:理论企图清除通俗说法,可一旦理论倦了,这些通俗说法便又重新抬头,人们总有理由重新捡起这些说法,以便重温理论曾经提供的对立答案,以便能够理解所有这些答案为何没能一劳永逸地解决所有古老问题。或许为了克服拦路虎,理论常常矫枉过正以至于自己打了自己的嘴。年复一年,面对新一届学子,我们不得不重温那些难以把握的常识性形象,重温有数的那几个文学疑案或老生常谈,因为通常的文学话语需要它们作为标记。下面我将会在其中抽几个最麻烦的例子来进行考察,文学理论为克服这些麻烦屡战屡败,所以它的确有理由怒不可遏。围绕这几例麻烦,我们完全有可能组织出一个关于文学理论的生动介绍。

理论与文学实践

　　有必要先做出几点区分。只要我们谈理论,就预设了一种实践(此说法并不只属于马克思主义),理论面向实践,理论基于并指导实践。在日内瓦,有些街道店面挂着这样的招牌:"理论厅"。不过"理论厅"里不讲文学理论,而是教交通规则:于是理论成为与行为相对的规则,亦即行为规范。那么,文学理论所规范——组织而不是约束——的行为或曰实践到底是什么呢?它们似乎不是文学(或曰文学活动)——与教我们能言善辩地当众讲演的修辞学不同,文学理论不教我们如何写小说——它教的反而是文学研究,即文学史和文学批评,或者说文学探索。

　　就此而言,无论是从规范、教学还是从"道义"上来讲,文学理论都像是一门继文学研究之后才出现的新学科。文学研究诞生于19世纪,当时欧美先后参照日耳曼模式对大学进行了重建。不过,名称或有翻新,内里却是旧货。

当柏拉图和亚里士多德在《理想国》和《诗学》中对文学体裁进行分类时，可以说他们已经在搞文学理论了。直到今天，亚里士多德的《诗学》仍然是文学理论的范本。我们说柏拉图和亚里士多德是搞文学理论的，是因为他们都关注隐藏于具体作品之后的一般或普遍范畴，比如说体裁、形式、语式、修辞格等文学常态。他们分析具体作品（《伊利亚特》、《俄狄浦斯王》）也是为了说明那些普遍范畴。研究文学理论，就是总揽文学整体，探索其普遍性。

不过，柏拉图与亚里士多德并不是搞文学理论的，这样说是因为他们要梳理的实践并不是文学研究或文学探索，而是文学本身。他们致力于设计一套关于文学的规范语法。根据其规范，柏拉图甚至企图否认其城邦诗人的文学性。根据我们今天的定义，谈文学理论不能不谈修辞学和诗学，还必须弘扬它们那古老、经典的传统，从原则上讲，文学理论是非规范性的。

因此，以描写为宗旨，文学理论是现代性的：它的前提是因浪漫主义而诞生于 19 世纪的文学研究。文学理论并没有与作为美学分支的文学哲学彻底分家，美学思考艺术的性质和功能，致力于界定美与价值。不过文学理论也不等于文学哲学，它是非思辨的、非抽象的，以解析文本和提取主题为己任：它研究的对象是关于文学、文学批评和文学史的话语，它对此类话语实践发问、质疑，并予以梳理。因此，文学理论不是作品清单，或作品研究之清单，而是关于它们的某种认识论。

从这个意义上来讲，文学理论亦非新鲜事物。作为 19 世纪和 20 世纪之交法国文学史的奠基人，朗松在评价文学批评家厄内斯特·勒南（Ernest Renan①）和埃米尔·法盖（Émile Faguet②）（此人在索邦大

---

① 厄内斯特·勒南(1823—1892)：法国作家、哲学家、历史学家。其著作有《耶稣的一生》、《基督教起源史》、《国家是什么?》等。
② 埃米尔·法盖(1847—1916)：法国文史学家、批评家。其著作有《文学入门》、《阅读的艺术》、《16 世纪》、《17 世纪》、《18 世纪》、《19 世纪》、《哲学入门》等。

学与朗松同代,但后者认为他已过气)时,认为他们的东西还不能算"文学理论"(Lanson, p. 1107, p. 1189)。这应该是一种比较客气的说法,因为在朗松的眼中,这二人其实是信口雌黄、不知所云的印象派批评家,既无严谨的科学态度,也没有方法。朗松认为自己是有理论的,这表明文学史与文学理论并不是不相容的。

为了论战,为了抗争(取其词源义:批判),人们呼唤理论,以反驳、质疑对手的实践。根据马克思主义——当然并非仅仅马克思主义——的做法,我们有必要在理论与实践这两个术语间再增加一个术语,即"意识形态"。理论与实践,中间横亘着意识形态。理论道出某种实践的真理,说明使其成为可能的条件,意识形态则利用谎言来使这种实践合法,并掩盖使其成为可能的条件。朗松的观点受到马克思主义者的赞许,他认为其对手没有理论,有的只是意识形态,即固有观念。

因此,理论反对那些被它判为非理论的和反理论的实践。结果常常让这类实践成为替罪羊。依托文献学和历史实证主义,朗松自认为拥有坚实的理论,于是猛力抨击对手(文化人、鉴赏家、卫道士)的传统人文主义。理论是反常识的。然而,世事轮回,眼下的文学理论不仅反对文学史中的实证主义(朗松是其代表),反对文学批评中的感应论(法盖是其代表),还反对缜密的文献学家对上述二者的频繁糅合(先用实证主义研究文本历史,再用人文主义进行诠释)。例如就有文献学家对普雷沃(Prévost①)的小说出处详加考证,然后大言不惭地谈论玛侬(Manon)的真实性和心理现实,仿佛其人就是他身边一位有血有肉的姑娘似的。

简言之,理论与文学实践(即文学史和文学批评)形成对照,理论对实践进行分析、描写,阐明它们的预设,总之就是对其进行批评(批

---

① 普雷沃(1697—1763):普雷沃神父,法国作家。其著作有《玛侬·莱斯戈》、《一个贵族的回忆》、《克利夫兰先生传》、《基勒林的修道院长》等。

评即鉴别区分)。粗略地讲,理论就是"批评之批评"或"元批评"(如对一门语言进行描述,我们需要一门元语言,对一门语言的功能进行描述,我们需要一个语法)。它体现了一种批评意识(对文学意识形态的批评),一种对文学的反思(反观批评,自我意识或自涉):这也是人们自波德莱尔,特别是马拉美(Mallarmé①)以来赋予现代性的种种特征。

我们这就给个例子:为了得到坚实的概念,为了拥有贯穿理论的批评意识,我使用了一系列亟须自圆其说或进一步推敲的概念("文学"、"文学批评"与"文学史"),这些概念仍需要理论予以区别。我们先谈"文学批评"与"文学史",把"文学"留给下一章。

理论、批评、历史

这里所说的文学批评,指的是一种品评文学作品的话语,它强调阅读体验,描写、解读、分析某一作品对(具有较好文学素养的)读者——不必非得是学者或专家——所产生的意义和效果。批评就是赏析,就是评价,它始于对作品的好感(或反感)、认同和投射。文学批评的理想之地是沙龙——书籍杂志则是沙龙的变体——而不是高等学府。它的最佳形式是交谈。

这里所说的文学史,指的是一种关注阅读体验以外因素的话语,它关注的是作品的构思、传播或非专业人士不大关注的其他因素。作为一门研究学科,文学史出现于19世纪,当时更为通行的叫法是语文学(*scholarship*,*Wissenschaft*)或语文研究。

人们有时把文学批评与文学史对立起来,分别视其为内在研究与

---

① 马拉美(1842—1898):法国象征主义诗人。其诗作有《海风》、《天鹅》、《窗》、《太空》以及长诗《爱洛狄阿德》、《牧神的午后》等。

外在研究：批评针对文本，文学史针对语境。朗松说过，当你将目光投向作品封面上的作者姓名时，当你赋予文本哪怕一点点语境时，你就已经是在进行文学史研究了。文学批评表述的命题是："甲比乙美。"文学史则断言："丙源自于丁。"前者重在评价，后者重在阐释。

文学理论要求明确道出上述论断的预设。它向批评家发问：什么是他们所说的文学？有什么价值标准？要知道，当读者共享一套规范且心存默契时，交流自然顺畅；一旦情况不是这样，批评将很快地变成聋子间的对话。问题不在于如何调和不同的方法，而在于了解它们之间为何不同。

何为文学？如何对待文学的特殊属性与特殊价值？这便是理论要告诉文学史家的东西。一旦承认文学文本具有不同于他物的特征，你就可以将其当成历史文献，追溯其成因：作者生平、社会文化环境、创作意图、原始出处。其悖论显而易见：我们借语境来解释一有趣之物，可此物之所以有趣却是因为它脱离语境而存在。

通常，理论反对隐含，认为隐含是画蛇添足，是古老经院哲学的"叛逆"（*protervus*）。理论需要清楚明晰，它不赞成，至少在文学方面不赞成普鲁斯特（Proust①）的观点，即他在《重现的时光》里表达的观点："含有理论的作品就像是一件保留着价码标签的物品。"（Proust, p. 461）理论就是要弄清价格。理论一点也不抽象。它所提出的问题，文史学家和批评家在具体文本中司空见惯，但对其答案他们自以为成竹在胸。理论一再提醒我们这些问题并没有得到解决，我们有可能从不同角度给出不同的答案：理论是相对的。

---

① 普鲁斯特(1871—1922)：法国作家。其著作有《追忆似水年华》、《驳圣勃夫》等。

单一理论或多个理论

直到现在我口中的"理论"始终是单数的,就仿佛这世界上只有一种理论似的。然而,人人皆知文学理论五花八门,如甲先生有甲先生的理论,乙夫人有乙夫人的理论。于是,(单个的或多个的)理论与其说是理论还不如说是某种信念、教条,或者说是意识形态。有多少个理论家就有多少种理论,在实验科学不太管用的领域里更是如此。理论不同于代数或几何:理论教员在兜售理论时可以像朗松一样大言不惭地断言别人没理论。若有人问我有什么理论,我的回答将是"什么也没有"。这答案让人心惊肉跳:读我的这本书,大家当然想知道我的理念,想知道应该抱什么样的信念来读。要么别担心,要么就担心个够。我没信仰——"叛逆者"无法无天,魔鬼的终生律师,或者其本人就是魔鬼,"*Forse tu non pensavi ch'io löico fossi!*",此乃但丁(Dante①)笔下魔鬼所言,即"你大概未想到我是逻辑学家吧?"(*Enfer*, chant XXIV, v. 122-123)——也没有理念,唯有对所有涉及文学话语的极端不信任。我认为文学理论是一种分析和诘难的态度,是一个学会怀疑(批判)的过程,是一种对(广义上的)所有批评实践的预设进行质疑、发问的"元批评"视角,一个永恒的反省:"我知道什么?"

当然,有许多具体的理论,它们相互对立,观念相左,相互攻讦(我说过理论就是论战场),我们不会支持一家理论而贬斥另一家理论,只想抱着分析、怀疑的态度去对文学和文学研究进行思考,对所有与文学有关的话语(批评、文学史、理论)进行思考。我们将努力走向成熟。文学理论就是这样一个从幼稚到成熟的学艺过程。朱利安·格拉克

---

① 但丁(1265—1321):意大利诗人,《神曲》的作者。

(Julien Gracq①)曾讲过,"在文学批评方面,所有驾驭范畴的词语都是陷阱"(Gracq, p. 174)。

"文论"或"文学理论"

最后一个有必要事先进行的小小区分:在前几段中,我用的术语是"文学理论"(théorie de la littérature),而非"文论"(théorie littéraire)。这两个词的意思有区别吗? 其模式即"文学史"(histoire de la littérature)之于"文学的历史"(histoire littéraire)(此乃分与合、文学总纲与语文专业的区别。例如朗松 1895 年出版的教材名为《法国文学史》[Histoire de la littérature française],1894 年创办的那份杂志则名为《法国文学历史杂志》[Revue d'histoire littéraire de la France])。文学理论,在韦勒克和沃伦的教材中(该书的英文名即《文学理论》,Theory of Literature,1949),通常被理解为普通比较文学的一个分支,理论是一种反思,对文学、文学批评和文学史状况的反思,一种对批评的批评或曰元批评。

文论具有更强的反叛性,更多地体现为对某种意识形态的批判,包括对文学理论的批判:它以为人皆有理论,若有人敢说他没理论,那恰恰说明他受制于当时当地的主流理论。自 20 世纪初带有马克思主义烙印的俄国形式主义产生以来,文论就与形式主义画了等号。德曼指出,当文学文本研究不再建立在非语言学(如历史或美学)思考的基础上时,当争论的对象不再是意义或价值而是意义或价值的生成条件时,文论便来到了人间(de Man, p. 7)。关于文论的上述两种描述(意识形态批评和语言学分析)相互扶持,相得益彰,因为意识形态批评是对语

---

① 朱利安·格拉克(1910—2007):法国作家。其著作有《阿尔戈古堡》、《阴郁的美男子》、《西尔特沙岸》、《林中阳台》等。

言幻觉(认为语言和文学天生如此的观念)的揭露:唾弃理论之人者强调其天性,文论揭示其代码与规约。

可惜的是,尽管上述区别("文学理论"vs"文论")在英语中十分清晰,在法语中却渐失踪影:韦勒克与沃伦的《文学理论》1971年才出了法文版——前边说过译的较晚——书名被译为《文论》(théorie littéraire);前几年(1966年)托多洛夫在同一出版社出版了俄国形式主义文集,其名却是《文学的理论》。因此,要想不糊涂,我们还得重拾并厘清这一对相互对称的说法。

大家大概明白了我同时在参照两家传统。文学的理论有助于我们对一般观念、原则和标准进行反思;文论有助于我们批判文学常识并把握形式主义。当然,理论不提供固定配方。理论不是厨艺,不等于方法和技巧。恰恰相反,其目的就是要质疑一切配方,通过反思弃如敝屣。因此,我的宗旨不是为大家提供便利,而是提醒大家保持警惕和怀疑的态度。一言以蔽之,即批判与嘲弄的态度。理论是嘲弄派。

简化为要素的文学

借用何种宏大理念才能张扬并磨砺我们的批评精神?理论与常识的关系当然是对抗冲突的关系。确定理论目标后,关于文学的通俗话语便成为我们理清头绪的最佳材料。一切文学研究或者有关文学的话语都会涉及几个基本问题,也就是说审查其预设,我们发现它们仅与有数的几个基本概念相关。一切关于文学的话语都会面临这些问题,选定其立场,其选择往往是隐性的,偶尔也会是显性的。这些问题的集合,大致上给出了一个关于什么是文学的定义:

什么是文学?

什么是文学与作者的关系?

什么是文学与现实的关系?

什么是文学与读者的关系？

什么是文学与语言的关系？

每谈到一本书，我必然会根据上述定义做出某些假设。文学所不可或缺的五要素包括作者、作品、读者、语言和指涉，否则就不是文学。

对此，我还想再增补两个问题，这两个问题与前者不在同一个层面上，却与"历史"和"批评"相关：对于文学的变化、运动和演进，对于文学的价值、个性和相关性，我们有何假设？进一步说，我们如何从动态（历史）和静态（价值）这两个方面来理解文学传统？

这七个问题成为引领本书各章节的大标题：文学、作者、世界、读者、风格、历史和价值。我之所以用常识性的说法来命名这七题，是因为常识与理论永无休止的较量让理论有了存在的意义。凡开卷者头脑中必有这些概念。换一种更理论化的说法，前四章也可以用以下名称：文学性、意图、再现、接受。至于后三章：风格、历史、价值，似乎没有必要另行区别，因为专业人士和业余读者的用语毫无二致。

对于上述每个问题，我都要指出可能的回答有多么丰富，但我不打算一一列举历史上曾出现的各种答案，只打算谈谈那些今日依然值得一谈的答案：本书的计划不是写一部文学批评史，也不是编纂一部文学理论流派总汇。文学理论是相对主义的而非多元主义的教科书。换言之，多样答案是可能的，但一个有了可能，另一个就失去了可能；它们皆是可接受的，却互不相容。被这些理论称之为文学的或定性为文学的东西其实并非一回事，它们相互排斥，无法被纳入一个全面统一的文学观；它们关注的不是同一事物的不同方面，而是不同的事物。要么传统要么现代，要么历时要么共时，要么内在要么外在，没人能够同时兼顾。文学研究泛则滥，所以必须有所取舍。再说，既然我爱文学，我就已经做出了选择。我选择的是关于文学的非文学指标，伦理的、人生的指标，因为这些指标在支配着我生活的方方面面。

另一方面，这七个与文学相关的问题并不是孤立的。它们构成一个系统。换言之，对一个问题的解答将会限制我回答其他问题的选择余地。比如说，重视作者可能就不会那么强调语言的重要性，强调文学性会削弱读者的作用，看重历史的决定性作用会忽略天才的贡献，等等。选择在整体上是相辅相成的。所以，每个问题都是进入整体系统的一个上佳入口，每个问题都在呼唤其他问题。比如说我们单单从意图问题入手，就完全可能牵涉所有其他问题。

从根本上讲，分析问题的先后次序无关紧要。我们可以任意抽取一个问题，然后顺藤摸瓜。我选择了一个符合常识的分析层次来逐一处理这些问题，要知道常识在思考文学时作者先于读者，素材先于风格。

所有理论问题都将按上述办法处理，或许体裁问题除外（在谈接受问题时我们会顺带提到它），因为在 20 世纪 60 年代的文学理论中它并不是一个引人注目的议题。体裁是一种抽象，是文学与个人作品之间的最确定无疑的形式。但是，理论不轻信确定无疑，它追求事物所带有的普遍性。

罗列这样一份问题清单多少有点托大，因为文学理论会遇到无数个拦路虎，它费尽心力打造健康无毒的概念，就是为了挑战风车，而这份清单就是其风车、其拦路虎的清单。这样做我绝无丝毫调侃之意！我以为摸排理论之敌应该是最佳的、唯一的选择，总之也是最为经济的方式，只有这样才能会其意并充满信心，溯其足迹，见其能量，让理论充满活力；而同时不可或缺的是，经历了一个多世纪，只有这样才能用被现代艺术所唾弃的惯常俗语来描写现代艺术。

最后，我们大概可以得出这样的结论：尽管立场不同，意见相左常常到了针尖对麦芒的地步，尽管其间论争不休，"文学场"还是建立在一整套大家公认的预设和信念上。皮埃尔·布尔迪厄（Pierre Bourdieu[①]）认为：

[①] 皮埃尔·布尔迪厄（1930—2002）：法国文学评论家。其著作有《艺术原理——文学场的起源和结构》等。

> 艺术、文学观点[……]相互对立、结伴而行。这些对立通常是论战传统的产物,被视为无法超越的二律背反,被视为只能在是与否之间选择的排中律。这类二律背反和排中律,一方面构架了思想,另一方面又毒化了思想,让人们编排出一系列子虚乌有的两难选择。(Bourdieu, p. 272)

28 因此,目前要做的,一方面是尽量避开那些海市蜃楼、人为陷阱,避免那些割裂文学研究的致命悖论,另一方面是抵制理论、常识、排中律思维强加给人的两难选择,因为真理往往居于二者之间。

第1章 文　学

　　文学研究用各种方式谈论文学。不过,在以下这一点上大家基本一致:凡文学研究,无论谈什么,首先涉及的一个多少可以算是理论的问题,便是对文学文本这个研究对象如何定义的问题。是什么东西让研究成为"文学"研究的呢？换言之,文学研究如何界定"文学"文本的"文学"本质？一言以蔽之,对于文学研究而言,显性的也好,隐性的也好,文学到底是什么？

　　诚然,这一首要问题与随之而来的种种其他问题相关。于是我们将对六个术语或概念进行拷问,准确地说就是考察六概念与文学文本的关系,它们是"意图"、"现实"、"接受"、"语言"、"历史"、"价值"。在提出问题时我们在六概念前冠上"文学"这个限定词,不幸的是,这不仅没简化问题反而使它们变得更加复杂:

　　何谓文学意图？

　　何谓文学现实？

　　何谓文学接受？

　　何谓文学语言？

　　何谓文学历史？

　　何谓文学价值？

30　　　人们常常用到"文学"这个名词或"文学的"这个形容词,仿佛大家对什么是文学什么不是文学早已达成共识,绝不会张冠李戴,造成误解。然而,《诗学》开章伊始,亚里士多德就已指出,没有一个能够把散文、诗歌以及苏格拉底式对话都包括在内的总名称,"用语言写诗写散文的艺术[……]至今没有一个专名"(1447a 28 - b 9)。名与实相分离。"文学"这一名词显然是个新生物(生于19世纪初。此前,据词源,该词泛指种种题记、文稿、知识学问,故至今法语仍然可以用这个词来表达"高才"之意),然而,有名称不等于解密,无数文本之标题可以为此做证:如《何谓艺术?》(Tolstoï①,1898)、《何谓诗歌?》(Roman Jakobson②,1933 - 1934)、《何谓文学?》(Charles Du Bos③,1938;Sartre④,1947)。到了巴特,则避重就轻,干脆不予界定:"一言以蔽之,文学,即教授所授之物。"(Barthes,1971,p.170)十足的同义反复。不过,除了"文学就是文学",抑或"文学就是当下在此地被称为文学的东西"之外,我们还能找出别的说法吗?哲学家纳尔逊·古德曼(Nelson Goodman⑤)(1977)曾主张用"艺术始于何时"(When is art?)的问题来取代"何谓艺术"(What is art?)的问题。对于文学我们是否也照此办理?说实话,在不少语言中人们无法翻译"文学"这个词,因为它本来就不存在。

那么,如何界定这一对象及其领域和范畴?什么是它的"独特性"?性质如何?功能如何?何谓外延?何谓内涵?要界定文学研究先得界

---

① 列夫·托尔斯泰(1828—1910):俄国作家。其著作有《安娜·卡列尼娜》、《战争与和平》等。

② 罗曼·雅各布森(1896—1982):美国语言学家。他既是莫斯科语言学会的创始人之一(1915—1920年任会长),又是布拉格语言学会的创始人之一(1926—1939年任副会长)。其主要语言学论著有《普通语言学随笔》、《捷克斯洛伐克诗歌和俄国诗歌的比较》、《论俄语音系的演变》、《儿童语言:失语症与语音共性》等。

③ 夏尔·杜·博斯(1882—1939):法国作家。其著作有《私密日记》等。

④ 让-保罗·萨特(1905—1980):法国小说家、剧作家、存在主义哲学家。其著作有《存在与虚无》、《辩证理性批判》、《何谓文学》、《波德莱尔》等。

⑤ 纳尔逊·古德曼(1906—1998):美国分析哲学家。其著作有《艺术的语言》、《现象的结构》、《事实、虚构和预测》等。

定文学,可只要对其界定就可能回到遵循非文学标准的老路上去。在所有英国图书馆里,一边是"文学类"书架,另一边是"虚构类"书架,教学用书与消遣读物泾渭分明,仿佛是在说"文学"是无趣的小说,而小说是有趣的文学。可否将这种商业上的实用分类推而广之呢?

难题源自两种文学观,二者各有其理但又相互矛盾:一种是语境观(历史、心理、体制、社会关系),另一种是文本观(语言)。文学或文学研究总是被夹在两种研究方法之间,即广义的历史研究(视文本为文献)与语言研究(视文本为语言现象,视文学为语言艺术),两种方法缺一不可。20世纪60年代爆发的新一轮的传统与现代之争,便是内在界定与外在界定的对垒,二者皆有可取之处,但也都有局限。热奈特认为"何谓文学?"的提法欠妥,"愚不可及"。他主张区别两个互补的文学体系:一个是基于常识的"构成体系",是封闭的,即一首诗、一部小说,即使不再有人阅读,也理所当然地属于文学;另一个是"条件体系",是开放的,即通过超值赏析,将帕斯卡尔(Pascal①)的《思想录》和米什莱(Michelet②)的《女巫》归入文学类,这种情况取决于时代与个人(Genette,1911,p.11)。

我们将一步步地来描写文学,从外延到内涵,从功能到形式,从内容形式到表达形式。我们将沿用大家熟知的柏拉图二分法来进行切分,但并不指望一定获得多大的成功。鉴于"何谓文学?"之问题不可能通过这一做法得到彻底解决,这一章将是本书最短的一章,不过,后面的章节将继续上述求索,以获得一个关于文学的令人满意的定义。

---

① 帕斯卡尔(1623—1662):法国数学家、物理学家、哲学家。其著作有《思想录》等。

② 米什莱(1798—1874):即儒勒·米什莱,法国作家、哲学家、历史学家。其著作有《女巫》、《法国大革命史》、《法国史》、《罗马史》等。

文学的外延

广义上讲的文学指所有印刷品(或书写品),包括图书馆里的所有藏书(以及已然笔录在案的口头文学)。这一含义相当于经典"美文"概念,因为美文涵盖了所有讲修辞重诗韵的作品,这其中不仅有虚构的故事,还有历史、哲学、科学,甚至所有演讲。然而,照此理解,它就接近19世纪以来"文化"所具有的含义了,文学失去了"独特性",从而其特有的魅力也被否定掉了。19世纪的文献学曾雄心勃勃地要成为整个文化的研究学科,而狭义的文学便成为他们进入文化的捷径。根据文献学,在由语言、文学和文化所构成的这一有机整体中,在这一文献学而非生物学意义上的种族或民族特色精神构成中,文学是占据中心的皇后,研究文学是通向一个民族内涵的康庄大道,因为该民族的天才既是上述内涵的最佳感悟人又是其精神的铸造者。

狭义上讲的文学(文学与非文学间的界限)变化极大,因时代和文化而异。现代意义上的西方文学自19世纪以来脱离美文而单立门户,与之并行的是自亚里士多德以来曾经经年不衰的传统诗学体裁体系的坍塌。对亚里士多德而言,诗艺——这个他在《诗学》中描述的无以命名之物——主要包括叙事史诗和戏剧体裁,抒情体裁不在其列,因为后者既非虚构亦非模仿,而且诗人在诗中使用第一人称,所以抒情诗长期以来被视为小家子体裁。古典主义时期的两大体裁仍然是史诗与戏剧,换言之,就是叙事和再现,或曰诗学的两大叙述方式(Genette,1979;Combe①):虚构和模仿。到那时为止,狭义上的文学(诗艺)指的是诗歌。然而,到了19世纪,事情发生了重大转变,两大体裁——叙事

---

① 多米尼克·贡布(1958—):法国文学评论家。其著作有《论文学体裁》、《兰波的诗歌》等。

与戏剧,越来越多地舍弃了诗歌形式而接受了散文形式。不久之后,我们知道继续顶着诗歌之名的就只剩下被亚里士多德排斥在诗学之外的抒情诗了,这大概是历史开的一个玩笑,时来运转的抒情诗成为整个诗歌的别名。此后,与叙事、戏剧、抒情体裁相对应,文学包括"小说"、"戏剧"和"诗歌",它们在后亚里士多德时代三足鼎立,不过,前二者越来越等同于散文,唯有后者依然采用诗歌形式。再往后,自由诗与散文诗则又进一步消解了古老的体裁体系。

现代意义上的文学(小说、戏剧、诗歌)离不开浪漫主义,离不开对相对性的确信,即肯定文学趣味具有历史和地域上的相对性,它彻底背离了经典教条,后者追求审美法则上的普遍性和永恒性。文学被限定为小说、戏剧和抒情诗,文学还被放在它与民族及其历史的关系中来认识。文学,或各民族的文学,首先是具有民族性的。

更狭隘地讲,文学即大作家。这观念也是浪漫主义的:托马斯·卡莱尔(Thomas Carlyle①)认为他们才是现代世界的英雄人物。何谓经典之作,即那些被人经久不衰地模仿的范本;谁能进入现代圣殿,当然是那些最能体现民族精魂的作家。就这样,我们从用作家定义文学过渡到了用大师(值得景仰之人)定义文学。某些小说、戏剧或诗歌之所以属于文学,是因为出自名作家之手。从而造成这样令人忍俊不禁的后果:凡出自名家之手的文字都是文学,其中包括作家流传出来的书信和教授们十分感兴趣的评注与索引。再来一次同义反复:文学,就是作家所写的一切东西。

对文学的等级或价值,对作为民族遗产的经典,我在本书最后一章还会谈及。眼下先提醒大家注意一个悖论:构成经典的杰作在形式上具有独特性,在内容上(至少在本民族内)具有普遍性;伟大的作品既是唯一的又是普遍。历史相对论的(浪漫)标准立即遭遇了民族凝聚意

---

① 托马斯·卡莱尔(1795—1881):英国作家。其著作有《旧衣新裁》、《法国大革命》、《英雄与英雄崇拜》、《过去与现在》等。

识的抗击。无怪乎巴特会俏皮地说:"文学,即教授所授之物。"此话源自一个牵强附会的说法:"经典,即经院研读的典章。"

毋庸赘言,视文学等同于文学价值(即著名作家),就是(在原则上和事实上)否认别的小说、戏剧和诗歌的价值,并进一步否认别的诗歌、散文体裁的价值。凡价值判断,便一定建立在排他性上。说某一文本属于文学,就意味着另一文本不属于文学。19世纪文学的范围之所以越来越窄,是因为一方面它不知道普鲁斯特也罢,照片小说也罢,有人读就是文学,另一方面它忽视了文学层级(如语言也有层级)在社会中的复杂性。狭义的文学,指的只是学者的高雅文学,而非大众文学(如大不列颠图书馆里的"虚构类")。

另一方面,由著名作家作品构成的经典也不是一成不变的,不断有作品登场(也有作品谢幕)。比如说,巴洛克诗歌、萨德(Sade)、洛特雷阿蒙(Lautréamont[①])以及18世纪的女性小说家皆是很好的例子,对他们的重新发现修正了我们对文学的界定。在《传统与个人才能》(1919)一文中,T. S. 艾略特(T. S. Eliot[②])的推论就像出自一个结构主义者,按他的说法,引入一个新生作家就足以颠覆文学的整个版图、体系,及其等级和关系:

> 现存文学巨著在它们之间构建了一个理想的秩序,这种秩序将会因(真正意义上)新艺术品的进入而受到修正。在新作品问世前,现存秩序是完整的;为了在新生事物出现后继续生存,现存秩序必须从整体上进行哪怕是微不足道的调节。于是,相对整体而言,所有作品的关系、比重和价值都将因此而有所变动。(Eliot, p. 38)

---

① 洛特雷阿蒙(1846—1870):法国作家、诗人。其著作有《马尔多罗之歌》。
② T. S. 艾略特(1888—1965):诗人、文学评论家,原籍美国,后加入英国国籍。其著作有《荒原》、《普鲁弗洛克的情歌》、《传统与个人才能》、《玄学派诗人》、《批评的功能》等。

文学传统是一个由文学文本构成的共时系统，一个始终处于运动的系统，它将随着新作品的面世而不断得到重组。每部新作都将引起整个传统的调整（同时修正传统中每部作品的意义和价值）。

经过19世纪的局促之后，文学在20世纪收复了部分失去的领土：继小说、戏剧、抒情诗歌之后，散文诗登堂入室，自传、游记也被相继正名，如此等等，不一而足。在"亚文学"的标签下，儿童读物、侦探小说、连环画也被纳入文学范畴。到了21世纪初，文学概念变得相当宽泛，有点类似于社会职业分工之前的美文概念。

因此，作者不同，"文学"一词的外延也有所不同。从学院经典到连环画，现代人的爱好之广实在难以说清。在文学中纳入一个文本或剔除一个文本，其价值标准本身并不属于文学范畴，也不属于理论范畴，而是属于伦理、社会、意识形态范畴，总而言之是非文学范畴。那么，能不能从文学角度来界定文学呢？

文学的内涵：功能

效法柏拉图，继续我们的二分法，用两个问题来对"功能"和"形式"进行区分，即何谓文学？什么是文学的区别性特征？

用功能对文学进行界定还是比较可靠的，无论这功能是个体的还是社会的，是私人的还是公众的。亚里士多德曾提到过关于恐惧、怜悯类情感的净化（*katharsis*）和宣泄作用（1449b 28）。该概念不易把握，跟诗歌艺术中关于激情的特殊体验有关。亚里士多德曾言诗歌起源于求知的乐趣（1448b 13）：教化或愉悦（*prodesse aut delectare*），或者寓教于乐，诗歌的两大宗旨，或曰双重宗旨，后来贺拉斯（Horace[①]）也这

[①] 贺拉斯（公元前65—公元前8）：古罗马诗人、文学批评家。其诗作有《讽刺诗集》、《长短句集》、《歌集》、《世纪之歌》、《书札》等。

样看待诗歌,他的说法是"美妙且有益"(Ars poetica, v. 333 et 343)。

这便是关于文学的最常见的人文定义,即文学是一种不同于哲学或科学知识的特殊知识。那么,这种文学知识,这种只有文学才能给予人的知识到底是什么呢?根据亚里士多德、贺拉斯和古典传统观点,这一知识追求普遍、理所当然、合情合理,即那些有助于理解和规范人类行为和社会生活的信念(doxa)、警句和箴言。站在浪漫主义角度,这一知识主要涉及单个的个体。其传承可谓源远流长,从《神曲》中的保罗(Paolo)和弗朗西斯卡(Francesca)共读"圆桌骑士"传奇而相爱,到堂吉诃德身体力行骑士文学,再到包法利夫人因热衷爱情小说而中毒无救。这些刻意模仿的讥讽之作证明了文学所特有的教化功能。按照人文主义模式,有一种对世界的、对人的认识源自文学体验(也许不仅仅来源于此,但主要来源于此),唯有或几乎唯有文学才能给予我们这种知识。倘若从未读过爱情故事或听人讲过爱情故事,我们还会坠入爱河吗?小说,尤其是其辉煌与资本主义扩张同步的欧洲小说,自塞万提斯(Cervantès①)以来,一直倡导对布尔乔亚个人的培养。可否做如此假设:中世纪末出现的个人主义模式,就是在书中寻路的读者阅读乃养成现代主体性的方式?个体是一个孤独的读者,一个解读符号之人,一个猎手,一个卜师。我们是否可以附和卡洛·金兹堡(Carlo Ginzburg②)的说法:除了数理逻辑演绎模式之外,我们还有另一种认知模式,即狩猎(破译过去的印迹)和占卜(破译对未来的预兆)?

蒙田(Montaigne③)在《随笔集》第三卷中指出,"每个人都带有人类生存状况的完整形式"。他的经验,让人津津乐道,似乎为我们所讲的文学知识提供了一个佳例。从深信书中真理到对之心存疑窦,再到

---

① 塞万提斯(1547—1616):西班牙小说家、剧作家、诗人。其著作有《堂吉诃德》等。
② 卡洛·金兹堡(1939—):意大利历史学家,"微观史学"观的发起者之一。其著作有《奶酪与蛆虫:一个 16 世纪磨坊主的精神世界》、《夜间的战斗:16、17 世纪的巫术和农业崇拜》等。
③ 蒙田(1533—1592):法国作家,以《随笔集》著称。

几乎完全否定个体性,蒙田经过一番辩证思索,最终在自己身上找到了人的完整性。现代主体性在阅读体验中成长,读者就是自由人的原型。在书中穿越他人,读者抵达共性。在阅读体验中,"我个人的藩篱——在其中我与他人无异——轰然坍塌"(普鲁斯特),"我即他人"(兰波①),或者"我现在无人称"(马拉美)。

毫无疑问,这种人文主义的文学观遭到了批驳,因为它过于理想,实乃某一特殊阶层的世界观。印刷术诞生后,阅读变成个体行为,与之相联系,该文学观与一些既以它为因又是它之果的价值观相妥协,而这个个体首先是布尔乔亚个体。责备特别来自把文学与意识形态联系起来的马克思主义。文学旨在培育社会共识,它伴随并继而取代作为人民鸦片的宗教。19世纪末,某些名家也拿此观点来为己服务,认为属于他们的时代已经来临:一方面,宗教江河日下,另一方面,科学羽翼未丰;在这一过渡阶段,主导地位理所当然地属于文学,哪怕这段时间极其短暂,文学也应凭借文学研究向世人提供一套社会道德规范。持此观点的,不仅有以其奠基之作《文化与无政府状态》(1869)在英国维多利亚时代成名的马修·阿诺德(Matthew Arnold②),还有法国的布吕纳蒂耶(Ferdinand Brunetière③)和朗松。在一个越来越无政府、越来越追求物质享受的世界中,文学似乎已成为世纪末人类抵抗野蛮的最后的堡垒和支点:从功能的角度看,这正好与文学的经典定义不谋而合。

然而,当人们把文学看作为主流意识形态、"国家意识形态机器"即宣传机构服务的有效工具时,人们还可以反过来强调文学的颠覆性功能,比如说自19世纪中叶以来涌现出了大量离经叛道的艺术家。我们

---

① 阿蒂尔·兰波(1854—1891):法国象征主义诗人,有诗作《地狱一季》、《彩图》等。

② 马修·阿诺德(1822—1888):英国诗人、文学批评家。其著作有《论荷马的翻译》、《文化与无政府状态》等。

③ 布吕纳蒂耶(1849—1906):法国文学评论家。其著作有《历史与文学》、《批评新问》、《信仰之路》等。

很难将波德莱尔、兰波和洛特雷阿蒙视为现存秩序的同谋。文学强化共识,但也制造冲突,催发新生,导致决裂。按照先锋派的战斗模式,文学先于运动,唤醒民众。这便是老派与新派、守旧与革新的对立,后边我们还将回到这对对立上来。因此文学先行于其他认知与实践:伟大的作家先于他人看见世界的走向(他们是"通灵人"),甚至比哲学家更富有远见。早在人类步入进步时代之初,波德莱尔就在《引信》中宣告:"世界行将终结。"实际上,世界的终结从未停步。"通灵人"的形象在20世纪重新获得了政治上的意义,从而让文学对社会政治具备了其他任何实践活动都不具备的敏锐眼光。

就功能而言,人们还会面临另一个二律背反:文学有可能与社会同声相应,也可能与之大唱反调;文学有可能追随运动,也有可能为其先导。从体制上来看,文学研究步入了一种相对主义,上承浪漫主义的社会历史相对主义。随着二分法的步步展开,我们此刻在形式上考察了文学的常量和普遍要素,在其功能定义的基础上求索其形式定义,最终我们又回归到经典传统观念,并从文学理论过渡到了文学的理论,对二者我在前边已经进行过区分。

文学的内涵:内容的形式

从上古到 18 世纪中叶,文学——我深知这个词用得很不合时宜,姑且用它来指称诗艺的对象——一般被界定为用语言进行模仿和再现(*mimèsis*)的人类行为。于是寓言或故事(*muthos*①)得以成形。这两个术语(*mimèsis* 和 *muthos*)一开篇就出现在亚里士多德的《诗学》里,将文学视为一种"虚构",比如说克特·汉布格尔(Käte Hamburger②)和

---

① 亦译为"情节"。
② 克特·汉布格尔(1896—1992):德国文学理论家。其著作有《文学体裁逻辑》等。

热奈特有时候就把 mimèsis 译作"虚构";或者将文学视为一种谎言,似是而非、亦真亦幻的谎言:阿拉贡(Aragon①)曾称之为"真实的谎言"。亚里士多德写道:"诗人与其说是格律的诗人还不如说是故事的诗人,借'模仿'他方成为诗人,而他再现或模仿(mimeisthai)的是各种行为。"(1451b 27)

诗歌乃虚构,以上述定义之名,亚里士多德将劝诫诗、讽刺诗乃至表现诗人自我的抒情诗皆拒之诗学门外,仅留下史诗(叙事)与悲剧(戏剧)这两个体裁。热奈特称之为"母题形式下"的"本质主义诗学"或"构造主义诗学"。根据这种诗学观,"诗歌要成为艺术作品,要避免被语言的日常用法所消解的危险,最为稳妥的做法就是进行叙事或剧情虚构"(Genette,1991,p.16,p.18)。我觉得最好避免使用"母题"这个修饰词,因为并不存在构成文学的(内容)母题。亚里士多德与热奈特所关注的,是文学内容构成的本体性或实用性地位,是作为概念或模型而不是作为母题的虚构(换言之,是务虚而非务实),所以热奈特更愿意名之为"虚构性"而非"虚构"。参照语言学家路易·耶姆斯列夫(Louis Hjelmslev②)对"内容实体"(概念)与"内容形式"(所指的组织形式)、"表达实体"(声音)与"表达形式"(能指的组织形式)所做的区分,我会说就古典诗学而言,文学的特征是作为内容形式的虚构,即作为概念或模型的虚构。

那么,这是文学的一个"定义"还是文学的一个"属性"呢?到 19 世纪,被亚里士多德传统所冷落的抒情诗逐渐占领诗坛中心,最后甚至成为整个诗歌的象征,这种"定义"也开始退居次位。虚构,作为一个虚概念,不再是文学的一个充分必要条件(第 3 章谈 mimèsis 时我们再仔细

---

① 阿拉贡(1897—1982):法国超现实主义小说家、诗人。其著作有《共产党员们》、《受难周》、《乌拉尔万岁》、《巴尔的钟声》、《真实的谎言》等。

② 路易·耶姆斯列夫(1899—1965):丹麦语言学家,结构主义语言学哥本哈根学派的创始人之一。其著作有《普通语法原理》、《波罗的语言研究》、《论格的范畴——普通语法研究之一》、《语言理论导论》等。

考察之),尽管把文学看作虚构的仍然大有人在。

文学的内涵:表达形式

自 18 世纪开始出现的另一种定义,即文学唯美,与虚构说越来越背道而驰。比如说按照康德(Kant①)的《判断力批判》(1790)和浪漫主义传统的说法,美具有内在目的性。从此,文学与艺术只与自身相关。普通语言是为交流服务的工具,与之相反,文学的目的在于自身。《法语宝典》承袭了上述观念,认为文学仅仅是"用于审美的书面语"。

上述观念浪漫的一面长期以来备受推崇,它割裂文学与生活,将文学看成获救的途径,或者像 19 世纪末以来那样,将文学看成唯一的本真体验,对绝对与虚无的本真体验。在普鲁斯特和萨特的作品中,这个后浪漫主义传统与视文学为救赎之路的思想十分明显。前者在《重现的时光》里断言:"真正的人生,最终化为柳暗花明的人生,唯一令人觉得不枉此生的人生,就是文学。"(Proust,p.474)后者在二战前所写的《恶心》的结尾处,让哀怨人生无常的罗冈丹(Roquentin②)因一曲爵士乐而得救。形式——隐喻,即普鲁斯特所谓的"优美风格所不可或缺的饰环"(*ibid.*,p.468)——有助于我们摆脱凡尘,获得"片刻的纯净状态"(*ibid.*,p.451)。

不过,上述观念还具有今人更熟悉的形式主义的一面,它区分文学语言与普通话语,或让文学独辟蹊径地使用普通语言。凡语言、凡符号皆命定地既透明又遮碍。日常用语追求听后得意忘言(它及物,不可察觉),而文学语言经营的是隐晦曲折(它不及物,可察觉)。可以说明上述两个方面的极端例子比比皆是。日常语言多用本义,文学语言多用

---

① 康德(1724—1804):德国哲学家。其著作有《纯粹理性批判》、《实践理性批判》、《判断力批判》等。

② 罗冈丹:萨特小说《恶心》的主人公。

引申义(语意双关、表达生动、行在言中、自我指涉),在评论诗歌时蒙田早就说过"它们言简意赅"。日常语言比较松散,文学语言比较系统(更有组织,更协调,精练、复杂)。日常语言为言事而务实,文学语言托想象而唯美。文学挖掘的是语言介质的属性,并无实用目的。这就是关于文学之形式主义定义的各种说法。

福柯做过一个概括:从浪漫主义到马拉美,文学"自闭在极端的不及物的状态中",它"成为一个简单明了的肯定,肯定这种语言的法则即确证[……]它的峻峭存在;它唯有永无休止地折回自身,就仿佛文学的话语除了讲述自己的形式之外就不可能有别的内容了一样"(Foucault, p. 313)。瓦雷里在《诗学课》中则得出以下结论:"文学是且只能是对语言某些属性的延展或应用。"(Valéry, p. 1440)这就是通过回归古人对抗现代、回归古典对抗浪漫而给文学或作为语言艺术的诗歌寻找普遍定义所做的尝试。热奈特会说这是"形式版的本质主义诗学",我以为此形式乃"表达形式",因为将文学定义为虚构涉及的也是形式,不过那是"内容的形式"。从亚里士多德到康德、马拉美、瓦雷里,虚构之定义已经让位于"诗歌"(热奈特称之为"讲述")之定义,总之这是专家们的共识。除非上述两种定义至今平分秋色。

语言所特有的文学功用,亦即文学文本的独特属性,被俄国形式主义者名之为"文学性"。雅各布森于1919年写道,"文学的科学研究对象不是文学,而是文学性,是那让一部具体作品成为文学作品的东西"(Jakobson, 1973, p. 15),或者"让语言信息变为艺术品的东西"(Jakobson, 1963, p. 210),后一句是他多年后即1960年的说法。在这个为论战服务的战术概念中,我们似乎同时见到了作为批评之批评的文学理论和形式主义意义上的文学的理论的身影。凭借这一概念,形式主义者对研究对象进行了专门定义,他们企图确立文学研究的自主性地位,并彻底清除历史主义思潮和庸俗心理分析的影响。他们公开反对将文学界定为文献,或者界定为(现实的)再现或(作者的)表达;他们看重文学作品所独有的文学要素,对文学语言和非文学语言亦即通俗语言予以区分。文学语言自有其依据（而不是约定俗成的），它面向自身（而不是线性的），自我指涉（不具有实用价值）。

那么，究竟是什么属性、本质让某些文本成为文学作品呢？依照维克多·什克洛夫斯基（Viktor Chklovski①）在《艺术乃手法》（1917）中的讲法，形式主义者主张将"陌生化"或"反常化"（*ostranénie*）作为文学性的标准：文学或一切艺术乃一种手段，即打乱读者不假思索、习以为常的理解形式，让他们对语言生出新的感觉。雅各布森后来指出这种间距效应来自数种占统治地位的手法（Jakobson，1935），它们属于表征文学性的形式常量或语言要素，且被视为对"语言之种种可能"的实验。后一句乃瓦雷里的说法。然而，手法乃至占统治地位的手法用多了也会为人所熟悉，于是形式主义（见第 6 章）最后的结论是：文学史就是不断重新配置文学手法，反复更新陌生效应。

照这么讲文学的本质大概就建立在一些可解析的形式常量上。以语言学为支撑，借结构主义而复兴的形式主义让文学研究摆脱了那些与文本话语条件无关的观点。那么什么是其挖掘的常量呢？是体裁，类型，辞格。他们的预设是：一门从宏观上来研究文学的科学是完全可能的，与之相对的则是研究个体差异的风格学。

文学性或偏见

在为文学寻找一个"好的"定义的过程中，我们应用了柏拉图的二分法，但只考虑了这一二分的右词项（内涵、形式、陌生化），始终没有谈及这一二分的左词项（外延、功能、再现）。到此为止，我们是否已经胜利在望了呢？借助文学性这个概念，我们是否找到了构成文学的充分

---

① 维克多·什克洛夫斯基（1893—1984）：俄国文学理论家、作家，俄国形式主义的代表人物之一。其著作有《散文理论》等。

必要条件呢？我们是否可以就此止步呢？

暂不论以下指责：语言中不存在专门用于文学的成分，所以文学性概念不可能区别语言的文学用法和语言的非文学用法。误解主要来自雅各布森给文学性取的一个新名称。在其较晚的纯属即兴之作的《语言学与诗学》(1960)一文中，他从交际行为中识别出六个不同的功能(表情功能、诗学功能、意动功能、指涉功能、元语言功能、交际功能)，其中有一个就叫"诗学"功能，仿佛文学(诗学文本)为了强调信息的自为性便废黜了其他五个功能的作用，并将与它们相联系的其他五个要素(发信者、收信者、指涉、代码、接触)剔除出局一样。在其更早的一些文章中，例如《俄罗斯新诗》(1919)、《主导》(1935)，雅各布森曾明确表示，即便诗学功能占据主导地位，其他功能也不会消弭。然而，自1919年起雅各布森就开始说诗歌中的"交际功能[……]被压缩到最低程度"，"诗歌，就是具有审美功能的语言"，其他功能似乎可忽略不计(Jakobson, 1973, p. 14, p. 15)。文学性(陌生化)并不来自对纯语言成分的使用，而是来自对普通语言同一材料的别开生面的组织方式(更精练、连贯、复杂)。换言之，铸造某一文本文学性的并不是隐喻本身，而是一个淡化了其他语言功能的结构严谨的隐喻网络。文学形式与语言形式并无二致，但文学形式因其组织方式而变得更加醒目(至少有部分文学形式如此)。总而言之，文学性所涉及的不再是一个有或无、在场或缺席的问题，而是一个多与少的问题(比如说大量的比喻)：正是此等剂量激发了读者的阅读兴趣。

令人悲哀的是，即便这种大大折中软化的文学性标准仍然漏洞百出。其反例俯拾皆是。一方面，有些文学文本并未与日常语言拉开距离(如海明威[Hemingway①]、加缪[Camus②]的行为主义的或平实的

---

① 海明威(1899—1961)：美国作家。其著作有《老人与海》、《永别了，武器》、《丧钟为谁而鸣》等。

② 加缪(1913—1960)：法国作家。其著作有《局外人》、《鼠疫》、《西西弗斯》、《荒谬的人》等。

文笔)。将其纳入文学殿堂大概有以下理由：标记的缺席本身就是一种标记，陌生化的极致便是绝对通俗（或者说晦涩到极点就是彻底无意义）。然而，无论是严格界定为特别特征的文学性还是宽泛界定为特殊组织的文学性，在此都受到了驳斥。另一方面，那些所谓特别突出的文学特征在非文学语言中不仅有，而且有时候比在文学语言中更显著、更浓厚，比如说广告就是如此。不过，说广告是文学的最高境界，这话似乎有点过分。那么，形式主义者口中的文学性是整个文学的特征呢，还是某类文学的特征？比如说他们眼中的标准文学即诗歌，甚至还不包括全部诗歌，仅指那种前卫、晦涩、艰深、陌生的现代诗歌。文学性界定的是早期人们所谓的"诗歌上的破格"，而不是文学。除非雅各布森将诗学功能定义为信息之特性时心中所想的与一般人的理解有出人，即不仅是信息的形式，同时也是信息的内容。雅各布森关于《主导》的文章清楚地表明，陌生化是一个严肃的追求，牵涉伦理与政治。否则，文学性不过是虚有其表、好看无用的概念游戏。

如同所有文学定义一样，文学性概念也含有外在于文学本身的偏爱。所有文学的定义，乃至文学研究的定义，都不可避免地含有某种评价体系（某种价值、某种规范）。俄国形式主义者所偏爱的当然是那些最适宜用文学性概念描写的文本，因为这一概念就是从此类文本中归纳出来的。他们是未来主义诗歌先锋派的同盟军。一种文学的定义始终是一种化身为普遍性（如陌生化）的个人偏好（偏见）。后来的整个结构主义，以及脱胎于形式主义的诗学和叙述学，为了体现与传统写作和现实主义的对立，都以同样的方式肯定了文学的转向和自主意识。巴特在《S/Z》中对（现实主义的）"可读性"和（陌生化的）"可写性"所做的区分，就明显地带有价值评判色彩。无论有意无意，一切理论皆建立在一套主观偏爱体系上。

连热奈特最后也承认，按雅各布森的定义，文学性只能涵盖部分文学，即文学的"构造"体制而不是文学的"条件"体制，它仅包括所谓"构造"文学的"讲述"（诗歌），不包括"虚构"（故事与剧情）。热奈特放弃了形式主义和结构主义初衷,并得出以下结论:"文学性具有多样性,所以必须用多种理论来进行解释。"(Genette,1991,p.31)文学之构件本身便是异质的,除此之外还有(符合表达形式之标准的)诗歌和(符合内容形式之标准的)虚构。19世纪以来,又有一支新的队伍加入其中,即成员庞大混杂的非虚构性散文,它们(自传、回忆录、随笔、历史甚至法典)是否被看作文学是有条件的,取决于个人品位和时尚。热奈特总结说:"最聪明的做法,看来是暂时承认各家之言皆包含部分真理,也就是说在文学领域中皆占有一席之地。"(ibid.,p.25)不过,此话中的"暂时"完全有可能一直延续下去,因为文学没有实质,是一个复杂、异质、变化的现实现象。

文学就是文学

为了给文学性找一个标准,我们遇到了语言哲学中常见的难题。对于文学之类的术语的定义只会导致一系列实例举证,即举出使用某种语言的人同意使用这个术语的实例。有可能超越这一看似在原地打转的说法吗?可能性很小,因为文学文本即那种可以脱离其原始语境而为社会所用的文本。文本的意义(其应用、其特性)是无法还原为其产生时的背景的。社会将某些文本定性为文学文本,因为后者可以脱离其原始语境而存在。

不过,这个一言带讨的定义导致了一个比较麻烦的后果。的确,如果满足于上述界定,文学研究将不再涵盖所有就文学文本发言的话语,它仅余一个宗旨,即验证或反驳某文本是否属于文学文本。如果决定用文本与其初始语境是否关联来定义文学乃至文学研究,那么所有分析——旨在重建文学文本的初始创作语境、作者创作的历史背景、最初读者的接受情况的分析——无论多么有意思,皆不能算文学研究。原始语境将文本重新置于非文学元素之下,是对文本成其为文学文本(相对独立于其初始语境)之过程的反动。

并非所有涉及"文学"文本的发言都属于"文学"研究。就一"文学"文本进行"文学"研究,其关联的背景不是文本的初始语境,而是剥离其初始语境后将其视为文学作品的社会。因此,关于作者生平和社会逻辑的评论,借助文学传统(圣勃夫[Sainte-Beuve①]、泰纳[Taine②]、布吕纳蒂耶)来诠释作品的评论,以及所有历史评论的变体,均可被视为外在于文学的。

如果说重温历史背景并非切当之法,那么语言学的或风格学的研究思路是否要强一些呢?风格概念属于通俗用语,我们必须将其进一步精细化(见第5章)。不过,界定风格一如界定文学,一定会引发争议。界定的根据是在大众口中变动的对立:规范与偏离,抑或形式与内容,总之还是二分对立。其做法往往不是驳斥对方的概念,而是进行人身攻击(毁灭肉身、败坏名誉)。风格变体除了被界定为意义差别之外,很难描述,因为它们之间的差别是语言学意义上的差别而不是文学意义上的差别。所以说,一句广告语与一行莎士比亚的诗在本质上没有区别,不同的仅仅是它们的复杂度。

请大家记住,文学必然为原则请命。"文学就是文学",这便是权威人士(教授、出版商)纳入文学的观念。其边界有时会缓慢、柔和地移动(见谈论价值观的第7章),但切莫指望有可能从其外延过渡到内涵,从经典过渡到本质。不要以为我们在原地踏步,因为狩猎的乐趣不在猎物,此乃蒙田的说法;而猎人,大家已有体会,就是读者的楷模。

---

① 圣勃夫(1804—1869):法国诗人、实证主义文学评论家。其著作有《文学肖像》、《周一漫谈》、《情欲》等。
② 泰纳(1828—1893):法国哲学家、历史学家、文艺理论家。其著作有《论智慧》、《当代法兰西的起源》、《拉封丹及其寓言》、《艺术哲学》等。

第 2 章 作 者

文学研究中争议最大的一点,就是给予作者何种地位的问题。这方面的争论十分激烈,令人很难诉说分明(所以这一章在本书最长)。通常,以"意图"的名义,人们关注作者的地位,他与文本的关系,他对文本含义和意义的责任。我们可以从两个固有观念——传统的和现代的——着手,或者让二者对立,相互论战;或者平等视之,以期找到一个折中的结论。传统的固有观念认为作品意义等同于作者意图;在语文学、实证主义、历史主义大行其道的时代,这一观念十分盛行。但是,当代固有观念(也不见得太新)否认作者意图对于描写作品意义具有决定性作用;这一观念因俄国形式主义、美国新批评学派和法国结构主义而得到普及。新批评学派认为,在文学研究中使用意图这一概念不仅于事无补而且有害无益,他们将其斥为 *intentional fallacy*,即"意图幻觉"(illusion intentionnelle)或"意图谬误"(erreur intentionnelle)。争议还可被描述为文学"解读"论者与"阐释"论者之间的冲突,"解读"即探寻作者意图(在文本中找出作者想表达的意思),"阐释"则是描写作品意义(脱离作者意图探寻文本所含之意)。为了避开这种非此即彼的窘境,调和二者的敌对关系,今日人们开始推崇第三条道路,即以读者为主,视读者为文学意义的标准。对于这一现当代才有的固有观念,我暂时尽量回避,等到了第 4 章再说。

介绍文学理论，可以限于挖掘有数的几个概念，即那几个备受文学理论（形式主义及其后代）非难的概念：作者显然是形形色色新批评的主要替罪羊，这一方面是因为他代表了文学理论竭力要从文学研究中抹去的人本主义和个人主义，另一方面是因为文学理论的一系列反概念皆以打倒作者为前提。因此，重视文学文本的价值（文学性）还是承认作者意图的作用，实乃两条背道而驰的道路。比如，在俄国形式主义与美国新批评学派那里，为了确保文学研究相对于历史与心理的独立性，他们采取强调文本价值的做法，作者地位无关宏旨。反之，另一类理论视作者为核心参照，虽说它们在作者意识（文章乃有意之作）的程度上和如何把握这种（异化）意识——弗洛伊德（Freud①）派视为个人意识，马克思主义者视为集体意识——的方式上有所分歧，但文本从来就是与作者心灵相通的途径。讨论作者意图以及针对意图的无休止争论，是一个很好的引子，后边我们将逐个审查其他一些概念。

为了引导大家进入这一扑朔迷离的论战，我认为最好的办法莫过于引用名言。我将列举三个文本。首先是大家熟知的《巨人传》前言。文中的拉伯雷（Rabelais②）似乎在鼓励读者根据传统寓意影射法去探寻《巨人传》的隐含意（"最高意"，*altior sensus*），此思路曾让人在荷马（Homère③）、维吉尔、奥维德（Ovide④）的作品中读出基督教含义，可当我们真要相信这个中世纪的法子时拉伯雷似乎又开始嘲笑我们。他莫不是在要求读者自己负责，有权对手中的书进行种种哪怕是颠覆性的阐释？关于这个谈论意图的文本的意图，至今没有统一说法，这证明上

---

① 弗洛伊德（1856—1939）：奥地利心理学家，精神分析学派的创始人。其著作有《梦的解析》、《精神分析引论》等。
② 拉伯雷（1494？—1553）：法国文艺复兴时期的文学家。其著作有讽刺小说《巨人传》，讲述两个巨人国王卡冈都亚及其儿子庞大固埃的神奇事迹。
③ 荷马（推测其生活年代为公元前800年以前）：希腊传说人物、诗人，一般认为他是希腊最古老的叙事诗《伊利亚特》与《奥德赛》的作者。
④ 奥维德（公元前43—公元前17?）：罗马诗人，出生于富裕家庭，在罗马学法律、修辞学，著作有《变形记》等。

述问题无解。第二个文本是普鲁斯特的《驳圣勃夫》,该标题成为法国讨论意识问题的现代名称:普鲁斯特在文中驳圣勃夫说,传记这个"文学肖像"解释不了作品,作品生于另一个自我,一个与其社会形象有别的更深刻的自我,这个自我不可能被简化为一个有意识的意图。在讨论读者的第4章里大家将会见到,普鲁斯特的论据动摇了朗松,导致后者对其文本解释体系进行了适当的修改。第三个文本是博尔赫斯(Jorge Luis Borges①)的短小寓言《皮埃尔·梅纳尔:〈堂吉诃德〉的作者》,收于理论性寓言集《虚构》:同一题材出现在两个相隔数世纪的作者笔下,形成两个完全不同的文本,其意甚至相悖,因为它们的语境和意图大不相同。

理论揭露了传统文学研究中过分看重作者的做法,但它本身也有令人齿冷之处。然而,为文本意义而对作者不闻不问,这在逻辑上是否有点过分,即为了陶醉于一个美丽的反论而牺牲理性呢?这样会不会弄错了靶子?再说,阐释一个文本,难道不是对行为中人的意图做出种种揣测吗?

论作者死了

先从两个论点谈起。强调意图的论点大家已经熟悉。作者意图传统上是了解文学意义的学术或教学标准。复原作者意图是或者曾长期是解释文本的主要乃至唯一的追求。根据一般偏见,文本的意义就是义本作者想要表达的东西。偏见不一定全无道理,然而,视文本意义等同于作者意图,其主要好处就是消弭了文学阐释的麻烦:如果我们知道作者心中所想,或者通过努力探知他心中所想——不知是否因为努力

---

① 博尔赫斯(1899—1986):阿根廷诗人、小说家、翻译家。其主要著作有《布宜诺斯艾利斯的热情》、《面前的月亮》、《圣马丁手册》、《恶棍列传》、《小径分岔的花园》、《博尔赫斯谈诗论艺》等。

不够——我们还有必要阐释文本吗？既然可以用意图来解释文本，那么文学批评还有何用（此乃文学史梦想之境）？除此之外，文学理论也成为多余物：如果意义是作者意图，是客观的、历史的，那我们还要批评干吗？更不用说评判批评的批评之批评了。要想得到答案，只需多做些努力。

19世纪以来一直充当文学解释之尺度的意图，以及作者本身，在20世纪60年代成为新派（新批评）大战旧派（文学史）的首选突破口。1969年，福柯发表著名演讲，名为《何谓作者？》；1968年，巴特提笔撰文，其标题"作者之死"令天下大哗，无论在其拥戴者还是在其反对者的眼里，该标题后来都成为文本科学反人本主义的口号。关于文学和文本的论战，集中围绕作者展开，我们可以对其做一个漫画式的勾勒。所有传统文学概念都离不开作者意图，或者是它演绎的结果。同理，所有文学理论的反概念都脱胎于作者之死。巴特认为：

> "作者"很可能是我们社会生造的一个现代人物。走出中世纪的社会，在英国经验主义、法国理性主义和宗教改革个人信仰的影响下，发现了个人的魅力，或者用一句更高雅的话来说，发现了"人性的光辉"。(Barthes, 1984, p. 61 - 62)

这就是新批评的出发点：作者实际上就是布尔乔亚，资本主义意识精髓的化身。据巴特看来，整个文学教育和所有文学教材均以他为中心，"人们始终去作者处寻找对作品的'解释'"（*ibid.*, p. 62），仿佛作品乃人的心声，其形式可以不同，其实质永远是作者的倾诉。

对作者——文学的生产者和解释者，巴特用无人称的、匿名的语言来取代之。马拉美，瓦雷里，普鲁斯特，超现实主义，最后还有语言学，都曾先后言及语言乃文学的唯一材料。语言学认为"作者，书写之人而已；'我'，口中言'我'之人而已"(Barthes, 1984, p. 63)。马拉美则主张"诗人隐，无言，让词汇自行创作"(Mallarmé, p. 366)。将作者比为第一人称,该比喻让人想到埃米尔·本维尼斯特(Émile Benveniste①)在《代词的性质》(1956)一文里所做的思考,这篇文章对新批评学派的影响可谓极大。从此,作者将舞台的前台让给了书写、文本,或曰书写者。书写者仅仅是一个语法或语言学意义上的"主语"而已,是纸上存在,而不是心理学意义上的"人":它是陈述主体,不可能先陈述而在,主体随陈述发生,此地当下(ici et maintenant)。因此,文字无法"再现"、"描绘"任何先于陈述行为发生的东西,它的源头与语言的源头并无二致。被剥离了作者这一源头,"文本成为用引语编织出来的网络":互文性概念也出自作者之死。于是解释也随作者销声匿迹,因为文本深层的、原则上的、原初的单一含义不复存在。最后一环,完全脱胎于作者之死的这个新体系的最后一环,即读者:是读者而不是作者成为文本统一性的生成之地,文本流向的终点取代了文本诞生的起点。不过,与失却肉身的作者一样,读者也不是真人,仅被当作一个功能:是"那个在同一场地收齐了构成书写作品的所有印迹的家伙"(Barthes, 1984, p. 67)。

  正如大家所见,这一切都能站住脚:整个文学理论都能与作者之死这一前提相关联,当然也与巴特其他文章有关系,但首当其冲的便是《作者之死》,因为它旨在推翻文学史的第一要义。巴特师出有名:"我们现在深知一个文本……";且义正词严:"今后我们再也不会上当……"一如预期,理论必然伴随对意识形态的批判:书写或文本"解放了一种行动,名为反神学的行动,具有革命意义的行动,因为拒绝意义的终止就是拒绝上帝及其终极义,就是拒绝理性,拒绝科学,拒绝法则"(ibid., p. 66)。那是1968年,春天的反权威浪潮风起云涌,与之相呼应,打倒作者标志了系统结构主义向后结构之解构的过渡。为了最终灭掉作者,我们还必须将作者视同为资产阶级个体,有心理之人,尔后

---

① 埃米尔·本维尼斯特(1902—1976):法国语言学家。其著作有《普通语言学问题》等。

将作者问题简化为用生平和传记解说文本的问题。文学史的确表现出上述的局限,但如此简化毕竟无法涵盖整个意图问题,更不用说解决该问题了。

在《何谓作者?》中,福柯的论据似乎也建立在当时文学史与实证主义的对垒上。为此,有人批评他在《词与物》中处理专有名词和作者姓名的方式,因为他在其中找到了比某人(达尔文、马克思、弗洛伊德)作品还要宽泛、含糊的"话语构形"。从"赞同不在书上署名"(Mallarmé, p. 378)的马拉美到贝克特(Beckett①)、莫里斯·布朗肖(Maurice Blanchot②),现代文学一步步见证了作者的退隐。有鉴于此,福柯将"作者功能"界定为意识形态的历史建构,一种在处理文本过程中或多或少会产生的心理投射。显然,作者之死造成了文本的多义,提升了读者的地位,并给予评论前所未有的自由,但如果我们不对意图和解读之关系性质进行真正的思考,那岂不是拿读者取代作者?作者总是有的,不是塞万提斯,就是皮埃尔·梅纳尔。

为了让后理论不步前理论之旧尘,我们必须摆脱新批评和文学史的思辨。此类思辨充斥了争论,并将作者贬为简单的起因或草人进而灭之。一旦离开了这一莫名其妙、纯属虚幻的争论,就很难把作者打入冷宫。其实,不谈作者的意图不等于没意图。即便就社会学意义而言作者是一位现代人,作者意图问题依然不能算是一个理性主义、经验主义与资本主义时代的问题。它是一个古已有之、不太容易解决的问题。在作者之死的论点中,人们把在社会学意义上拥有生平的、在历史经典中占有一席之地的作者与作为阐释标准的作者意图或本意混为一谈:福柯的"功能作者"就充分地反映了这种简化。

在回顾修辞学如何对待意图之后,大家将发现该问题因现象学和

---

① 塞缪尔·贝克特(1906—1989):法国剧作家。其剧作有《等待戈多》、《摩洛瓦》等。

② 莫里斯·布朗肖(1907—2003):法国作家、思想家。其著作有《文学空间》、《未来作品》等。

阐释学而有了深刻的新意。作者死了的说法之所以在20世纪60年代的批评界引起极大反响，很可能是因为有人偷换了概念，用文学史的术语取代关于意图的阐释问题，前者显然过于简化，值得商榷。

"意图"(voluntas)与"行为"(actio)

关于作者原意——将作者视为一个意图——的争论，古已有之，并非始自今日，否则才会令人感到不解。今人倾向于将关于意图之思考简化为一种二元论，即长期在西方哲学中占统治地位的二元观：思想和语言。二元论无疑大大增强了意图论的分量，但近代对二元论的揭发并没有彻底解决意图问题。大家皆熟悉《费德尔》中关于造字的神话，柏拉图在文中提示：语言(*logos*)离思想(*dianoia*)有多远，文字离语言就有多远。在亚里士多德的《诗学》里，内容与形式的二元对立是划分故事(*muthos*)及其表述(*lexis*)的原则。总而言之，修辞传统皆区分 *inventio*(创意)与 *elocutio*(表述)，让两者相映照的比喻不胜枚举，例如身体与衣冠。此类对立概念的平行移植与其说让人心明，不如说使人昏昏，因为它把意图问题偷换成风格问题。

古典修辞学最初曾用于法学领域，所以它脱不开"意图"与"行为"的二分，凯茜·伊登(Kathy Eden)在其《阐释与修辞传统》(1997)一书中强调了这一点，该书对后来的概念划分影响甚大。如果说我们倾向于忘记这一点，那是因为我们常将两个——即使不在实践中也是在理论上——截然有别的阐释原则混为一谈。这两个原则即"法律"原则和"风格"原则(Eden, pp. 8-10)，它们皆源自修辞学传统，是"破解手迹"的依据。据西塞罗(Cicéron[①])与坎蒂里安(Quintilien[②])记载，修辞

[①] 西塞罗(公元前106—公元前43)：罗马政治家、哲学家、文学家。其著作有《论演说》、《论友谊》、《论共和国》、《论官吏》、《论法律》等。

[②] 坎蒂里安(35—95)：罗马修辞学家。其著作有《论演说教育》等。

家们为解释书写文字常常需要应用上面那一对法学区别,即 *intentio*（意图）和 *actio*（行为），或 *voluntas*（意愿）和 *scriptum*（文字），后一对划分专用于文字领域（Cicéron, *De oratore*, I, LVII, 244; Quintilien, *Institutio oratoria*, VII, X, 2）。还是这些修辞家，为了消解上述二分的法学义，有意采用了一个风格学方法，他们在文本中找出种种歧义，以便透过 *scriptum*（文字）达到 *voluntas*（意愿）：歧义被他们解读为 *voluntas*（意愿）的表记，有别于 *scriptum*（文字）的表记。于是，作为意图的作者和作为风格的作者常被混为一谈，一个法学区别（"用意"和"文字"）被精心地掩藏在了一个风格学区别（本义和引申义）之下。然而，二者在实践中的叠用绝不应成为我们忘记它们在理论上本来是两个截然不同的原则的理由。

圣·奥古斯丁（Saint Augustin①）也曾使用过这种法学性质的二分，其一端用来指作者为表意所选词语的原义，即语义学意义，另一端用来指作者用这些词所欲传达之意，即"主观心理"义。这是交际中所涉及的两个面：语言学层面与心理学层面。他严格遵循传统修辞规范，极其看重作者"原意"，即重"意"而轻"文"。在《基督教教义》（*De doctrina Christiana*, I, XIII, 12）一书中，奥古斯丁抨击了阐释中所表现出来的重"文"轻"意"的错误，并认为二者的关系类似于肉体与被肉体禁锢的灵魂（animus）或精神（spiritus）的关系。在圣·奥古斯丁那里，意义在阐释上依附意图，不过是身体或肉体在伦理上依附精神或灵魂的一个具体例子罢了（基督教看重并关爱肉体绝不是为肉体本身）。奥古斯丁主张阅读文本精神，反对阅读文本躯体，躯体即文本文字，阅读躯体即拘泥于字面。当然，人的身体应当尊重，文本文字应当珍惜，但珍惜不是为其自身，而是将其作为起点，通往精神阅读的起点。

解读躯体与解读精神，此二分并非奥古斯丁的专利，他只是承袭了

---

① 圣·奥古斯丁（约354—约430）：古罗马神学家、哲学家。其主要贡献是关于基督教的哲学论证。他改造了柏拉图的思想，以便服务于神学教义。其著作有《忏悔录》、《上帝之称》、《基督教教义》等。

圣·保罗(Saint Paul①)关于文字与精神的二分——文字僵化,精神鲜活——一如修辞传统,此二分无论是来源还是性质都与风格无缘,它属于法学范畴。圣·保罗向犹太人布道,于是用了两个犹太人更为熟悉的词——gramma 与 pneuma,文字与精神——来取代希腊修辞术语 rheton(辞藻)与 dianoia(思想)(Eden, p. 57),与之对应的拉丁语概念即 scriptum(文字)和 voluntas(意愿)。虽说我们倾向于将圣·保罗的文、神之分或圣·奥古斯丁的读躯体和读精神归于风格学,但原则上讲它们都是基督徒从法学修辞那里移植过来的,即所谓的行为与意图。其目的,在基督教初期,也曾一直是法学性质的,因为他们要推翻摩西旧律以建立新律。

然而,麻烦的是,奥古斯丁也与其他修辞家一样毫不犹豫地用风格学方法从文字中提炼意愿,结果导致其大量的追随者和评论者乃至今天的我们混淆了法学性的精神读法和风格性的意象读法,前者按文字索思想,后者按本义索引义。不过,尽管精神读法和形象读法在奥古斯丁的实践中常产生重叠,但在理论上他比我们清醒,从不把一种读法简化为另一种,也不会将精神、意象两种读法混为一谈;至于文字与精神的区别——脱胎于基督教中"手稿"与"意志"或"行为"与"意图"之间的区别——属于法学概念,本义(*significatio propria*)和转义(*significatio translata*)的对立属于风格学概念,他心知肚明。其实真正糊涂的是我们今人,因为本义的"本"字在今天有歧义,既指与精神相对的"载体",又指与转义相对的"原意",于是便混淆了法律(阐释)范畴和风格(语义)范畴。

在阐释实践中,奥古斯丁常常掺杂着使用上述两种阐释原则,但他也像西塞罗一样,始终坚持区分精神对文字(或肉体)的法学划分和引申义对本义(或字面义)的风格学划分。在修辞传统中,文本解读主要

---

① 圣·保罗(公元前4?—公元64?):使徒保罗。基督教思想家、作家。他与耶稣是同时代人,但比耶稣年轻。作为发展基督教的重要先驱之一,他对基督教神学的发展做出过巨大贡献,是《新约》的主要作者之一。

有两大难点:一是文本与作者意图间的距离,二是表达上有意无意的模糊或晦涩。人们还可以这么说,心理意图问题(文字 vs 精神)主要属于修辞学第一部分,即 *inventio*(创意);语义晦涩问题(本义 vs 转义)主要属于修辞学第三部分,即 *elocution*(表述)。

寓意与文献学

古代修辞学的细腻区别已然流失,在解读文本之难点时,我们便倾向于把意图问题简化为风格问题。然而,这种混淆难道不正是传统上所讲的"寓意"吗?寓意读法便是通过文本提供的形象来破译文本的隐义。自西塞罗、坎蒂里安以来的修辞论述一直无法对寓意进行定位。寓意既是思想的形象又是比喻,用很多词构成的比喻(习惯上称其为连续的暗喻)。寓意难定,游弋在修辞学第一部分"立意"(与意图相关)与第三部分"表述"(与风格相关)之间。整个中世纪都在借助"寓意"思考意图问题,然而实际上寓意的基础涵盖了两对概念(以及两种阐释原则),这两对概念在理论上迥然相异,一个是法学性质的,另一个则是风格性质的。

在传统阐释学意义上,寓意乃一种解读方法。当文本脱离其原始语境、作者意图隐晦难解时——假定以前并非如此——人们便使用寓意读法(Compagnon[①], pp. 46 - 50)。自 6 世纪以后,希腊人将寓意命名为 *hyponoia*,即世人在《荷马史诗》中发现的隐义或深意,其目的是为已然陌生的故事提供一个说得过去的意义,为神祇在今天看来十分荒唐的行为进行辩白。寓意读法发明了另一种含义——为文本文字所允许的、关于天道或人心的含义:于是风格学的区分便被叠加在法学的区分之上。这是一种诠释模式,让我们有可能对年代久远、风俗迥异

---

① 安托万·孔帕尼翁,本书的作者。

（总之是异域文化）的文本进行当代化的解读。通过赋予文本另一种意义，一种形象的精神的隐义，一种今人可以接受的意义，我们得以重新占有文本。寓意读法的标准，用来衡量各种阐释孰优孰劣的标准，并不是作者原意，而是 decorum，即在当下是否合宜。

寓意读法是一种时空错位的读法，用新模型解释古文本，古为今用：用读者之意取代作者原意。对《圣经》进行的类型学诠释便是忽悠时代的典型：竟然在《旧约》中读出《新约》故事将要发生的种种预兆。整个中世纪，在荷马、维吉尔、奥维德的作品中发现基督降世预兆的人也不在少数。寓意是一个强大的工具，可以给古文本注入新意。

然而，还得面对意图问题。在寓意中混淆法学概念和风格学概念并不能完全消解意图问题。我们所理解的文本义与荷马本人所理解的文本义，抑或他欲传达之意相吻合吗？后世之人在《伊利亚特》中读出了那么多意思，不知荷马是否早就胸有成竹？基督教在《旧约》的阐释上解决了这个难题：作为建立在《圣经》上的宗教，它以教义的形式宣称《圣经》源自上帝的启示。先知是上帝的工具，其手受上帝牵引，他在笔录《圣经》时想说什么或者想到什么并不妨碍信徒借助圣文上窥天意。那么，我们该如何对待上古作家，即那些被但丁放在"地狱"前的"候判所"①里的作家呢？这些作家生前基督尚未降世，但他们的作品与《新约》颇为契合。拉伯雷在《巨人传》的序言中便论及这种两难处境。他先是鼓励读者探求其书的"妙义"，由表及里，由骨及髓，不凭衣冠识人，苏格拉底虽丑却满腹经纶，继而笔锋突转，又要求读者紧扣原文的文字："平心而论，你们相信荷马在写《伊利亚特》和《奥德赛》时就已经想到了普鲁塔克（Plutarche②）、赫拉克利特·彭底古斯（Hercalides

---

① 非基督徒的"好人"和未受洗礼便亡去的婴儿所待之处。
② 普鲁塔克（约46—120）：希腊伦理学家。其著作有《希腊罗马伟人传》等。

Ponticq①)、俄斯塔修斯(Eustatie②)、弗尔奴图斯(Phornute③)等人后来在他作品中读出的寓意吗?"拉伯雷认为没有;同理,奥维德也不可能想到后人会在《变形记》中发现基督教必将兴起的所有预兆。诚然,拉伯雷不反对在《伊利亚特》或《变形记》中读出一个基督教含义,但倘若认定此含义来自作者本人,他就不能苟同了。换言之,如果读者在《巨人传》中发现了什么惊世骇俗的意思,那就如同在荷马或奥维德的书中发现基督教含义一样,谁发现谁负责,与作者本人无关。于是,为了开脱责任否定意图,拉伯雷重新梳理了习惯上的混淆,又拣起了修辞领域中法学与风格学的古老区别。谁在《巨人传》中读出了寓意,谁便是该寓意的责任人。按照上述思路,蒙田不久就提出了"称职读者"这一说法,他认为此类读者在《随笔集》中发现的含义应该超出作家意识到的含义。重读《随笔集》,他本人就曾发现过出乎他预料之外的含义。

　　拉伯雷、蒙田跟以前的修辞家如西塞罗、奥古斯丁一样,主张把意图与寓意区分开来(哪怕是有保留地区分),但直到文献学之父斯宾诺莎(Spinoza④)出现之前,寓意仍然大行其道。在《神学政治论》(1670)中,斯宾诺莎主张把《圣经》当作历史文献来读。换言之,决定文本意义的只能是当时的时代背景。奥古斯丁提醒世人谨防系统地使用意象的阐释法,所谓意图的解读从根本上讲是背景性的,或曰历史性的。从此,意图问题和背景问题有了很大的交集。18世纪,启蒙时代以降,中世纪基督教的读法遭遇挫败,这表明阅读理解开始回归古修辞的法学实用主义。混淆时代的寓意读法似乎被彻底排斥出局。理性地讲,荷

---

　　① 赫拉克利特·彭底古斯:公元前4世纪古希腊唯物主义哲学家,柏拉图的学生。
　　② 俄斯塔修斯:12世纪希腊文学家。其著作有《伊利亚特及奥德赛注释》等书。
　　③ 弗尔奴图斯:1世纪斯多葛派哲学家。
　　④ 斯宾诺莎(1632—1677):荷兰唯物主义哲学家。其著作有《笛卡儿哲学原理》、《神学政治论》、《伦理学》等。

马和奥维德皆非基督徒,他俩文本中所谓的基督教寓意均不具合法性(Hirsch①,1976,p.76)。从斯宾诺莎开始,文献学读法先是被用在圣典经书上,后来才转用于所有文本。该读法的主要宗旨是防止在解读中出现时间错位,它崇尚理性,反抗权威和传统。正宗的文献学认为强加在古人身上的基督教寓意是非法的,于是便为历史读法开通了道路。

也许有人觉得这种论争早已了结,或过于抽象。但我们要提醒大家它从未偃旗息鼓,至今仍是导致法学家与宪法学家对立的缘由。两个多世纪以来,法国国体的变动从未停止,而宪法也随国体的变动而改变。大不列颠没有成文宪法,但在美国所有的政治问题都会在某种时刻表达为法律问题,即关于如何解读和执行宪法的问题。由此,在所有社会问题上都会形成两大对立阵营:一派拥戴"活宪法",主张根据现实需要不断地对其进行新的阐释,以保护那些先辈们未曾意识到的新权利,比如说堕胎权;另一派坚守宪法之父们的"本意",主张精确定义宪法出台时其用语的客观义并严格执行之。毋庸讳言,这两种立场——寓意的和原旨的——都不太站得住脚。如果每代人都有权对宪法的基本准则凭喜好任意界定,宪法有也等于无。然而,假设的确有一个可以验证的原意,必须忠实于这个原意,那么,在现代民主政治中,活人的权利岂不被死人之权威所绑架?"活人受制于死人",就像一句司法格言所说的那样。难道应该让18世纪末的种族歧视一直延续、视美国宪法编纂者关于黑奴的偏见为金科玉律?认为一部文本只有一种客观义是荒唐的,这是当今许多文学工作者,甚至史学家的共识。再说到底何为原意,保守派也很难达成一致,宪法本来想表达什么,谁也说不清,于是一遇到具体情况,现代派像保守派一样也可以引用宪法原文来为自己的观点进行辩护。总而言之,宪法也好别的文本也好,其阐释所提出来的不仅是一个史学问题,也是一个政治问题。对此拉伯雷早有提示。

---

① E.D.赫希(1928—):美国教育家、文学评论家。其著作有《解读的有效性》、《解读的目标》、《文化阅读》等。

文献学与阐释学

阐释学,作为文本的解读术,原本是神学的古老分支,一直运用于宗教经典。19世纪,阐释学沿着德国18世纪新教神学家们的足迹,随着欧洲历史意识的成长,终于化身为一门解读所有文本的科学,并一举成为文献学和文学研究的基石。弗里德里希·施莱尔马赫(Friedrich Schleiermacher①)于18世纪末奠定了文献阐释学的基础。施莱尔马赫认为,文学、艺术传统与其原生之世不再发生直接关系,它已变得有异于其原始意(关于《荷马史诗》的寓意解释用另一种方式处理该问题)。相对于其原生世界来说,文学或者艺术整体已经异化,所以弗里德里希·施莱尔马赫为阐释学确定的目标便是重建一部作品的原初意。他写道,艺术作品的"可感悟性部分地来源于作品的原始意向",因此,"如果艺术作品的原始语境没有被历史保存下来,彻底脱离该语境的艺术作品就丧失了意义"(转引自 Gadamer, p. 185)。根据这一浪漫主义兼历史主义高论,作品的真意即作品原初意:理解作品,就是剔除那些张冠李戴的寓意读法以恢复作品的本来面目。汉斯-格奥尔格·伽达默尔(Hans-Georg Gadamer②)写道:

> 重建作品所属的那个"世界",复原创作者"眼中"的原初语境,将作品置于当时的风格。这些历史重构途径是完全合法的,因为它们将帮助读者理解艺术作品的真正含义,避免读者按当下的情况穿凿附会。[……]历史知识有可能修复缺失,复原传统,进而让偶然因素和原始场景重获生命。阐释学

---

① 弗里德里希·施莱尔马赫(1768—1834):德国哲学家、神学家、阐释学家。其著作有《论宗教》、《基督教信仰》、《新约导论》、《耶稣传》等。

② 汉斯-格奥尔格·伽达默尔(1900—2002):德国哲学家,诠释学理论的创导者,海德格尔的学生。其著作有《哲学解释学》、《真理与方法》等。

的全部努力就是在艺术家的心灵中重新找到这个"触点",没有这个"触点"我们无法理解一部艺术作品的意义。(Gadamer, p. 186)

简而言之,施莱尔马赫的思想代表了最坚定的文献学(或反理论)立场,即一部作品的意义就是它原生的社会环境,关于它的理解就是对它生成过程的重建。根据这一原则,历史可以而且必须重建原初语境,关于作者意图的重构则成为确定作品意义的充分必要条件。

文献学认为,文本永远不可能道出它原本没有表达的意思。下面是施莱尔马赫在1819年精简本中为阐释学提出的首条要律:"一段话语中所有需要进一步澄清的东西,都只能在作者与最初观众所共享的语言场中得到澄清。"(Schleiermacher, p. 127)为作者和首批观众所共享的语言进行无歧义定义的任务落在了历史语言学身上,于是历史语言学在文献学工程中占有举足轻重的地位。不过,请大家不要因此而以为中世纪的注释家都是些傻瓜或蠢货:像拉伯雷一样,他们清楚荷马、维吉尔、奥维德不是基督徒,那时候也不可产生暗喻基督教教义的想法。结果他们还是假设有一个高于作者个人意志的意志,或者干脆认为解释文本不见得总要参照背景,即作者与第一批读者共享的历史语境。显然,寓意原则要高于文献学原则,因为后者过分强调原始语境,将其作用绝对化,结果导致对文本在阅读中所生之义的否认,即对文本在历史演进中所生之义的否认。一个悖论:文献学以历史之名否认历史,否认文本今天可以表达它未曾表达之义这一事实。

阐释学运动逐步打碎的正是文献学的这一前提,这前提是一个规范、一个伦理选择,而不是一个演绎出来的必然命题。那么,怎么做才有可能重建原初意图呢?施莱尔马赫为我们提供了一个"感应"或"预测"方法。根据这一后来被称作"阐释环"(Zirkel im Verstehen)的方法,阐释者面对文本,首先要对文本意义进行全局性假设,然后再分析局部细节,最后再回过头来对全局性假设进行修正。这种方法预设了部分与整体之间存在着一种有机的、互相依存的关系:不了解部分就不了解整体；反之，不了解决定部分之功能的整体，就不了解部分。这种假设值得商榷（文本不都是同质的，尤其是现代文本，其一致性越来越差），但这还不是最令人难堪的。文献学解读法坚信阐释环可以填补现在（阐释者）与过去（文本）之间的历史空白，通过对照整体与部分，修正原来对整体的感悟性预测，最后达到重建过去历史的目的。在他们心目中，阐释环既是整体与部分的辩证，又是现在与过去的对话。仿佛上述两种张力和两种间隔可以用阐释环一下子给解决掉，用同样的方法同时给解决掉。借助阐释环，理解将主体与客体联系起来。一旦主体完成对客体的全面理解，这种具有方法论意义的阐释环就完成了自己的使命，一如笛卡儿的怀疑的作用。继施莱尔马赫之后，威廉·狄尔泰（Wilhelm Dilthey[①]）降低了文献学追求穷尽性的初衷：他认为唯有应用于自然现象的科学方法所提供的才能称为"解释"，而"理解"则要低一个档次，后者不过是人类经验所给出的阐释目标。一部文本可以被理解，却无法被解释，比如说用一个意图来解释。

　　胡塞尔的超验现象学，接下来的海德格尔（Heidegger[②]）的阐释现象学，大大地打击了文献学的上述宏图，遂使反文献学理论有可能在后来大放异彩。胡塞尔（1859—1938）时期，笛卡儿的"我思故我在"被"意图性"取代：前者反观自身，呈现自我且适于他人；后者乃意识行为，且总是关于某物的意识。阐释环假设阐释者可以设身处地，但上述取代破坏了这种可能。换言之，阐释环不再是"方法"而是理解的前提。如果说所有理解都意味着对意义的预期（前理解），要理解一个文本就必须预先给出一个设想，那么阐释岂不是建立在偏见之上？到了马丁·海德格尔那里，现象学意义上的意图性具有了历史性：我们的前理

　　[①]　威廉·狄尔泰(1833—1911)：德国哲学家，生命哲学的奠基人。其著作有《精神科学绪论》、《哲学的本质》等。
　　[②]　海德格尔(1889—1976)：马丁·海德格尔，德国哲学家。其著作有《什么是形而上学》、《现象学基本问题》、《真理的本质》、《林中路》、《演讲与论文集》、《走向语言之途》、《技术与转向》等。

解与我们的存在或"此在"(Dasein)密不可分,脱离自身的具体历史环境我们不可能理解他人。阐释学的前理解(或对意义的预期)和阅读回环仍然是海德格尔现象学的基础,但是,他关于人生经历构成偏见的论述使得重建过去成为不可能完成的任务。海德格尔断言:"人生经历、追求和已知知识是我们能够将某物视为某物的先决条件,而意义则是由这些先决条件赋予结构的映射之地。"(Heidegger,p. 197)从设身处地到预期,从预期到偏见,阐释环即使不是恶性的或致命的——在《存在与时间》里,海德格尔明确地说要避免使用这类形容词:"在阐释环里发现恶性循环且避之唯恐不及[……],便是对何为感知的大错而特错的感知"(ibid., p. 198)——也是避无可避、无法逾越的,因为理解本身不可能摆脱历史偏见。即使文本已被理解,阐释环也不会随之消失;它不是"夸大的怀疑",而是理解行为本身的结构。海德格尔又说:"恰恰相反,它是对以'此在'为先决条件的存在结构的表达。"(ibid., p. 199)如果人永远无法指望走出自己的世界,走出封闭自己的肥皂泡,文献学的目标就只能是一个海市蜃楼。

胡塞尔和海德格尔都不是专门研究文学阐释的,但他们对阐释环的批判启发了伽达默尔,后者根据他们的理论在《真理与方法》(1960)中重新审视了自施莱尔马赫以来的阐释学传统问题。何谓文本的意义?作者本意的合理性何在?我们有可能理解那些属于陌生历史或陌生文化的文本吗?一切理解是不是都离不开我们的历史经历?伽达默尔认为:

> 如所有的复原活动,重建原初语境的企图因我们自身的历史局限性而注定失败。人们重建的、从异化中恢复的生活场景已经不是原初的了。[……]对阐释活动来说,理解固然意味着重建原初语境,但阐释活动只不过是对已逝意义的传递罢了。(Gadamer, p. 186)

于是,对于后海德格尔的阐释学来说,探寻初始读者的首次接受或者作者的"欲表之意"基本上是缘木求鱼,哪怕将其说得天花乱坠也没有意义。总而言之,所谓首次接受和"欲表之意"不可能给我们复原出任何的真实。

伽达默尔认为,作者的意图永远无法囊括一部文本的全部含义。历史背景或者文化背景一旦变了,文本就会生出作者和初始读者意想不到的新意。任何阐释都有自己的背景,都离不开当时的时代标准,仅仅依靠文本本身,我们无法认识或理解一个文本。海德格尔之后,施莱尔马赫以来的阐释学寿终正寝。从此,所有阐释都被视为今与昔的对话、问与答的辩证。不求解释也不求理解,阐释者与文本间的时间距离无需填补,以"视野融合"(fusion d' horizons)之名,这个距离反而成为阐释的一个虽然避不开却值得开发的富矿:一方面,阐释作为行为让阐释者清醒地意识到自己那些先有观点;另一方面,它用现在来保存过去。文本提供的答案既取决于我们根据自己的历史观所提出的问题,也取决于我们针对其重新建构问题的能力,因为文本同时也在和自己的历史对话。

伽达默尔著作的法译本出现得比较晚,直到1976年才有了部分的译文。这一著作虽然是对海德格尔关于文本阐释的形而上学思考的进一步引申,但仍与法国20世纪六七十年代关于文学的争论遥相呼应,尤其是在最后,他让问、答阐释学与一种语言观发生联系,肯定语言是互动之场,反对它是先定之"欲说"的表达工具。到目前为止,现象阐释学并未质疑语言,而是坚持认为意义存于语言,语言表达并反映意义。因此,胡塞尔的"欲说"概念大概是西方形而上学的"逻各斯中心主义"的同谋,德里达1967年在《声音与现象》中曾对此进行过批判。一部文本的意义不会被作者的意图所穷尽,也不等同于其意图(它不能被简化为作者及其同代人心中的意义),它必须包含所有年代的所有读者对它的批评史,吸纳自己过去、现在、将来的接受情况。

意图与意识

由此说来,文本与其作者的关系问题绝不应简单地归结为作者的生平问题,归结为作者在传统文学史中的夸张作用("人与作品"),或新批评所说的作者成就("文本")。在历史、意识形态层面上,"作者死了"之论掩盖了一个更根本、更严峻的问题:作者意图问题。作为文学阐释的标准,意图远比作者重要。我们在谈论一个作者的文学观时完全可以不提他的生平,而且这并不见得就一定会推翻一般偏见,即意图乃阐释不可或缺之预设的偏见——偏见也不见得毫无道理。

所有意识流批评皆是如此,尤其是为乔治·普莱(Georges Poulet[①])助阵的日内瓦学派。这种批评方法要求批评家理解作品时设身处地体验和走进作者的内心,即透过作品去贴近他者,贴近作者,而作品则是作者深层意识的反映。这就意味着要再现灵感的涌动过程,重新经历创作的酝酿过程,或找回萨特在《存在与虚无》中所说的"原始构思"。"原始构思"便是将每个生命视为一个有朝向的整体、统一体,萨特在研究波德莱尔、福楼拜(Flaubert[②])时便是这样经营的。不过,表达"欲说"的文字再现了意识行为,若想捕捉意识行为,一切材料(一封信、一个注释)的重要性都不亚于一首诗或一部小说。显然,此类批评不在意历史背景,只注重内在阅读,只注重领略文本中被现实化的作者意识。意识与生平、内省或深思熟虑的意图不再有太大关系,它反映的是某种世界观的深层结构,某种对自我、对世界的意识,或者某种行为

---

① 乔治·普莱(1902—1991):日内瓦学派的主要创始人之一。其著作有《批评意识》、《圆的变形》、《关于人类时间的研究》、《普鲁斯特的空间》、《心理距离》、《阅读的现象论》等。

② 福楼拜(1821—1880):法国作家。其著作有《包法利夫人》、《萨朗波》、《情感教育》、《圣·安东的诱惑》、《三故事》、《竞选人》等。

意图。当然,对世界的意识受制于对自我的意识。对于这种新型的以空间、时间、他者等重大主题为特征的现象学的"我思"(*cogito*),普莱在其封山之作(1985)中称之为整部作品所表达出来的"不确定的思想"。即使化身为"不确定的思想",作者还是作者。

新批评学派呼吁的文本回归,不过是向化身为"创作构思"或"不确定思想"的作者的回归,巴特与雷蒙·皮卡尔(Raymond Picard①)在20世纪60年代的论战就说明了这一点。巴特发表了《论拉辛》(1963);皮卡尔在《新批评还是新骗局》(1965)中对他进行抨击;巴特又在《批评与真理》(1966)上予以回击。在《论拉辛》中——在《米什莱》(*Michelet*)(1954)中亦然,巴特力求"保持该人物的一致性",他要描述统一性,"重现他一生的结构",亦即"一个由顽念构成的组织网络"(Barthes,1954,p. 5)——巴特的批评方法一直接近于主题批评法,他将拉辛的全部剧作视为一个整体,他要从中提炼出一个能够统辖他所谓的"拉辛人"的深层结构。"拉辛人"是一个有歧义的表述,它既指拉辛笔下的人物,又指站在这些人物背后的作家,只不过剧作家在此被视为一个深层意识或意愿罢了。混杂了人类学理论与精神分析法的结构主义仍然是一门现象阐释学,比如说皮卡尔就非常敏锐地指出了下述矛盾之处:"新批评学派主张向作品回归,可它回归的不是文学作品[……],而是作家的全部生活经历。新批评学派自命为'结构主义',可它追求的不是文学结构[……],而是心理结构、社会逻辑结构、形而上的结构,等等。"(Picard,p. 121)

皮卡尔的主张颇有不同。他对"文学作品"、"文学结构"中的"文学"的理解是"精心构思、意识清醒、意图明确"。他还说:"文学作品属于某一体裁且有着确定的功能,它的诞生靠的是清醒自觉的意图,可时下视意图为无用之物,它所特有的文学现实也变成了天方夜谭。"

---

① 雷蒙·皮卡尔(1917—1975):法国文学批评家,研究拉辛的专家。其著作有《新批评还是新骗局》等。

(*ibid.*, p. 123)这就是他对巴特思想的概括。"清醒自觉的意图"明白无误地道出了文学史家1965年对"文学现实"的理解。针对"清醒自觉的意图",巴特提出了拉辛作品中作为内在意图进行运作的潜意识或无意识。借助这一新形式,他保留了作者的地位。皮卡尔的视野属于实证主义,不过他的批评也颇为一针见血。在《作者之死》(1968)一文中,巴特自己也承认"新批评往往适得其反地[……]巩固了[……]作者的统治地位",也就是说它不过是用深层作者取代了生平,取代了"作者与作品"(即用存在取代生命)。

巴特在《批评与真理》中回应了皮卡尔,他没有为《论拉辛》进行辩护,而是选择了更为极端的立场,即用语言代替人:"作者即发现语言产生问题之人,他体会到语言的深度,而不是其工具性或美感。"(Barthes, 1966, p. 46)从此后文学是多元的文学,它不能被归因为某个意图,于是作者也就被消解掉了:

> 至少在今天,大家倾向于相信作者掌握着其作品的真意,并且有权确定哪种意义合法。于是乎,对于死去的作者,文学批评家也要进行毫无道理的发问,问作者,问生平,问创作意图的留痕,以便请作者本人来为其作品的意义担保:文学批评家不顾一切地要让死人说话,或者让死者的替身说话:年代、体裁、词语,简言之,所有与作者同代的人与物,所有通过借喻手段占有死去作家权利的人与物。(*ibid.*, p. 59)

"欲说"乃子虚乌有,巴特在反击论战对手的过程中发现了意图概念的法学义,发现了文献阐释学赋予初始阅读体验的特权待遇。

巴特反驳他们说神话类的作品就没有署名,死亡剥夺了讲述者署名的可能性:"分析的视界是语言,作者和作品仅仅是分析的起点。"(*ibid.*, p. 61)其时伽达默尔仍然觉得理解行为是现在视野与过去视野的重合,而巴特为了论战开始走极端,他坚持认为作品与其本源的分离是绝对的:"对我们而言,作品没有偶然性,[……]作品始终含有预言的意味[……]。从所有'情境'抽离出来,作品就成为待采之矿了。"(*ibid.*, pp. 54 - 55)阐释环化为乌有,问答对话不复存在;文本是当下此在接受环境的囚徒。巴特从结构主义过渡到后结构主义,或曰解构主义。

这种武断的相对主义或认知型的无神论调到了美国批评家斯坦利·费什(Stanley Fish①)那里愈发变本加厉。在《在教室里还有"文本"吗?》(1980)一书中,他与追求文本内在恒常意义的客观主义大唱反调,力主有多少个读者就有多少种意义,认为要维护(或推翻)某一阐释的有效性是根本不可能的。从此,读者取代作者成为阐释的标准。

对齐法

即便赞同作者死了的人也从未放弃谈论"反讽"或"正讽",然而这些手法唯有在参照言此意彼的表达意图时才有意义:拉伯雷在《巨人传》的前言中调侃读者,一心要否认的就是这种意图。同理,为了弄清文本的某一晦涩难懂的段落,对齐法(*Parallelstellenmethode*)倾向于选择该作家的另一段落而不是其他作家的某个段落,这说明人们仍然心存疑虑,对作家意图抱有期望。对齐法的应用极广且争议极少,总而言之是文学研究的基本方法。每当某个段落因复杂、晦涩或歧义而让人犯愁时,我们就会在该文本或别的文本中找一平行段落对齐,以弄清有争议段落之意义。理解、阐释一个文本,始终是而且必然是同中生异,我中有他;在重复中提取变异。这就是对齐法为何会成为本学科基础的原因,它甚至是学科的基本技术。我们一直在借重它,不假思索地使用它。对齐法让我们有可能从单一、个别,从其独特性看似无法削减

---

① 斯坦利·费什(1938—):美国文论家,读者反应批评的代表人物。其著作有《为罪恶震惊:〈失乐园〉中的读者》、《自我消受的制品:阅读经验》等。

的作品——经院派古训:"个性无法抹杀"——过渡到多样、系列,同时也过渡到历时和共时层面。就像音位学中的提取最小单位的置换法一样,对齐法乃基本方法。

这是一个古老的方法。阅读,尤其是重读,就是进行对比。托马斯·阿奎纳(Thomas d'Aquin①)在其《神学总论》中写道:"*Nihil est quod occulte in aliquo loco sacrae Scripturae tradatur, quod alibi non manifeste exponatur*。"(*Summa theological*,I,qu. 1,art. 9)"《圣经》无有一处隐晦,别处则不见明白之语。"此格言提醒人们不要滥用寓意,寓意须符合作品的背景。也就是说,符合早期未成型的文献学的精神。严格地讲,一切寓意都必须被一个释义清楚的并列语段所验证。于是,我们又拾起奥古斯丁的要求。除非万不得已,奥古斯丁不主张进行神交的阐释,不过假若文本晦涩难懂,无法直译,那么我们就用上述规则来限制曲解或过分的阐释。这是文献学处理寓意的基本常识,也是托马斯·阿奎纳的原则。比如说要阐释诗中的一个隐喻,如果我们在同一首诗中找不到一个可以解释它、印证它的段落,一个比喻或一个命名,我就会不断重申上述原则,提醒同学们小心,例如下面《恶之花》中的这句话就常常出现在寓意描述之后:"这深渊,是地狱,塞满了我们的朋友!"("Duellum")

18世纪,文献学诞生之际,神学家兼文献学家格奥尔格·弗里德里希·迈尔(Georg Friedrich Meier②)写出了《普遍艺术阐释随笔》(1757)。据彼得·斯从狄(Peter Szondi③)——他是提出对齐法之阐释功能的先驱之

---

① 托马斯·阿奎纳(约1225—1274):意大利经院哲学家、神学家。其著作有《异教徒驳议辑要》、《神学总论》等。
② 格奥尔格·弗里德里希·迈尔(1718—1777):德国哲学家、符号阐释学家。其著作有《普遍艺术阐释随笔》、《普通阐释学理论展望》等。
③ 彼得·斯从狄(1929—1971):德国文学理论家。其著作有《现代戏剧理论》等。

并列语段(*loca parallela*[*sic*])就是与文本有着某种相似性的话语或话语部分。它们与文本或者用词相似,或者含义相似,或者二者皆似。词语相似产生词语上的对应(*parallelismus verbalis*),含义相似产生事物上的对应(*parallelismus realis*),第三类相似产生合成的对应(*parallelismus mixtus*)。

(转引自 Szondi, p. 87)

文本中的"词语对应"和"事物对应",就相当于语言中的同形词现象与同义词现象。词语对应描写不同语境中词的同一性:它可以用来建立索引和对照表,比如说在旧本《圣经》和今本《圣经》之间,在印刷品和CD-ROM光盘或因特网上的电子文本之间,建立索引和对照表。词语对应是一个迹象,一种可能性,但永远不会成为一个证据:在两个并列的语段中,相同的词不一定会有相同的意义。迈尔也承认不同语境下事物的同一。斯从狄认为,此方法的目的是"借助别的语段中出现的相同的词,甚至别的语段中出现的指向相同事物的不同的词,来阐明某一晦涩难懂的语段"(*ibid.*, p. 87)。迈尔尤其偏爱事物对应这个阐释原则。然而,相对于词语对应而言,它主观且不可靠(更难实证)。如果说同形现象基本上算是抗住了20世纪观念变化运动的冲击的话,那么,作为风格学基础的同义现象,在语言哲学和当代语言学的影响下,越来越受质疑。语言哲学和当代语言学认为,说法不同,所说的东西也就不同。事物对应似乎把寓意又收进了文献学。举一些争议较小的简单例子吧。一个主题索引,或者一个人名索引,不仅记录了词的对应,也收录了物的对应。至少人们是这样希望的。比如说我新近出的一本书就常将拿破仑三世称为"法皇",将利奥十三世或庇护十世称为"教皇",当然,所有指拿破仑三世的"法皇"都被收录在人名索引表中的拿破仑三世名下,所有指利奥十三世或庇护十世的"教皇"都被分别收录在利奥十三世或庇护十世的名下。一份"人名索引"不仅要收录人物本名出现的地方,还应包括所有指代他的别名和指称出现的地方。这就是所谓的事物对应。这一区别,其实就是弗雷格关于"意义"(*Sinn*)与"指称"

(Bedeutung)、意义与参照或者意义与外延的区别。法国文学中有一个最著名的例子,即《追忆似水年华》里"弥诺斯与帕西法埃二人的女儿",大家都同意这说法与专名"费德尔"①拥有同样的外延,但对其含义争论不休;从泰奥菲尔·戈蒂耶(Théophile Gautier②)到布洛赫(Bloch),人们在此见识了法语中最美的诗句,因为它没有表达任何意思。不过,一旦是别种的对应而不再是专名和别称的对应,所谓的物的对应就比较难以建立了。作为一个指标,它远没有词语对应那么强劲:主题索引即属此类。不过法国书籍一般都不做主题索引。

在词语对应和事物对应之后,克拉登尼乌斯(Johann Martin Chladenius③)在《话语与文本正释导论》(1742)中又提出了"意图对应"和词语间的"衔接对应"。意图对应有别于事物对应,指的是作者所欲言与文本所言之间的对应,或者,依照圣·奥古斯丁所热衷的古老说法,即司法区别与修辞区别:"意图"与"行为","意愿"与"文字";意图对应是精神上的对应,因为文字有可能强奸精神。第二种,词语间的衔接对应,指的是结构上的同一,或者称之为重复的形式:一个反复出现的"框架"或句式。

"第一手信息"(Straight from the horse's mouth)

关于作者及其意图,对齐法都有些什么样的假设? 作者死了,我们

---

① 费德尔:希腊故事中的人物。雅典国王的王后费德尔向国王前妻之子希波吕托斯求爱,遭到王子拒绝。费德尔羞愧欲死,后听从奶娘的劝告,向国王诬告王子。国王请求海神惩罚了希波吕托斯,费德尔则受到良心谴责而自尽,临终时向国王吐露了真情。该故事后被拉辛改为同名戏剧《费德尔》。

② 泰奥菲尔·戈蒂耶(1811—1873):法国诗人、小说家、剧作家、文学评论家。其著作有《珐琅与雕玉》、《莫班小姐》等。

③ 克拉登尼乌斯(1710—1759):德国神学家、文学评论家。其著作有《对理性论文与书籍的正确诠释导论》等。

如何看待对齐法？假若他又复活了呢？在此，我只想谈谈比较常用、比较保险的词语对应，因为关于它的争议对其他类型的对应具有同等价值。

批评家有可能对作者抱有偏见甚至怀有敌意，但为了说明一段晦涩的文字，他们似乎也倾向于在同一作者笔下去寻找对应段。大家从来没有明确地表达过其中的优先级，但首选依然是同文本中的对应段，其次是同作者别的文本中的对应段，最后才会考虑另一作者。这种选择次序已是今日之共识。诗歌《旅行》中有这样一句诗："有限的大海上，我们的无限在轻轻地摇啊摇。"为了理解"无限"一词，我会首先参考出现在《恶之花》中的另两处"无限"，然后查阅该词频频出现的《巴黎的忧郁》，最后才会考虑参考缪塞（Musset①）、雨果（Hugo）、莱奥帕尔迪（Leopardi②）、柯勒律治（Coleridge③）与德·昆西（De Quincey④）的诗作。同一作家笔下的对应之处比其他作家笔下的对应之处似乎总是更有说服力一些。虽然没有明说，对齐法其实已经在求助于作者的意图，这意图即使不是构思、筹划或先定设计，也应被视为某种结构、系统或行动草案。如果作者的意图不能用来确定文本的意义，那我们就不知道如何解释上述选择上对同作者文本的普遍偏爱了。美国批评家尤尔（P. D. Juhl⑤）在一部谈论文学批评哲学的著作中告诉我们，对于作者意图这个阐释标准，哪怕是那些持极端保留态度的批评家，也会毫不犹豫地援引对应段来诠释自己分析的文本（Juhl，p. 214）。

关于波德莱尔诗作《猫》的争论就很好地说明了这个问题。在讨论该诗中的阴韵"solitudes"（独处）时，雅各布森与克洛德·列维-斯特劳

---

① 缪塞（1810—1857）：阿尔弗雷德·德·缪塞，法国浪漫主义诗人。其著作有《夜》、《一个世纪儿的忏悔》、《爱无戏言》等。
② 莱奥帕尔迪（1798—1837）：贾科莫·莱奥帕尔迪，19世纪意大利杰出的浪漫主义诗人。其诗作有《田园诗集》等。
③ 柯勒律治（1772—1834）：塞缪尔·柯勒律治，英国诗人、哲学家。
④ 德·昆西（1785—1859）：托马斯·德·昆西，英国作家、文学评论家。
⑤ 尤尔：美国现代文学评论家。其著作有《文学批评的哲学》等。

斯(Claude Lévi-Strauss①)在他俩1962年合写的分析中指出,这一阴韵(以及整首十四行诗)"无巧不成书地在《人群》②中找到了解释自己的某些语段。对于想象力既丰富又活跃的诗人来说,'multitude'(多)、'solitude'(独)是两个可以相互置换的对等词"(Jokobson, p. 417)。于是,波德莱尔的另一个文本,即《巴黎的忧郁》中的一首散文诗,被用来阐明并丰富他诗中的一个句子,乃至阐明并丰富《恶之花》中一首十四行诗的整体意义。另外,《猫》诗一开头还用了两个形容词来修饰猫:"puissant et doux"(强壮又温柔),诗末尾又将猫眼比作星星。根据克雷佩(Crépet③)与布兰(Blin④)的文评,雅各布森和斯特劳斯联想到了圣勃夫的诗句:"l'astre puissant et doux"(明亮又温馨的星星,1829),以及布里泽(Brizeux⑤)称呼女人的诗句:"êtres puissants et doux"(强悍又温柔的尤物,1832)。继而他们又以《恶之花》中两首同名诗《猫》作为佐证,补充说:"需要的话,这将证明波德莱尔笔下的猫与女性形象有着密切的关系。"下面是他俩的结论:"一个亦雌亦雄摇摆不定的意象隐在《猫》诗里,在有意制造的歧义下若隐若现。"(ibid., p. 418)显然,这已经是文章的结尾部分,两位作者十分谨慎:"需要的话,这将证明……"对齐法的标准演示,环环相扣:先引用前人,再回到《恶之花》,最后达到了澄清所谓"有意制造的歧义"这一诗歌现象的目的。

---

① 克洛德·列维-斯特劳斯(1908—2009):法国结构主义人类学家,擅长社会与文化的比较研究,在血族关系、宗教及神话方面有独到见解。其著作有《忧郁的热带》、《野性思维》、《亲属关系的节本结构》、《神话学》等。

② 《人群》:波德莱尔《巴黎的忧郁》里的一篇散文。下面所提到的法文语汇"multitude"(多)、"solitude"(独)都出自该文。

③ 克雷佩:让·克雷佩,法国现代研究波德莱尔的专家。

④ 布兰:乔治·布兰,法国现代文学批评家,以述写波德莱尔、司汤达的文学评论著称。其著作有《波德莱尔》、《波德莱尔的色情狂》、《司汤达与小说问题》等。

⑤ 布里泽:奥古斯特·布里泽(1803—1858)。

米夏埃尔·里法泰尔(Michael Riffaterre①)对上面的所谓对应进行了严厉的批评,他竭力论证在两首《猫》诗中"不存在任何形象[……]让读者必须想到女人"(Riffaterre, p. 357)。至于他们对《人群》的引用,他认为"用在别处或许恰当,但用在这里肯定不妥。无论怎么解释它们都与这首十四行诗没有任何关系。[……]这两位作者偶尔发现'独处'与波德莱尔《人群》的说法相契合,大概已经高兴得忘乎所以了"(*ibid.*, p. 322)。里法泰尔从事实上或法理上驳斥了他们对齐的把戏,这是因为他们此处引用的对应段牵强附会呢,还是因为从原则上应该唾弃对齐法呢?里法泰尔似乎倾向于后一种立场,因为他只想紧扣文本本身(即读者阅读该文本时的体会),排除一切"外在知识对文本信息的干扰"(*ibid.*, p. 326)。不过,他的驳斥依然是面对个案的一时感慨,并不针对对齐法本身:(1) 在以《猫》为题的两首十四行诗中,猫与女人没有明确关系,但散文诗《钟》里的猫与女人的确有所勾连;(2) 关于《人群》的引用在此处不合适,不过他又说"用在别处或许恰当"。此外,为了界定波德莱尔关于猫的描写体系或者他自己口中所谓的"猫编码",里法泰尔本人也使用过对齐法。然而,一如尤尔所言,"用对齐法来印证或推翻某一阐释,便是不明言地召唤作者的意图"(Juhl, p. 218)。

不过,里法泰尔似乎在我耳边轻语,说他看重同一作家笔下的对应段更胜于另一作家的,看重同期作家笔下的更胜于非同期的,因为他不视其为"个人习语",而是"社会习语"的最好证明,也就是说他看重语言而不是言语。偏爱同一作者笔下的对应段可以说是偏爱同期对应段的一个典型特例:还有谁比诗人本人更"同期"呢? 用英文讲,即"第一手信息"(straight from the horse's mouth),直逼源头。请注意这个说法,将作家视为"出处"(horse's mouth;马嘴)绝不是将其当作一个意图,而

---

① 米夏埃尔·里法泰尔(1924—2006):法国现代文学评论家。其著作有《论比较文学与文化研究的互补性》等。

是将其视为文学中的腹语或密语,无对齐法其义难显。个人习语其实不过是囿于一时一地的缩小版的社会习语,因为作者最直接因而也是最可信的证人只能是他自己。因此,他无须借助任何关于意图的假设来证明他的偏好。这理据很诱人,却不见得有说服力,因为只要他们(里法泰尔以及别的评论家)选同一个作家的文本,那么就会有另一个作家的文本在时间上离研究文本更近。于是只好这样假设:在时间的长河中,同一个作家的文本之间含有某种起码的一致性。

倘若没有这个起码的一致性,同一作者的对应段与另一作者的对应段就没有了区别,都可以用来印证某个阐释;倘若没有对应段,人们便很难推翻另一种阐释。因此,我们很难说诗歌《猫》中的猫是女人,因为在《恶之花》中,唯有这首诗没有为此类隐喻(通过比喻或命名)提供解释。不过,里法泰尔讨厌此类关于对应的说法(因为它预设了某种一致性,即某种行动意图),所以他不得不采用一种更死板、更费事的说法,据说还是一个普遍原则:凡诗歌必解释其隐喻,若诗歌在某处没有给出显性的隐喻标记,那么该处便不可能是隐喻。结果还是一样:"不管猫在诗人个人情思中扮演什么角色,或者诗人在想女人时下意识地写了'猫',这不重要:诗人一旦写了,我们便注意到他承担了向读者提供某种解释的义务。"(Riffaterre, p. 359)

意图或一致性

对齐法不仅预设了作者意图在文本阐释中的关联性(偏爱同一作者的对应段而不是另一作者的),还预设了作者意图的一致性。或者它们本来就是一回事:意图假设即一致性假设(文本的一致性,作品的一致性),一致性是文本比较的理据,也就是说,它让上述的对比有可能成为充分的标识。没有这种关于文本一致性的预设,亦即没有关于意图的预设,所谓的对应关系就失去了逻辑基础,成为一种随机的巧合。人们总不能把一切建立在概率上：出现在两个不同地方的同一个词，在多大概率上仍然是同一个意思呢？

斯从狄告诉我们，克拉登尼乌斯曾思考过这个问题，即同一作者的两个对应段有可能发生矛盾，不过他自己立即又用文本历史和作者演变来化解之：

> 文字创作不是一蹴而就的，它是多次伏案的结果。在整个创作期间，某些想法很可能会改变，所以人们对同一作者的东西也必须加以区别，唯有其创作思路保持一致的文字，才能拿来作为并列对应段。（转引自 Szondi, p. 89）

可以看出，当且仅当两段文字在意图上具有一致性时，使用对齐法才是相关的：《巴黎的忧郁》中的"solitude"（孤独）一词不一定能阐明《恶之花》中的"solitude"的含义；波德莱尔声称自己拥有自相矛盾的权利，所以他有可能随着时间的改变而改变想法。时间的流逝，成为克拉登尼乌斯应对上述差异的解释。蒙田曰，"此刻的我与下一刻的我根本就是两个人"，他说了这句不负责任的话之后相当得意。如果作者的念头每时每刻每句话都在变，如果作者想怎么说就怎么说，词语的并列对应就变得非常不可靠了。尽管如此，我们还是不停地在使用对齐法，并试图用它来阐明《随笔集》。

因此，这种方法——以及所有文学研究，因为对齐法是其基本技术——预设了一致性，或反之，预设了矛盾性。其实矛盾性也是一种一致性，因为没有一个更高的一致性我们就无法发现矛盾（克拉登尼乌斯用时过境迁来解决这一问题；引入无意识则是另一个解决办法）。然而，如果既非此亦非彼，既非一致性又非矛盾性，又该怎么办？是否有可能说出一番既非此亦非彼的道理来呢？我觉得这个设想涉及文学研究的基本预设，不过还是关于意图的预设。一致性和/或矛盾性隐性地道出了以下特征：文本是由人生产的。它不同于猴子在键盘上敲打的符号，不同于水滴石穿或机器的随机。人生产的文本，人想办法"解释",而不是"理解"。这时大家也许会问,一只猴子在键盘上连续敲打630次,那么在多大概率上它有可能打出一首像《猫》这样的诗来呢?

克拉登尼乌斯关于文本阐释的深刻思考至今无人超越。除了时间的流动,他还考虑到另外两个影响对齐法之有效性的障碍:体裁和比喻。他用了一个词叫作"体裁幻觉",说明文学作品的一致性与哲学论文的一致性对我们来说并非一回事。比后来大多数文献学家都要审慎得多,他提醒我们千万不要轻易赋予某段对应文字足够的解释价值,无论这段文字是来自作者本人的书信、谈话还是回忆录,也就是说来自别种体裁的对应段子。他的另一个术语"隐喻幻觉",指的是一种归纳错误:"这个词在此处或者在多处拥有那个引申义,那么在另一处它就也应该照此理解。"(转引自 Szondi, p. 90)于是解读过头,于是南辕北辙,实乃惯性使然。这也是雅各布森和列维-斯特劳斯被里法泰尔所诟病的地方:发现在《恶之花》的某些诗中猫与女人互相影射,便断言《猫》诗中的猫影射女人;反过来说,发现"solitude"(独)与"multitude"(多)在散文诗《人群》中相映成趣,便认为《猫》诗中的"solitude"不仅仅是人对沙漠之感受的夸张。"波德莱尔完全有能力在女人身上看到猫,在猫身上看到女人。有时候他也用其中一个来暗喻另一个,但绝非回回如此。"(Riffaterre, p. 359)克拉登尼乌斯进一步指出:"即便我知道该词在此处有这个引申义,也并不意味着它在另一处也会有这一引申义。"(转引自 Szondi, p. 90 - 91)这是一个规则,应该时时提醒学生和文学研究人员,因为他们倾向于将作者笔下的某个词当作一个模子,一把解梦的钥匙,比如说波德莱尔笔下的"猫"说的总是"女人","镜子"说的总是"记忆","死亡"总是"父亲","二元"总是"雌雄同体"等。关于意图或一致性的假设并不排除例外、个别和独例。有一点我们不应忘了,人们也使用对齐法来推翻阐释中的穿凿附会。独例是对齐法中的一个特殊现象,即找不到与之对应的文字来说明它。

无论我们对作者、传记、文学史是否抱有成见,应用对齐法就意味着接受对作者意图的假设,即对一致性的假设。意图不一定是深思熟虑的,但它一定是关于行动的。于是乎,对齐法就成了意识流批评、主题批评、精神批评的绝妙工具:从并列对应段出发,提炼出一个下意识或无意识的深层潜网。巴特在《米什莱》与《论拉辛》中就是这么干的,他所描绘的"拉辛人"既是造物也是造物背后的创造者。

我们能说出一篇完全排斥对齐法的文学分析吗?(我说过里法泰尔始终认为选同一作者的要比选另一同代作者的好。)在坚信"作者死了"和认为文本至上的人那里,有可能出现这种情况。1968年巴特灭掉作者之后出了一本书:《S/Z》。巴特及其同代人决心杜绝对齐法,所以他的阅读是严格的线性阅读,绝无"回闪"。仿佛巴尔扎克的这篇短篇小说与巴尔扎克的其他作品毫无关系。我想在拒绝最常用的文学研究方法方面,很难找到比这更苛刻的例子了。不过,在该书的核心关键处,我读到这样一段话:

> 萨拉辛式艺术家欲剥去表象,走得"更远"、"更深"[……]:因此,要进入模特,摸透雕像,贯通油画(这是巴尔扎克笔下另一位艺术家弗伦费尔[Frenhofer]心目中的理想油画)。这是现实主义作家(及其后代评论家)都遵守的法则:要"力透纸背",了解沃特兰(Vautrin)与吕西安・德・鲁邦普雷(Lucien de Rubempré)之间的确切关系。(Barthes, 1970, pp. 128 – 129)

这段话位于本书正中间(也是小说故事发展的正中间)。括号中的话,含有进一步举证的意味。巴特在此处引用了《无名的杰作》①,并对画家弗伦费尔与雕刻家萨拉辛(Sarrasine)进行了对比。在将这段引文与他分析结论中所说的"巴氏文本"(*ibid.*, p. 214)联系起来的过程中,他兴之所至,又列举了两个人物的名字。在整本《S/Z》中,这是唯一用到对齐法的地方,不过,上文的括号至关重要:它想要证明在弗伦费尔与

---

① 《无名的杰作》:巴尔扎克最著名的、被评论最多的中短篇小说之一。

萨拉辛之间有着意图的同一性，于是在他俩与现实主义作家即巴尔扎克之间，在巴尔扎克与传统文学评论——植根于对齐法的传统文评——之间，都有了意图的同一性。巴特很清楚，文本背后什么也没有，除了另一个文本。但为了说明，为了与对齐法划清界限，他使用了一个极为典型的对齐法手段。一旦列举了作者的另一个文本（《无名的杰作》），无须解释，无须过渡和保留，便是在直接影射作者的意图，泛指的称呼（即"现实主义作家"，以避免说巴尔扎克的名字）也无法完全掩饰作者之意图。

看来，凡文学批评皆无法摈弃对齐法。为说明某一晦涩之处，对齐法优先选同一作者的文字而不是另一作者的文字：任何文学批评都不会放弃关于作者意图的最起码的假设，这意图提供文本的一致性，或构成由（更高、更深的）上层一致性来解决的矛盾。这个一致性，就是签名的一致性，一如艺术史中所言，是不同笔触构成的网，是症状、表象、细节的系统——重复、差异、并列——让我们有可能确认一部作品，确认它之所属。没有人在处理文学文本时可以完全彻底地把它视为随机的产物，它属于"语言"而不属于"言语"、"话语"或"语言行为"。因此，清楚地说明分析的基本步骤，其预设以及其蕴含，就显得十分重要了。

反对意图论的两个论据

即便那些竭力排斥作者的批评家，也会对文学文本进行一定的意图推定（至少需要假定某作家的全部作品或某一文本具有一致性），也就是说他们不会把文本当作纯偶然的产物（比如说猴子敲键盘，水滴石蚀，电脑的随机程序）。在批判了思想和语言（*dianoia* 和 *logos*， *voluntas* 和 *actio*①)之传统二元观后,人们必须对意图概念进行反思。但要避免取巧偷懒的做法,即一定要把以作者意图为阐释标准的现象与关于作者生平的评论的大泛滥现象区分开来。

一谈到阐释,就会出现两个极端对立的立场——意图论与反意图论——巴特与皮卡尔的论战便是如此:

(1) 我们必须而且只需在文本中寻找作者要表达的东西,即皮卡尔所说的"清醒明晰的意图";它是阐释成立与否的唯一标准。

(2) 我们在文本中只能找到文本所表达的东西,它独立于作者的意图;关于阐释是否成立的标准根本不存在。

客观主义与主观主义,决定论与相对论,荒唐透顶的非此即彼。我要摆脱这个陷阱,并说明作者意图的确是唯一可行的衡量标准,但它绝不等于"清醒明晰"的精心构思。

于是,上述二选可以被改写成以下形式:

(1) 可以根据文本本身的原始(语言、历史、文化)语境来探索文本的意思。

(2) 可以根据读者当下的语境来探索文本的意思。

现在,这两个论点不再相斥,反而是互补的。它们一方面让我们又回到了连接前理解与理解的阐释环,另一方面还提出了一个公设:若他者内心无法被吃透,至少有可能被人多少理解一点。

反对意图作为判断阐释正确与否之标准的论点,一般有两类:(1) 作者意图解释不了文本;(2) 离开了作者意图,作品依然存活于世。我们稍微归纳一下,就会发现这两类论点的依据是有问题的。

(1) 当某人写作时,他当然想表达某个意思,通过他笔下的词语来表达他想说的东西。然而,谁又能保证他笔下的语句就一定表达了他想说的意思呢?没人敢肯定作品的意义就一定吻合作者欲传达之意。当然,偶然的吻合还是可能的(我们不排除有时候会出现表达得极为准

---

① 见本章第 2 节。

确的神来之笔)。总而言之,在作品意义与作者意图之间,没有一个必然的逻辑式可以推导。所以,韦勒克、沃伦、诺思洛普·弗莱(Northrop Frye①)、伽达默尔、斯从狄、保罗·利科(Paul Ricoeur②)等(温和派)文学评论家常常用上述观点来驳斥意图论。作者意图难以重构,而且就算找回了它,也往往不适合用来解释文本。维姆萨特(Wimsatt③)与比尔兹利(Beardsley④)合写的《意图谬见》(1946)一文,就是这方面的奠基之作。文章指出,作者的意图和人生体验是纯历史学研究对象,对于我们理解作品无关痛痒:"判断一部文学作品是否成功的标准,不应该是作者的意图或构思,它难以找到,且徒乱人意。"(Wimsatt, p. 3)的确,二者必居其一:要么作者没能实现自己的意图,作品含义偏离了他的初衷;在这种情况下,作者的做证无关紧要,因为他说的东西与作品本身无关,只与他想要作品表达的东西有关。要么作者成功地实现了自己的意图,作品含义与作者意图相吻合;可是,既然作品表达的就是他想说的,那他的做证便没了任何新意。唯一有意义的意图就是进行文学创作的意图(艺术创作是有意的行为),诗歌本身便足以确定诗人是否实现了自己的意图。简言之,我们没有理由在原则上否定关于意图的证言,它们可以来自作者,也可以来自其同代人,因为这些证言有时候有可能成为我们理解文本含义的标识。必须避免用意图代替文本,要知道作品含义不会完全等同于作者意图,而且很可能与之相左。

维姆萨特与比尔兹利的观点还是比较温和的,但上述论点企图拒绝一切(与个人生活相关的)外在证据,只关注(文本的)内在事实。在

---

① 诺思洛普·弗莱(1912—1991):加拿大思想家、文学批评家。其著作有《圣经与文学》、《现代百年》、《批评的剖析》等。

② 保罗·利科(1913—2005):法国哲学家。其著作有《活的隐喻》、《时间与叙事》、《从文本到行为》等。

③ 维姆萨特(1907—1975):美国新批评文学理论家。其著作有《文学批评简史》等。

④ 比尔兹利(1915—1985):美国美学家。其著作有《感受谬见》、《批评的可能性》、《审美观点论文集》等。

二者之间,即关于意图的证明和文本事实之间,还有一些横跨文本和背景的其他信息,比如说文本语言,作家及其周边环境对某些词的理解。这类信息是否隶属意图范畴? 是否无足轻重? 对它们进行关注是不是说明了该人有心系作者之嫌? 这类信息可以归入语言发展史,反意图论者对之基本上抱认可态度,尤其那些还在继续使用对齐法的人,少有例外。这伙人依托文本,排斥报纸、书信以及他人转述的谈话录中所提到的作者生平、信仰、思想和价值观等信息,但绝不排斥语言规约。话说回来,在大多数情况下,除了作品外人们不拥有其他可以还原作者意图的事实。即便有什么证据(比如说当时关于意图的声明),它也与现代读者无关:它是经过理性整理的产物,有益也有害(凡证据皆如此)。不管是意图论者,还是反意图论者,都更注重与意义直接发生关系的文本原文,而不是透过作者意图以及与意义间接相关的生平传记,他们都不否认了解生平有某种益处,有时候它有可能推翻或者验证某种阐释观点。

结构主义者与后结构主义者,相对我方才谈到的理性态度来说,其态度要极端得多,因为他们完全继承了费尔迪南·德·索绪尔(Ferdinand de Saussure①)的观点,即语言是自足的。在他们眼中,问题已经不再是提防过分地依赖意图,而是意义由语言系统所定,与意图无关。因此,抛弃作者(参阅论述外在参照的第 3 章)成为阐释的起点。说到底,即文本等同于一门"语言"而非"言语"或"话语",是"陈述"而非"陈述行为":离开语境,对陈述的消歧就失去了任何依据;陈述行为、语言行为被归入陈述类别,后者是剥离其实际应用后的抽象。既然是语言,那么文本就不再是个人的言语了。

(2) 反对意图的另一常见理由是作品在作者之后的生命力。文献学的宗旨在于重构历史,所以当然要强调作者意图。持反对观点的人

---

① 费尔迪南·德·索绪尔(1857—1913):瑞士语言学家,现代语言学的创始人。其著作有《普通语言学教程》。

则认为,一部文学作品的意义一定比意图更为丰富,不可能等同于意图。作品有自己的生命。所以,一部作品的全部意义绝不简单地等于作者及其同代人(即首次接收者)心目中的意义,它是一个长期积淀的结果,是直到今天所有读者对作品的阐释史。历史主义认为上述关于积淀的说法强词夺理,坚决要求回归本源。然而,与历史文件不同的是,文学文本的特征就是可以脱离其原始语境,在时过境迁后被人阅读,长存于世。一个悖论:意图论者否认上述使文本成为文学文本的积淀过程(即文学文本的生命力),却要让文本回归非文学。于是出现了一个大问题:如果文本意义是所有关于它的阐释的总和,那么我们如何确定哪种阐释恰当,哪种阐释纯属附会? 我们还能使用"恰当"这个概念吗?

(3) 人们有权认为,上述反意图论的两种说辞(意图的不合适及作品的生命力)均出自同一前提,二者都强调文字与言语的区别,强调柏拉图《斐多篇》中的模型,即文字离思想有着双重的距离。陈述行为一旦完成,书面文本便获得了自己的生命,这个时候再说什么"我不是这个意思"就已经没有意义了:它不接受此类交际话语的校正。伽达默尔强调,书面文本的接受方独立于其发送方,所以它成为阐释学理想的研究对象:

> 理解的意义域甚宽,它既不局限于作者头脑中的原初意,也不局限于作者最初所针对之读者的视野。乍看上去,我们不应该在文中读出作者或最初读者头脑中未有之意,这应该是一个合理的阐释学原则,也是大家普遍接受的原则。不过,这一原则只适用于某些极端情况。因为文本并不要求我们将其理解为作者口中的主观话语。[……]那些被文字确定下来的东西已经摆脱了作者的和源头的偶然性,自由脱胎并开始创建新关系。(Gadamer, pp. 417 - 418)

对言语和口语交流而言,意图作为标准是可接受的。但对文学或一般文字作品来说,它过于刻板而且有点超现实主义。保罗·利科提醒我

们说,具体情境中的言语是要避免歧义的:

> 说话主体的主观意图与其话语的意义相互涵盖,所以理解发话人的用意与理解其话语的含义是一回事。[……]但是,在书面文本中,作者意图与文本意图不再契合。[……]这并不意味着我们可以设想一个没有作者的文本;发话人与话语之间的关系没有被废止,只是变得松散和复杂[……]文本的使命超越了作者个人视野的局限。文本意图远比作者意图重要。(Ricoeur, 1986, p. 187)

伽达默尔与利科将这一问题表述得相当随意,似乎山羊与白菜都想保住。结果他俩与真理擦肩而过:我们被告知,一方面要避免只对作者的意图发问,另一方面要积极发掘文本的含义。利科为了平息争论,设计了一个"文本意图",这个概念有点像安伯托·艾柯(Umberto Eco①)在作者意图与读者意图之间引入的"作品意图"(*intentio operis*)(Eco, p. 29)。"文本意图"(*intentio operis*),相当怪异而且不合规范的概念组合,他们假装从现象学那里借来了"意图"之概念,然后便开始对其定义偷梁换柱。现象学认为,意图与意识从根本上讲是不可分割的。而文本没有意识,所以谈论"文本意图"或"作品意图"就是于人们不知不觉中重新引入作者意图以避免任意的阐释,只不过"文本意图"这种说法比较委婉,不那么刺耳罢了。

回归意图

毋庸置疑,维姆萨特和比尔兹利的反意图观点在文学研究中产生了巨大的影响,但仍有不少无法自圆其说的地方。在分析哲学对意

---

① 安伯托·艾柯(1932—2016):意大利哲学家、作家。其著作有《玫瑰之名》、《昨日之岛》等。

与意图、文学与非文学所进行的反思中,上述缺陷则更是无处藏身。G. E. M. 安斯孔帕(G. E. M. Anscombe①)的一本小书《意图》(1957),便是这方面的奠基之作。语言哲学家认为,当文学工作者在文评和阐释中反对引入作者意图时,他们一般都没有对意图做出明确定义:意图乃作家生平?或其创意与构思?抑或是出乎作者意料之外但大多数读者都会赞同,最后作家自己也会赞同的含义?文学是一个模糊概念,包括不同等级的意图,这些等级有些飘忽不定:因此,克拉登尼乌斯指出,对齐法的可靠性取决于体裁,对文学作品和哲学论著中的意图问题不应等而视之。对作者意图的质疑一般可以概括为追求回归文本,反对纳入作者和所有作品,不过,质疑不应与回归混为一谈。

然而,上述辩论的成果之一便是让我们对意图概念有了一个更明晰、更精细的了解,比如说,就有人坚持认为,尽管上述种种反意图的说法不无道理,但理解文字之意永远也离不开追寻作者之意,不过有一个条件,即对作者之意进行严格界定。于是,意图论和反意图论之间的区别也与以前大有不同:反意图论者不仅对作者之意漠不关心,其实对文本之意也不在意。总而言之,哲学家们已经为阐释中借助作者意图的合理性正名,并对阐释与评价做出了区分。其实,反意图论的两大依据(即使意图有可能被察觉也解释不了文本,作品在作者之后长存于世)都很脆弱,不值一驳。下面我们就颠倒次序来一一研究。

意思非意义

艺术作品将超越作者原意,在每个时代生出新意。既然过去的作品对我们仍然有吸引力、有价值,那么,作者意图或原始(历史、社会、文化)语境就无法控制和决定一部作品的意义。既然一部作品对后代仍

---

① C. E. M. 安斯孔帕(1919—2001):英国女哲学家。

然有着吸引力和价值,那么其意义就不可能止于作者意图或原始语境。上述系列推理是否正确?我们找到了两个反讽作品作为反例,即蒙田的《话说食人部落》和拉·布吕耶尔(La Bruyère①)的《品格论》。反讽作品与时间、地点相关:它描绘、抨击某个具体的社会,其行为唯有在这个社会中才有价值。它之所以仍然对我们有影响(对我们有吸引力、有价值),之所以在我们眼中它依然是一部反讽作品,是因为写作作品时的原始语境与它当前的接受语境之间有着相似性,也就是说上述的讽刺完全可以用来针砭另一个社会即我们当前的社会。我们之所以能够领会《巨人传》中对僧侣的讽刺,绝不是因为拉伯雷的意图没有针对性,而是因为在当今社会里依然不乏伪君子,即便这些伪君子不再是僧侣。

自弗雷格以来,语言哲学家们对表达的"意思"(*Sinn*)与表达的"外延"或"指涉"(*Bedeutung*)进行了区分:"晨星"与"晚星"虽然同指一星(金星),但指称方式不同(两个意思);"法国国王是秃子"(罗素的例子)这一命题有意思(命题正确),但没有外延,因为法国已经很久没有国王了。所以这一命题既非真亦非假。为了反驳反意图论,美国文学批评家赫希将上述区分推及文本,区分了文本意思(*meaning*)、文本意义(*significance*)及使用义(*using*)(Hirsch, 1967 et 1976)。关于表达或文本的这两个方面,我们暂且将其称为意思(*sens*)和意义(*signification*),蒙田就曾对诗歌做出类似的评语:"诗歌之意超过诗歌所言。"赫希认为,意思,乃文本在接受过程中稳定不变的东西,它回答的问题是:"文本说什么?"而意义,指的是文本在接受过程中变化的东西,它回答的问题是:"文本有何价值?"意思是单一的,而意义则让意思与具体情景发生关系,所以它是多变的、多元的、开放的,甚至可能是无限的。读一个文本,无论是当代的还是古代的,我们都会与自己的人生体验相联系,并赋予它一个超出其原始语境的价值。"意思"是文本"阐释"的对

---

① 拉·布吕耶尔(1645—1696):法国作家与伦理学家,擅长散文。其著作有《品格论》等。

象;"意义"是文本应用于(原初的或后来的)接受语境,亦即对文本的评价。

这个意思和意义的区别,或弗雷格所说的阐释与评价的区别,完全是逻辑上的或分析性的:它表明意思在逻辑上优先于意义,阐释在逻辑上优先于评价。此处的优先与时间次序或心理次序无关,因为阅读时我们根据评价进行阐释(即现象学中的前理解),借助意义达到意思,而且有时候甚至不接受意义是临时性的,即不赞成应该根据意思来修正意义。鉴于意思与意义的区别是逻辑上的而不是时间上或心理上的,这一区别难免有生造之嫌。它是保守派挽救作者意图(即意思)的最后伎俩,同时出让给对手任意阐释文本的自由(意义)。不过,在以下一点上大家应该能够达成共识:建立在曲解(误解)基础上的对某首诗的评价与其说是对它的评价,还不如说是对另一首诗的评价。应该说在每位读者体内都有两个人,一个因诗歌之意义而有感于心,另一个潜心探究诗歌的意思和诗人写作时企图表达的意思。这两种"利比多"(*libidos*)并非水火不容。艾略特说:

> 理解一首诗与自有其缘故地爱上一首诗是一回事。[……]因曲解诗义而爱上一首诗,我们所爱的仅仅是它在我们精神上的折射。[……]不理解一首诗我们便不可能全心全意地爱它;反之亦然,不爱一首诗我们不可能完完全全地理解它。(Eliot, p. 128)

所以说,文本不仅有一个原来的意思(对同代阐释者而言),还有一些后来产生的甚至是张冠李戴的意思(对后世阐释者而言)。它不仅有原初意义(原意与当时的价值观发生关系),还有后代意义(后代人领会的意思与后代的价值观发生关系)。后代的意思有可能等同于原意,不过发生偏离也属正常。后代意义与原初意义之间的关系也是如此。至于作者意图,就不仅仅只是原意了,它还应包括原初意义:比如说,反讽文本的原初意义就不同于其原意(或与之相反)。

赫希认为,区分了意思与意义、阐释与评价,我们就抹去了意图论与作品生命力之间的矛盾。一个对我们而言说了等于没说的反讽,一个其原始背景与今天毫无关系的反讽,对我们来说就没有意义;但这并不妨碍它保留其原意和原初意义。伟大的作品是不竭的宝藏,每代人对其都会有自己的理解:读者总能从中发现某些可以照亮他们人生体验的地方。不过,即使一部作品的意义是取之不竭的,这并不意味着它没有原意,也不意味着判断原意正确与否的标准不是作者的意图。取之不尽的,是它的意义,是作品超越其原始语境的相关性。

大多数关于阐释的争议似乎均围绕作者意图展开,作者意图这一概念让争议有了戏剧性色彩。赫希指出,很少有人明确对原意质疑,某些评论者(文献学家)强调原意,另一些(批评者)强调现实意义。没人或几乎没人公开表示自己爱当下揣摩之意胜于原意,没人或几乎没人会有意无视某种可以廓清原意的信息。所有的或近乎所有的评论者都心照不宣地承认原意存在,但并不是所有的人都愿意为弄清原意而花费心力。在教育领域,关注文本的原意还是关注文本对今人的教化作用,培育人格还是传授知识,一直是一个无法回避的话题。教师可以重点讲述作者的时代,也可以重点讲述我们的时代,讲"别人"或讲"自己",由彼及此,或由此及彼。缺少这两个环节,教学肯定是不完整的。

赫希认为,巴特与皮卡尔在争论中都有些走极端:一个(巴特)否认拉辛文本原意有任何价值,另一个(皮卡尔)拒绝接受原意与现实意义、原意与原初意义("清醒明晰的意图")有所不同。在我看来,上述论战虽然是聋子间的对话,却证明了在文学研究中存在两派:一派坚持原意,另一派拥护现代意义。这说明的确存在着一个原意,一个被大家普遍接受的而且几乎是一致认同的作为预设的原意。

在这场论战中有一个极著名的例子:谈到《布雷塔尼库斯》中的内隆(Néron)时,巴特说:"就像溺水者寻找空气一样,这个窒息者疯狂寻找的是'呼吸'。"(Barthes,1963,p.92)为了支持上述论断,他还在注释中引用了内隆回答朱丽(Julie)的道白:

> 如果［……］
> 我有的时候不会在您脚下呼吸。（Ⅱ，3）

皮卡尔抓住良机回应巴特，他指出巴特对17世纪的古法语望文生义，并根据古义给巴特纠错："'呼吸'（respirer）在这里表示'放松，喘口气'［……］。（巴特所说的）空气力学的味道完全不存在。"（Picard，p. 53）皮卡尔甚至提议巴特去查查词典。巴特在引用《利特雷词典》（*Littré*）——其实用《福尔蒂埃词典》（*Furetière*）更好——之后，反击皮卡尔对形象的平庸解释："除当时的陈词滥调外不许在该词中读出别的东西（不许由'respirer'想到呼吸，因为它在17世纪意为放松）。"（Barthes，1966，p. 21）巴特自然承认"呼吸"的古义是放松（此一引申义今日依然存在）：问题不在于重新意而轻原意，而在于引申义（空气力学的味道）背后所残留的本义的余味，以及这余味对原始意义的形成所做的贡献。要么强调原意，要么强调现实意义，上述冲突所反映的还是两种偏好，两种伦理选择或曰意识形态选择，用哪个定语取决于人如何定性。不过，巴特从不否认文本有一个原意，尽管后者不是他关注的焦点。

对于意思与意义、阐释与评价之间的区别，应避免过于夸大。据其鼓吹者所言，这种区分，理据充分，一举击败了反意图论者：不管后者立场有多坚定，他们还是免不了像那些文笔颇佳的大学生一样，在其文章的结论中一脚踏入与格①的陷阱（"作者告诉'我们'……"）；还有那些理论家们，按捺不住地要去纠正对方对自己原意的误解，比如说德里达就曾这样回答瑟尔（Searle②）："这不是我要表达的意思。"这样一来，他们也就否定了自己的理论基础。一如所有的二元对立，意思与意义的

---

① 与格：指名词的语法上的格，通常存在于拉丁语、古英语和德语中。一般体现为动词的间接宾语。如英语"He built **me** a snowman."中，"*me*"就是与格。又如，上面的句子"作者告诉'我们'……"所对应的法文原文"L'auteur **nous** expose"中，"*nous*"就是与格。

② 瑟尔（1932— ）：美国分析哲学家，以文献学与精神方面的研究成果著称。其著作有《心灵的再发现》等。

区别过于简单化,容易陷入诡辩。上述区分的优点在于提醒:不管原意有多么难确认,没人(或几乎没人)否认它的存在;它还告诉我们,关于作品长存于世的说辞并没有消灭作者意图这个阐释标准,因为作品流变涉及的不是原意,而是别的东西——可以的话,大家不妨称之为意义、使用、评价或相关性(即英语的 relevance),总而言之即另一种意图。

意图不同于构思

反意图论的另一个主要依据有可能被推翻吗?据说读者在文本细节中所读出的含义一定大大超出作者的意料。那么,一部文本的隐性意义在意图中占有什么样的地位?美国新批评学派批评家威廉·燕卜荪(William Empson①)(1930)将文本描述为一个同时具有多种含义(它们不是先后出现或相互排斥的)的复杂体。即使他在写作时没有想到,我们是不是也可以认为所有这些意义或蕴含都是作者意图的流露?这说辞看似不容讨论,其实弱不禁风,因为不少语言哲学家将"作者意图"与"词义"混为一谈。

发明"行为句"(*performatif*)概念的约翰·奥斯丁(John Austin②)(1962)认为,任何陈述行为都隐含了一个"言外"行为③,例如"要求"或"回答"、"威胁"或"应允"等,它们将改变交谈者之间的关系。一

---

① 威廉·燕卜荪(1906—1984):英国诗人、文学评论家。其著作有《晦涩的七种类型》、《田园诗的几种变体》、《复杂词的结构》、《弥尔顿的上帝》、《柯勒律治诗选》。
② 约翰·奥斯丁(1911—1960):英国语言哲学家。所遗著作甚少,其中有被别人整理而成的讲演稿《如何以言行事?》等。
③ 言外行为:illocutionary act(acte illocutoire)的翻译,即以言行事(何自然,1988),或言外行为(胡壮麟等,1988),或行事行为(王钢,1988)。以奥斯丁为首的语言学家认为言语行为有三种类型:言内行为(locutionary act)、言外行为(illocutionary act)和言后行为(perlocutionary act)。言内行为指说话这一行为本身,如发音、用词等;言外行为通过"说话"这一动作所实施的一种行为,即言语行为的意图(也称"语力");言后行为指言后——谈话带来的后果,即后续的影响。

方面是奥斯丁的"陈述行为所实现的主要言外行为",另一方面是文本细节之蕴含及其联想所导致的"陈述的复杂意义",现在我们就来区分这二者。解读一部文学文本首先就是确认作者创作时所完成的那个主要言外行为(比如说其类型:是祈求还是哀怨?)。言外行为当然是意图性的。于是,阐释一个文本就变成了对作者意图的追索。不过,确认文本所完成的主要言外行为显然还远远不够,过于笼统——比如说,仅仅道出某首诗赞美女性,或某部作品是对"我爱你"或"马塞尔成长为作家"的铺张表述——只能算是阐释的开始。绝大部分所蕴含的细节和联想都不会与主意图背道而驰,但其复杂性具有(不可思议的)具体个别性,从构思角度看,它们是非意图性的。不过,不能因为作者没想到我们就认为这不是他想表达的东西(要都想到还真不太容易)。就整体而言,意义还是具有意图性的,因为它是言外行为的陪伴,而言外行为是有意图的。

所以,我们不能将作者的意图简单地视为一个预案,或一个意识清醒的构思(如皮卡尔的"清醒明晰的意图")。艺术是一个有意图的活动(一件"预制品",唯有意图能将一个对象化为审美对象),但依然有许多有意图的活动既不是事先考虑好的也不是有意识的。可以打这样一个比方,写作不是下棋,下棋可以先心算出每一步;写作更像打网球,在这项运动中我们无法预测每个动作的细节,但主意图坚定不移:将网球打回网那边去,越刁钻越好,让对手难以回球。作者意图不一定要意识到在文本中出现的所有细节,也不构成一个先于或伴随语言行为而发生的独立事件,关于思维和语言的二分实乃误导。有意图做件事——回球过网或吟诗作赋——并不等于有意识、有计划地去做。约翰·瑟尔将写作比作步行:抬腿提脚、收放肌肉这一系列动作绝不是事先酝酿好的,然而说它们是无意图的似乎不通。走路当然有走路的意图,所有迈步的细理所当然地受该意图的支配。瑟尔在与德里达论战时指出:

> 我们的意图,能够进入意识层面而被意识到为意图的,比较少。说话与写作都是有意图的活动,但是,言外行为的意图

特性绝不意味着意识状态能够脱离书写和言语而存在。(Searle，1977，p. 202)

换言之，反意图论建立在对意图概念的简单化上。"打算说点事"，"想说点事"，"有意说点事"，而不是"计划好说点事"或"蓄意说点事"。诗人无法规划诗歌所有的细节，步行者无法规划步行的所有动作，诗人写诗时不可能考虑到词语所有的蕴含，但这并不意味着那些细节与意图无关，也不意味着诗人用这些词表达了他不想表达的东西。

当普鲁斯特反对将传记之"我"和社会之"我"作为艺术创造的美学原则时，他远未排斥所有意图，而是要用另一个深层意图来取代在生活中得到证明的浅层意图。与"履历"相比，作品才是这一深层意图存在的最好证明。因此，意图仍然居于核心地位。意图并不局限于作者自命要写的东西，例如作者的意图声明，不局限于某些写作动机，例如出人头地、赚钱发财等，也不局限于作品在文本一致性方面的要求。在作者行文过程中，意图指的是他通过遣词造句想要表达的东西。作者写出一部作品，其意图在逻辑上就相当于他编织的语句想要表达的东西。而他的动机、构思以及文本的一致性，对某种阐释而言，说到底，都是上述意图的标示。

因此，很多近代哲学家认为，对作者意图和词义无须区分。阅读文本进行阐释时，我们不会区别对待词义与作者意图。硬要区分之，则只能导致钻牛角尖。但这并不意味着我们必须重返作者及其全部作品，意图不是构思，而是渗透意图的意义。

关于意图性的推定

通过区分"意思"和"意义"，"构思"和"意图"，我们似乎清除了两个最大的障碍，可以继续将意图当作阐释作品的标准了：阐释的对象是意思而不是意义,是意图而不是构思。作者意图肯定不是阅读文本的唯一标准(前文已说过,寓意读法在很长一段时间内取代了文本应有一个当时可接受意义的要求)。无法实现其现实的意义,不能让作品为己用,甚至不能背叛作品原意而得到更丰盛的收获(文学作品的特性便是其意义脱离原始背景而长存),那阅读就不是文学的阅读。

于是,两个微妙的问题便应运而生。文学研究是否应该尝试一下,尽量让作品的现实意义与作者意图相兼容呢?这能成功吗?站在理论的角度上,后海德格尔时代的阐释学信徒们断然用"不"回答了后一个问题,于是前一个问题也变得不合时宜了。不过,在实践中,文学研究者们一般会比较低调地用"是"来回答这两个问题:我们认为关于文学文本的某些研究建立在曲解上,因为他们不了解原意,或者忽略了原初意义(我不打算举例,因为它们在教科书里比比皆是:一旦某个意识形态过时了,它便变得格外醒目)。另外,我们觉得上述曲解还有可能在将来重新跳出来。

极端的意图论和极端的反意图论均走入了死胡同。人创作之作品的意义有别于随机生成之文本的意义。这是一个古老的论题(topos①),继无数前人之后,普鲁斯特也思考了这个论题:

> 让一位既不知瓦格纳(Wagner)也不知贝多芬(Beethoven)的人在钢琴前坐六个月,让他在键盘上任意弹奏,尝试各种随机的音符组合,从这种胡乱敲击中永远不会诞生出《瓦尔基里的春天》的主旋律,也不会诞生出《第15乐章四重奏》中的仿门德尔松风格的乐章。(Proust, p. 616)

---

① 论题:来自希腊文 topos,原意指"所在地"、"处所"、"位置",引申为"同类事物之所"。topos 在论题学中就是指"论题",它是言谈者论辩起始之所,或者如古罗马思想家西塞罗所言,论题乃为"论点的位子"("论址",即"the seats of argument"),论点所由生之处。

商博良(Champollion①)没有花费心思去"解释"罗塞塔石碑(Rosette②)——仿佛其因不言自明——而是试着去"理解"它,并假设碑上符号对应于某种意图。我们对人类作品之意义的看法就包含了一个关于意图活动的观念,即认为词语的意思一定表达了某种东西的观念。在一部作品中,大家阐释重复与差异;一切阐释都建立在对重复与差异的识别之上(以重复为背景的差异),对齐法便是一个很好的例子。然而,在一个随机的作品中,重复(没有意义)不值一顾。"清雅尸体"就是一个随机生成的文学意象,其意思应该归因于一个超现实的意图,一只看不见的手。在《圣经》的希腊语翻译中(即所谓的70人译本),70个智者将自己分别关在70间屋子里,花70天译出了70本希腊语《圣经》,70本一模一样的译文!这译文当然与原始文本一样神圣(圣灵附体):神的旨意在译文中得到了原封不动的移置。

用文本来反对作者意图——文本 vs 意图,通常非此即彼——最终常常会求助于一个内在的一致性和复杂性作为标准,而要说明这个内在的一致性和复杂性,则唯有假设意图的存在。人们之所以取这种阐释而不取那种阐释,只能是因为前一种阐释让文本显得更一致,更复杂。阐释便是假设,我们检验它的能力,看它是否能够尽量多地解释文本成分。那么,如果假定诗歌乃随机产物,一致性和复杂性标准还有什么价值?唯有承认作者意图存在的可能并参照之,在阐释中利用一致性和复杂性标准才有意义。

作者意图是意义的保障,此类隐性假设在文学研究中无处不见。至少在我读波德莱尔的《自惩之人》时情况就是如此:

---

① 商博良(1790—1832):法国埃及学家,第一位破解埃及象形文的人。他在埃及学领域的成果,集结成《埃及和努比亚古文物》,也成为埃及学研究的典范。

② 罗塞塔石碑:1799年,一位法国军官在亚历山大城附近罗塞塔发现的一块用三种不同文字刻成的石碑。碑文由上到下依次是埃及象形文字、阿拉伯文草书与希腊文。这块用三种语言表述同一内容的石碑,被称为"罗塞塔石碑",成为后来商博良破解埃及文的主要线索。

我是伤口亦是匕首！
我是耳光亦是面颊！
我是四肢亦是车轮，
是死囚亦是刽子手！

我同意前三句中的第一人称代词指的是同一个主体。这个假设强于其他假设，因为它能让文本的意义更统一、更复杂(更有吸引力)。但是，假如这首诗是由一只猴子打出来的，上述推理就完全不成立了，我唯一能做的，便是分别描写每句诗的含义——如果猴子真能打出这样的诗句来的话。

只要我们认为文本的各个部分(诗句、语句等)构成一个整体，也就预设了文本代表一个意图行动。阐释一部作品，便是在假设该作品与一个意图相呼应，或者该作品是人的精神产品。这绝不应导致我们仅仅只去文中找意图，而是文本意义与作者意图紧密相连，甚至文本意义就是作者意图。将这种意图命名为"文本意图"，借口称它是一个行为意图而不是一个预先的意图，只会引起混乱。

除非以作者意图为预设，否则一致性和复合性便不足以成为阐释标准。倘若遇到随机文本而不再有此预设，一致性和复合性作为阐释标准就更是免谈。凡阐释皆是对一个意图的肯定，否定了作者的意图，必另有一意图取代之，如重写《堂吉诃德》的皮埃尔·梅纳尔[①]。将一部作品从其文学、历史语境中解脱出来，就是赋予它另一个意图(另一个作者：读者)，就是将其变为另一部作品，于是我们阐释的也不再是同一部作品。反之，当大家利用语言规则、历史语境、一致性和复合性来对不同阐释进行比较时，大家就是在利用意图，这些标识是意图存在的最好证据，远胜于意图宣言(Juhl, p. 141)。

因此，哪怕是最极端的反意图论者，也会认同意图推定是文学研究的一个原则。不过，反意图论的观点虽在故弄玄虚，却具有一定合法

[①] 小说中的人物。

性,它提醒我们不要过分强调历史语境和人物生平。面对作者的意义,尤其是当这个意义与我们的选择意向有所出入时,文评者的责任就是遵循一个伦理原则:尊重他人。无论是纸上的语词还是作者的意图,都没有掌握解读一部作品意义的钥匙;只探寻二者之一的意义,我们永远也别想得到一个令人满意的阐释。再说一遍,必须跳出这种非此即彼的荒唐选择,即要么文本,要么作者。所有的排他性方法都是不充分的。

第3章 世　界

文学究竟是什么？自亚里士多德《诗学》以降，"模仿说"成为人们设想文学与现实关系的最常见、最习惯的术语。在埃里希·奥尔巴赫(Erich Auerbach①)的扛鼎之作《摹仿论：西方文学对现实的描绘》(1946)中，这个概念仍然是不言自明的。奥尔巴赫收罗了"模仿说"从荷马到弗吉尼亚·伍尔芙(Virginia Woolf②)数千年间的各种变体。但时至今日，"模仿说"已经受到文学理论的质疑，后者为强调文学的自主性而轻视现实、指涉(référent)和世界，主张形式重于实质，表达重于内容，能指重于所指，意义重于再现，"符号机制"(sèmiosis)重于"模仿机制"(mimèsis)。指涉，像作者意图一样，有可能成为幻象，窒碍我们理解文学的真味。当有人提出所谓的文本自我指涉时，即所谓"诗歌谈论诗歌自身"时，上述理论可谓已然登峰造极。1965年，菲利普·索莱尔斯对现实主义进行了毫不留情的揭露：

> 所谓的"现实主义"[……]这个偏见认为，文本应该"表达"文字外的东西，是文字外的东西直接实现了一致性。但

---

① 埃里希·奥尔巴赫(1892—1957)：德裔美籍文史学家。其著作有《模仿》、《摹仿论：西方文学对现实的描绘》等。
② 弗吉尼亚·伍尔芙(1882—1941)：英国女作家。其著作有《出航》、《夜与日》、《雅各的房间》、《达洛维夫人》、《到灯塔去》、《一间自己的房间》、《存在的瞬间》等。

是,应该看到,这种一致只能建立在某些事先的约定上,因为"现实"本身就是一个约定俗成的概念,一种形成于个体与其社会群体之间的心照不宣的契约。(Sollers, p. 236)

内容和实质不复存在。为了现实而阅读,那就是硬要去寻找盖尔芒特公爵夫人或阿尔贝蒂娜①的真人原型,这纯粹是对文学一窍不通。那么我们为了什么而阅读呢?为了文学面向自身的指涉。书中的世界完全屏蔽了另一个世界,我们永远走不出"巴别塔图书馆"。《巴别塔图书馆》是博尔赫斯的一个名篇,收录于他的《小说集》。该书在理论风行时代享有盛誉,福柯在《词与物》(1966)中论及它,吉尔·德勒兹(Gilles Deleuze②)在《差异与重复》(1968)中也提到了它。

菲利普·哈蒙(Philippe Hamon)指出,文学理论在发展中打发了再现、指涉或"模仿"等问题,让其与意图、风格这类遭贬的问题"在批评的炼狱中实现对接"(Hamon, 1982, p. 123)。此类禁忌问题,我说过,在理论退潮后又立即从灰烬中再生,卷土重来,以至于我们若想有所防范,就只好再次提醒人们:文学的确会面向自身。谈罢作者和作者意图,我们现在来总结文学与世界的关系。

文本与现实,或文本与世界,一连串术语都涉及它们的关系,但没有一个术语能真正解决问题:首先是亚里士多德的术语——*mimèsis*,译过来就是"模仿"或"再现"(选哪个词作为译文取决于个人的理论立场),然后是"逼真"、"虚构"、"幻象"甚至"谎言";另外还有"写实"、"指涉"、"参照"、"描写"。做此列举,只为说明这一问题的难度和广度。涉及这一关系的名言也不少,例如贺拉斯的"诗如画"("ut pictura, poesis", *Ars poetica*, v. 361),例如塞缪尔·柯勒律治的妙语:"对不可信者的有意地暂时悬置。"尽管这很可能是一个从浪漫想象中泛起的充满

---

① 盖尔芒特公爵夫人和阿尔贝蒂娜:普鲁斯特在人生的不同阶段爱上的三个女人中的两位。

② 吉尔·德勒兹(1925—1995):法国后现代哲学家。其著作有《哲学与权力的谈判》、《解读尼采》、《尼采与哲学》、《反俄狄浦斯》、《千高原》、《差异与重复》等。

诗情画意的幻象,人们通常还是将其视为联系作者与读者的现实主义契约。柯勒律治在英语中是这样表述的:*willing suspension of disbelief for the moment, which constitutes poetic faith*(Coleridge, vol. 2, p.6)。最后,还有一些不容忽视的概念需要考察,如"对话性"和"互文性",它们让文学取代现实,让文学本身成为文学的指涉。

用一个悖论来说明这个问题的广度。柏拉图在《理想国》中说,"模仿"具有"颠覆性",会危及社会关系,诗人对城邦卫士的教育有不良影响,所以应该被逐出城邦。反之,巴特则认为"模仿"是"压制性"的,它与意识形态(la *doxa*)关系密切并为之效力,强化社会关系。那么,"模仿"究竟是颠覆性的还是压制性的呢?既然可以被冠以两个风马牛不相及的定语,那么他们二人口中的"模仿"恐怕就不是同一个概念:从柏拉图到巴特,其含义被颠倒,但从亚里士多德到奥尔巴赫,人们对"模仿说"一直持基本肯定的态度。按前文处理意图的方式,我此处还是从两个老生常谈的概念开始谈起,即传统与现代,继而重新审视上述对立,以便摆脱这令人头疼的二者必居其一的困境:要么文学讲述世界,要么文学讲述文学。

破除"模仿"

托马斯·帕维尔(Thomas Pavel①)认为,"叙事诗学以文学话语为研究对象,它通过牺牲话语的指涉力量来强调修辞形式"(Pavel, p.7)。冷落指涉以专注于形式,此乃文学理论的普遍倾向。这种倾向在前边提到的雅各布森的《语言学与诗学》(1960)一文中就已经有了苗头。在他之前,结构主义语言学奠基人费尔迪南·德·索绪尔和符号

---

① 托马斯·帕维尔(1941—):美国作家、文学评论家。其著作有《语言的封地:结构主义思想史》、《虚拟世界》等。

学奠基人查尔斯·桑德斯·皮尔斯(Charles Sanders Peirce①)分别创立了各自的学科,对于德里达所说的"语言指涉的外界",他们完全置之不理,也就是说在研究中排斥非语言的外在世界。对索绪尔来说,符号的任意性(l'arbitraire)蕴含了语言对现实的相对独立性,预设了意义有(因符号间的关系所生的)切分性而没有(因语言与事物的关系而生的)指涉性。对皮尔斯而言,符号与对象的原始联系已被打碎,已经失落,符指行为(interprétants)系列只能不确定地在一个据说是无限的"符指过程"(sèmiosis)中从一个符号滑向另一符号,永远达不到源头。按照这两位先驱的看法,至少,按照文学理论对他们观点的理解,(文学中的)指涉之物不在语言之外,它是意义的产物,且依赖于阐释。我们所面对的世界总是已经被阐释过的世界,因为初始的语言关系发生在表征与表征之间,而不是发生在词与物、文本与世界之间。在无头无尾、无穷无尽的表征队列中,参照世界的神话化为碎片。

作为反指涉的前提,雅各布森的论述一度成为文学理论的法典或法典之一,于是文学理论也就在语言学模型的基础上建立起来。大家记得,雅各布森在定义交际时划分出六要素,即发信者、信息、收信者、语境、代码、载体。六要素决定了六个不同的语言功能②。这中间有两个功能对我们来说特别重要:一为指涉功能,指向信息的语境,即现实;一为雅各布森所说的"诗歌"功能,该功能关注信息本身,只操心信息而不及其他。不过,雅各布森又强调说,"要找出仅仅只实现一种功能的信息非常困难"(Jakobson, 1963, p. 214),"企图让诗歌功能只服务于诗歌,或让诗歌囿于诗歌功能,那只会导致过分的和忽悠人的简单化"

---

① 查尔斯·桑德斯·皮尔斯(1839—1914):美国逻辑学家、符号学家,实用主义哲学的先驱者之一。皮尔斯生前并未出版过关于符号学方面的专著,在他去世后,哈佛大学出版了《皮尔斯著作全集》,直到这时他的符号学思想才逐渐引起人们的注意。后人从这套全集中可以看到皮尔斯关于符号学的基本观点和他的符号学思想,因此他被认为是美国符号学的创始人。

② 语言的六大功能:语言的指涉功能(语境)、诗歌功能(讯息)、情感功能(发讯者)、意动功能(收讯者)、交际功能(载体)、元语言功能(代码)。

(*ibid.*, p.218)。不过,他指出,在语言艺术即文学中,相对其他功能而言,诗歌功能起主导作用,指涉或曰外延功能在此不能与之相比。因此,文学所关注的是信息本身。

这篇文章有点含糊其辞,与其说是分析性的还不如说是提纲式的。尼古拉·留威(Nicolas Ruwet[①])在1963年翻译了这篇文章并指出了其中的某些缺陷,首当其冲的就是"信息"概念没有定义。诗歌功能以信息为依托,于是该功能的实际性质很难说清:此处强调放大的到底是信息的"形式"还是信息的"内容"(Ruwet,1989)?对此,雅各布森只字未提。不过,在当时对内容普遍持怀疑态度的氛围下,虽说这篇文章也是谈内容的,大家还是心照不宣地判定诗歌功能仅仅(或几乎仅仅)与信息的形式有关。雅各布森措辞谨慎,但这并没有妨碍他的诗歌功能最后变成了一个关于诗歌信息观——从那以后常被人引用——的决定性要素:据这种观点,诗歌信息不关乎外物,诗歌语言指涉自身。于是,那两个老生常谈的术语,即自在性与自我指涉性,便已经出现在雅各布森的诗歌功能的地平线上。

另一个否定文学与现实关系的理论起源可以在列维-斯特劳斯的模型中找到。二战刚结束,列维-斯特劳斯受雅各布森启发,写了一篇纲领性的文章:《语言学、人类学的结构分析》(1945)。文中提供的理论模型是为人类学和整个人文科学设计的:结构主义语言学模型,具体地讲就是音位学模型。以此为基础,神话分析,继而是效法神话分析模型的叙事分析,让"叙述"作为文学要素占据了得天独厚的地位,接下来法国的叙事学也得到了发展,比如说关于文学话语结构属性的分析,关于叙述结构的句法分析,从而打击了文本中所有与语义、"模仿"、真实再现,特别是与"描写"发生关系的东西。叙述和描写,传统上一直被视为

[①] 尼古拉·留威(1932—2001):比利时语言学家、文学评论家、音乐评论家。他基本上遵循美国描写学派海里斯的"分类的分布主义"(taxonomic distributionalism),强调基于重复单元的切分法,即在诸如动机和乐句这类结构单元中明确地建立起它们的形式关系。其著作有《音乐符号学的描写是否可能?》等。

文学的两个构成要素,可那时大家的力都朝一个方向使,即叙述方向,努力探索它的句法(而非语义)。例如,在《叙事结构分析导论》(1966)这一法国叙述学经典名篇中,巴特最后良心发现,在其宣言式论文的收尾段落中带了一笔,提到了现实主义和模仿(它们毕竟是前人欣赏过的旧月亮),但对外部世界的指涉已经被他明确地视为文学的次要因素和偶性因素了:

> 叙事的功能不在于"再现",而在于建构一个让我们感到神秘莫测的戏剧场景,这场景不应该带有模仿性质。[……]叙事中"所发生的",就指涉(真实)而言,严格地讲,纯属子虚乌有。"发生了的"唯有语言,语言的奇遇,语言的光临,次次皆引发一阵狂喜。(Barthes, 1985, p.206)

排斥指涉,尊崇语言,巴特还在注释中引用马拉美来证明自己。的确是语言,成为狂欢主角的语言,有点神秘的狂欢,因为我们无论如何需要一个主角:语言取代了现实。说实话,除非语言只有拟声词,否则它又如何复制模拟?语言能够模仿的,只能是语言。这点看来不会有异议。

二战时雅各布森与列维-斯特劳斯在纽约邂逅。对法国形式主义来说,这是一次关乎其命运的邂逅。不过,导致自我指涉之信条的还有其他一些非事件性因素:自马拉美至20世纪以来的各主流理论都强调文学作品的自足性;在两次世界大战之间,俄国形式主义和美国新批评学派都强烈要求把"文本封闭性"作为首选原则;用文本研究取代对一个作家全部作品的研究,作者及其全部作品被冷落、遗忘,而文本——游戏文字并实现部分语言潜在性的结果——依然鲜活。为了让文学研究将内容拒之门外,理论追随现代文学之潮。潮流的引领者开始是瓦雷里和纪德(Gide①),这二人已经开始怀疑现实主义("侯爵夫人五点

---

① 纪德(1869—1951):法国作家。其著作有《人间食粮》、《伪币贩》、《窄门》、《梵蒂冈的地窖》、《田园交响乐》等。

出门");继而是安德烈·布勒东(André Breton①)和雷蒙·鲁塞尔(Raymond Roussel②),福柯对他们推崇备至;最后是雷蒙·格诺(Raymond Queneau③)以及"乌力波"④(限制性的文学创作)运动。他们之后,在分离文学与现实之路上,人们很难走得更远。对表达、指涉的唾弃并不是文学的专利,它是整个现代美学的特征,比如说专注于颜料溶解液(如抽象画)。

蜕化的"模仿"

"模仿",再现,指涉,皆被收入文学理论的黑名单,被其打入冷宫。然而,令人费解的是文学理论高举亚里士多德的《诗学》当旗帜,"模仿说"却是界定文学的一个至关重要的概念。直到 20 世纪前的理论观念,我们对于文学和艺术的认识,都来自于此,即艺术是对自然的模仿。文学理论既想继承亚里士多德的遗产,又想剔除这个自亚里士多德以来一直存在的基本问题。这会不会是因为"模仿"的含义在时间中有所改变呢?亚里士多德界定"模仿"的标准是自然意义上的合情合理(*eikos*,可能),而在现代诗学论者的头脑中,它却变成了文化意义上的合情合理(*doxa*,观念)。若想让反指涉的诗学进一步发展壮大,就必须对亚氏的理论做出新的阐释,然后继续占有其衣钵。

简要地讲,在《理想国》第 3 卷中,柏拉图根据直接引语是否在场将

---

① 安德烈·布勒东(1896—1966):法国作家,超现实主义的发起人和组织者。其著作有《超现实主义宣言》、《什么是超现实主义?》等。
② 雷蒙·鲁塞尔(1877—1933):法国小说家、诗人。其著作有《非洲印象》、《远离人烟的地方》等。
③ 雷蒙·格诺(1903—1976):法国诗人、小说家、后现代主义先驱、"乌力波"运动的创始人。其代表作有《萨伊在地铁上》等。
④ 乌力波:Oulipo 的音译。Oulipo 为法文"l'ouvroir de littérature potentielle"的缩写,意为"潜在文学工场"。"乌力波"写作的最大特点,便是人为地制定一些形式的"限制"(contrainte),然后在这些"限制"的约束下写出或长或短的作品来。

他所谓的叙事（diègèsis）分为三类："单纯"语式，整个叙事皆为无人做证的间接引语；效仿或"模仿"语式，比如说在悲剧中只有直接引语；最后是"混合"语式，如《伊利亚特》，除了间接话语，书中人物也有机会直接发言，于是间接语与直接语混在一起（392d-394a）。柏拉图说，mimèsis（模仿）一词来自 mimeisthai（戏剧），所以像戏剧一样，叙事的"模仿"让人产生的是另有他人而不是作者在发言的幻觉。在第 10 卷中柏拉图再次提到"模仿"，不过那是为了贬斥艺术，说它是"对模仿的模仿，离原型有着双重的距离"（596a-597b）。此种"模仿"把赝品当真品，远离了真理。这也是柏拉图为何主张将诗人驱出城邦的原因：诗人们不写单纯的叙事（diègèsis）。

然而，亚里士多德在《诗学》中修正了"模仿"一词的用法（chap. Ⅲ）："叙事"不再是界定诗歌艺术的总概念，即在"叙事"内部，戏剧与史诗的对立不再是前者模仿性强后者模仿性弱的对立；但"模仿"成为一个总概念，即戏剧与史诗在"模仿"中一个用"直接"语式（再现历史），一个用"间接"语式（讲述历史）。由此，"模仿说"指的不仅是戏剧，也包括柏拉图所说的简单"叙事"，即转述或叙述。从那以后，大家对亚氏的"模仿说"有了一个一致的理解：经过通俗化后，原来应用于诗歌艺术的"模仿"概念可以用来指所有模仿活动（见 chap. Ⅳ），包括诗歌乃至整个文学都被视为模仿活动。

文学理论一方面上承亚里士多德，一方面又拒绝文学反映现实。通过返回《诗学》原文，文学理论必须说明：亚氏从未定义过的"模仿"概念原本指的不是一般意义上的模仿，只是因为某种误解或曲解，人们将几个世纪以来关于文学与现实、关于绘画模型的思考移到了这个概念上。为了确认上述区别，我们只需注意到亚里士多德在《诗学》（Chap. Ⅱ）中从未提到过任何其他除人类行为外的"模仿"对象（mimèsis praxeos），换言之，亚里士多德的"模仿说"与戏剧关系非同一般，极为密切——他始终认为悲剧高于史诗——而绘画则不可与戏剧相提并论。更为重要的是，在史诗或悲剧中，何为"模仿"？是故事（muthos），即对行为的模仿,也就是说是叙述而非描写。亚氏写道:"悲剧'模仿'的不是人而是行为。"(1450a 16)他在分析中从未将上述历史再现视为对现实的模仿,而是一个人造的诗意产品。换言之,《诗学》强调的从来就不是模仿物或再现的对象,而是模仿者或再现者,亦即再现的技术,"叙事"的结构。总而言之,亚氏对剧场、对排演中的再现兴趣不大,他关心的主要是诗意作品,作为语言、"逻各斯"(logos)、"叙事"(muthos)和"对话"(lexis①)的诗学作品,以及非口传的文字作品。在诗意文本中,他感兴趣的是编排组合,是 poièsis,即将事实与事件串成虚构之故事的句法。所以亚里士多德从来不提抒情诗,因为抒情诗与希罗多德(Hérodote②)的历史一样,缺少虚构,与实际没有拉开距离。我们可以将其排斥抒情诗这一现象视为一个证据,即"模仿说"的宗旨不是为了说明文学与现实的关系,而是为了说明什么是合情合理的诗学虚构。简言之,"模仿"即语言对人类行为的再现,或者说再现的只限于人类行为;亚氏关心的是故事对历史事件的排列叙述:诗学实际上就是叙述学。

简言之,一方面言必称亚氏,另一方面又与他一直关心的核心问题保持距离;另外还要操心如何使《诗学》与俄国形式主义及其巴黎门徒的理论不发生矛盾。上述三项任务,即将"模仿"归为人类行为,归为再现技术,最后归为书面语言,由罗塞琳·杜邦-洛克(Roselyne Dupont-Roc)和让·拉洛(Jean Lallot)③完成:他俩是 1980 年"诗学"系列丛书中《诗学》的重译者,在他们所写的引言中,"模仿说"的两种用法——亚里士多德的用法和热奈特.托多洛夫以及《诗学》杂志的用法——获得了统一。亚里士多德口中的"诗学",指的是"符号行为"而不是文学"模

---

① "对话":在《诗学》里常作"言语"、"念白"解,意为"话语"或"对话",与"唱"形成对比。

② 希罗多德(约公元前484—公元前425):古希腊历史学家,被誉为"西方历史之父"。其著作有《历史》等。

③ 罗塞琳·杜邦·洛克与让·拉洛:均为法国翻译家。

仿"，是叙述而不是描写："诗学"即创作虚幻指涉的艺术。问题不在于上述说法与"模仿"乃文学与现实之关系的传统说法哪一个为真哪一个为假——任何一个时代都会按自己的方式来解读或重释那些经典文本：由语文学家来判断并裁决对错——而是要抵制"模仿说"的通用义，于是现实被理论扫地出门：他们已经从文学模仿自然、语言复制现实的陈词滥调中拯救出了亚里士多德，并将造型艺术的"模仿"与"诗如画"的观念区分开来，他们由模仿到再现，由再现对象到再现主体，由现实到规约、到符号、到幻象、到现实主义——却是作为形式效应的现实主义。

就这样，作为"模仿"参照对象，他们从自然（eikos）过渡到文学，过渡到文化或观念形态（doxa）。不过，这一过渡并非前无古人。"模仿"这一说法自古以来就有歧义："仿自然"（imitatio naturae）或"仿古代"（imitatio antiquorum）。经典理论对这一难题不了了之，断言古人是模仿自然的最好典范，模仿古人，就是模仿自然，反之亦然。然而，自文艺复兴以来，面对一个全新的自然，即旅行家们在东方或美洲的新奇见闻，古代模式妨碍我们对差异的感知，将未知归于已知。自然还是文化，这个两难选择自亚里士多德起便已存在，他在《诗学》第9章开头写道："诗人的角色并不是说出那些实际上发生了的事，而是说出那些在情理上有可能或必然会发生的事。"（1451a 36）然而，亚里士多德对于"必然"（anankaion）亦即自然的话说得不多，但对于"或然"（eikos）即合情合理的，也就是说人类的，说得不少。表面上看来，我们处在现象层，但亚里士多德主张"与其选择可能但没有说服力的东西（dunata apithana），还不如选择不可能却合理的东西（adunata eikota）"（1460a 27），于是我们从"合理"过渡到某种说服力（pithanon）。接下来他还说："不可能但有说服力的东西（pithanon adunaton）比有可能但无说服力的东西更可取。"（1461b 11）如此一来，"合理"（即或然[eikos]）的反义词变成了"无说服力"（apithanon），"模仿"则明显地被导入修辞、"常理"（doxa）和常识范畴。正如理论工作者强调的那样，合理性并非指事物具有发生的可能,而指事物可以为公众所理解,符合常理且不与常理相悖,指事物能顺应社会形成共识的法则和规范。将《诗学》中的"合理性"解释为"常理"的同义词,解释为一个由人类学、社会学的规约和期待所构成的系统,简言之,解释为划分正常与非正常的意识形态,这绝非全无道理。即便这种做法让"模仿"脱离现实,在模仿中我们只见编码,只见规约。其实,在古典主义时期,合理性与待人接物的仪态有密切关系,是关于"礼仪"(*decorum*)或合理的集体意识,很明显,它受某种社会规范的制约。

现实主义:反映或规约

重读《诗学》,我们发现文学理论与意识形态批评不可分离,后者的特性是理应如此,换言之即天经地义,可实际上它是文化的(这是巴特著作中的一个主要论点)。"模仿"将约定俗成视为自然。所谓模仿现实往往倾向于突出模仿物而屏蔽模拟者,这种模仿在传统上与现实主义相关,现实主义与小说相关,小说与个人主义相关,个人主义与布尔乔亚相关,布尔乔亚与资本主义相关;所以,批判"模仿说"就是批判资本主义制度。从文艺复兴到 19 世纪末,西方文学追求的理想是精确地呈现描写对象,这一点在埃里希·奥尔巴赫的《模仿论》中已有分析,而现实主义被视为其理想的形式。奥尔巴赫在描述西方文学史时有一个出发点,即他所谓的文学的本质追求:再现现实。风格可以变幻无穷,但文学始终以"模仿"为基础,其雄心便是越来越真切地反映个人的真实体验,以及个体与群体相分离、相冲突的真实体验。一如作者的危机,"模仿说"的危机是文学人文主义的危机。况且,今天已经是 20 世纪末,我们再也无法假装天真。这种对于"模仿说"看法上的天真其实就是格奥尔格·卢卡奇(Georg Lukács①)的天真,它基于马克思主义的反映论,在分析中将现实主义视为反抗理想主义之个人主义的兴起。

拒绝关注文学与现实的关系,或者将此类关系视为某种社会习俗,这从某种意义上来讲就是一种意识形态立场,即反资产者、反资本主义的立场。于是,资产阶级意识形态又再一次与语言幻象画上等号,即认为语言可以复制现实,文学可以像镜子或窗户反映世界一样忠实地再现现实,这便是他们对于小说的传统描述。在《词与物》里,福柯对贯穿现实主义整个历史时期的关于"透明性"的隐喻进行了抨击,他在对词与物的考古中发现了"一个大大的乌托邦,即语言是完全透明的,它对事物的命名也是明确无误的"(Foucault,p. 133)。德里达的全部著作亦可被理解为对"模仿"这一理想概念的一次解构,或对语言"在场"之神话的批判。在他们之前,布朗肖则推翻了名实相配的神话,并通过对照讴歌了从荷尔德林(Hölderlin②)到马拉美、卡夫卡(Kafka③)以来的追求非及物性④的现代文学。

与"模仿说"意识形态相反,上述文学理论不把现实主义看作现实的"反映",而是将其理解为一种具有自己规则和规约的话语,一种编码,一种既不比其他编码更自然,也不比它们更真实的编码。然而,现实主义依然是文学理论偏爱的一个研究对象,因为它具有不可逾越的形式特征,这一特征是雅各布森 1912 年在《论现实主义艺术》一文中给出的。雅各布森认为,借喻、借代在现实主义中占统治地位,而在浪漫主义和象征主义中占主导地位的则是隐喻。1956 年,雅各布森在另一篇重要文章《两种语体与两种失语症》中,仍然坚持这一区别:"根据相

---

① 格奥尔格·卢卡奇(1885—1971):匈牙利马克思主义理论家。其著作有《历史与阶级意识》,他早期的哲学思想和马克思主义观引发了"西方马克思主义"思潮。

② 荷尔德林(1770—1843):德国诗人,死后被遗忘近 100 年,直到 20 世纪中叶才被德国人认同,并在欧洲建立了声誉。其诗作有《许涪里翁》、《面包和葡萄酒》等。

③ 卡夫卡(1883—1924):奥地利作家。其著作有《地洞》、《变形记》、《城堡》、《审判》等。

④ 非及物性:法文为"l'intransitivité",指文学无需外在参照的自足性。

邻关系,现实主义作者往往会从情节到氛围、从人物到时空场景执行借喻偏离操作。他尤其偏爱部分代整体的细节。"(Jakobson, 1963, p. 63)雅各布森认为,隐喻和借喻是界定语言的两极,而以现实主义命名的文学流派的特征是借喻,而且很大一部分贯穿历史的话语也是如此。

实际上,解构主义和后解构主义是极端的约定俗成论者,它们反对文学虚构中一切关于外部世界的指涉。根据这一极端态度,帕维尔提醒说:

> 文学文本从不谈论外在于文本的事物的状态;所有我们看似指向外界的指涉,事实上都起因于某些严格的、任意的约定,而外在于文本的因素纯粹是词语魔术所产生的幻觉。(Pavel, p. 145)

法国文学理论不仅主张文学的理想模型是抽象绘画,还认为一切文学均在掩饰其抽象的必要条件。因此,现实主义不过是一个文本规约的集合,这规约与古典戏剧的或诗歌的规则相比,有着大致相近的性质。如此排斥现实显然有些过分:词语和句子毕竟不是基本颜色和形状。绘画中的确有着五花八门的再现规约,但也不能不承认几何透视法要比其他规约更现实主义一些。我们讲这些既不是为了维护也不是为了反对上述对指涉的拒绝,而是为了理解该理论为何获得普及和成功,以及米哈依尔·巴赫金(Mikhaïl Bakhtine①)的"对话性"在重新引入人类的和社会的现实因素方面为何会功亏一篑。

于是,被抽空了内容的现实主义成了一个用来进行分析的形式效应,毫不夸张地讲,整个法国叙述学都一头扎入了现实主义研究。其中有托多洛夫的《文学与意义》(1967)和反向的即由否定导致矛盾的《幻想作品导论》(1970),有热奈特的《叙事话语》(1972),有哈蒙对人物和描写的研究,巴特则在《现实效应》(1968)一文中花了几页篇幅将这种

---

① 米哈依尔·巴赫金(1895—1975):前苏联批评家,"互文性"的奠基者。其著作有《陀思妥耶夫斯基》等。

分析推向极致。不过，还应提一提弗拉基米尔·普洛普（Vladimir Propp①）的功能模型、克罗德·布雷蒙（Claude Bremond②）的叙事逻辑、A.J.格雷马斯（A.J.Greimas③）的动元和同位关系，这些研究虽然方式不同，但都涉及同一个领域，皆试图将现实主义重新理解为一种形式。现实主义乃文学理论的拦路虎，所以文学理论谈它谈得最多。

指涉幻象与互文性

文学理论以索绪尔的语言学为理论依据，后者则宣布语言是形式而非实体，是系统而非名称。既然语言不能拷贝现实，那么问题的提法就变成了下面的形式：不再是"文学如何拷贝现实？"而是"文学如何让我们相信它在拷贝现实？"文学在用何种机制拷贝现实呢？巴特在《S/Z》中断言：

> 即便在最为现实主义的小说中，指涉也毫无"现实"可言：不难想象，即使一段最为循规蹈矩的叙述，一旦将其描写逐字逐句地转换成操作程序，然后不加修改地让其"运行"，将会造成多大的混乱。总而言之[……]，被大家称为（现实主义文本理论中的）"真实"的东西，从来就只能是再现（意义）的编码：从来就不是可运行的编码。（Barthes，1970，p.87）

文本与程序或剧本不同，不可运行：对巴特而言，有这一点就够了，他有权摈弃所有关于文学与世界之关系的指涉假设，或语言与世界之关系

---

① 弗拉基米尔·普洛普(1895—1970)：俄罗斯形式主义文学理论家。其著作有《民间故事形态学》等。

② 克罗德·布雷蒙(1929—)：法国结构主义理论家。其著作有《一千零一夜：欲望、行动和动机》、《叙述信息》、《叙事逻辑》等。

③ A.J.格雷马斯(1917—1992)：法国符号学家、语义学家、巴黎学派的创始人。其著作有《结构语义学》、《论意义》等。

的指涉假设,并将所有指涉考量踢出文学理论研究。指涉是"符指"(sèmiosis)之结果,绝非先存之事实。最基本的语言也不会在词与物、符号与参照、文本与世界之间搭建关系,而是在符号与符号、文本与文本之间搭建关系。指涉幻象来自于人对符号的操纵,这种操纵遮蔽了现实主义的规约,掩盖了符号的任意性,从而让人对符号的指物属性笃信不疑。所以,指涉幻象应当作编码来重新诠释。

谈论文学与现实的关系,现今唯一可接受的说法便是"指涉幻象",要不就使用靠其而名声大噪的巴特的术语:"真实效应"。再现的问题被归入合理性范畴,亦即作者与读者共有的约定或编码。在文艺复兴时期关于东方或美洲的游记中,会出现古修辞的"乐园"(locus amoenus)一语,他们所见到的、所描写的从来就不是什么真实的"乐园",即便是在新世界,而是一个由老生常谈之固定套路所构成的文本。为了将真实驱出文学,巴特用柏拉图在《理想国》中的口吻说:

> 现实主义(名不副实,经常造成误解)不是要拷贝现实,而是要拷贝(描绘)真实感[⋯⋯]。这就是现实主义何以被喻为"仿制者"而非"复制者"的原因(通过第二次"模仿",它拷贝现成的拷贝品)。(ibid., p. 61)

指涉问题就这样被归纳为互文性问题——"编码是一套引用预案"(ibid., p. 27)。巴特是这样描述它的:

> 现实主义艺术家从不把"现实"放在自己话语的源头,那仅仅是而且永远是——无论你追溯多远——一种业已书写的现实,一种具有前瞻性的编码,顺着这套编码一路望去,唯有排到天尽头的一连串拷贝。(ibid., p. 173)

指涉没有现实性。大家所说的现实只是编码。"模仿"的目的不再是制作真实世界的幻象,而是制作一个关于真实世界之真实话语的幻象。因此,现实主义是互文性所造就的幻象:"藏在稿纸背后的不是现实。指涉,是对别的文字的'参照',是'玄妙之文海'。"(ibid., p. 129)

当然，文学是一个包容各种成分的网络，有很多途径都会将我们导向"互文性"概念，比如说阅读；巴特在前边的引文中说过，在文学理论中占据现实位置的明显是其他文本，指涉被互文性取代。巴特早期主要探讨文本的内在性、封闭性、系统性和逻辑性，以及文本与语言的对照，此刻展现的却是他的第二代理论。在文学文本的句法成型之后，在语义学方兴未艾之时，互文性成为打开文本的一种手段，如果不是面向世界，那么至少也是面向其他书本，面向图书馆打开它。有了互文性概念，我们便从封闭型文本过渡到开放性文本，至少可以说从结构主义过渡到所谓的后结构主义。

"互文"(intertexte)或"互文性"(intertextualité)是朱丽娅·克里斯蒂娃提出来的。1966年，她刚到巴黎不久。在巴特组织的学术研讨会上，为了介绍米哈依尔·巴赫金的评论著作并将研究重点移向文本的创造性——法国形式主义当时还是静态地看待文本——她说："每个文本的构建都有如用引言拼贴的马赛克，每个文本都是对另一文本的吸纳与转化。"(Kristeva, p. 146)巴赫金认为，互文性就是广义上的文本间的对话。用克里斯蒂娃的话来说，就是"被视为文本集合的社会集合"。互文性概念派生于巴赫金的"对话性"概念，"对话性"即一切陈述与其他陈述间所保持的关系。

对巴赫金而言，对话性这一概念在高层次上对世界开放，对社会"文本"开放。假定对话性即话语间的互动无处不在，假定对话性是话语的条件，对于对话性程度高低不等的体裁，巴赫金进行区分。比如说小说便是绝佳的对话体裁(这会让人想到对话性与现实主义的特殊关系)，在(现实主义)小说中，巴赫金分辨出两种类型的作品：托尔斯泰的(弱现实主义的)"独白"型(*monologique*)作品和陀思妥耶夫斯基(Dostoïevski①)的(强现实主义的)"复调"型(*polyphonique*)作品，后者

---

① 陀思妥耶夫斯基(1821—1881)：俄国作家。其著作有《穷人》、《罪与罚》、《被侮辱与被损害的人》、《白痴》、《卡拉马佐夫兄弟》、《群魔》等。

展现了多种声部和多种意识。巴赫金在民间作品、中世纪狂欢活动以及拉伯雷的作品中发现了现代小说复调的原始标本。总的来说,他区分了欧洲小说的两大谱系。一个谱系将多语现象排斥在小说外以反衬作品风格的统一;另一谱系将多语现象整合进小说创作,如拉伯雷、塞万提斯、普鲁斯特和乔伊斯(Joyce)等。

俄、法形式主义先后将作品封闭在一个内在结构中,为了回应他们,巴赫金将现实、历史和社会重新引入文本,而文本的结构则变成了一个多声部的复杂结构,一个异质语言与异质风格相互冲突的动态场。脱胎于巴赫金对话性的互文性概念又将自己封闭在文本之中,将文本禁锢在文学性的本质之中。热奈特的定义如下:互文性是"两个或多个文本的共现关系",通常表现为"一个文本在另一文本中的确定存在"(Genette, 1982, p. 8)。摘引、抄袭、影射是互文的常见形式。这种观点比较狭隘,忽略了克里斯蒂娃继巴赫金之后一再强调的文本生产力,结果互文概念有时会倾向于直接取代"渊源"、"影响"等文学史所钟爱的古老概念,被用来指各文本之间的关系。无论怎么说,在"文学渊源"遭到唾弃后,文学史又迎来了"活水渊源",一如晚霞落照,一如追悼情人。这表明同一概念既可以用来指文学与世界的关系也可以用来指文学与文学的关系。它提醒我们,文学史的确不仅仅是生平传记。强调文本间的关系,文学理论造成了一个或许是无法避免的后果,即过高地估计了文本的形式属性,从而损害了文本的指涉功能,阉割了巴赫金的对话性:互文性很快变成了狭隘的对话性。

在这方面,里法泰尔的体系很能说明问题,巴赫金的对话性在演变为互文性的过程中是如何丧失其所有现实基础的,里法泰尔做出了极为出色的诠释。照"意图幻觉"(即美国新批评派的 *intentional fallacy*)的样子,里法泰尔将他眼中一种常发生的错误命名为"指涉幻象",这种错误就是用现实去取代它的再现,就是"将原本在读者心中的参照物放在文本中"(Riffaterre, p. 93)。作为"指涉幻象"的受害者,读者以为文本以世界为参照,可文学文本从不涉及那些外在于文本的事物状态。批评家们也常常会如法炮制,将指涉归于文本,可实际上它只是一个文本效应,是读者理性处理的结果。上述修正基于一个公设,即日常用语与文学用语具有根本区别。里法泰尔不否认日常词语指涉具体对象,但又立即补充说,在文学中全然不是那回事。文学中的意义单位不是词而是整个文本,词义不再指涉具体对象,它在上下文中与别的词交互作用以便生成某种意义效应,这效应叫作"含义"(*signifiance*)。请注意此处的偏移:对雅各布森而言,语境实际上是外在于文本的,即现实,指涉功能当然是与语境直接发生关系的;可对里法泰尔来说,语境也是文本(或称之为上下文),文学含义之于非文学意义,就好比是索绪尔的"价值"(符号间的关系)之于"意义"(能指与所指的关系)。里法泰尔写道,"互文,便是读者对某一作品与其前后作品的关系的感知",这才是文学文本中唯一重要的指涉,文本是自足的,与外界无关且只谈自己和其他文本。"互文性是[……]文学阅读的固有机制。唯有它能产生含义,而通用于文学文本和非文学文本的线性阅读却只能产生出意义。"(Genette 引自 Riffaterre, 1982, pp. 8 - 9)由此看来,互文性就是文学性本身,世界对文学不复存在。但是,对互文性的这一纯化的狭隘定义似乎就建立在一个尚未定型的原则上,这原则大概是文学与日常语、含义与意义之间的不由分说的、泾渭分明的区别。对于这点我回头再谈。

从巴赫金到里法泰尔,互文性的辖域大大缩水,现实已不在其考虑之列。在《隐迹稿本》(1982)一书中,热奈特将一文本与其他文本之间的所有联系都称为"跨文本性"(transtextualité)。他还专门做了一个"二级文学"的复杂类型表:比如说"互文性"概念仅指某一文本在另一文本中的实际在场,那么就还应该有亚文本性、元文本性、总文本性、超文本性,等等。抽身高处,人们用互文性关系的复杂性来遏制世界的干扰,然而对话性原本并不排斥外部世界。

有争议的术语

到此为止,我分析了讨论文学与现实关系的两种极端观点。我分别将其概括为一句话:秉承亚里士多德、人道主义、古典主义、现实主义及马克思主义传统,文学以再现现实为目的,并且差强人意地做到了这一点;根据现代性传统与文学理论,指涉乃幻象,文学除了谈文学不谈其他东西。马拉美宣称:"唯有在商业中,说话方涉及实物;在文学上,它满足于含沙射影,或提取出事物含在某观念中的性质。"(Mallarmé, p. 366)布朗肖后来又将其观点向前推进了一步。就像前边处理意图概念那样,我来帮助大家摆脱这种二者必居其一的魔咒,跳出这个二元对立的陷阱,因为它强迫我们在两个站不住脚的观点中做出选择。我认为上述二选一便建立在一个狭隘过时的指涉观上,我将向大家提供多种途径,重新在文学与现实之间建立联系。这并不意味着把反"模仿说"观点束之高阁,或者以常识和直觉之名简单地给"模仿说"平反,而是要仔细考察理论大潮之后,人们是如何重建"模仿说"的。

我打算分两部分来讲。首先,我想指出在文学中拒绝指涉的做法不值一驳:它缺乏理据,充满矛盾。比如说巴特和里法泰尔关于指涉幻象的批评就有不少漏洞:二者都有将敌手即指涉简单化、荒谬化、滑稽化的倾向,这使得他们二人可以从容地打倒指涉,并断言文学不指涉现实。他们效法布朗肖,甚至用不可能的通灵交流来刁难文学的指涉功能,最后得出语言无能、文学独立的结论。确定文学无法通往现实,失望之余,他们干脆抛弃关于书与世界关系的理性之或然,最终接受了极端的怀疑论调。下面我将谈一些最新的研究,它们以一种更加灵活的方式重新思考了文学与世界的关系,这些研究既非模仿论,亦非反模仿论。

反模仿论的批评

在《S/Z》中，巴特抨击了文学"模仿说"的基础，他认为，即便是最为现实主义的小说也是无法运行的，我们不可能逐字逐句地严格执行其指令（Barthes，1970，p. 82）。这一说法相当古怪，因为他竟然将文学视为一份产品使用说明书。其实，我们只需查阅一份使用说明书，无论哪种电器的、录像机的或电脑的，我们会发现那上面描写的步骤一般来说是无法操作的，和巴尔扎克的小说没什么两样。但这并不妨碍我们承认这些说明文字与其机器有着直接的关联。要想理解关于某个动作的描述，比如说详细演示某一本体操教程中的一套动作，那就必须曾经做过此类动作。人们摸索着渐渐地接近，一步步地尝试（试错法，*trial and error*），直到最后圆转自如，这套做法已被证明是可行的：于是我们又见阐释环。为了从整体上否定小说中的现实主义，巴特首先必须确定什么是现实的，什么是"可执行的"（opérable），然后让二者直接相互置换，比如说在舞台或银幕上相互置换。换言之，他将标准定得过高，要求极高，结果发现他的要求难以满足，于是便断言说文学完全达不到这个标准。

在《真实效应》（1968）这篇影响颇广的文章里，巴特注意到福楼拜小说《一颗淳朴的心》中有一个晴雨表，该表出现在描写欧班夫人(Mme Aubain)沙龙的段子里。巴特认为那是一个无用符，一个"多余"的、徒乱人意的细节，它无关痛痒，毫无意义，在关于叙事的结构分析中不起任何作用："晴雨表下，盒子和箱子在一架旧钢琴上堆成一座金字塔。"巴特说，钢琴代表有产阶级的格调，箱盒暗示房间杂乱，但"提到晴雨表似乎没有任何合法的目的性"（Barthes，1982，p. 82）。就字面意义而言,这语符的确没有任何意义(让格特鲁德·斯泰因[Gertrude Stein①]来说的话,她准会说"晴雨表只是晴雨表")。那么这一可有可无之物到底有什么含义呢?

> 功能分析余下的无法处理的残留物有个共性,即被标示为"真实的细节"(小动作、瞬间的态度、微不足道的物品、冗余的言语)。对"现实"的真实"再现"、"此在"(或"曾在")的纯关系,这关系因此而显得像是要抵抗意义。(*ibid.*, pp. 86-87)

就像在照片中一样,微不足道的小物品代表了真实。巴特在《明室》(1980)一书中对其作为对象的意识(胡塞尔语:noème)有个说法:"曾经如此。"晴雨表证明并让我们相信:现实中"曾经如此"。

巴特断言《一颗淳朴的心》中的这个晴雨表完全没意义,为证明这一点他还列举了米什莱书中的一个小门:二者都属于无用细节;又说即便最为现实主义的小说也少不了这类完全无视意义的成分,这些成分除了声称"我是真实"以外没有别的意思。这未免有点言过其实。提到晴雨表有可能是让人注意天气,不仅是当天的天气——这看看温度计就够了——而且是次日的天气,比如说诺曼底人就尤其关注天气,因为那地区出了名的气候多变,阴雨连绵。无论怎么讲,晴雨表在诺曼底要比在普罗旺斯更有意义:在都德(Daudet②)或马塞尔·帕尼奥尔(Marcel Pagnol③)笔下它或许没有含义,但在福楼拜的笔下恐怕不然。在《追忆似水年华》中,主人翁的父亲有一个极为重要且被作者滑稽化了的习惯:每每虔诚地查看晴雨表。下面是《在斯万家那边》这一怪癖第

---

① 格特鲁德·斯泰因(1874—1946):美国女作家,后旅居法国巴黎。她作品里最著名的一句话是"一朵玫瑰是一朵玫瑰是一朵玫瑰是一朵玫瑰"。其著作有《三个女人》等。

② 都德(1840—1897):法国作家。其著作有短篇小说集《磨坊文札》、长篇小说《小东西》等。

③ 马塞尔·帕尼奥尔(1895—1974):法国小说家、剧作家。其著作有《我父亲的光荣》、《我母亲的城堡》、《马利尤斯》、《法妮》、《恺撒》等。

一次出现的场景:

> 父亲耸着肩仔细观看晴雨表,他热爱气象学。母亲呢,唯恐打扰他,这时不敢弄出一丁点儿声响。她恭敬地望向他,温情脉脉,但又不至于盯着他看,以免不小心看透了他高人一等的秘密。(Proust, p. 11)

这就是穿着冬装的"父亲",不过如此不敬的段子在《追忆似水年华》中并不多见:晴雨表浓缩、再现了父子关系。

巴特需要在小说中找到某些记号,这些记号除了表达真实之外没有别的意思,就仿佛现实能够凭借这些记号一下子进入小说一样。在文章的结论部分,他给出了此类记号的秘诀:

> 能指与指涉(référent)直接秘密结合,构成了符号层面的"具体细节";所指被排除出符号,于是乎也就排除了任何发展"能指形式"的可能[……]。这就是所谓的"指涉幻象"。指涉幻象的真相如下:作为外延之所指,真实在现实主义陈述中被删除,作为内涵之所指,真实又返回现实主义陈述。要知道既然这些细节长于表达真实,那么除了真实感外它们就什么也没表达,虽然它们没有明言。福楼拜笔下的晴雨表、米什莱笔下的小门除了表达"我们是真实"之外没有别的意思,它们表达的是"真实"这个范畴(而不是它某时某刻的具体内容)。换言之,因指涉而引发的所指缺失,反而成为现实主义的能指:于是"真实的效果"得以生成。(Barthes, 1982, pp. 88–89)

确是妙论,但不够清晰。晴雨表远没有忠实再现19世纪中叶诺曼底的外省生活,而是一个约定俗成的符号,一个抛给读者的心有灵犀的媚眼,暗示他此刻面对的是一部所谓的现实主义作品。晴雨表没有任何外延,其内涵也只能是原汁原味的现实。或许,巴特从未改变立场:现实主义始终是意义的编码,通过在叙事中不时地插入一些表面上看来不知所云的成分,这编码方显得真实自然。上述成分屏蔽了符号的普遍存在,掩饰了模仿式文本的权威,或者要求读者背向世界与之合谋。指涉幻象,遮掩了符号的规约性和任意性,但它仍然是符号自然化的一个例子:文学的指涉不是现实的实物,它因语言而生,在语言前并不存在,如此等等。

克里斯托夫·普伦德加斯特(Christopher Prendergast)写了一部很有意思的论"模仿"的著作(《模拟的秩序》,1986),他在书中指出,巴特攻击"模仿说"时有不少自相矛盾之处。首先,巴特不承认语言与世界有什么直接的指涉关系;假若他所言属实,假若他成功地揭露了指涉幻象,假若他能够道出指涉幻象背后的真相,那也就是说语言还是可以用来谈论实际并指涉实际中的某物的。语言并非总是或完全是与实际不相干的(Prendergast, p. 69)。要想完全彻底地灭掉指涉好像不太容易,因为你要否定它就不得不谈论它,谈论它就是指涉它,于是指涉就必须成为否定的不可或缺的条件。道出幻象也就是说有一个真相,以真相的名义来揭露幻象。如果说现实乃幻象,那么,幻象背后的现实又是什么呢?照这样问下去,我们永远找不到答案。蒙田所面临的是同一个问题:怀疑一切,或语言与存在彻底断裂,故而他最后唯有自问,"我知道什么?"换言之,我永远不知道自己是不是知道。不过,巴特还想走得更远,他想说我什么也不知道。

另外,关于那些无聊物品的功能,巴特的解释也很奇怪。普伦德加斯特强调说,巴特津津乐道的那些修辞手法,从暗喻(剔除所指,符号与指涉直接"挂钩")到拟人("我们就是现实"),意欲让读者接受一个关于指涉的简易且夸张的理论。其拟人手法令人瞠目结舌:经过拟人化的语言否认自己是语言。巴特给我们展示了一种魔术,它能让词语消失,让读者产生错觉,以为自己面对的不是词语而是现实本身("我们就是现实")。符号隐身在指涉身前(或身后)并营造出一种真实感,即那事物在场的幻觉。读者以为自己面对的是事物本身,被忽悠或被愚弄,成为幻象的俘虏(*ibid.*, p. 71)。

因此,为了证明语言不指涉和小说非现实,巴特坚持一种早已遭人唾弃的指涉理论,即假设符号与指涉"挂钩",无须所指出场,从能指直接过渡到指涉,总之,就是让读者产生物在眼前的幻觉。真实效应,指涉幻象,其实不过是一种"幻觉"。巴特提醒我们说,如果那小说真是一本现实主义小说,读者便会视幻为实;而那些无聊细节所要掩盖的,正是这种虚构的真实性。按上述要求,除非巴特将《堂吉诃德》和《包法利夫人》的读者当作样例,即文学虚构威力的受害者,否则,凡语言皆不指涉,凡文学皆不模仿。不过,柯勒律治还专门区分了诗幻象(willing suspension of disbelief)和幻觉(delusion),将前者定性为"负信仰,这种信仰让书中形象充分发挥自身作用,却无须对自身是否真实存在做肯定或否定的判断"(Coleridge, vol. 2, p. 134)。在他眼里,"对不可信者的有意悬置"绝非正信仰,但说它纯粹是幻觉则有可能与模仿、虚构之义相冲突,因为每一个受过良好教育的人都会模仿和虚构。

　　普伦德加斯特的批评或许有所夸大,不过,巴特在书中绝非只有这一处用幻觉说来推翻文学的指涉作用。在《S/Z》中,巴特用是否可操作、是否可置换来衡量现实主义,丝毫不考虑其在现实中的情况。真正的现实主义小说,要栩栩如生,历历在目,让人有如身临其境。《明室》中著名的"punctum"(某个触人心弦的细节)便与幻觉不无关系,巴特将其比作翁布雷丹实验(l'expérience d'Ombredane):一群非洲黑人有生以来第一次观看向其传授卫生知识的短片,银幕支在灌木丛中,一个无关紧要的细节,"一只小鸡穿过小村广场"(Barthes, 1980, p. 82)让他们兴奋莫名,结果忘掉了电影的主旨。另一个巴特用来断言语言指涉无效的经验是一段历史记载,即那个首次观看悲剧《奥赛罗》的"巴尔的摩的士兵"①。司汤达在《拉辛与莎士比亚》中提到的这个剧场守兵,以前肯定从未看过戏,所以看见奥赛罗威胁德斯黛蒙娜,他便照着那男演

---

① "巴尔的摩的士兵"是司汤达在《拉辛与莎士比亚》中提到的故事。1822年8月,一名士兵在巴尔的摩剧场值勤,悲剧《奥赛罗》第4幕,士兵看见奥赛罗正在掐死德斯黛蒙娜,他吼道:"在我面前绝不允许黑鬼杀死一个白人妇女!"说完便向扮演奥赛罗的演员开枪,打折了演员的一只胳膊。

员开了一枪,打断了他的胳膊。司汤达说这实乃"完美幻觉",并认为这种幻觉极为少见、转瞬即逝,延续的时间不会超过四分之一或二分之一秒。翁布雷丹的实验也罢,"巴尔的摩的士兵"也罢,大家碰到的是一些涉及个体的极端事例,对他们而言,虚构与现实尚未分家,因为他们从未接触过艺术形象、符号、表演以及虚构世界。不过,只消读过两本小说,看过两部电影或两场戏,他们就再也不会为幻象所蒙骗,巴特揭露指涉幻象的说辞对他们也就不再适用。为了推导出指涉无效,巴特的理论过于简单,过于极端。如果说人们在谈论某些事物时,看不见那些事物,也没有去臆想或产生关于它们的幻觉,就应该否定语言的指涉功能,那未免也太简单了:人不可能完全否认语言的指涉功能,否认外在于符号体系的感知对象的客观现实。在《超越快乐原则》一书中,弗洛伊德有个著名的论述,即关于"fort-da"①的那一段。他告诉我们一个一岁半的幼儿如何化解母亲离开的痛苦:他将一个线轴扔出又拉回摇篮并分别配以"fort"(去)和"da"(来)的发音。弗洛伊德认为,这一儿童游戏体现了人对符号的早期体验,符号是缺席者的替身而非缺席者的幻象(Freud, pp. 51–53)。雅克·拉康(Jacques Lacan②)后来用"fort-da"这一阶段来说明人如何进入象征体系,不过,早在拉康之前,巴特就试图诱导我们否定语言、文学与外在现实有任何关系。

里法泰尔口中的指涉幻象,避免了巴特之真实效应中最为明显的悖论。巴特以为,语言皆无指涉功能;里法泰尔则特意对语言的日常用法与诗意用法进行了区别:

> 在日常语言中,词语的关系似乎是纵向的,每个词都与它

---

① 弗洛伊德发现孙子在童车里玩耍,他注意到,孙子把一个线轴扔出童车并喊了一声"fort!",然后又用线拉回线轴喊了一声"da!"。弗洛伊德在《超越快乐原则》中认为,前者代表母亲的离去,后者代表母亲的归来,幼童通过重复这种自创的声音和动作来释放并克服母亲不在的痛苦。

② 雅克·拉康(1901—1981):法国哲学家、心理分析学家,被誉为法国的弗洛伊德。其著作有《论经验的妄想型精神病概念与人格问题》等。

所指代的现实相联系,每个词之于其内容都像是贴在容器上的一个标签,于是便形成了一个个相互区别的语义单元。但是,在文学中,意义单位则是文本本身。(Riffaterre, pp. 93-94)

总之,意义,在日常语言中是纵向的,在文学语言中是横向的。指涉在日常语言中正常运行,"含义"(*signifiance*)乃文学特有属性。不过,请大家注意,为了说明语言有指涉功能而文学没有,里法泰尔引用了一个在索绪尔之前早已过时的指涉理论,或是为了一时之需吧,将语言视为容器标签系统或术语命名系统,纯属"卡斯多爷爷"①的语言哲学:《卡斯多爷爷》,一套识字图册,许多孩子是靠它学会识字的,其做法是在"熨斗"图下标出"熨斗"二字。其实,语言和指涉的运行方式并非如此。然而,这个离奇的理论——容器标签理论——并未解决问题,问题出在文学的定义上:诗意语言有"含义",日常语言有指涉,如何区分二者?除了文学的非指涉性外,没有其他对立标准,于是要证明的东西摇身一变成了依据。因为文学不指涉,所以诗意语言有含义,反过来说也成立。这就是里法泰尔的结论,一个循环论证的教条:"对现实的指涉永远不适于解读诗歌含义。"(*ibid.*, p. 118)标准的循环论证,对诗歌含义的定义便是它的对立面指涉功能。正是根据这种逻辑,里法泰尔断言所谓"模仿"不过是含义产生的幻象。他说:"诗歌文本是自足的:有外向的指涉,但指的不是——远不是——真实现实。其外向指涉仅仅指向其他文本。"正如巴特所言,书中世界可以完全替代世界这本书,但要经过"权衡"(*fiat*)。

---

① "卡斯多爷爷":连环画中的人物。

语言的任意性

巴特乃至整个法国文学理论对文学指涉的否定源自某种语言学，即索绪尔、雅各布森的语言学，准确地说是源自关于它的一种阐释。为避免用摩尼教绝对二元论的方式来思考文学与现实，我们先来核实一下上述语言学是否必然蕴含了对指涉的否认。谈到语言学影响以及对指涉的否定，我们发现一个非常奇怪的现象：否定指涉，没有导致文学理论走上构建文学语义学的道路，反而让它走上了构建文本句法的道路。索绪尔和雅各布森都不是句法学家，结果导致其追随者对现代句法学的重大研究成果尤其是乔姆斯基(Chomsky)的转换生成语法视若无睹，可他们声称要打造一门关于文学的句法学。

强调诗意功能，贬低指涉功能，始于对雅各布森的狭隘理解；而断言文学编码约定俗成，则来自于语言模型。根据索绪尔的语言符号学理论，语言符号据说是任意的、规约的、无意识的。然而，排斥指涉功能并不符合雅各布森的原意，后者强调并存与主导，从未做出二者不并立的论断。另外，把语言符号的任意性理解为指涉的次要性或不可能性，也不太符合索绪尔的立论。换言之，《普通语言学教程》并不支持语言不指涉世界这一前提。在这里重提《普通语言学教程》对拉近文学与现实之间的关系至关重要。

确切地讲，索绪尔认为，任意的不是语言，而是语音层面与语义层面、能指与所指之间的联系，这种联系是约定俗成的和无意识的。其实，关于语言乃约定俗成的说法并没有多大新意，可以说是亚里士多德以来语言哲学的一个老生常谈，索绪尔只不过是将传统上摆在符号与事物之间的任意性移到了声音与概念之间罢了。另外，作为任意的符号系统的语言，上承浪漫主义，最后成为结构和后结构主义理论的基础，索绪尔将其与作为某一社群的世界观的语言联系在一起，这也不能算是一个独创。声音与概念,符号与指涉,它们之间是约定俗成的关系。正是以上述关系为模型,语义内容通常被理解为一个独立于现实或经验世界的系统。帕维尔认为人们对索绪尔的理解有些断章取义,以为"这一形式网络(语言)被投射到世界上,按一个'先验的'语言图式来组织世界"(Pavel,p.146)。于是便出现了一个没有必然性的不太成立的推断:符号的任意性在逻辑上并不蕴含语言的无可救药的非指涉性。

从这一角度看,《普通语言学教程》的精华章节就是谈"价值"的那一章(Ⅱ,Ⅳ)。索绪尔说,"意义"是能指与所指的关系,"价值"来自符号间的关系,或者来自"语言组件彼此的相互位置"。命名,就是在连续体中切分出一个单位:将一连续体切分成相互区别的符号,这一做法有任意性,因为另一语言有可能采取另一种切分,但这并不等于说该切分彻底摆脱了连续体。不同语言对色彩的感知略有不同,但切分来切分去它们切分的还是同一个彩虹。因此,要想弄懂价值概念在文学理论中的命运,我们只需回忆一下巴特 1964 年在《符号学原理》(*Élément de sémiologie*)中对此的概括。他首先提到了索绪尔将语言比作一张纸的说法:切分纸张,我们会得到许多片断,每个片断都有正面和反面(这是意义),每个片段的切分方式都涉及与其相邻的片断(这是价值)。这个形象,巴特接着说,有助于我们思考"意义的生成",也就是说言语、话语和陈述行为,而不再是语言:

> 这是对两块无定形的实体,或者按索绪尔的说法,两个"飘忽不定的王国",进行"同步切分的行为";索绪尔设想,在意义之源头(理论上的),意义与声音构成两块飘忽不定、连续平行的实体;当人们一刀同时切分两块实体,意义就发生了。
> (Barthes,1985,p.52)

就像所有起源神话尤其是关于语言起源的神话一样,索绪尔的语言起源说虽说是纯理论的,影响却极为深远:靠了它,巴特一下子,没有任何必然性地,从符号局部的、传统的任意性——硬性规定且无理据——过渡到语言作为系统的任意性,"意义生成"的任意性,甚至言语与现实的关系,或者干脆说言语与现实无关。无疑,索绪尔从未暗示过言语有任意性。可巴特不管不顾,从一个关于语言符号之任意性的狭义约定论一下子跳到了一个关于语言乃至言语之非现实性的广义约定论,而且这广义约定论是如此的绝对,以至于真理、关联等概念完全失去了意义。既然一切代码都是约定的,那么话语也就无所谓关联不关联了,一切皆任意。语言同时对能指和所指进行任意切分,它建构了一种世界观,建构了一种永远禁锢我们的对现实的切割。巴特将萨丕尔-沃尔夫(即人类学家爱德华·萨丕尔[Edward Sapir①]和本杰明·李·沃尔夫[Benjamin Lee Whorf②])假设③投射在《普通语言学教程》之上。根据这一假设,语言框架决定说话者的世界观,它导致的最终结果是科学理论无法衡量,无法翻译,但皆有道理。于是我们又回到了后海德格尔的阐释论,上述说法与其精神十分吻合:语言没有通向他界包括真实世界的出路,一如我们的眼界受限于我们的历史环境。

这一步跨得很大。于是,由"没有语言就没有思想"之前提,推导出话语的任意性,此处任意性所涉及的已不再是符号的约定俗成而是代码的专制,似乎放弃了"思维与语言"之二元对立,就只能接受言语的非指涉性。即便每门语言都在按自己的特殊方式划分彩虹的色彩,难道它们谈的就不是同一个彩虹了吗?在这种对任意性的滥用中,词语的分量当然起了很大的作用:本维尼斯特在《语言符号的性质》(1939)中指出,从索绪尔的理论中必须参悟到能指与所指之间的非理据性和约

---

① 爱德华·萨丕尔(1884—1939):美国人类学家、语言学家。其著作有《语言论》等。

② 本杰明·李·沃尔夫(1897—1941):美国人类学家、语言学家,萨丕尔的学生,萨丕尔-沃尔夫假设的提出者。

③ 萨丕尔-沃尔夫假设:又称沃尔夫假设。它是美国语言学家沃尔夫在总结、发展老师萨丕尔的观点之上所提出的语言学假设。这一假设的理论基础是语言决定论和语言相对论,基本思想是语言决定思维。

定性关系,这种关系被巴特及其追随者理解为代码的绝对专制。在这里,我们再次提醒大家注意文学理论与意识形态批评的近亲关系。真正任意胡说的是意识形态,换言之,意识形态话语对现实视而不见,对现实进行异化,而我们却不能简单地将语言视为意识形态,因为语言有可能帮助我们揭露上述任意性。"价值"、"再现"、"代码",这些意思含混的术语令人想到语言的专制,由符号的非理据性到语言的非关联性,语言受其约束同时又具有强制性,因为非关联性被视为一种专制力量。就这样,语言的暴政成为某些人的口头禅,以美国批评家弗雷德里克·詹姆逊(Fredric Jameson①)为例,他介绍形式主义与结构主义的入门书的英文名便是"The Prison-House of Language"(1972),翻译过来,即"语言乃监狱"。1977年,巴特在法兰西学院(Collège de France)公开课的开讲致辞中,更是语不惊人死不休地提出了语言是"法西斯"的命题:

> 语言活动是一个立法体系,语言即法典。我们看不见语言之于我们的权力,是因为我们忘了语言皆是分类系统,分类系统皆是强制性的。[……]说话,特别是做报告,那不是在交流而是在降服,这点我已多次讲过。(Barthes, 1978, p. 12)

通过偷换概念,"立法"与"法典"让我们把语言想象成一种世界观,一种压迫人的意识形态或强制的"模仿"。这已经不再是《神话学》②或符号学时代:巴特与交流和意义("交流")拉开距离,他似乎要将另一个语言功能放在首位,他的话让人想到语言的言外功用("降服"),具有强制力的功用,亦即语用学分析过的言语行为。在这个意义上,言说与现实有关并能影响他者,但这并不妨碍语言在本质上是脱离现实的。

重点不在于驳斥这种语言不能反映现实的悲观论调,而在于让大

---

① 弗雷德里克·詹姆逊(1934—):美国批评家。其著作有《文化转向》、《政治无意识:作为社会象征行为的叙事》、《快感:文化与政治》、《布莱希特与方法》等。

② 列维-斯特劳斯的名著。

家观察到一个过渡,一个随文学理论而生的过渡或文学理论本身的过渡:之前,人们从未质疑过文学语言,天真地信赖它,认为它是再现现实并让人会意的最佳工具——其背后当然掩盖了某些客观利益,这一点前人曾有提过;之后,则是对语言和话语的绝对怀疑,甚至拒绝接受任何关于再现的说法。这一过渡的理论基础仍然是索绪尔,仍然是那个占统治地位的二元论,即一切皆二分的摩尼教思想,全对或全错:要么语言清澈透明,要么语言是黑暗专制;要么语言好上了天,要么语言坏透了顶。"意义无多寡之别,事物要么有意义要么没意义"(Barthes,1963,p.151),这就是巴特在《论拉辛》中的断言。他混淆语言与悲剧:"拉辛的划分是严格的二分,可能性在他笔下永远只有一个,那就是事物的反面。"(ibid., p.40)巴特认为,一如悲剧的二分,语言和文学所牵涉的并不是或多或少,而是或有或无:代码对现实的指涉没有多少之分,现实主义小说绝不比田园小说更现实,就像绘画中所用的不同透视法一样,它们只是一种培养出来的视觉习惯,不能说谁更符合自然一些。

长期以来,至少从雅各布森发表其开山之作《论艺术中的现实主义》(1921)以来,在上述争论中一直存在着一个极大的混淆,即混淆语言中的指涉与文学中的现实主义,后者被当成资产阶级的意识形态。正是在这种历史背景下人们接受了语言之任意性的观点,所以我们不能对历史背景全无了解。因此,将现实重新导入文学,就是再次走出粗暴的、割裂的、悲剧的二元逻辑(该逻辑禁闭了文学:文学要么谈世界要么谈自身),回到讲分量——多少是那么回事——的常规上来:文学谈文学不妨碍文学谈世界。总而言之,人类发展语言能力,为的恐怕不是谈语言而是谈事情吧。

辨别式模仿

"模仿说"的支持者传统上以亚里士多德的《诗学》为依据，主张文学模仿世界；其反对者（主要是现代诗学研究者）则反驳说"诗学"只是再现技术，诗歌没有外在现实，仅仅是在仿效文学。对上述两种对立的观点置之不理，近二十年来有人开始第三次重读《诗学》，为"模仿说"平反。关于现代诗学对雕塑或绘画模型的质疑，我们权且略过：根据柏拉图关于"模仿"的说法，此类模型在亚里士多德前便已盛行，虽说亚氏后来在"模仿说"中添入了"叙事"（diègèsis）概念，但其影响可谓源远流长。柏拉图在上述模型中见到的是赝品的赝品，亦即真实性的不断衰退，但我们以为亚里士多德与他大有不同，"模仿"对后者而言是积极的而不是消极的。据《诗学》第4章开头的定义，"模仿"是一个学习过程：

> 从孩提时起人就有 mimeisthai（模仿和再现）的本能。人区别于动物就在于他极善于 mimeisthai（模仿和再现），依靠模仿来进行最初的学习。（1448b 6）

"模仿"就是认识，而不是对他物的原样复制或拷贝：它指的是人类所特有的一种认识方式，人类创建世界并居于斯的方式。重新赋予"模仿"以价值，视文学理论泼来的脏水于不顾，那么首先必须强调它与认识的联系，然后是它与世界、与现实的联系。有两位作者对此做过专门的论述。

诺斯洛普·弗莱在其书《批评的剖析》（1957）中强调《诗学》中常被人忽略的三个观点，想让"模仿"摆脱复制视觉的模型：muthos（故事或情节），dianoia（思想、意图或主题）与 anagnôrisis（认出或发觉）。亚里士多德将"故事"定义为"现象系统"或"构成系统的组合现象"（1450a 4 et 15）。muthos，就是构成线性情节或时间序列的组合事件。弗莱将诗学纳入人类学视角,并由此推导出"模仿"的目的绝非复制,而是在事件之间建立联系(没有联系的事件一定是杂乱无章的),致力于揭示事件间的因果结构,并赋予人类活动以某种意义。至于 dianoia,"是人用来表明某事是与非的种种形式"(1450b 12);这其实就是主意图,主意图的含义我在前边曾参照奥斯丁①的理论谈起过,即一种引导读者或观众的阐释,帮助他们理解历史,从事件发生顺序过渡到主题和意义,即故事的统一性。与以后的法国叙述学家们相反,弗莱根据人类学的研究思路优先考虑语义乃至象征范畴,而不是情节的线性结构。最后,anagnôrisis 或曰觉醒,即悲剧中的"如梦初醒,从无知到有知的过渡"(1452a 29),主人翁对情境的醒悟,据亚里士多德,其最凄美的例子便是俄狄浦斯弑父娶母后的大梦初醒。弗莱认为,发觉是情节的基本要素:"悲剧中,时间链条上的一个因必然导致一个果,'知觉'(cognitio)一般说来便是对其不可避免的认识。"(Frye, p. 214[英], p. 260[法],译文有修改)不过,通过延伸或者概念层的转换,弗莱悄悄地从剧情内主人翁的觉悟过渡到剧情外观众或读者对情节的醒悟:"似乎悲剧发展到某个'瞬间'(Augenblick),某个关键时刻,通往可能之路与通往必然之路便会一齐呈现。至少在观众看来如此。"(ibid., pp. 214 et 259 - 260,译文有修改)在让观众或者读者有了"觉悟"功能后,弗莱便有可能坚持说"发觉"和"模仿"能够生成一个外在于虚构的效应,即一个进入人生世界的效应。"发觉"将阅读时间的线性运动转变为对统一形式和丰富含义的同时把握。它把我们从情节(muthos)摆渡到主题、到阐释(dianoia):

> 当某部小说的读者自问"故事里将发生些什么?"时,其问题涉及情节的后续发展,尤其涉及亚里士多德称之为"觉醒"或 anagnôrisis 的关键点。不过读者还会问:"这故事有什么意义?"这后一个问题涉及 dianoia(阐释),并表明情节中有发觉的元素,主题上也有发觉的元素。(ibid., pp. 54 et 71,译

---

① 奥斯丁:约翰·奥斯丁。

文有修改)

换言之,继剧情中主人翁觉醒之后,还会发生另一种可能也是相同的醒悟,即读者对剧情主题的感悟。读者所获得的 anagnôrisis,便是对形式整体和统一主题的发觉。对读者或观众而言,发觉之时就是领会故事意图之时:开头与结尾的关系变得清晰,准确说就是"情节"化为"主题和意图",化为统一形式,普遍真理。读者的发觉,超越了感知的结构,依靠对结构的重组,最后生成一个在主题上和阐释上都具有一致性的东西。不过,关于《诗学》的这一新阐释虽然效果极佳,但其代价是将觉醒从虚构情节内移到虚构情节外。

151　　保罗·利科在其著名的三部头《时间与叙事》(1983—1985)中,也认真地探讨了"模仿"与世界、"模仿说"与时代的联系。文学理论视"模仿"等同于"观念"(doxa),等同于呆板、消极、压抑的知识,等同于固有观念和意识形态,甚至等同于法西斯。利科将 mimèsis 译为"模仿活动",且几乎将其当作了 muthos,后者被他译为"情节设计",与时间体验密不可分,尽管亚里士多德本人对此从未有过论述。mimèsis 和 muthos 是操作而不是结构,因为诗学是"组合情节"的艺术(1447a 2)。亚里士多德描写"模仿或再现的积极过程"(Ricoeur, 1983, p. 58),据利科看来,这句话表明动作之模仿和再现(mimèsis)与事件之排列衔接(muthos)几乎没有区别:"情节就是行为的再现。"(1450a 1)那么,作为"情节设计"的 mimèsis,便是一个"搭配模型",一个"次序范式"。据亚里士多德,其特点就是完整、圆满、舒展。亚氏又说,"整体就是有头有尾还有中段的东西"(1450b 26),这也是诗歌结构的需要。情节是线性的,但情节间的内在联系与其说是时序性的还不如说是逻辑性的,也就是说情节让事件序列有了可理解的关系。因此利科强调故事和模仿的智慧,对弗莱来说那便是发觉,一种跳出情节框架为观众所得的发觉,而观众通过学习、判断,最后发觉情节原来如此。mimèsis 追求的不是 muthos 的串接而是其连贯性。"编织情节,便已经意味着从偶性中提取理性,在个别中寻找普遍,在时间片段中获取情理之必然。"

(Ricoeur,1983,p.60)

就这样,*mimèsis*,模拟或行为再现(*mimèsis praxeos*),串接的事件,变成了"摹写已存现实"的对立面:它是"创造性模仿"。"模仿"不是"复制事物",而是"打开一个通向虚构空间的断口","建构文学作品中的文学性"(*ibid.*,p.76):"舞文弄字者不生产实物,只生产'幻物',他发明一些'合情合理'的幻物。"不过,强调"模仿"是断口,利科并不愿看见它失去与外界的联系。除了他所说的"模仿Ⅱ"即创造性"模仿",他还区分出另两种处于其上、下游的东西:上游者,对现实的指涉;下游者,观众或读者的追求。关于后二者的论述在《诗学》中都能找到,不过有些零散和含蓄。一边是诗学构形之"模仿",一边是媒介功能之"模仿",现实在两端上都是在场的。例如,为了区分悲、喜剧,亚里士多德说:"一个旨在表现比今人更劣者,一个旨在表现比今人更优者。"(1448a 16-18)上、下之别的标准是当下之人,即现实存在:

> 从伦理学到诗学的"模仿转移"或曰"换位",是一种类似于暗喻的东西。若想对其进行讨论,我们必须将模仿活动理解为一种联系而不仅仅是一个断口。亦即从"模仿Ⅰ"到"模仿Ⅱ"的运动。如果大家对"情节"一词标志间断性没有异议,那么左右逢源的"实践"(*praxis*)一词便可以确保行为在二者之间的连续性,即在伦理学和诗学之间的连贯性。(Ricoeur,1983,p.78)

至于"模仿"的下游,即文学作品的接受,当然不是《诗学》关注的焦点,但书中对此还是有所提示的,比如说亚里士多德几乎把合情合理与有说服力看作一回事。也就是说,他根据效果来判断是否合情合理。因此利科说:"符号学拒绝一切所谓的非语言因素,据此禁令,现代诗学轻率地将模仿简化为一种单纯的析取。"(*ibid.*,p.80)创造性活动之"模仿"即断口之"模仿"处在"模仿Ⅰ"即对世界的前理解与"模仿Ⅲ"即对作品的接受之间:"文本之形貌,是实践活动之预构与作品接受之重构

之间的中介。"(ibid., p.86)

所以,模仿学习与发觉有关,而发觉建构于作品,领会在读者。利科认为,叙事是人生在世的生存方式——人生方式——它体现了我们对世界的实践认识,是集体建构可理解世界的劳动结晶。编写叙事,虚构的也好,史实的也好,其本身就是人类认识世界的一种形式,有别于数理认识,它更直观,更倾向于预测与假设。不过,这种认识与时间相关,为无形、无声的序列事件赋予一个形式,使其首尾相顾(值得一提的是,巴特对后一种说法深恶痛绝)。叙事把自然时间化为叙事时间,亦即叙事语言所揭示的生存结构。除了讲故事,我们没有其他通向世界、通向指涉的道路:"时间若要被人感知,必须经过某种叙述方式的组织;叙事若想拥有圆满之意,必须成为时间存在的条件之一。"(ibid., p.85)于是,"模仿"不再被视为静态的拷贝或复制的图像,而是一种认知活动,它赋予我们对时间之体验以形式,是构型,是综合,是动态的"实践"——这一动态实践不是模仿再现对象,而是生成再现对象,丰富常识,抵达觉悟。

利科与弗莱的观点相同,都认为"模仿"将零散事件聚在一起生成一个整体意义。针对法国结构、后结构主义文学理论所导致的唯我论和怀疑论,他们强调"模仿"的公众集体认知价值,为"模仿说"平反。不难看出,他们的批判态度与非文学的(存在的、伦理的)价值和具体历史时期密切相关。但是,弗莱的兼收并蓄和利科的统合包容导致了理论上的某种松垮,至少是过于活泛,例如把诗学与伦理学拉在一起,或偷偷地把情节内与情节外的发觉视为一回事。

特伦斯·凯夫(Terence Cave)也强调"发觉"在《诗学》中的至关重要性,为避免上述缺陷,他就此概念写了一本书,名为《发觉:诗学研究》(Recognitions: A Study in Poetics, 1988),其丰富程度不亚于埃里希·奥尔巴赫的《摹仿论》。该书重视"模仿"的启发价值,却不再混淆内发觉与外发觉。亚里士多德在第4章中强调这一启发价值时没有提到"发觉",不过,他口中关于主人公的"发觉行为"(chap. X),比如说俄狄浦斯发觉自己的真实身份,就哲学意义讲,可以说是身份的一个范式:"经过合理建构,悲剧'情节'模拟可理解的次序,于是'发觉'便被用来充当可理解性的判断标准。"(Cave, p. 243)

这一回,"模仿说"潇洒地摆脱了绘画模型,却又与狩猎拉上了关系。这个比喻借自历史学家卡洛·金兹堡,即读者是侦探、是猎手,通过辨认种种痕迹来达到赋予历史以意义的目的。留痕、脚迹、指纹、签字,以及一切有助于我们确认某人身份或重建事件来龙去脉的迹象,与虚构中发觉之符号相比,属于同类形式。按照金兹堡的观点,这种认识形式有别于演绎,是猎人的艺术,即通过阅读足迹来追踪猎物。这种分段式的发觉导致人们关注细节以及不显眼处,并通过它们来确认某些东西。除狩猎模型外,还有一个关于发觉的神圣模型,即未卜先知,构建未来,而不是重建过去。猎人与卜者,其工作程序与逻辑学家和数学家截然不同,他们对事物的感应能力有点像尤利西斯(Ulysse),即所谓的希腊式"精明"(*mètis*),是一种对局部细节、对容易忽略之信息的归纳:侦探的艺术,艺术品鉴定的艺术(确定某个艺术品属于某人),精神分析的艺术,它们都属于狩猎范式。金兹堡又说:

> 叙述观念,[……]最初很可能产生于狩猎社会,产生于对微末痕迹的识辨经验。[……]猎人也许是第一个"讲故事"的人,因为他是唯一一个能在猎物留下的无声(或难以察觉的)痕迹中读出事件之连贯性的人。(Ginzburg, p. 149)

这个叙事模型在层次上要高于人类学模型或伦理学模型,所以弗莱和利科以它为基础,为"模仿"正名,视"模仿"为一种认识。"模仿"绝非照葫芦画瓢。反对"模仿论"者致力于建构一套句法,可上述叙事分析认为"模仿"是人类世界的一种独特的认识形式,它蕴含了发觉的时间。文学理论拥戴者无疑重读过《诗学》,但他们还是将重点放在"故事"上,放在叙事句法上,而不是放在 *dianoia*(思想)和 *anagnôrisis*(发觉)上,即意义与阐释上。"模仿"以多种方式与世界相连。

虚幻世界

文学理论之所以能够轻易打败"模仿说",是因为它援引了过于简单化的语言学指涉观:要么幻觉,要么什么也没有。然而,我们手边早已存在着一些其他更为精妙的指涉理论:借助它们我们可以重新思考文学与现实的关系,进而变相地为"模仿说"洗刷罪名。"模仿"发掘通用语言的指涉属性,这些属性与标记、指示词、专有名词发生关系。但这里出现了一个问题:指涉之可能性的(语用)逻辑条件是某物的存在,然后才可能出现谈论该物的真假命题。有关于某物的指涉,就必须先有该物(大家还记得,"法国国王是秃子"这一命题既非真亦非假)。换言之:指涉预设存在,语言若要指涉,指涉之物必须存在。

然而,专门的指涉表达,在文学中数量极其有限:《高老头》第 1 页,巴黎和圣·日内维新街在当时上层社会有参照,但伏盖太太与其宿舍,还有高老头,只存在于纸上。尽管如此,叙述者在第 2 页就敢于大声疾呼:"殊不知这惨剧既非杜撰,亦非小说。一切都是真情实事。"读者不会因此扔下小说,而是若无其事,继续阅读。在《一颗淳朴的心》中,严格地讲,"晴雨表"没有指涉,因为小说之外没有晴雨表。如果关于存在的预设得不到满足,虚构故事中的语言是否依然有指涉作用呢?什么是虚构世界中的指涉?

逻辑学家们深入思考过这个问题。他们的回答是:小说中的词语像是在指涉,那词语生成一种指涉幻象,模仿日常语言的指涉属性。因此,在《以言行事》(1962)一书中,奥斯丁在讨论言语行为(即瑟尔所说的 *speech acts*)时把文学放在了一边。为了证明在"我应允……"此类表达中有行为(performatif)发生,他设定了这样一个条件:"我觉得没人会否认,说这句话时必须'认真',而且也会被对方'认真'对待。[……]我说这句话,不可能是在开玩笑,也不可能是在写诗歌。"

(Austin, p. 44)诗歌不会向人做出任何保证,玩笑或戏剧也一样:

> 舞台上演员的口中或者诗歌中若是出现以言行事的陈述,那么这陈述便是徒有其表的或者空泛不实的[……]。在上述情形下,对言语的使用显然是不严肃的,具体讲,这绝非正常用法,而是一种寄生式的用法:关于这种寄生现象的研究属于语言萎缩之域。(*ibid*, p. 55)

奥斯丁认为,诗歌等同于玩笑,是不负责任的话语;文学语言甚至是寄生现象,是萎缩的日常语言。文学爱好者一般倾向于认为文学语言高于而不是低于普通语言,他们很难接受奥斯丁的这类比喻,不过此类比喻有一个优点,即让我们明白虚构话语为何不同于日常话语。瑟尔将虚构陈述描述为一种假意肯定,因为它不符合言行一致的语用学要求(即诚信履约,言必行)(Searle, 1975)。诗中的言语行为只是表面上的言语行为,只是对真实言语行为的"模仿"。比如说《旅行》①末尾那句对死神的请求:"斟一杯毒酒来抚慰我们吧!"(Verse-nous ton poison pour qu'il nous réconforte!)它并非一条真实的诉求,只是对命令的模仿,只是一个发生在真实言语行为之中的虚构言语行为。此处所谓的真实言语行为,便是"写诗"。

因此,在虚构故事中,言语行为的表现形式与现实生活中的没区别:提问,下令,承诺。但它们皆是虚拟的,作者构思、组合它们仅仅是为了完成一个真正的言语行为:创作诗歌。文学利用语言的指涉属性,其言语行为皆为虚构。不过,一旦进入文学,沉迷于文学,虚构言语行为的运作方式与外在的真实言语行为的运行方式便没有了区别。

无疑,语言的虚拟用法违反了逻辑学的存在公理:"指涉只能用于实有之物。"分析哲学一直以来只关心语言与现实的关系,对于"法国国王是秃子"这类句子置之不理。最近该学派越来越关注可能世界,虚拟

---

① 《旅行》:波德莱尔《恶之花》中的诗歌。

世界则是其变体之一。自亚里士多德以来，过去的做法是从自然语言中切出一块来以便获得一个严谨的语言，即逻辑语言，今天的语言哲学家则不然，对实际上的语言实践越来越宽容，或者说越来越感兴趣，他们开始关注那些由语言游戏生成的世界，并力图对之进行诠释。因此，在可能世界或虚拟世界的语义框架内，人们开始重新思考文学的指涉。

在《虚拟世界》(1988)一书中，帕维尔浏览了关于可能世界的种种哲学论著，他写道，小说中的事件拥有"某种只属于自身的真实性"(Pavel, p. 19)，其真实性与现实真实性相交。传统上，哲学家们认为虚构人物没有本体存在，所有关于他们的命题既不真也不假，不是不着边际就是表达有误。在他们看来，"高老头八点半在太子街"这句话没有关联性。可这样的句子的确存在：在可能世界中，一个命题是否有值，并不必然地取决于现实世界是否有其所指，而只需可能世界之人物与现实世界之人物不相矛盾即可。亚里士多德早已有言："诗人的功能不是道出真实发生之事，而是依据情理和必然性道出可能发生之事。"(1451a 36)换言之，只要虚构人物没有违反现实世界的情理，其指涉在虚构世界中便能正常运行。反之，一旦高老头的行为有悖常理，其指涉功能就瘫痪了。文学游弋在真实与可能之间：它关注真实的人物和事件(《高老头》中常出现法国大革命场景)，而虚构人物则是一个完全可能存在的人物。帕维尔由此得出以下结论：

> 在不少历史境况下，作家与读者不约而同地认为文学作品描写的内容真有可能发生，并与真实世界相关联。从广义上讲，这种态度就是现实主义文学的态度。就此而言，现实主义就不仅是叙述和修辞风格的集合了，它还是一种基本态度，关于真实世界与文学文本之真实关系的态度。从现实主义角度看，文学作品及其细节的真假标准就建立在可能性这一观念之上，[……]相对于现实世界而言的可能性。(Pavel, p. 63)

虚构文本的指涉机制,与非虚构用法的指涉机制没有不同,只不过前者被用来指涉虚构世界,亦即一种可能世界。读者沉迷于虚构世界,在阅读期间视其为真,仅当主人翁的言行大悖常理时,阅读契约才会破裂,这就是众所周知的"不信则不读"。

书的世界

在《批评与真理》中,巴特说:"书是一个世界。批评家面对书一如作家面对世界,其话语条件是一模一样的。"(Barthes,1966,p. 69)书是一个世界,以此论断为基础,他推导出作家与批评家之间的相似性,以及一级文学与二级文学之间的同一性。这个公式对文学批评而言相当好用,也曾辉煌一时。批评家谈书,作家谈世界,批评家百分之百是作家。讨厌的是,巴特自相矛盾了:他同时还坚持认为面向世界的作家不谈世界只谈书,因为语言面对世界无能为力。批评家面对书,作家面向世界,可作家面向的永远不是世界,在他和世界之间永远隔着书。"书是一个世界"这个命题,显然可以颠倒,它不是一个真正的理论前提,无法在逻辑上确立批评家与作家之间的相似性乃至同一性。真正的前提,是倒过来的命题:"世界是一本书",或者"世界已经(本来)是一本书"。批评家也是作家,因为作家已经成为批评家;书是一个世界,因为世界就是一本书。为了论证语言之任意性的观点,为了说明批评家与作家的同一性,巴特本应说"世界是一本书"或"只不过是一本书",他却写出了"书是一个世界"的话。不过,文学理论对现实之否定或许仅仅是死不认账,亦即弗洛伊德所说的"抵赖"(désaveu),一种双重意识:就是要否认,虽然明知书谈的"毕竟"是世界,它构成一个世界,或一个"准世界"——此乃分析哲学家论虚构的术语。

事实上,内容、背景、现实,文学理论不可能将它们通通扫地出门。理论家们对指涉的否定,很可能只是一个遁词,其目的是为了继续谈现实主义而避免谈纯诗歌或纯小说,尽管它们也大张旗鼓地加入了现代主义和先锋主义文学运动。其实,搞叙事学与诗学者还不是在继续读真正的好小说？但他们假装从此不碰小说,不再上小说的当。再现论的终结有如一个神话,对神话人们可以在不信中信之。此神话得益于马拉美的数句话,他曾说"世间万物,终将化为一本书",也得益于福楼拜,即他关于"无本之书"的梦想。对于这种理论热情,德曼分析得最为透彻,他指出,即使在马拉美笔下,真实也从未绝迹,并为一种讽喻逻辑服务。如果说马拉美为诗歌设定一个非指涉的底线,并在诗歌中清洗指涉功用,他的作品只是在逼近底线,但离指涉无效之境多少还有距离。德曼认为,马拉美始终是一位"再现意义上的诗人",因为"诗歌无法如此轻巧、如此便宜地[……]舍弃模仿功能"(de Man, p. 182)。说到底还是文学工作者热衷的二元逻辑,恐怖主义的、摩尼教的、暴力的二元逻辑——内容或形式,描写或叙述,再现或表意——导致了非此即彼的荒诞局面,让我们去碰壁或战风车。可实际上,文学是一个穿越高墙、贯通二者的通道。

第4章 读 者

谈罢"何谓文学?"、"谁说?"、"说什么?"之后,我们不可避免地会遇到"对谁说?"的问题。在论述完文学、作者、世界之后,最急需研究的文学要素就是"读者"。浪漫主义文评家艾布拉姆斯(M. H. Abrams①)将文学交流的基本模型描述成一个三角形:作品在中间是重心,三个角上分别是世界、作者和读者。文学的客观或形式分析,基于作品;文学的表达分析,基于作家;文学的模仿分析,基于世界;文学的语用分析则与受众即听众或读者有关。文学研究对读者地位的说法十分繁多,不过为了看得更清一点,我们打算像处理作者和世界那样,依然从构成对立的两极出发:其中一边是完全忽略读者的分析方法,另一边则将读者视为核心、视为关键,有的甚至说文学等于阅读。谈到读者,各种观点泾渭分明,其对立程度丝毫不亚于关于意图和指涉的争论,它们当然都与前边提到的观点密切相关。我的办法是让它们形成对立,相互消解,找到走出这非此即彼之困境的第三条路。

---

① 艾布拉姆斯(1912—):美国文学评论家。其著作有《镜与灯》、《文学术语汇编》等。在《镜与灯》中他认为,艺术涉及"世界"、"作品"、"艺术家"和"欣赏者"四大要素,而几乎所有的理论都明显地倾向于其中的某一要素。

被忽视的阅读

关于阅读的争论,无须往远里追溯,它曾导致19世纪末印象主义与实证主义的对立。先是科学批评(布吕纳蒂耶),后是历史批评(朗松),对所谓印象主义文评(尤其是阿纳托尔·法朗士[Anatole France①])进行了批驳,后者在报刊文评专栏中每周发表一篇阅读有感。这种文评属于人文主义传统,它培养欣赏品位,谈体会、谈感悟,以情动人,其明证便是蒙田关于阅读的赞誉:培养正派人。与之对立的则是讲间距、讲客观、讲方法的论点。阿纳托尔·法朗士自己也承认:"说实话,批评家应该说:'先生们,我将用莎士比亚和拉辛的作品来谈谈我自己。'"与这种玩票性质的业余读法相对照的是一种追求文本原意的读法,后者要求博学、细心,是一种不承认自己是阅读的阅读。虽说方式不同,布吕纳蒂耶和朗松皆强调要摆脱读者及其冲动,虽然这并不意味着要彻底消灭读者的主观印象,但必须将其限制在一定范围内,以保证作品分析的客观性。朗松写道:"做解释练习的目的,或者说漂亮的解释,有助于学生养成认真读书和忠实阐释文学文本的习惯。"(Lanson, 1925, p. 40)

另一种对阅读的否定,前提完全不同,是近代马拉美在《关于文本》("Quant au livre")一文中道出的:"文本无言,作者遐迩,皆未召唤读者光顾。虽是人类附属,它自来自立:此在之事实。"(Mallarmé, p. 372)书或曰作品,被裹上了一层神秘外纱,脱离作者和读者,它自立于世,必然、精粹、纯净之独立客体。现代作品的文字不追求表达感人,上述客体的阅读不要求对号入座。

---

① 阿纳托尔·法朗士(1844—1924):法国作家、文学评论家。其著作有《金色诗篇》、《波纳尔之罪》、《苔依丝》、《企鹅岛》、《诸神渴了》、《在白石上》、《天使的反叛》、《当代史话》等。

尽管在作者意图上针锋相对,但在排斥读者这一点上,(鼓吹返回原初语境的)历史主义与(回归文本内在关系的)形式主义长期以来配合默契。一战与二战间,美国新批评评论家则公开明确声明要摈弃读者。他们将作品界定为一个自足的有机单位,所以必须对其细读(close reading);种种悖论、歧义和张力使得诗歌成为一个稳定、封闭的系统,一个在马拉美口中既独立于其生产又独立于其接受的具有本体地位的语言丰碑,细读便是对这些悖论、歧义和张力仔细进行专注、客观、描写性的阅读。他们的信条是"诗歌不表意只存在",他们主张对诗歌进行实验室式解剖,以提取其潜在义。新批评派炮制出"意图幻觉"(intentional fallacy),此刻又揭露了所谓的"情感幻觉"(affective fallacy),二者皆是必除之幻觉。维姆萨特与比尔兹利写道:"情感幻觉,便是混淆诗歌与其'结果'(即诗之存在与诗之效应)。"(Wimsatt, p. 21)

然而,新批评派奠基人之一,哲学家 I. A. 理查兹(I. A. Richards[①])清醒地意识到经验性阅读给文学研究带来的巨大问题。在《文学批评原理》(1924)一书中,他开始区分两种评论,一种是关于文学对象的技术性评论,另一种是关于文学体验的评论。他也赞成建立在马修·阿诺德模型和维多利亚时代文评之上的阅读体验,即宗教让位于文学,文学将成为新型民主社会的伦理教科书。不过理查兹很快又接受了彻底反主观主义的立场,并在后来的一连串阅读实验中强化这一立场。在《实用批评》(1929)一书中他对上述实验做了说明:数年间,他一直给剑桥大学的学生布置同样的作业,让他们对没有作者名字的诗歌进行"自由评论"。然后在课堂上评讲那些诗歌,准确地说是评讲学生的评论。理查兹要求学生反复阅读他选定的诗歌(一般不少于 4 次,有时甚至 12 次),并写出每次读后的感想。通常,其结果要么乏善可陈,要么一塌糊涂(天知道理查兹出于什么古怪心理能将此实验坚持如此之久),

---

[①] I. A. 理查兹(1893—1979):英国批评家,英美新批评学派的代表人物。其主要著作有《文学批评原理》、《科学与诗歌》、《实用批评》、《修辞哲学》、《屏幕与别样的诗》等。

学生的作业具有以下共性：无知幼稚，大言不惭，缺乏素养，生吞活剥，人云亦云，先入为主，情感泛滥，从众心理，等等。诗歌之于读者的效应，受阻于上述种种缺陷。面对相类似的灾难性的阅读效果，接受至上的拥护者（如后文将会提到的斯坦利·费什）走向了极端相对论，对认识的绝对怀疑论；理查兹则不然，他逆潮而上，坚信上述障碍可以通过教育得到排除，最后圆满地理解上述那些所谓的"试管"诗歌。理查兹认为，曲解与误读乃阅读之必然，读诗时它们不出现才叫怪事。面对文本，阅读一般都会失败：敢于像理查兹这样坦言读者惨境的人并不多见。然而，清醒地认识到这一点，并不等于他会放弃。理查兹没有引入一个纠偏纠错的阐释学，例如海德格尔或伽达默尔的阐释学。这不是他的解决办法，他坚守严谨阅读原则，并依靠这种读法来发现习惯性错误。诗歌或许艰深晦涩，模棱两可，有如迷途，但是问题的关键还是在读者，读者必须学会仔细体味，学会超越文化及个人的局限，学会"尊重诗歌的自主与自由"（Richards，1929，p. 277）。换言之，关于阅读之特异反应与混乱性这一颇有趣的实践性经验，远没有对新批评原则构成威胁；恰恰相反，在理查兹的眼中，它强化了以下观点理论上的必然性，即读者需要解放思想，抵近作品客观仔细地阅读。

文学理论脱胎于结构主义，致力于描写文本的中性功能。经验性读者，对于该理论而言，同样是一个不请自来的家伙。叙述学和诗学对阅读阐释学的涌现并不感冒，如果在分析中不得不提读者，它们便满足于一个抽象的或理想的读者：它们只限于描写文本客观约束，客观约束规范具体读者的阅读行为，当然，其条件是该读者符合文本的需要。于是读者成为文本之功能，即里法泰尔笔下的"超级读者"（architecteur），无所不知，没有一个真正的读者能与之相比，因为后者的阐释能力总是有限的。总之，就像个体文本面对其属类被视为二级文本一样，就像"模仿"被视为"符号体系"的副产品一样，对文学理论而言，真实的阅读遭到轻视，让位于阅读的理论，也就是说让位于一个无所不能的理想读者,而且后者还必须唯文本马首是瞻,完全符合文本的要求。

因此,怀疑并远离读者,这就是——或者曾长期是——绝大多数文学研究所采取的态度,无论是实证主义还是形式主义,新批评还是结构主义,无不如此。无论上述理论强调的是文本还是作者,经验性的读者,曲解或误读,皆是干扰其推理步骤的噪音和迷雾。于是,上述研究方法皆有意忽略读者,即便承认其地位,他们也会像理查兹那样设计一个属于自己的读者理论,生造出一个理想读者,以纠正经验性读者所带来的种种弊端。

读者的反抗

虽然是一个顽固的实证主义者,朗松还是被普鲁斯特捍卫阅读的话语所震撼,他将其概述为:"人永远无法真正触及书,他有的始终是一种因书而生、书我不分的心绪,我们自己的或其他读者的心绪。"(Lanson,1925,p. 41)进入文本,读者没有纯粹直接的入口。早在1907年,普鲁斯特先后在《阅览日》(即他所译《芝麻与百合》的前言,该书是拉斯金[Raskin]针对维多利亚时代视文本为宗教的传统而做的两篇关于阅读的讲演稿)与《重现的时光》中对这一离经叛道的观点进行了肯定。剥去了拉斯金的伦理主义色彩,普鲁斯特说,对儿时阅读我们记住的不是书本身,而是读书的氛围和伴随阅读而生的种种印象。阅读须注入感情,须置身其中去体味种种喜悲。让书顺从读者心意,这当然有些随心所欲。比如说在《重现的时光》中,普鲁斯特便重复道:读者将书中内容应用于自己的实际经历,如爱情经历,"倘若男同性恋读者想象女主人翁长得像男子,作者不应感到气愤"(Proust,1989,p. 489)。普雷沃神父没有刻画玛侬的长相,只是说她"可爱"、"迷人",所以玛侬到底长啥样仍然是个秘密;作者满足于说她拥有"爱神之美貌",于是每位读者皆有可能将其想象为心中的理想模样。由此可见,作者和文本很难控

制读者。普鲁斯特又说:

> 作家说"我的读者",那纯粹是为前言和题头所需的言不由衷的套话。事实上,读书时每个读者都在读自己。作品不过是作家提供给读者的一个类似于光学仪器的工具,它能让读者见到自己心中那些无此书他便很难见到的东西。(*ibid.*, pp. 480 – 490)

读者是自由的,成熟的,独立的。其目的与其说是读懂某本书还不如说是借该书来读懂自己;要理解书,就必须先通过该书来理解自己。普鲁斯特的这一论断令朗松悚然,他要用统计数据来纠正这种无序的印象:

> 不过还有一个办法,即对主观印象进行汇集和分类,也许有可能从中理出某种共有的常态解读元素。此类元素有可能被作品的某个真实属性所解释。人物精神的真实变化,大概常常是由上述真实属性所决定的。(Lanson, 1925, p.42)

朗松承认普鲁斯特关于各有各的读法的观点,但认为在总体上读者的反应还是有共性并有可能被归类的。然而,同一时期理查兹在剑桥大学生中做过几个调查,其结果让人怀疑统计法的有效性:提取"共有常态解读元素",按赫希的说法,就是提取与"意义"对立的"含义";置普鲁斯特于不顾,仅靠统计法来重建文学上的客观主义能成吗?

在强调阅读的个性上,普鲁斯特的话变得越来越有权威。于是写作与阅读相交汇:读就是写,写已然是读,因为写作在《重现的时光》中被描述为翻译,翻译某内在文本;阅读则被描写为一个新的翻译,翻译另一内在文本。普鲁斯特的结论是:"作者的义务和使命,就是翻译家的义务和使命。"(Proust, 1989, p.469)写作与阅读的二极对立,消融在翻译中。套用索绪尔的术语,我们说具体文本之于文学代码和规约相当于"言语",之于阅读却又相当于语言,因为每个个体阅读都是该书的"言语"。以既是"语言"又是"言语"的书为中介,两种意识在交流。

从阿尔贝·蒂博代(Albert Thibaudet①)到乔治·普莱,他们倡导的创新批评将确立一种批评行为,即关于带有创新运动特征的移情批评。

现象阐释学(第2章已提及)认为一切含义皆系于一种意识,所以也支持读者回归文学舞台。在《何谓文学?》一书中,萨特用以下话语通俗地解释了读者在现象学阐释中的地位:

> 创作行为在作品生产中只是一个不完整的抽象时段;假如世上唯有作者,那他当然想怎么写就怎么写,其作品作为"对象"永不见天日,他最后除了绝望搁笔别无他途。然而,写作操作蕴含了阅读操作,后者与前者辩证关联,这两个相关的行为需要两个截然不同的主体。(Sartre, p.93)

我们远离了马拉美及其关于作品乃古碑的观点,当然也远离了瓦雷里,后者在《诗学讲座》中将"消费者"和"生产者"一律排除在外,只专注于"作为可感知之物的作品本身"(Valéry, p.1348)。

沿着普鲁斯特和现象学的足迹,许多理论方法都极其重视关于阅读——无论是首次阅读还是后来的阅读——的研究。比如说挂在康斯坦斯学派(沃尔夫冈·伊瑟尔[Wolfgang Iser]、汉斯·罗伯特·姚斯[Hans Robert Jauss])名下的接受美学②,比如说美国人(斯坦利·费什、安伯托·艾柯)所说的"读者反应论"(阅读效果理论)。巴特本人也开始渐渐凑近读者:在《S/Z》中,他所谓的"阐释"代码便是一些给读者设置的迷局,读者在此是猎人、是侦探,他必须识别种种痕迹,面对种种挑战,最后理顺乱麻,弄清含义。没有读者的探赜索隐,那书便只是死

---

① 阿尔贝·蒂博代(1874—1936):法国作家、文学评论家。其著作有《批评生理学》(汉译名为《六说文学批评》)等。在《批评生理学》中,他将文学批评分为三种类型,即自发的批评、大师的批评和职业的批评,并对这三种批评类型进行了分析和描述。

② 接受美学:或称接受理论,主要创建人是姚斯和伊瑟尔。姚斯的《文学史向文学理论的挑战》、伊瑟尔的《本文的召唤结构》标志了阐释学启示下的接受美学的诞生。在他们之后,批评家们将目光投向了长期被忽视的"读者—文本"和"读者—作者"的关系之上。比如,伊瑟尔认为,"读者"这个角色,贯穿于文学的全部过程,只不过他在不同的阶段所发挥的作用及其方式有所不同而已。

书。不过，巴特坚持要求阅读不能违背文本，文本有如一个程序（阐释编码），读者必须遵守程序。然而，一边是主观主义，另一边是客观主义，一边是印象主义，另一边是实证主义，文学阅读若想摆脱所有这些主义所设置的两难处境，就会遇到一个核心问题，也就是普鲁斯特和朗松争辩的问题，即文本到底给了阅读多大"自由"的问题。现象学认为阅读是文本与读者间的辩证互动，那么文本对阅读有何种限制？读者的自由空间有多大？用里法泰尔的话讲，阅读在多大程度上被文本所操控？为了在当下文本中读出其他隐藏在字里行间的潜在文本，读者在多大程度上能够或应该对文本进行补充？

阅读涉及一系列问题，但所有问题都可以归结为自由与局限之游戏这个关键问题。读者读书时如何看待书？文本又如何作用于读者？阅读到底是主动的还是被动的？主动大于被动？被动大于主动？如果说阅读类似于谈心，那么交谈者是否有可能修正射击方向？习惯上的辩证模型是否令人满意？读者应该被视为一系列个人反应的集合还是一种对某个集体能力的现实化？一个"享有有限自由"的、为文本所控的读者形象是否就是最好的形象？

读者重返文学研究的中心，在考察这一现象之前，我们有必要对"接受"这一术语进行澄清，因为时下的阅读研究大都披着"接受"概念的外衣。

接受与影响

其实，文学史没有完全无视文学接受。人们嘲弄朗松学派时，不仅会攻击他对"源头"的膜拜，还会指责他对"影响"的痴迷。从这一角度出发——当然是文学生产的角度，作者为媒介，某一影响成了源头——人们所研究的接受不是阅读形式的接受，而是写作形式的接受，即创作作品时对其他作品影响的接受。唯有身为作家的读者，才会受人关注，这一现象常出现在关于"作家命运"——主要是他的文学命运——的讨论中。此乃比较文学在法国的起点,涉及一些重大课题,比如说费尔南德·巴尔登斯贝格(Fernand Baldensperger①)在《歌德在法国》(1904)一书中的宏论。关于这一题目,研究可谓极尽变化之能事。在大量的加注版本中,有针对"当代评述"的章节,针对作品"影响"的章节,甚至还涉及根据该书改编的歌剧剧本、电影脚本等。衡量一部作品的命运,看的是它对后来作品的影响,而不是它对普通读者的影响。

诚然,例外也不是没有:1921年,朗松为拉马丁(Lamartine②)的《冥想集》发表100周年写了一篇著名的文章,该文章就是一个极佳的关于一部文学作品流传的历史社会调查。写出一本书及其在法国阅读情况的完整史,便是朗松当时的梦想。不过,大家在第6章将发现,最近投身于这一研究课题的竟然是"年鉴"学派的历史学家们。多亏了他们,阅读成为历史研究的重头课题,不过它被当作一种社会机制。虽然挂着研究接受的名义,但他们想到的既不是囊括作品命运及影响的文学史传统,也不是关于作品传播的文化社会史新领域,而是关于阅读的狭义分析,即视阅读为群体或个体对文学文本的反应。

隐性读者

古典划分:"创造"(*poiesis*)与"感知"(*aisthèsis*),或按瓦雷里的说法,"生产"与"消费",当代接受理论研究忠实于上述划分,致力于研究作品作用于读者——既主动又被动的读者——的方式,因为爱书者读书。关于接受的分析旨在研究书在(个体或群体)读者身上的效应,以及读者对具体文本的反应——德语的"Wirkung",英语的"response"——

---

① 费尔南德·巴尔登斯贝格(1871—1958):法国比较文学学者。其著作有《西方文学中对技巧的推崇》、《比较文学书目》等。
② 拉马丁(1790—1869):法国19世纪诗人。其著作有《冥想集》等。

因为书被当作了一种刺激。此类研究分为两大类：一类属于个体行为现象学（起初是罗曼·英伽登[Roman Ingarden①]，后来是沃尔夫冈·伊瑟尔），另一类着重阐释公众对文本的反应（伽达默尔，特别是汉斯·罗伯特·姚斯）。

他们的共同起点可上溯至现象学，即对阅读中意识作用的认可。萨特说："文学对象是一个奇特的陀螺，只存在于运动中。要想它显现，就必须有一个具体行为，即阅读。阅读持续多久，对象的生命便延续多久。"（Sartre, p.91）至少自印刷术以及书本形式定型之后，文学对象被看作一个有厚度的空间物体（在马拉美的《乱谈》中，折叠的厚书与平铺的报面形成系统对立），现象学则开始强调阅读时间。两次世界大战之间，罗曼·英伽登为现象美学奠基，于是他被接受理论视为先导。他认为文本含有一种潜在结构，不经过阅读该结构无以具体化，还认为阅读是一个动态过程，该过程将文本与非文学的价值、标准联系在一起，没有上述价值和标准的参与，读者无法赋予自己的读书体验以意义。在此我们又遇见了前理解这个概念，它是理解必不可少的前提，套用普鲁斯特的话来说，就是这世上没有纯洁透明的阅读：读者读书时皆有自己的价值取向。不过，作为哲学家，英伽登对阅读现象的描写相当抽象，他既没有告诉我们文本给读者补白留下了多大空间——比如根据自己的标准来想象玛侬之美——也没有告诉我们文本如何操纵阅读，这些问题后来皆变得至关重要。读者的价值和标准，在阅读中一定会有所改变。阅读时，我们的期待取决于我们以前读过的东西——其他文本，以及本书读过的部分——若有意料之外的事发生，我们便会被迫修正期望，重新阐释读过的内容，这包括在本书和所有其他书中读过的内容。于是，阅读同时向两个方向发展：前和后，探索意义并不断校正，其原则便是一致性标准，通过探索和校正，个人的阅读经验获得了统一的

---

① 罗曼·英伽登（1893—1970）：波兰哲学家、美学家，毕生致力于哲学本体论，特别是艺术哲学本体论的研究，是20世纪西方现象学美学的主要奠基人之一。其著作有《文学的艺术作品》《对文学的艺术作品的认识》等。

保证。

在《隐性阅读》(1972)和《阅读行为》(1976)中,伊瑟尔重新启用这一模式对阅读过程进行分析,他说:"效应与反应既不是文本的属性,也不是读者的属性;文本具有潜在效应,潜在效应在阅读过程中得到实现。"(Iser,1978, p. Ⅸ)大家愿意的话,可以说文本是一个潜在的机关,读者在此机关的基础上通过互动,建构出一个具有一致性的对象。伊瑟尔说:

> 文学作品有两极,[……]艺术极和美学极:艺术极是作者之文本,美学极是读者在阅读中实现的东西。既然是两极,那么作品本身就既不是文本也不是读者的具体领悟,它大致上处于二者之间。作品必然具有潜在性,因为它既不能被简单地视为文本之现实,也不能被简单地视为读者的主观感受。作品的活力衍生于这种潜在性。读者一路游览文本提供的种种视界,将不同风景和图样联系在一起,他激活作品也激活自己。(ibid., p. 21)

于是,意义是效应,效应化为读者的阅读体验;意义不是确定对象,先于阅读而存在的对象。伊瑟尔不无折中地把现象学模型与其他模型比如说形式主义模式整合在一起,以解释上述的动态过程。

这也是英伽登的观点:文学文本乃半成品,它只能在阅读中完成自己。因此文学是一个具有双重性和异质性的存在:它在文本中和在图书馆中,独立于阅读而存在,但唯有与阅读相遇才会化为具体。真正的文学对象只能是文本与读者的互动:

> 意义应该是文本信息与读者解读行为互动的产物。读者不可能摆脱这种互动;相反,他身上被激发的阅读活动必然将他与文本联系在一起,导致他创造出必要条件来保证文本的效果。于是文本与读者融为一体,主客之分失去作用,于是意义不再是一个需要定义的对象,而是一个需要体验的效应。

(*ibid*., pp. 9 – 10)

文学对象既不是客观文本也不是主观体验,而是一个潜在图式,一个由空白、漏洞和不确定因素构成的潜在图式(类似于某种程序或乐谱)。换言之,"文本说教,读者建构"。一切文本都含有大量不确定之点,比如说断层、空缺,需要我们通过阅读来修复和消解。巴特似乎说过,哪怕是最为写实的文学也不具有"操作性",因为文学描写不可能细到每一步;不过他说此话的目的不是为阅读辩护,而是为了反对"模仿说"。伊瑟尔后来说,如果作品是稳定的,让人以为它拥有一个客观结构,那么它就拥有太多的甚至是无穷的具体化的可能性。

伊瑟尔从上述前提中引出了一个重要概念,即类似于"隐性作者"的"隐性读者",前者是美国批评家韦恩·布斯(Wayne Booth[①])在《小说修辞学》(1961)一书中提出的。当时大家围绕作者意图展开争论(当然也会涉及读者),布斯站在反"新批评"的立场上,坚持认为作者永远不会完全从作品中抽身,他始终会留下一个替身,即所谓隐性作者,在他不在场时替他操纵作品。这个概念倒是可以用来对抗作者死了的说法,不过该说法当时尚未成形。布斯暗示隐性作者在文本中有一个答话者,他还明确说,作者"构建自己的读者,一如他构建第二个自我,最成功的阅读,便是两个构建的自我——作者的与读者的——在其中相协调的阅读"(Booth, p. 138)。因此,在任何文本中,作者都将给读者预留一个位置,以作为隐性作者的补充。读者是否对号入座,是他的自由。请大家读读《高老头》的开头:

> 您大概也是如此,雪白的手捧着这本书,埋在软绵绵的安乐椅里,想道:也许这部小说能够让我消遣一下。读完了高老头隐秘的痛史以后,你依旧胃口很好地用晚餐,把你的无动于衷推给作者负责,归咎于作者过分的夸张和渲染。咳!殊不

[①] 韦恩·布斯(1921—2005):美国文学批评家。其著作有《小说修辞学》、《当代修辞学范畴》等。

知这惨剧既非杜撰,亦非小说。一切都是真情实事,真实到每个人都能在自己身上或者心里发现剧中的元素。

此处,隐性作者向隐性读者(或叙事者向收听者)发话,为他们之间的一致打基础,为真实读者进入文本设条件。隐性读者乃文本之建构,可以看作对真实读者的一个要求,相当于文本为真实读者规定或指定的角色。伊瑟尔又说:

> [隐性读者]代表了文学文本产生效应所必须预备的所有条件:这些预备条件不是来自外在的现实经验,而是来自文本本身。因此,作为概念,隐性读者就植根在文本结构之中;它是人为的建构,绝不等同于现实中的任何读者。(Iser, 1978, p. 34)

伊瑟尔描绘出一个约束性极强的文学世界,其中各角色间的游戏似乎已被预先编程。文本要求读者服从其指令:

> 隐性读者这一概念是[……]一种文本结构,它预想出一个在场的接收者却不一定对他给出定义:这一概念预先确定了每个接受者所要承担的角色,即使文本看似不知或有意排斥潜在的接收者,上述情况依然未变。因此,隐性读者之概念指的是一个结构网络,该网络呼唤回应,逼着读者去深悟文本。(ibid., p. 34)

隐性读者向真实读者提供了一个模型,它界定一个视角,在此视角下真实读者有可能聚合文本之义。在隐性读者的引导下,真实读者的角色既主动又被动。因此,读者既可以被视为一个文本结构(隐性读者),又可以被视为一个被结构化了的行为(真实读者)。

以隐性读者为基调,阅读行为便是对文本的大样图具体化,用通俗的话讲,就是想象人物和事件如在眼前,就是填补叙事和描写的空白,汇集零散碎片以建构文本的一致性。阅读(根据巴特的"阐释代码"或

"模仿"的狩猎形式）表现为一个猜谜过程。启动记忆，对各种征兆编号归档。每时每刻，每读到一个地方，阅读都会采集文本到此为止所提供的所有信息。这是一个被文本设定了程序的任务，但文本也一定要给阅读添乱，因为情节中总会出现一些无法复原的断层，一些难以确定的悬疑，完整的现实在文本中不可能存在。任何文本都含有阅读的障碍，遇见它们读者的具体化过程必然难产。

伊瑟尔没有借助猎手或侦探的比喻来描写读者，而是将其视为旅行者。阅读就像在文本中旅行，路上有期待，也有因意外相遇而对期待的修正。伊瑟尔说，读者对文本的感观是动态的和游移不定的。他的注意力永远不可能囊括整个文本：如同坐在车中的游客，一时读者只能见到文本的一个侧面，不过，他靠记忆整合所见过的风景，搭建一个一致的图式，至于图式的性质和可靠性，则取决于他关注的程度。他永远别想得到旅途的全貌。正如英伽登所言，阅读既要瞻前，收集新征兆，又要顾后，重新阐释到此为止且已经"归档"的种种迹象。

最后，伊瑟尔还对他所谓的"库存"（répertoire）概念进行了强调，"库存"即读者头脑中文化、历史和社会规范的集合，是阅读之必备。不过文本也需要一个库存，即由它自己摆弄的一整套规范。如果在真实读者的库存与文本或隐性读者的库存之间没有最起码的交集，阅读便无法进行。文本对库存中的社会规约进行重组，对读者关于现实的僵化观念进行改造并使之陌生化。上述描述极妙，却悬置了一个棘手的问题：一边是（概念性的、现象学的）隐性读者，一边是历史经验之读者，实践中二者如何相遇或相抗？后者是否必然地服从文本的指令？倘若不服从，我们如何解释他们的违规？于是乎，地平线上出现了一个大问号：真人的阅读有可能成为理论研究的对象吗？

开放的作品

在最为宽容的自由主义外衣下,隐性读者除了听命于隐性作者的指令之外,事实上没有别的选择,因为前者是后者的变体或"另一自我"。现实读者不得不面临一个干巴巴的二中选一:要么扮演隐性读者规定的角色,要么拒绝其指令,合上书本了事。作品无疑是开放的(它终究会逐步地向阅读开放),但条件是读者必须听命。近几十年以来,阅读理论的发展史是读者之于文本的自由不断扩大的历史。但在本课这个阶段,读者除了服从便只有放弃。

不过,在伊瑟尔的理论中,真正的读者虽说还没有彻底摆脱隐性读者,但他已经享有了比传统读者更大的自由,原因很简单:他读的文本越来越现代,越来越不确定。因此,读者不得不越来越多地用个人感受来补充文本。这一现象在我们谈论文学性时大家已经遇到,而文学性则等于陌生化,俄国形式主义者甚至认为此乃普遍原则,其依据是未来主义的个性美学,俄国形式主义者们与之遥相呼应。在现代文本中,隐性读者不可能像在现实主义小说中一样拥有丰富的细节。所以,为了解说现代文本,人们必须构思一个关于阅读的更加开放的新描写,而且这个新描述很快就被当作了一个普遍模型。

不可否认,这一理论十分诱人,不过或许有点过于诱人。它对各种文学观点进行综合,似乎还调和了现象学与形式主义,对阅读给出了一个全面、折中的描写。它极富辩证意味,善于把握平衡,既描写了文本的结构又描写了读者的阐释,既提到了相对的不可确定性又提到了(关于限制与自由的)受控的参与。伊瑟尔的读者是一个开放的、自由的、慷慨的、随时准备参与文本游戏的读者。说到底,这还是一个理想中的读者;没弄错的话,他更像一个有修养的评论家:对古典文论十分熟悉,对现代理论满怀好奇。伊瑟尔描写的体验在本质上是一位知识丰富的读者的体验，后者正面对着叙述文本——属于现实主义传统的，特别是属于现代主义的叙述文本。其实，此乃20世纪小说的实践，当时的小说以一种更自由的姿态上承18世纪，开始尝试更松散的情节，更飘忽的人物，有时人物甚至没有姓名，这让我们有可能重新审视关于19世纪小说的以及整个叙事文学的（正常）阅读。一个隐性的假设：面对一部现代主义小说，知情的读者根据自己阅读文学作品的积累，应该能够提供一个化解方案，即将不完整的叙事模式转换成一部传统作品，一部现实主义或自然主义小说。私下里讲，伊瑟尔预设的阅读标准仍然是19世纪现实主义小说的标准，一切阅读均跳不出这个模式。然而，如果读者没有接触过传统小说又该怎么办呢？其标准莫不是新小说？或者是那些由片断构成、结构破碎、人称后现代的当代小说？其行为，阅读行为是否还要遵循以现实主义小说为模型的一致性要求？

最终，伊瑟尔将来自形式主义的"陌生化"概念扩展至历史社会规范。形式主义者关注的主要是困扰文学传统的诗歌，而伊瑟尔则不然，考虑的更多是现代小说，审美体验改变了读者关于现实的预设，他将审美价值与此一改变联系起来。还有一点让人有所保留，即阅读实践不理会历史规范对意义的制约，比如说将文学视为一个独一无二、古碑样的共时集合，与古典经典无异；可他的理论对此不知所措。一心要包罗万象——历时的和共时的、现象学的和形式主义的，结果很可能处处漏洞，至少在崇古派和后现代派眼中如此。

还有一个对该阅读理论最严厉的指责，即依靠旁征博引来掩盖披着现代主义外衣的传统主义。该理论将读者变成了一个既自由又不自由的角色（一旦进入读者角色便会如此）。文本与读者达成谅解，作者靠边站，这样一来似乎就避免了理论常遇的暗礁，尤其是遭到滥用的二元对立。一如所有追求不偏不倚之正中妙境者，大家少不了会埋怨伊瑟尔阅读理论的保守。留给读者的自由其实极其有限，因为在作者描写充分的板块之间，有不少难以确定之点。因此，抛开表面现象不谈，主导游戏的事实上仍是作者：是他继续决定确定者和不确定者。这种接受美学,看似是文学理论的一个进步,实则是一次改头换面的拯救作者的挣扎。比如说英国批评家弗兰克·克莫德(Frank Kermode①)就没有上当,他明确表示伊瑟尔的接受美学让文学理论再次与常识接轨(*literary theory has now caught up with common sense*, Kermode, p. 128)。克莫德提醒我们说,会读书的人与普通人的读法不同,他们理解得更深刻,更系统,这就足以证明文本没有被完全确定。另外,在理解上不落窠臼的学生,只要他们没有曲解,不是胡说,老师都会给高分,所谓窠臼,其实就是直到当下的阅读套路库存。归根结底,接受美学并不比一个关于阅读的态度认真的经验性研究来得深刻,完全可以被视为对常识的形式化,当然,能做到这一点也还是不错的。克莫德这么写其实是在恭维伊瑟尔,可有些恭维话让人不爽,不如不说。

于是乎,为读者争取更大自由的人指责接受美学依然在偷偷强调作者,将其作为准绳,作为界定文本游戏场地的决策者,其结果便是牺牲理论迎合众意。在这个方面,伊瑟尔尤其受到斯坦利·费什的抨击,后者曾惋惜地说公认的关于文本的多义不是无穷的,作品与其说真的开放,还不如说是半遮半掩的。伊瑟尔的立场比较温和,比较符合常识,他承认阅读的多样性(谁会否认事实?)并确定文本中的种种约束。其说法自然没有安伯托·艾柯和米歇尔·夏尔(Michel Charles)的论点那么极端:艾柯认为一切艺术作品都是开放的,拥有无数种读法;夏尔则认为读手中书会联想到无穷无尽的潜在书,孰轻孰重,手中书没有优势。

期待视野(幽灵)

接受美学有两个倾向,一个以伊瑟尔为代表,关注个体读者,与现

---

① 弗兰克·克莫德(1919—2010):英国文学批评家。其著作有《结尾的意义》、《浪漫意象》等。

象学相联系,另一个则更多地强调阅读的集体向度。后一派的奠基者和出色代言人是汉斯·罗伯特·姚斯,面对传统文学史过分强调或只知关注作者而遭人唾弃的窘境,他十分明智,借研究阅读来对文学史进行革新。我在此提到他的幽灵是因为在第6章谈文学和历史时还会涉及它,不过这个幽灵与价值和规范的形成密切相关,第7章将专门论述之。无所不包则什么也不包,大家将发现对于伊瑟尔的指责也能用在他身上:平和随意,调和折中,意欲包容一切,结果转了一个弯还是回到了传统研究之正统,没有多少新意,有违其初衷。

眼下我只需要大家记住姚斯所谓的"期待视野",即伊瑟尔的"库存":同一时期构成读者(或某类读者)能力的常规约定集合,或可以用来定义一代人的规范系统。

作为阅读模型的体裁

为了从理论上描写文学,为了定义我们在讨论一个文本时所做出的种种关于文学的预设,我选了七个要素,其中没有体裁。然而,体裁理论是文学研究中发展得相当精致的一个分支,同时也是可信度最高的分支之一。在个人作品与文学共性之间,体裁是一个不容置疑的分类标准,亚里士多德的《诗学》便是一个体裁理论的雏形。本书没有一章专论体裁,可能会令人不解。然而,体裁位于理论与常识之间,不是一个必须立即回答的基本问题,例如"谁说?"、"说什么?"、"对谁说?"之类的问题。即使它算一个基本问题,那么也是一个依附于另一个更基本问题的问题。所以,本书至少会在两处谈到体裁:下一章谈风格时我们会提到它,因为风格概念起源于 genus dicendi(言说的类别)概念——初步的分类设计,其原理是对风格的古典三分:朴素、普通、高雅;另一处与读者相关,也就是本章,因为体裁作为接受模型是库存或期待视野的一个构件。

作为分类标准,体裁有助于专业研究者对作品进行归类,但其理论上的关联显然不在此处:它是一个接受模型、读者的一个能力,当然,所有新文本都会形成一个动态过程,或者证实或者抗拒上述模型。明白了体裁与接受之间的缘分之后,我们有必要纠正以前对体裁的传统看法,即体裁是结构,文本实现之,或者体裁是潜在的语言而文本是表达出来的言语。实际上,对于采用读者视角的理论来讲,文本本身就是语言(乐谱、程序),而与之对立,每一次具体的阅读才是言语。比如说布吕纳蒂耶这个备受责备的体裁理论家,就将体裁与作品的关系定格为类别与个体的二元模型。他的分析表明他采纳了接受理论的观点,在个案分析上引入了历史观。据说他坚信体裁在作品之外依旧存在,并借此声明:"如同世间万物,它们生来只是为了死去。"(Brunetière, 1879, p. 454)这只是一个形象的比喻。作为批评家,他采用的一直是阅读视角。在他的分析中,体裁如同期待视野一样,在作品与公众之间扮演中介角色,这也是作者的角色。反过来想,体裁是失衡的景观,是所有新名著制造偏离的景观。因此,在为《大百科全书》所写的"批评"词条中,布吕纳蒂耶说:"解释一部文学作品不仅要靠作品本身,还要靠它周围其他的作品,所有先于它和后于它的作品。"(Brunetière, 1892, p. 418B)布吕纳蒂耶将体裁演变视为接受史,并使之与修辞学(用作品本身来解释作品)和文学史(用周边环境来解释作品)形成对立。经过此一提升,体裁便成为接受理论的合法范畴。

任何阅读对作品的具体理解都与体裁的限制密不可分,读者假设他手上的文本属于某一体裁,该体裁所特有的种种规范让读者有可能对文本所提供的资源进行筛选和圈定,然后通过阅读使之现实化。体裁,作为文学编码、规范集合、游戏规则,告诉读者应该如何读文本,它保证了对文本的理解。从这一意义上讲,所有体裁理论模型依然在遵循风格的古典三分。英伽登将他眼中的基本库存分为三类:崇高、悲惨、滑稽。弗莱根据虚构世界是否优于、劣于或等同于现实世界,区分了抒情、讥讽、故事三大基本体裁。自亚里士多德以来,悲剧与喜剧的对立成为所有体裁划分的基本模式,借之读者读前对文本做出预测,调整自己的代入方式。以上的三角结构就建立在悲、喜剧之二级上。因此,接受理论,在那些走极端的诋毁者眼中,实乃新瓶旧酒:一个关于体裁之古人思考的最新变种罢了。

脚踏自由之轮的阅读

伊瑟尔笔下的隐性读者依然是理论与常识的妥协,而他的理想文本则界于现实主义与先锋派之间。视隐性读者为作者的造物,隐性作者的"另一个自我",阅读理论对隐性读者的独霸地位进行质疑,它要让读者尽可能地摆脱文本的限制。随后阅读理论经历了两个前后矛盾的阶段,旗帜越来越鲜明。先是赋予读者所有自由,然后又将其收回,仿佛这自由是最终的人文美梦,我们必须醒来。首先,据说文学意义尽在阅读体会中,意义越来越不属于文本,甚至完全不属于文本。其次,有人反对文本与读者的二分,他们将这两个术语并入了一个整体概念,即"阐释群体",它指的是让文本和读者同时出现的权威机构和系统。总而言之,读者先是凌驾于文本之上,继而隐身在一个实体之中,没有这个实体,二者皆不存在,它们同时产生于这一实体。承认二者不同,承认它们各自相对的独立性,对于一个愈来愈走向其反面的理论来说有点强人所难。

类似的做法也发生在意图幻觉和指涉幻象的反对者身上,我们发现他们最后走向佛教的万事皆空,对所有合理的观点进行质疑,其目的是为了获得一个"无法证伪"的观点,可无法证伪也就是不成立。文学理论因极端而走向自毁,这一回,最能说明上述现象的便是美国评论家斯坦利·费什的转向。费什起步于布斯门下,坚决反对将文本视为有形的空间独立物,因为没有发生于具体时间的具体阅读,文本便失去了存在价值。与伊瑟尔和姚斯一样,费什也揭发文本自主性和客观性的虚幻。但是他很快抛下了同行,摧毁他们对读者所做的种种警告,或者他们为读者所编的蠢驴导读,进而替阅读讨还尽兴随意、主观由情的权利。他将一切意义划归读者,不再将文学定义为对象——即便是潜在对象——而是将其定义为"阅读中的收获"。他强调理解活动的时间性,企图建立一门关于文学的新专业,取名为"情感风格学",并希望该专业能够成为"一门分析读者对在时间中相继出现的一个个词语所做出的渐进反应的理论"(Fish, p. 27)。

不过,他很快又觉得这个态度对老意图论过于忍让。强调阅读乃最基本的文学体验,其意有二,而这两个意思都离不开意图论之余毒。其一是将阅读视为作者意图编程的结果,在这种情况下读者的权威纯属镜花水月:大家知道,伊瑟尔常常受到这样的责备。其二是将阅读描述为读者的情感效应,在这种情况下读者只知有我,不知有人,其结果不过是用读者意图取代作者意图:人们指责艾柯和其他的潜在文本论者,有时便是这样说的。在作者意图与读者意图之间引入第三项,即"作品意图"(intentio operis),我以为不过是故弄玄虚,解决不了任何问题。为了彻底清除重读者论调中的意图论痕迹,避免陷入新批评派所说的"情感幻象"(那和陷入"意图幻觉"和"指涉幻象"一样可耻),费什用读者权威代替作者权威和文本权威,认为有必要将三种"权威"并为一种,即"阐释群体"之权威。他于 1980 年出版的《教室里有"文本"吗?》汇集了十年的论文,体现了他走向绝不妥协之立场的全部历程,也展现了接受理论在其虚无主义运动下的盛与衰:质疑文本的客观性并授权于读者,宣布读者拥有完全的自主并坚持某种情感风格的原则,他所唾弃的其实就是文本与读者的二元划分,因此也就摈弃了二者互动的可能性。最后的——绝对的、不容讨论的——论点放大了后海德格尔阐释学结论的弊端:使读者囿于偏见。在此,文本与读者皆成为他们所属的阐释群体的囚徒。他们没有任何独立身份,称之为"囚徒"都有点过了。

对于同时灭掉作者、文本和读者,费什是这样解释的:

> 意图和理解是同一约定行为的两面,二者互为前提(互相包含、互相定义、互相说明)。抽取知情的或有识的读者的轮廓,也就确定了作者的意图,反之亦然,因为无论描写哪一个,人们都必须明确说明当时的陈述条件,并以其中一员的身份来确认自己所属的、共有一些阐释策略的群体。(ibid., p.161)

费什说的不错,在大多数阅读理论家的眼中,"知情的或有识的读者"始终只是作者意图的另一种叫法,一个不太别扭、让人更容易接受的叫法罢了。读者替代作者,理解替代意图,或者情感风格替代传统文学史,其作用都是为了保护文人的理想社群。它假定有识读者对文本的种种策略了然于心,于是让浪漫主义或维多利亚时代的文学理念得以延续。

费什认为,那些极其复杂的接受理论之所以在理念上与传统文献阐释学暗合,是因为前者依然认为读者不仅应该体会,还应该"解决"阅读中的困难。然而,这些困难并非一些(先于阅读、独立于阅读的)孤立现象,它们生自我们的阅读行为和我们的阐释策略。费什拒绝接受以下陈词滥调:假设与观察互为前提,是整体与部分互为前提的补充。费什以为,这一陈词滥调还在支撑着现代阐释学。既然读者总是一上来就开始阐释,那么就不会有控制读者反应的先于阅读存在的文本:我们阅读文本,文本就是阅读,我们写诗我们读。因此,形式主义和接受理论,与实证主义和意图论一样,面对文学其态度一直都有些中气不足,只不过其名称稍微好听一些罢了。然而,

> 读者的体验形式,形式单位,意图结构,这三者完全是同一个东西,它们同时显现,优先和独立的问题根本不存在。但会出现另一个问题:它们因何而生?换言之,倘若意图、形式、读者体验仅仅是(对同一个阐释行为的)不同指涉方式,那么,凭什么说这一行为是个阐释?(ibid., p.165)

形式主义者宣称,人们可以脱离阐释先于阐释察觉模式(patterns),可

揭示模式的程序不同,模式也会有所不同:它们是由观察它们的阐释行为构成的。连接作者、文本、读者的结构层次就这样被打破了,作者、文本、读者的三位一体消融在同时性中。意图、形式、接受,成为同一事物的三个称谓,所以,它们应该被自己所属之群体的高层权威所吸纳:

> 意义既不是稳定、固定之文本的属性,也不是独立自由之读者的属性,而是阐释社群的属性,因为阐释社群不仅对读者的阅读活动负责,也对生自阅读活动的文本负责。(ibid., p. 322)

这些阐释社群有点像伊瑟尔的库存或姚斯的期待视野,它们是阐释规范的集合,某群体共有的文学的和非文学的阐释规范的集合,例如法规、习俗约定、意识形态等。不过,与库存和期待视野不同的是,阐释社群不再给读者以任何自决权,即不再给阅读及由阅读产生的文本以任何自决权:此时的游戏是遵守规范或偏离规范,一切主观性皆被剔除。

在阐释社群中,形式主义无处容身,作为替代方案的接受理论命运亦然:是拥护文本还是支持读者,这一两难选择不复存在,因为上述二者失去了相对独立性,不再被当作竞争对象(ibid., p. 14)。唯心主义最后的藏身之地——主、客体对立,被认为是生搬硬套,或者已然被排挤出局,因为文本和读者皆融于话语系统,而话语系统不反映现实,它为现实负责,这其中也包括文本的现实和读者的现实。巴特曾偶尔提到读者是另一个文本,其推理当然有点过头;无疑,我们所说的"文学"带有人文主义印记,尽管在理论上屡历幻灭,它依然保留着对文本、作者和读者的个性的意识,所以经不住巴特的提议的诱惑。若想解决文学研究中引入读者后引发的理论冲突,只需废除文学。既然关于文学的定义没有一个能令人完全满意,那么何不采纳巴特这个一劳永逸的解决方案呢?

读者身后

读者在文学理论中的遭遇极有代表性。长期以来,先是文献学,后来是新批评学派、形式主义和结构主义,它们不知世上有读者,或者称之为"情感幻觉",视之为捣乱分子,将它排挤到一边。后来读者重返文学舞台,站在了作者和文本旁边(之间或对面),它破坏了二元的对垒,打碎了毁灭创造力的非此即彼的局面。然而,读者地位的提升,对钟情二元逻辑的文学工作者提出了一个无法化解的难题:读者的有限自由问题,读者之于竞争对手的相对权威问题。人们曾经关注文本,反抗了作者独立至上的地位;如今强调阅读,动摇了文本的封闭性和自主性。如同过去质疑"意图幻觉"和"指涉幻象",对阅读的强调撼动了新造的"文本幻觉";随着形式主义的发展,这后一个幻觉被人预备用来取代"情感幻象"。在文学研究中,强调阅读有着不可否认的批判价值。在现象学或接受美学的启示下,将阅读与其他文学要素放在一起考虑,许多研究都证明了这一点。然而,一旦进入状态,那些擅长研究读者之人则开始起意,要驱除其他竞争者。让作者和文本——最后也包括读者本身——回避接受理论家的苛刻要求,似乎没有可能。一个不需要迫使反对意见噤声的方法,就是从理论上诋毁它。在艾柯或巴特的论述中,作者、文本和读者之间的区别已经很小了,到了费什,他却振振有词地将三者全盘否定。读者至上论令读者破产,它引发的问题一点也不少于前边的作者至上论和文本至上论。要在文学各要素之间保持平衡,理论似乎无法做到。似乎实践的检验不再是必要的了,走极端的理论常常避重就轻,以回避困难。费什提醒我们说,这些困难因"阐释社群"而生,因"阐释社群"而存在。这就是为什么文学理论会让人想到玄学奥义,想到一个脱离所有经验对象的玄妙学科。

再说一遍,上述两种对立论点皆有一定理论含量,但又都明显有些过分，失之偏颇：作者或文本至上，可以建立一个关于文学的（实证主义或纯形式的）客观话语；读者至上，可以建立一个关于文学的主观话语。其他介于二者之间的立场，似乎都比较脆弱，难以自圆其说。进行学术争辩时，走极端的话总是比较容易出现，说到底，我们不是偏向朗松就是偏向普鲁斯特。实际上我们生活在（和参读在）二者之间。就像所有人类体验那样，阅读体验必定是双重的、模糊的和撕裂的：它介于理解与欣赏、文献与寓意、自由与局限之间，介于关注他人和体验自我之间。可中庸之道不为真正的文学理论家们所推崇。然而，在《雷蒙·瑟邦辩》一文中，蒙田说："为打败别人而先丢失自己，这未免也太冒失了！"

第5章 风 格

在"文学性"、"意图"、"再现"和"接受"之后,我们要讲的第五个要点是文本与语言的关系。我打算借"风格"之名来探讨这一关系,因为风格一词乃常见文学用语,文学理论曾徒劳无功地试图摆脱这一大众用语。传统观点认为,日常语言无需风格,文学语言的特色便是有风格。在语言与文学之间,风格是一个中介术语。同样,在语言学和评论之间,也会有风格研究——"风格学"——的一席之地。具体讲,文学理论反对的恰恰是风格的实在性和风格学的有效性。但是,就像文学、作者、世界、读者等概念一样,风格也曾遭遇一系列冲击。

如同对前面的概念所做的那样,我首先介绍两种极端观点:一方面,作为常识,风格的确存在,它理所当然地属于后天获得的文学理念;另一方面,风格就像意图、指涉一样,是一种大家迫切需要摆脱的幻象。有一段时间,由于受语言学影响,理论曾以为与风格已经彻底了断。自从19世纪修辞学遭排斥以来,风格这个曾占领前台的"前理论"概念似乎彻底将地盘让给了文学文本的语言学描述。经过一个世纪的风靡之后,风格已不再有效了,而风格学也仅限于在修辞学与语言学之间充当掮客。但是在今天,风格又浴火重生,卷土重来。

我们徒劳地宣告作者死了,并打破指涉幻象与情感幻象,将风格差异与语义差别混为一谈,但作者、指涉、读者、风格仍滞留在人心,并且在评论家放松警惕时死灰复燃。它们有点像细菌，大家本以为一劳永逸地将之清除干净了，但一回首又进入了我们的记忆。单凭"意志"我们无法消除风格。因此，最好的办法是对其进行合理界定。在避免原封不动地为风格恢复地位的情况下，我们对之进行批判性的回收。

每当风格即将被文学抛弃时，复辟似乎就不可避免了。对此，我列举三个名人的例子。我们注意到，随着语言学家们对风格的推翻及对风格躯壳的借用，《写作的零度》(1953)的作者巴特、《风格分析标准》(1960)的作者里法泰尔、《风格的地位》(1975)的作者纳尔逊·古德曼及其他学者都先后在某种程度上为风格正名，风格于是再无废灭之虞。不过，让我们首先浏览一下风格一词的应用域。

风格面面观

"风格"不是一个专用语。它既不为文学所特有，也不为语言学所特有：人们谈到某一网球运动员或裁缝时，便会说："太有风格了！他很有风格！"在我们的生活中可以使用风格一词的领域不少，如艺术史、艺术批评、社会学、人类学、体育、时尚等，这些领域都在使用它或滥用它。作为理论概念，这实在是一大缺陷。那么，我们是应该剔除这个概念呢还是应对其进一步提炼纯化？或者，反正无法禁用，我们干脆满足于对其常见用法的描写？

风格一词的现代用法从根本上讲是模棱两可的·它既可以代表某种"个性"——布丰(Buffon)说，"风格即人"——某部作品的独特性、某类写作的必然性，还可以表示某种"类别"、某种(作为作品分类体系的)流派、某种(作为特定历史文本体系的)体裁、某个时代(如路易十四时代的风格)和某套可供选择的表达程式和手段。风格既与"必然"有关，又与"自由"有关。

为了解风格的命运，有必要简单梳理一下该词的历史，回忆一下其作为专业词语以来使用范围逐渐拓展的过程。布洛赫(Bloch①)与沃特堡(Wartburg)认为：

> 1548 年的作为"个人思想表达方式"的"风格"，是 17 世纪工艺美术领域现代意义衍生的源头。风格一词借于拉丁词 *stilus*，也可写成 *stylus*，法文 style 便源于此。有人以为它与希腊词 *stylos*(柱体)同源，其实不然；后者于 1380 年被借入，意为"筒笔"。[……]，在 1280 年前后，作为借词，风格的词形是 *stile* 和 *estile*，意为司法上的"处理方式"，这便是其"工艺"外延的来由。[……]，后来，风格在 15 世纪被赋予了"战斗方式"的意义，在 17 世纪又有了"(一般)行为方式"的含义。这一用法至今残留在某些习语中，如(*faire*) *changer de style*([使之]改变风格)。风格学(*stylistique*)一词则是 1872 年对德语 *stylistik* 的借用(1800 年考证)。

这一考证很有意思：无论是法语 *style*、意大利语 *stile* 还是西班牙语 *estilo*，其司法义和作为一般人之"行为方式"的普通义都比较古老(13 世纪)，至今在法语中仍有"stylé"(有素养)和"bien et mal stylé"(素养好坏)的说法。风格的今义，即按照拉丁文原意仅用于指文笔的专业义，出现得较晚，是文艺复兴时的产物。法语对这个拉丁词的借用先后发生了两次，第一次借用其广义，表达"习性"(*habitus*)；第二次取其狭义，对文笔进行描写。法语中风格一词的历史就是其外延演化的历史。就像让·莫里诺(Jean Molino②)指出的那样，不管是用于语言还是非语言，风格概念拥有多种面貌(Molino，pp. 230 - 238)。

"风格是规范。"风格具有规范价值和标准价值，这也是传统一直赋予它的价值："优美的风格"是大家模仿的典范，是经典。如此一来，风

---

① 布洛赫(1847—1926)：奥斯卡·布洛赫(Oscar Bloch)。
② 让·莫里诺(1931—   )：法国评论家。其主要研究方向为普通符号学、音乐符号学、文学理论、法国文学与比较文学。

格离不开价值判断。

"风格是装饰。"风格的装饰理念在修辞学中十分明显,这一方面源自物与词(res et verba)的对立,另一方面源自思想与表达的对立,即修辞学中头两部分(inventio et dispositio,构思和布局)与第三部分(elocutio,表达)的对立。风格(lexis)是同一背景中的变体,其效果有点像衣服之于身体或化妆品之于肌肤的种种美化作用。因此,风格颇有造假之嫌:阿谀,虚伪,说谎。

在《修辞学》(De l'élocution, livre Ⅲ, chap. Ⅰ, 1403b 14)中,亚里士多德对效应和说辞进行区别,并用群众道德的不完美来解释对效应的追求。站在当时根深蒂固的传统立场上,亚里士多德甚至公开表达了对风格的蔑视:"诗人讲的尽是无聊之语,他们的荣耀似乎应归功于风格。"(1404a 24)

"风格乃差异。"风格之变体,在同一章中被亚里士多德视为效应和装饰,在此处又被定义为与普通用法拉开距离的变异:"替换一个词让表达形式更为高雅。"(1404b 8)一方面,存在着一种明白却俗气、紧系词语本身的表达方式;另一方面,存在着一种建立在变异和替代基础上的优雅表达方式,它"赋予语言以新奇的特色,因为距离使人感觉新奇,新奇是一件令人赏心悦目的事"(1404b 12)。

"装饰"与"差异"这两个特征在风格中密不可分:至少,自亚里士多德以来,风格一直被理解为一种形式修饰,即与平庸语言及其日常用法拉开距离。一些有名的二元对立也起因于风格概念,如"内容与形式"、"内容与表达"、"材料与手段"。与这些二极对立原则相对应,语言与思想的基本对立应运而生。风格作为传统概念的理据就在于这种二元逻辑。关于风格的公认原则是:"同一事物拥有多种表达形式",对这些表达形式可以用风格来区分。所以,作为文饰与差别的风格预设了"同义现象"的存在。20世纪中期的雷蒙·格诺将风格理解为同一主题的变体:在《风格练习》中,他用99种不同的文笔和法语语体重复讲述同一则故事。对风格的反对和贬低,则意味着对语言与思想的二元论观点的驳斥,对语义层面同义原则的摈弃。

"风格即体裁或类型。"按照以前修辞学的观点,风格是对表达手段的选择,它讲究 aptum 或曰"贴切"。例如,根据德米特里乌斯(Demetrius①)关于风格的论文或亚里士多德《修辞学》的观点:"仅仅占有话语材料是不够的,我们还应使表达得体[符合语境要求],这才是赋予话语优美形式的前提。"(1403b 15)风格指的是话语的"属性",即话语表达的合目的性。

关于风格的论著通常把风格分为三种类型:"朴素风格"(stilus humilis)、"中平风格"(stilus mediocris)、"高雅风格"(stilus gravis)。西塞罗在《演说家》中把三种风格与三大雄辩流派一一对应(西亚派的表达极具张力,夸张铺陈;阿提喀派品位淳厚;罗得岛派介于二者之间)。在中世纪,迪奥梅德(Diomède)将这三种风格等同于三大体裁,后来,多纳图斯(Donat②)在对维吉尔的评论中,又将它们分别与 Bucoliques, Géorgiques, Énéide 联系在一起,即所谓的田园诗、说教诗和史诗。这种对风格一分为三的划分以"维吉尔之轮"(rota Virgilii)为名,广为流传,平安无事地延续了一千多年。它对应着内容、表达与创作的(朴素、中平、高雅)三种层次。蒙田反其道而行之,在写书信和对话时运用"诙谐和私密"的风格,蓄意打乱"平庸"与"高雅"的分界。

风格的三种类型以"体裁"为名被大家所接受,于是,风格概念被置于体裁概念的源头,换言之,长期以来,人们是透过风格概念(以及将话语和文本划分为三大风格的理论)来看待体裁差异的。所以,在第 4 章将体裁介绍为接受模型的同时,我还想指出一点,就是体裁还可通过风格来进行研究。

风格的三分理论并没有阻止风格学更具体细致地研究各种风格特

---

① 德米特里乌斯(约公元前 350—约公元前 280):希腊哲学家、演说家、修辞学家。其著作有《论风格》等。

② 多纳图斯:乌斯·多纳图斯,4 世纪罗马法学家和修辞学家,曾著写过对维吉尔作品的全面评论,可惜这部评论著作已经失传。

质，尤其是作为风格范式的诗人与演说家的风格特点。但是，这些风格差异并不会因此就成为主观个体性的外化。风格是话语的属性，它拥有表达符号的客观性。风格之所以与众不同，那是因为风格或多或少有所改变，或多或少要与创作动机相吻合。在这个意义上，风格仍与价值尺度和规定有关。在《演说家》中，西塞罗也曾指出，这三种风格对应了演说者拟定的三种目标：*probere*，*delectare* 和 *flectere*，即"证明"、"吸引"与"感动"。

"风格是一种表征。"从17世纪起，风格与个性逐渐有了明显的联系。例如，拉莫特·勒瓦耶(LaMothe LeVayer①)让个人风格与一般特征形成对立，后来迪马赛(Dumarsais)与达朗贝尔(d'Alembert)又试图将风格描述为艺术家的个性特征(Rastier②, p. 266)。现代用语中的风格一词，自此有了明显的且不可分割的歧义，它有两面性：作为表达编码，它是"客观"的；作为个性投射，它是"主观"的。它在本质上模棱两可，既指变幻无穷的多样个体，又指有规可循的群类集合。上承浪漫主义，现代理念认为风格与其说与"体裁"有关还不如说与"天分"有关。于是风格成为膜拜之对象，一如福楼拜终身追求完美风格。"风格之于作家正如色彩之于画匠，它不是一个技巧问题，而是一个眼光问题"，在论及《重现的时光》(Proust, 1889, p. 474)的审美问题时，普鲁斯特如是说。于是风格的定义摇身一变，成为某种独特的视角，话语之主体的标记。就这一意义而言，19世纪新兴的风格学继承并占领了修辞学消亡后留下的空地。

作为表征，18世纪末以来，人们在造型艺术上也开始大谈特谈风格。无论是艺术史还是艺术评论，都涉及对艺术品的鉴定和识别，随着艺术品市场的成长，该问题日渐凸显，于是风格研究有了大显身手的场所。风格成为商品价值：确认一个风格，等于确认一个价格，一笔金钱

---

① 拉莫特·勒瓦耶(1588—1672)：法国的独立思想家和怀疑论哲学的鼻祖。其著作有《论异教徒们的道德》等。

② 弗朗索瓦·拉斯蒂耶。

数额。一幅画作,如果只能划归某一流派而不能归属于某一大师名下,它就几乎失去了所有的价值,反之亦然;对于文学作品而言,则完全不是这么回事。自此,风格不再与宏观种类有关,它仅与微观细节有关:细小的标识或微弱的印迹,例如画笔笔触,指甲或耳垂的轮廓,这些都有助于我们确定该作品的作者。细微之处见风格,此乃画家无意为之,造假者难以留意之处。于是,又回到了狩猎追踪的模式。在其杰作《风格概念》一文中,艺术史家梅耶·夏皮罗(Meyer Schapiro①)写道:

> 对于考古学家而言,风格体现在图案和花纹或曰艺术品的质量中,考古学家直接捕捉到它们,在作品系列间或各种文化间建立联系,然后借之确定作品的产地和时间。在此,风格是一种表征,就像工艺品的非审美特征一样。(Schapiro, p. 35)

整个 19 世纪,无论从哪个意义上讲,风格皆是艺术史各美学层面上的基本概念。以海因里希·沃尔夫林(Heinrich Wölfflin②)的论述为例,他认为文艺复兴与巴洛克是两种相对立的风格,它们属于时代又跨越时代,是两种独立于内容的视觉方式。为了描写文艺复兴和 17 世纪巴洛克风格的对立,沃尔夫林从当时的建筑、绘画、雕塑和装饰艺术中抽取了五对对立:线性的/花饰的,与面平行的形式/纵深斜向的形式,封闭/开放,拼合/延续,清晰/相对模糊。这些对立不仅有助于他识别 16 世纪、17 世纪的古典风格与巴洛克风格,还有助于他发现在绝大部分情况下一种古典风格变体是如何必然地演变为巴洛克风格的。

在艺术史中获得领地之后,风格概念作为征象细节又出现在文学研究中,这在利奥·斯皮策的理论中表现得尤为明显。在风格研究中,他一直致力于描写那些可以体现某一个体世界观的细微偏离系统,以

---

① 梅耶·夏皮罗(1904—1996):美国艺术史学家。
② 海因里希·沃尔夫林(1864—1945):瑞士艺术史学家。其著作有《美术史基本原理》等。

及该个体遗留在群体意识中的标记。但是,被普鲁斯特界定为视角的风格,同样是意识流批评与主题批评的起点,这两种批评完全可以被描述为深层风格学。

"风格是一种文化。"在对精神领域及某一群体的世界观的概括上——无论这一群体处于什么规模,无论群体"世界观"(*weltanschauung*)(该词为施莱尔马赫[Schleiermacher①]打造的术语)是什么——这里所说的文化是德语、英语、法语在社会学和人类学意义上的文化。文化对应着19世纪历史学家所说的国民之魂,或对应着在文献学中被视为某一社群语言和象征表达单元的种族。风格概念借自艺术理论,应用于某一文化总体,代表了某种主流价值和统一原则,也代表了某一团体象征表达系统的典型"家族风骨"。在关于风格的论文中,夏皮罗开宗明义地讲:

> 对我们而言,"风格"在个人艺术或流派艺术中意味着形式的恒定——有时指元素、品位和表达的恒定。正如大家在讲到"生活风格"或"文化风格"时那样,该词还可用于某一个体或社会的全部活动。(*ibid.*, p.35)

困难也随之而来:风格不仅可以代表某一个体的常态,也可以代表某一文明的常态。以下论断揭示了可以用来证明这种类比合理性的人文主义:

> 风格是对文化的整体表征:它是文化一致性的可以感知的符号。风格反映和投射出群体思想与情感的"内在形式"[……]。正是站在这种意义上,我们谈论古典主义时期的人们、中世纪时期的人们或文艺复兴时期的人们。(*ibid.*, p.36)

---

① 施莱尔马赫(1768—1834):德国的神学家、哲学家、阐释学家和古典语言学家。他对德国宗教、生活和文化影响重大,被公认为现代基督教新教神学的缔造者。

某一文明或文化将因风格而得到确认,风格将被视为一种图式,一种总体模型,一种支配性主题。奥斯瓦尔德·斯宾格勒(Oswald Spengler①)在《西方的没落》一书中,甚至将整个西方的特征描述为一种风格特征:

> 教堂、时钟、信贷、旋律配置、微积分理论、收支双栏记账法与绘画透视法可以阐明整个西方文化共有的品质:追求无限。(引文,见 Schapiro, p. 89)

泛滥到此等地步,风格概念在语言学家的攻击面前不堪一击。广义的风格概念不仅是一个由可以辨别的形式特征所组成的集合,还是某一个性(个体、群体、时代)的外在征象。通过对风格之复杂细节进行分析,风格解读者将重构个性之魂。

所以风格远非一个纯粹的概念:它是一个复合的、含义丰富且含混的复杂概念。随着新义的不断引入,风格一词并没有摈弃旧义,而是将新旧义积淀在一起,导致该词今日仍可对多样词义兼容并蓄:标准、文饰、差别、类型、征象、文化。在谈论风格时,我们涉及上述所有词项,或分而治之,或笼而统之。

语言、风格、写作

19世纪修辞学销声匿迹后,风格学继承了其未竟之业:正如布洛赫与沃特堡指出的那样,该学科的法语名称来自德语,出现在19世纪后半期。当时,反对声一片:分类一直分到个体还是分类吗?一个古老的问题:"是否存在一门研究具体与个别的科学?"个体私有还是群体共享,风格在二者之间游移不定,无法摆平。所以风格学一直是一门不太

---

① 奥斯瓦尔德·斯宾格勒(1880—1936):德国历史哲学家,著有《西方的没落》等。

可靠的学科。风格必然会有两面性,一面体现集体,一面体现个体,用现代术语讲,就是一面体现社会习语,一面体现个人习语。传统修辞学对风格的这两方面不加区分。一方面,传统修辞学主张风格在数量上极其有限,只有三种(高雅的、中平的和朴素的)。另一方面,传统修辞学对狄摩西尼(Démosthène)与伊索克拉底(Isocrate①)两人的风格进行了区分。不过,传统修辞学认为个人风格无非是对集体风格或多或少的改动,即集体风格或多或少地服务于具体目的,因此,它消解了不同风格的分歧:虽然存在三种风格,但每人都有自己的风格。不过,在修辞学之后,与作为主观性表达和个体征象表现的风格相比,风格的群体特征和意向特征已越来越不为人接受了。

索绪尔的学生夏尔·巴利(Charles Bally②)就反对上述取向。在其《风格学概论》(1905)中,他将"个人"风格与"文学"风格截然分开(因为索绪尔为了将语言变成语言科学的研究对象,曾不得不与言语保持距离),尝试建立一门研究风格的科学。巴利的风格学是对口语表达手段的一种清点。撇开这一特例,风格学习惯于从个人风格和文学风格入手,例如,关于作家的专著——《人与作品》——就常以所谓的"安德烈·谢尼埃(André Chénier)风格"或"拉马丁风格"作为最后的一章。在法国,20世纪上半期的文学风格学主要以法国著名作家为研究对象,这与它所依附的文学历史的做法相似。

然而,一旦风格在某一方面被人无视,它就会借助另一用语卷土重来。在这方面,巴特在《写作的零度》中的做法就相当耐人寻味,甚至极具讽刺意义,虽然大家不知道巴特本人是否也这么看。他对"语言"与"风格"进行了区分。语言被视为无法摆脱的社会事实(作家一旦使用某种语言就只能屈从之),而按照自浪漫主义以来赋予风格的单一义,风格则被看成一种天性,一种实体,一种作家无法摆脱的和不可剥夺的

---

① 狄摩西尼与伊索克拉底:两人均为古希腊雄辩家。
② 夏尔·巴利(1865—1947):瑞士语言学家。其主要著作有《法语风格学纲要》、《语言与生活》、《普通语言学与法语语言学》等。

独特个性,因为这种独特个性就是作家自身。不过,这种二元逻辑不足以让巴特对文学进行充分的描写。于是,在语言与风格这两个由外在或内在规定形成的概念之间,巴特发明了"写作"(l'écriture)这一说法。他说:"语言和风格是一些盲目的力量;写作是生成历史团聚力的行为。"(Barthes,1953,p.14)他进而认为,同一时刻,比如说今天,存在着多种写作,写作在数量上是有限的,而我们只能在这有限的数量中进行选择。实际上写作有四种形式:精雕细琢、深入浅出、中规中矩和口语化(ibid., p.45);甚至可以说只有三种,因为第二种"深入浅出"无非是第一种"精雕细琢"的变体而已(ibid., p.49)。所以我们说写作共有三种:精致的、中平的和口头的。上述三分似曾相识,让人觉得几乎就是传统修辞学高雅、中平、低俗之分的翻版。

巴特发明的"写作",其实就是老修辞学所谓的风格:"简单地说,就是对笔调、'气质'(éthos)的一般选择。"(ibid., p.14)似乎是一个绕不开的雷区,巴特又拾起了关于"体裁"的传统三分,即归于风格名下已有千年之久的关于表达类型或方式的三分。从某种意义上讲,巴特一生都在致力于重振修辞学,当他意识到这一点时,甚至还特意举办了一场修辞学研讨会(《古修辞学:备忘录》,1970)。1950年前后,不知巴特是否已经意识到,自己正在借"写作"之名为古典风格概念平反?或者,"风格即人",深受这一浪漫概念的影响,他以为自己放在语言与风格之间的这枚楔子能够做到现代意义上的推陈出新?谁知道呢?当时的巴特还不熟悉索绪尔和巴利的理论。而巴利的"风格"已经是介于索绪尔的语言与言语间的东西,或者说是一个属于言语的而非语言的集体构件。巴利笔下的风格不是文学意义上的风格,而巴特的写作则是对文学的界定:"写作乃文学的核心问题,它与文学共生并行,所以在本质上是形式的道德。"(Barthes,1953,p.15)

有趣的是,巴特从未认识到自己在用写作之新瓶装风格之旧酒。1870年以后,学校取消了修辞学课程。巴特是没有受过古老的说服、取悦艺术基础培训的第二代高中生。与包兰在撰写《塔布城辞藻》时缺乏修辞学知识一样,巴特缺乏修辞学基础,不知修辞学为何物。萨特则不然,在《何谓文学》一书中,他要么不愿在词汇与事物间引入中介,要么认为诗歌本来就拿词当物使。然而,巴特唤醒的正是修辞学意义上的风格。巴特笔下的写作概念虽说有别于个人风格,但也不完全等同于 19 世纪德国传统所设计的风格:风格作为 *Kultur*(文化),如前文所述,作为思想,就是某一团体、时代、流派甚至民族的精魂。巴特多次提到写作选择的不可避免性。继续阅读上面摘引的段落:"写作其实是一种形式的道德,它是作家赖以对其语言'天性'进行定位的社会场所。"选择,责任,自由:写作是修辞性的,而非肌理性的。巴特的"写作"之创意证明了风格这个修辞概念的不可避免:我们无法摆脱它。

对风格的呵斥

1953 年,巴特尚未揭露风格学中的风格,便开始推出修辞学意义上的风格。但是,语言学兴起,风格因其多义和理论上的不纯而失去信誉。风格理论的成立有赖于二元论,但后者遭到文学理论的围剿。传统的风格概念与文学理论需要清算的其他概念关系密切:同义现象(同一件事有着多种表达方式)乃其基础,指涉(有"事"要说)和意图(在不同表达方式中做出选择)为其预设。

当时,睥睨天下的语言学并未放过风格学,而是将其视为一个过渡学科,即修辞学死亡之后新诗学诞生之前(1870 年到 1960 年之间)的权宜之计。于是,风格被视为一个有待于被语言科学超越的"前理论"概念。1969 年的《法兰西语言》杂志第 3 期虽以"风格学"为题,实际上却是在拆它的台。米歇尔·阿里韦(Michel Arrivé[①])在《关于文学文

[①] 米歇尔·阿里韦(1936—):法国作家和语言学家。其作品有《幼女老成》、《论法兰西语言》等。

本的语言学描写的公设》中,宣告风格学已"行将就木"(Arrivé, p. 3),随着在结构主义模式或转化模式框架下对文学文本的语言学描写的兴起,它将寿终正寝。雅各布森和列维-斯特劳斯评论波德莱尔《猫》一诗的名文(1962)便是一个范例。最初以"结构风格学"为名发表研究成果的里法泰尔,1970 年之后再也不谈风格与风格学,而是代之以"诗歌符号学"。

对多种表达可以进行有意识的选择,关于风格的这一界定成为争议的焦点;它显然关系到对意图论的批判。例如巴利就假设文学工作者"对语言的运用是自觉的和有意识的[……]他为美学目的而使用语言"(Bally, 1951, p. 19)。斯蒂芬·厄尔曼(Stephen Ullmann①)在 20 世纪 50 年代出版了一部关于风格的著作,该书开头便说:"除非讲话者或作家可以在几种截然不同的表达形式之间进行抉择,否则根本谈不上风格问题。广义的同义现象便是所有风格问题的根源"(Ullmann, p. 6)。这就是风格理论成立的充分必要条件,但语言学家们很快摈弃了这些条件,因为在他们眼中风格变体不过是一些语义差别罢了。建立在内容(意义)恒定、形式(风格)变化基础之上的原则是有待商榷的。正如 20 世纪 60 年代末一位不大关注理论研究的英国批评家所指出的那样:"思考越是深入,谈论某事物不同表达形式的可能性就越是令人怀疑;用不同方式进行表达,岂不意味着在表达不同的内容?"(Hough②, p. 4)所以,同义现象是可疑的、虚幻的,甚至是站不住脚的:两个词汇永远不会有完全一致的意指,两句话永远不会有完全一致的意义。于是,被抽掉内容的风格失去了意义,风格学命定地被消解在语言学中。

我们前面曾经提到斯坦利·费什对接受理论的极端批判态度。对

---

① 斯蒂芬·厄尔曼(1914—1976):英国语言学家、语义学奠基人之一。其著作有《语义学引论》等。

② 格雷厄姆·霍夫(Graham Hough):其著作有《文学与风格论》、《意向与经验》、《关于文学革命的思考》、《现代主义抒情诗》等。

于风格学的基本原理——同一内容可以拥有不同的表达方式,或不同的表达方式可以表达同一内容——斯坦利·费什在1972年和1977年的两篇文章中做了毫不容情的批判:他认为,风格学的基本原理属于循环论。该原理允许两步走策略,但通过分析,它的两个步骤不可分割且相互矛盾:

——先借助(语言学、修辞学、诗学)描写模型提取某些形式化图式;

——然后对这些形式化图式进行诠释,亦即将其判定为可切分之意义的表达单位,这些意义也可用别的方式来表达,别的表达方式对其不一定需要映射(如皮尔斯术语中的象似符和指索符),只需表意(如皮尔斯的象征符)。

费什在批判接受理论时曾认为"隐性读者"乃作者变种,阐释必然高于文本。他此刻的说法与之相近。风格学的做法之所以属于循环论证,属于悖论或谬论,是因为在风格学中,描写与阐释之间的衔接或过渡是任意的,阐释必然先于描写。人们只描写预先经过阐释的材料。于是,为描写服务的关于关联性范畴的定义预先受到了某种隐性阐释的操纵:

> 描写行为本身——费什强调说——是一个阐释,风格学家从不直接接触一个有着独立定义(即客观定义)的事实。虽然大家假定形式主义乃其分析之理据,[……]但与它所要解释的诗词一样,二者皆是阐释性的建构:[……]阐释建构与语法建构其实是同一种活动。(Fish, p. 246)

尽管海德格尔早已预计到上述类比并表示反对,费什还是认为阐释圈是恶性循环。继海德格尔之后,斯皮策重申:"'阐释圈'并不意味着围绕已知知识原地打转;它绝非踏步不前。"(Spitzer, p. 66)此类言论后来被看作纯粹的否认。恢复他者的相异性,重建被时间或距离异化的价值,这种为理性甄别之批评所服务的方案无法抵制分离法,后者确信个体与群体的独立身份。

其反对者如费什一再声称，风格研究建立在两个不可调和的假设上：

——形式与内容的分离有助于切分出一个形式部件（进行描写）；

——形式与内容的有机联系有助于阐明某个风格现象。

从本质上讲，被语言学家和文学理论家们视为荒谬的和站不住脚的，是作为传统风格概念基础的二元对立。风格理论的核心问题是思想与表达的二分，于是同义现象成为可能，这也是语言学家和文学理论家们选定的靶子。如同内与外、身体与衣服等常见的二项对立给我们的启示那样，这种表达概念假设了某种可与表达截然分开的内容的存在。于是表达成为工具，起补充与修饰作用，语言则使用各种表达手段来传达思想，甚至不惜走到滑稽漫画的地步：比如说关于《人与作品》的某些观点和专项研究，该书的最后一章对"作家风格"进行探讨，其实质当然是思想，思想先于形式。

内容与形式——西方思想中老生常谈的二分——最早出现在亚里士多德的理论中：*muthos* 和 *lexis*，前者是故事或主题，后者是表达 (*Poétique*, chap. XX‐XXⅡ)。亚里士多德讲过，表达是"以名示义 (*hermèneia*)"(1450b 14)。继修辞学而起的风格学或隐或显地延续了 *inventio*(立意)与 *elocutio*(表述)的二分逻辑。巴利让"知识"与"情感"形成系统对立，他说："风格学研究那些按情感内容组织起来的语言表达现象，即语言对情感现象的表达，以及语言现象对情感的作用。"(Bally, 1951, p. 16)

坚决反对上述的二元逻辑，20世纪60年代新兴的语言学描写试图建立一门统一了语言和思想的风格学，或者说建立一门颠覆旧风格学方法之公理的反风格学。在一篇著名文章《思想范畴与语言范畴》(1958)中，本维尼斯特认为，若没有语言，思想将变得模糊混沌，以致无法表达。那么，如何"将思想理解为有别于语言形式的内容"呢？本维尼斯特断言："语言形式不仅是传播的条件，首先还是思想实现的条件。

我们所知的思想只能是纳入语言框架的思想。"（Benveniste，1966，p.64）

思想与语言密不可分，这一观点被哲学和关于文学理论的现代语言学反复强调，一个新的老生常谈，似乎宣判了风格研究的死刑，因为支撑同义现象的传统原则已然寿终正寝。以所谓的思想与语言不可分割的名义——我们已经见到文学理论家用这种观点来研究作者、读者和外部世界——牺牲风格与风格学。对风格学的质疑将关于文学语言的研究导向两种截然相反的方向：一种据说是客观的、系统的关于文本的语言学描写，不带任何主观评述，仿佛真有可能这样描写似的；另一种我称之为"深层"风格学，它连通了形式、主题、情结和心理，在阐释上是开放的。一个悖论，与巴特重塑修辞学的悖论一样耐人寻味：文学文本的语言学描写与深层风格学引导我们回归风格。

标准、偏离、语境

斯坦利·费什指出，风格学存在着循环论证的问题：阐释预设描写，描写又预设阐释。为了摆脱这一困境，受语言学影响的文学理论工作者曾这么设想：不诠释抽取的特征，不考虑其意义和含义，只追求穷尽性进行"全面"描写，这是否就足够了呢？在形式研究上最深入、最有名的是雅各布森和列维-斯特劳斯合写的那篇《猫》(1962)，它是所有关于文学文本的语言学描写的参照范本。然而，不出所料，反对意见应声而来。1966年后，这一没有对象的方法让里法泰尔声名鹊起。从文学角度看，语言学描写的范畴并不必然贴切，里法泰尔在反驳中说了一句耐人寻味的话："对某一诗歌的任何语法分析都不可能给我们超出该诗语法的东西。"（Riffaterre，1966；1971，p.325）

结构主义语言学试图废除、整合和超越风格学，用对诗歌语言的形式研究与客观描写取代对诗人风格或多或少有些随意和无聊的评论。

里法泰尔的指责涉及雅各布森和列维-斯特劳斯所使用的语言学范畴在文学领域的关联性（relevance）或有效性。这两人的描写优美得体，对穷尽性的追求令人赞叹，但用什么来证明他俩揭示的结构不仅具有语言学性质而且具有文学性质呢？何以证明读者能参透这些结构？何以证明这些结构具有意义？此时涉及的仍然是语言与文学之间的介质问题，其目的是要消解某种极端的选言命题。语言学描写事实上是否具有文学性质？换言之，在语言与文学之间是否存在一个层面，它可以让某一语言特征在文学层面上同样有意义，即让读者认为它有诗意？

传统上讲，"标准"与"偏离"这对连带概念有助于解决语言学特征在文学领域的关联性问题。大体说，风格是诗歌的凭证，差异是语言使用之必然。但是，对雅各布森来说，风格概念不复存在，规范与偏离也与之偕亡。根据雅各布森所绘制的文学交流功效图，风格分布在两个功能上：来自发话者的语言的"表情"或"表达"功能，为信息服务的"诗意"功能。那么如何分析表情功能呢？雅各布森没有提到。诗学是否探讨"诗意"功能而不涉及其他？雅各布森也没有提到。由此看来，没有一个参照标准能让我们对表情功能和诗意功能进行评估。

里法泰尔面对的问题与巴特遇见的问题比较相似：在不借助标准与偏离这对二元对立的情况下拯救风格概念——里法泰尔当时尚未摆脱这一追求。二元对立其时已令人反感，标准与偏离亦然，因为它们最终还是会回到语言与思想的对立上去。在同期另一篇文章《风格分析批评》（1960）中，里法泰尔非常巧妙地摆脱了这一难题，他认为："'风格'，就是在不损伤语言结构所传递之信息的情况下附加的强调（即表意、表情或审美上的夸张）。"（Riffaterre, 1971, p. 30）这个初步的定义没改变什么，与传统的风格概念完全一致：风格是在不改变认知意义的情况下对意义的补充，是对语义常项的一种装饰性变动，是借助其他手段——主要是表达手段——对意义的一种彰显和强调。显然，这还是视风格为衣服、道具或脸谱的老说法，该说法已饱受指责。没有标准怎么谈偏离？没有潜在常项又如何谈变体？里法泰尔对此有一段比较玄奥的说明：

> 一个拙劣的定义，它似乎预设了一个基础意义，比如说零度意义，大家必须根据它来衡量意义的强度。若想得到上述基础意义只能通过翻译（这将破坏作为对象的文本）或意图批评（这将用关于作者的种种假设来替代写作现象）。（*ibid.*, p. 31）

里法泰尔坦率承认，自己对风格的初步定义在二元论对手眼中漏洞不少，于是他很快收回了上述言论。将风格理解为偏离或夸张，这就预设了一种标准或一个参照，换言之，预设了一种有待强调或突出的东西：一个意图，一种外在于语言的思想，或一种先于语言而存在的思想。于是，他又做出修正：

> 我想到一种经过衡量的强度，分布在陈述的每个点上（横组合轴上）；文本中的每个词，在纵聚合轴上多少都会"强"过那些可替代它的同义词：在意思上它们没有区别。不过，词的意思，不论位于哪一语言层面，在文本中都必然会受上下文的影响（反馈）。

这个说明还是不太明确。将风格定义为夸张便预设了同义原则，他极力想避免这一点但又做不到，有话为证："可替代它的同义词。"他试图从聚合滑向组合，将后者看作夸张的参照或尺度。衡量夸张，当然可以参照（纵聚合轴上）缺席的同义词或替换词，但也可以——同一个夸张或另一个——通过横组合之上下文，总而言之，决定它的还是上下文。如此一来，里法泰尔完成了一个过渡：不再是相对标准而言的偏离，而是相对上下文而言的偏离。他不否认风格取决于"缺席"成分（同义或近义关系），却坚持认为"在场"关系（他后来的术语是"不合语法性"）强调（或突出）了风格。文中的偏离（上下文或"共文"的不合语法性），指的是对照之下的差异（即传统意义上的风格特征）：

> 更为明了、更为省事的说法是：风格是一种凸显，它要求读者对某些语句成分给予特别的关注。读者忽略这些成分就必然曲解文本，他不弄清其意义和特征（即通过理性分析，在其中认出某种艺术形式、某种人格、某种意图等）就一定陷入茫然。

传统意义上的风格不肯下场，它被理解为对（表层）阅读效应的（深层）理性分析。风格是预期有误，否则就没有风格。里法泰尔的说明告一段落，他又回到他前面的、现已得到平反的定义："总而言之，语言所表达的是风格强调的东西[……]。"风格的定义问题——一种夸张，风格出现前不存在的夸张——在引入读者后被解决了。风格的对立面不再是指涉，因为允许我们察觉这类凸现的背景，在没有凸现的情况下也是无法察觉的。

巴特是否意识到自己以体裁之名复活风格，我们不得而知，但里法泰尔是蓄意为之，将风格重新定义为偏离或装饰，乃其深思熟虑的产物：偏离与装饰涉及所偏离、所装饰之物，但其本身始终是偏离和装饰。里法泰尔所要复活的并不是风格的古修辞学义，即"维吉尔之轮"，而是风格的传统经典义，即"表达"修辞义。在该义中，比喻和意象占据舞台，风格的三分难以成立。后来，里法泰尔尽量避免谈论风格，风格一词成了他避之唯恐不及的词汇；他以前口中的"结构风格学"让位于"诗歌符号学"。自语言学成为参照科学之后，他甚至直接借用"不合语法性"这个术语来指代被上下文定格为偏离的风格。不过该概念的意义并没有发生根本的改变，还是可以用来对偏离现象进行分析，尽管"风格学"一词已经被献祭给当时的大神们。

作为思想的风格

对文学文本进行客观的穷尽性的语言学描写,这个乌托邦在20世纪六七十年代蛊惑了不少心诚的学子:仿制雅各布森和列维-斯特劳斯《猫》的文章充斥文坛。另一种诱惑是沿用艺术史认可的定义,将风格视为个体或群体所特有的世界观。支持对风格这一理解的不乏著名的先驱。这种理解与德国的浪漫主义或后浪漫主义语言学传统不无关系,这种传统从约翰·赫尔德(Johann Herder①)、威廉·冯·洪堡(Wilhelm von Humboldt②)到恩斯特·卡西尔(Ernst Cassirer③),一直将语言、文学和文化混为一谈(Combe, pp. 78 - 79)。这种语言哲学在印欧语比较语言学家之间广为流传,在法国语言学家中间也十分流行,比如,安托万·梅耶(Antoine Meillet④)和古斯塔夫·纪尧姆(Gustave Guillaume⑤)。本维尼斯特在其关于语言范畴和思想范畴的文章中似乎因袭了这一传统。二元论这一暗礁就这样被避开了,因为某一与索绪尔思想颇有渊源的理论认为,语言是思想的尺度,不是表达思想的手段。同样是印欧语言学家的索绪尔认为,语言意味着将现实同时切分为声音单元和意义单元。

---

① 约翰·赫尔德(1744—1803):德国思想家,康德的学生。其著作有《论语言的起源》、《1969年游记》、《批评之林》等。

② 威廉·冯·洪堡(1767—1835):德国思想家、教育家、外交家、比较语言学家和语言哲学家。其著作有《论国家的作用》、《论人类语言结构的差异及其对人类精神发展的影响》等。

③ 恩斯特·卡西尔(1874—1945):德国哲学家、教育家、作家。其著作有《人论》、《神话思维》等。

④ 安托万·梅耶(1866—1936):法国语言学家。其著作有《印欧系语言比较研究导论》、《历史语言学中的比较方法》等。

⑤ 古斯塔夫·纪尧姆(1883—1960):法国语言学家。其著作有《语言学教程》等。

对风格的部分思考重新拾起了艺术史和人类学赋予风格的含义。我曾指出斯皮策的风格学或主题批评与上述风格概念的一致性。在语言学对风格学提出质疑时,让·斯塔罗宾斯基(Jean Starobinski①)为风格学提供了一个备选方案:"在文学批评上,现象学与心理分析的交汇研究可被称为风格学。"(Jean Starobinski, 1964; 1970, p. 282)在加斯东·巴什拉(Gaston Bachelard②)与日内瓦学派的探索中可以看出,建构文学文本的精神现象学分析,仍将是风格学向语言学争取的权利。

斯皮策的风格学,建立在思想与语言无论从群体角度还是从个人角度看都是有机统一的观点上。其友人卡尔·浮士勒(Karl Vossler)曾提出国民文学整体与民族语言整体之关系的问题,斯皮策1948年也提出了一个类似的问题,他的问题没有那么雄心勃勃,其表述如下:"可否根据一作家的个性语言来认识他的精神世界?"(Spitzer, p. 53)通过风格研究,借助作家风格偏离所体现出的作家个性,斯皮策希望"在语言学与文学之间搭建桥梁"(*ibid.*, p. 57),以便调和这一对反目成仇的文学老兄弟。所以对他来说风格根本不是作家有意识的选择,而是一种偏离,风格体现了"精神之源",一种"心理之根":

> 阅读法国现代小说时,我养成一个习惯,即划出那些与普通用法相比其差别令我耳目一新的表达;通常,划出的段落一旦被摆在一起,似乎就具有了某种内涵。我寻思能否为所有或几乎所有这些偏离建立一个公分母:大家难道不能为标记作家个性的不同风格特征找出其精神基元与心理根源吗?
>
> (*ibid.*, p. 54)

相对于阐释而言,风格特征呈现为文化在语言中的一种个体或群体征

---

① 让·斯塔罗宾斯基(1920—):瑞士哲学家、文学理论家、作家。其著作有《抚爱与皮鞭:安德烈·谢尼埃》、《孟德斯鸠》、《活眼》等。

② 加斯东·巴什拉(1884—1962):法国哲学家、文艺理论家。其著作有《火的精神分析》、《空间诗学》等。

象。同样，在艺术史中，风格牵扯有助于重构世界观的某一细节、某一片段、某一细微或次要的迹象。斯皮策的模型又回归到了金兹堡主张的猎手、密探或占卜师上。通过对所有现象的想象或预测，斯皮策以阐释圈为依据，将阐释圈看作在边缘细节与创造性原则之间进行往返的研究。斯皮策的每一风格研究都"对语言细节投入不亚于对艺术作品整体意义的重视"(*ibid.*, p. 64)，他力求找出某种群体和个体世界观，找出关于作品机理的某种虽非理性但具有象征意义的思想。

这种视风格为思想或意向的理论，与普鲁斯特的观点相比，具有明显的相似之处。但是，整体上讲，所有主题批评均可被视为风格研究，因为后者也建立在语言与思想之间的深层统一性这一假设上。在意图（见第2章）方面，这一基础是作者论拥戴者的新堡垒，因为一旦我们不再相信"作者的清醒意图"，作者就被等同为"他不确定的思想"。通过风格，大家为同一对象找到了一种不落窠臼的批评方式，试图与极端理论划清界限，不偏不倚，站在传统的作者风格学追随者与新兴的文本语言学支持者之间。不过，这一做法最后成为这两方争斗的牺牲品，它要么被斥为舍弃了文学本质，要么被斥为与理想主义纠葛不清，暗中仍在延续二元论思路。例如，斯皮策的风格学，主题分析或虚构世界的人类学研究，这些形形色色的深层风格学变体是否像克莫德谈及接受美学时所说的那样，会让文学理论重新回归到常识之中呢？不幸的是，这无异于又让它们成为别人声讨的对象。

引用其他参照，似乎会让二元论变得更加复杂，即让它苟延残喘。现在，乔治·莫利涅（Georges Molinié①）就借用耶姆斯列夫的理论——内容的实体与形式、表达的实体与形式的划分——来界定风格学研究对象。莫利涅认为，风格并不涉及内容的实体（作家的意识形态），只是有时涉及表达的实体（物质性的声音），但是，它一直与内容的形式（说

---

① 乔治·莫利涅(1944—)：法国文学理论家，长于文献学、风格学研究。其著作有《风格学》《情色》《符号风格学》等。

理衔接）和表达的形式（形象及文本分布）相关（Georges Molinié, 1989, p. 4）。如此一来，便是主题（内容之形式）中有风格，风格（表达之形式）中有主题了。在语言学之外恢复风格学的地位是一种明智之举，但这并不能确保它不会因二元论而受到攻击，因为"立意"与"行文"在修辞学中的区别始终是第一位的。

风格归来

我们应该承认风格没有亡于语言学攻击。大家一直在谈论风格，当大家将风格简化为（个体与群体二极之）一极时，另一极立即会奇妙地出现：比如说初期的巴特在语言与风格间发明了"写作"概念，初期的里法泰尔将差别重新升格为不合语法性。有一点能够证明风格的确存在，就是模仿名家独特文笔的种种文章，普鲁斯特的，勒布（Reboux[①]）的，穆勒（Muller[②]）的，另外还有格诺的风格练习：句子表达丰富多彩，词汇选择变幻无穷，从经典语言到滑稽俚语，应有尽有。

然而，"表达方式不同，表达的东西就有所不同"。我们如何应对关于同义现象的这一令人汗颜的指责呢？传统的风格概念预设了同义概念。只要存在风格，就存在关于同一事物的不同表达：这就是它的原则。风格意味着在说同一个事物时有可能选择不同的表达方式。有可能始终明确区分主题（所说之事）与风格（如何说）而不陷入二元论陷阱吗？同义现象多次遭到语言学和语言哲学的诟病，它有可能被重新审视以让风格获得理据吗？如果是的话，风格将大功告成，或近乎大功告成。

文学工作者很难接受折中之法（辩证思维非其所长）：作者意图不

[①] 勒布（1877—1963）：安德烈·阿米耶（André Amillet）的笔名保罗·勒布，法国作家、文学评论家。其著作有《若赛特》《情书的撰写艺术》等。

[②] 穆勒（1877—1914）：夏尔·穆勒，法国作家、新闻记者。

是文学现实就是幻象,再现的现实不是文学现实就是幻觉(但人们应以哪种现实之名义来揭露上述幻象呢?),风格不是文学现实就是幻象,换一种方式来表达同一个东西就已经是在表达另一个东西。正如斯坦利·费什所做的那样,大家身不由己,皆试图摆脱风格赶紧抽身。只要风格消亡,一切都将好办。

在《风格的地位》一文中,哲学家纳尔逊·古德曼花了几页篇幅解决了上述难题。其方式既简捷又优雅,有点像哥伦布竖鸡蛋,能想到就成。他声明,所谓风格之本的同义现象,其实并不是风格存在的不可或缺的理据。同义现象固然充分地保证了风格的存在,但做此规定有点过分,代价过高。风格存在的必要条件事实上要宽松、随便得多,没那么严格。古德曼是这样看的:"风格与内容之间的区别并不意味着同一个东西一定可以用不同的方式表达。它只意味着所说之物与表达形式之间并不存在严格的伴生关系。"(Goodman,1990,p.36)换言之,为拯救风格,大家没必要非得相信绝对严格意义上的同义现象的存在,只需认为相似的东西可以有多种不同的表达方式,或反之,多种不同的表达方式可以表达种种相类似的东西。风格之假设,简单地说,即内容变化与形式变化——在广度上、张力上——并不是等值的,反之亦然;换言之,内容与形式的关系绝不是一一对应的。

写作上的模仿证明了风格的存在。普鲁斯特的仿制之作明显不同于格诺的风格练习,即使他们谈的几乎是一回事;声称已掌握造钻石秘密的骗子的故事,或巴黎公交车上与一位戴软檐帽小伙子的邂逅。反过来,同一作者、同一流派或同一时代的作品,即使主题相去甚远,也会呈现出一定的共性。主题相同或基本相同的数部作品可以拥有不同的风格,主题不同的数部作品可拥有相同的风格。因此,古德曼说:"不要以为拿掉了同义现象,风格与主题就不再是一家人了。"

关于同义现象的要么有要么没有的绝对说法属于自杀式逻辑,彻底摈弃作为风格成立的充分必要条件的同义原则,并不能抹去主题与风格的区别,抹杀所说与如何说之间的差异。简言之,"对于同一个东西有多种说法",这种表述明显不够严谨,过于天真。根据上述推理,我们用另一个更为宽松、更为婉转的假设来替代之:"对于大致上一致的东西有着好几种不同的表达方式。"

风格与样例

古德曼认为,这一修正应该是把风格定义为"署名"现象的基础。从19世纪末开始,"署名"这个术语在艺术史中无处不在,学科对象由它界定(识别鉴定,确认作者),这种情况至少延续到"署名"说被理论打败为止。"署名"在那段时间内即使没有主导文学研究也主导了艺术史。将风格视为"署名"现象,这不仅适用于个体,也适用于流派或团体:它有可能帮助我们确定作品的作者或流派。"署名"现象即某种家族特征,即便无法对其进行仔细的描写和分析,我们也能认出它来。古德曼认为,"风格,就是[……]用来界定个人或群体属性的综合特征"(ibid., p. 44),后来在回应别人的指责时他又进一步说:

> 按我的理解,某一风格特征,就是某一作品以样例形式体现的特征,就是在众多作品的意义集合中为某一作品定位的特征。构成风格的,既非某一艺术家或其个性的特征,亦非某一地点、某一时代及其特点的特征,而是这些作品的集合特征。(Goodman, 1984, p. 131)

简言之,风格就像一个装着指索符(*indice*)的锦囊,它能回答下列问题:谁? 何时? 何地?

不过,如上面引文中所显示的那样,与皮尔斯的"指索符"相比,古德曼更偏爱"样例"的说法。他认为,指涉主要分为两类:一类是指示,"将某一词汇、形象、标签(*label*)应用于一种或数种事物",总之就是皮尔斯笔下的象征符（约定俗成的符号），如"犹他州"（Utah）表示一个州，"州"表示美利坚合众国50个州中的一个单位；另一类是样例，皮尔斯的（体现因果关系的）"指索符"和（体现相似关系的）"象征符"在此不复存在。样例是样品（sample）特性的一个参照体例，就像裁缝出示的样品布料，显示了布料的颜色、质地、纹理、厚薄，却与衣服款式的尺寸或形状无关（Goodman，1990，pp. 55 et 59）。样例一定属于某个类别，一定拥有某些特性，所以它可以成为上述类别或上述特性的样品，反之上述类别或特性也可以被它所代表（样例是其谓词并指向它们）："如果 x 是 y 的样例，那么，y 就是 x 的外延。"如果我的羊毛衫是"绿色"系列的样例，那么"绿色"系列就是我羊毛衫颜色的外延，"绿色"是羊毛衫的谓词（我的羊毛衫是绿色的）。

有必要进一步谈谈这一细节，因为热奈特借用了古德曼的"风格"和"样例"这两个概念，并将其联系在一起，甚至等同视之。在《虚构与行文》（1991）一书中，他利用上述概念设计了一个"关于风格的符号学定义草案"，以调和诗学与风格学。热奈特认为，样例涵盖了诸如"表达"、"引申"、"内涵"等现代风格概念的所有用法。因此，他提出了一个新定义："风格是话语的样例功能，与话语的外延功能相对。"（Genette, p. 115）如是乎风向转了，领头人之一已经发话，一直要灭掉风格学的诗学或符号学开始为重建风格学而努力。

样例固然可以涵盖风格，可令人烦恼的是它还涵盖了大家通常不纳入风格范畴的其他形式特征（如体裁：文本是其所属体裁的样例），另外还包括内容甚至是内容实体的某些东西（话语是其意识形态的样例）。《追忆似水年华》的主人翁对好友圣卢说："人是观念的造物，人的数量远远超过观念的数量，所以观念相同之人皆雷同。"（Proust, 1988, p. 404）圣卢则急不可耐地剽窃了他这一观点。外延与样例让人想到意义（meaning）与含义（significance），赫希曾试图用意义与含义的对立来为意图平反，继续将其视为阐释之标准（见第2章）。结果，热奈特也不得不进行一番他不擅长的阐释学思考：

> 语言纯洁主义者奋力抗争[……],要求在阅读中严格尊重历史,排除所有混淆时代的误读:对以前的文本,读者应该像文本同时代读者一样谙熟文化背景和作者意图。这种观点在我看来极为过分,无论从哪方面来说都是一种幻想。
> (Genette, pp. 146 - 147)

古已有之的争论,热奈特回到了正常人的立场,赫希所捍卫的立场,同时也是亚里士多德的中间立场:

> 我觉得,最正确的态度是既要承认意图所宣示的原义价值(外延),又要承认历史所赋予的风格价值(内涵)。[……]总之,他们那纯粹是说来容易做来难的口号:语言纯洁主义者视其为外延,取决于作者意图的外延;放纵主义者视其为样例,取决于读者关注度、作者永远无法完全控制的样例。
> (ibid., p. 147)

话说得很妙,正好证实了赫希的观点。赫希认为绝大部分读者,包括专业读者,都相信原义,都区分原义与现实含义,并将后者视为文本的潜在运用集合或者他可以给出样例的类别和特征集合。不过,这同时也证明了样例概念要比风格概念更为宽泛。

因此对于"话语样例侧面"必须有所限制,热奈特要么认为它接近于与透明性相对立的晦涩性,要么认为它接近于与及物性对立的不及物性,他还将其比作"话语的可感知侧面",换言之,样例即话语的表达(ibid., p. 135)。但可谓是才出狼窝又入虎口,打着风格的旗号,他们似乎又拾起了雅各布森的诗性功能,依附于信息的诗性功能,甚至不惜对"条件式"(régime conditionnel)文学做出让步。"样例功能"和"外延功能",这两个新名称很容易让人想到诗性功能和指涉功能。总而言之,用样例界定风格,不是过宽就是过窄。

此种努力还是值得赞赏的,因为它有一个不容置疑、不可忽视的新意,即一旦样例功能取代了诗性功能,被诗学和符号学敬而远之的语义学、语用学就势必会登上前台。在赞赏斯皮策与阿比·瓦尔堡(Aby Warburg①)时,热奈特有一个意味深长的结论:瓦尔堡的名言"上帝在细节中"曾经是艺术史家的座右铭,今后也应成为风格学家的座右铭。

标准或范型

绝对主义原则否定风格(谈一件事有多种方式),我们可以用另一个更灵活的原则取代之,为风格学恢复名誉(可以用不同的方式来谈非常相似的东西,反之,非常相似的方式可以表达相当不同的内容)。这么说有点拐弯抹角,有点虚伪,这难道不是又回到传统风格学、巴利的老路上去吗?它所区别的难道不是基本不变义和挂在风格名下的附加义,即装饰、表达或表情的含义吗?构成对立的难道不还是指涉的语义常项与多少相当于同义项的风格变量吗?或许吧,不过上述"多少"的说法颇有余味,让风格概念摆脱了思想与语言的刻板二分。再者,谁又曾说过风格之变量是标准的同义词呢?唾弃风格之人在攻击幻影或稻草人,他们要求过高以至于无法彻底打垮风格。

受本维尼斯特《语言符号学》(1969)一文的影响,现代语言学家们曾对索绪尔传下来的二元概念"语言与言语"重新思考。一如语言学,风格学研究也发生了一次类似的偏移。巴利沿袭索绪尔的思路,将重点放在了风格的社会性与系统性上,他研究风格的出发点是语言而不是言语。随后,追求对文学文本进行穷尽性描写的语言学家们将风格简单化为认识文学共相的一种手段。然而,言语回潮,例如风格学,成为语言学研究的首要对象:相对于潜在的语言能力,言语学和风格学更关注语言行为,其后的语用学——发展了20年的语言学分支,则完成

---

① 阿比·瓦尔堡(1866—1929):德国学者。其著作有《达文西》、《风景进入艺术》、《裸艺术》、《伦勃朗与意大利文艺复兴》、《文明的脚印》等。

了二者的调和。

　　上述种种转变造成一种印象,仿佛求同还是求异,此类贯穿整个语言学史的争吵永远不会结束:研究风格,先是因为它反映共性或社会语,不久又是因为它代表个性或个人语,然后又是它折射社会语,如此等等。当然,没有上述两个方面,风格作为语言事实是很难想象的。再说,常量与变量、规范与差异——两个无法真正摆脱的术语——一般与个别,继本维尼斯特之后,现代语言学家和风格学家已对二者间的关系重新进行过深入的思考。正如在语言学中真实"存在"的唯有言语一样,在风格学中真实"存在"的唯有个人风格。所以,诸如语言或体裁这类普遍概念应被理解为权宜的范型,讨价还价后生成的标准,而不能被理解为先于交易而存在的规范与标准。语言没有真实存在;言语与风格、差别与变体是语言的唯一现实。大家所说的常态、规范、标准乃至普遍性,永远只是权宜的、有待于修正的浓缩性名称。

　　风格的三个方面就这样被凸显出来,或者说它们从未真正消亡。它们似乎是不可或缺和不可逾越的。不管怎么说,它们成功地顶住了文学理论的狂轰滥炸:

　　——风格是某一(基本上)固定内容的形式变化;

　　——风格是作品典型特征的集合,它有助于我们(靠分析还不如说是靠直觉)识别并确认作者;

　　——风格是在多种"文笔"中做选择。

　　难以大行其道的反而是那些被视为范本、标准或经典的风格,它们已遭遗弃。除此以外,风格的存在难以撼动。

第6章 历 史

我要阐明的最后两个理论焦点——"历史"与"价值"——与前面的要素相比,性质不太一样。前五种要素与文学位于同一平面,一定会出现在哪怕是最简单的文学交流中:哪里有文学,哪里就有它们。只要我吐出阅读书页中的一个词,只要我开始读书,就一定会涉及它们。描写一首诗、一部小说,或随便哪个文本,无论我选择优先考虑作者观点还是优先考虑读者观点,任何文学研究都必不可少地要进行定义或假设,假设文本与文学、文本与作者、文本与世界、文本与读者(例如此时的我)、文本与语言之间的种种关系。通过分析上面五种关系,我们澄清了下列关于文学的基本概念:"文学性"、"意图"、"再现"、"接受"、"风格"。这也是——在对抗世俗观念的十字军远征中——上述关系何以成为文学理论首选研究对象的原因。

随后的这两个概念没有前五个那么重要,与前者不同,它们描写的是文本之间的关系,对文本进行历时性或共时性比较,要么考虑时间因素("历史"),要么考虑("价值")。因此,这两个概念在某种意义上具有"元文学"性质。不过,前几章我们没有专门考察文学文本的独特性,反而多次提到它的多样性,特别是在分析文本与世界的关系时,我们还说过互文性替代了关于客观世界的指涉。不过目前的攻击角度变了:准确地说是一种"比较"的视角。它观察激活一切文学话语的选择机制,并从文学史和文学价值的角度来观察所有文学研究尤其是文本间的关系。所有关于文学文本的评论都必将涉及文学史范畴和文学价值范畴。这当然也包括所有的文学文本,不过从本书开头到此为止,所提的问题基本上都是元批评性质的,亦即元批评性质的理论思考(我们思考了大众所表达的种种文学观,文学观人皆有之,没有这些观念文学无从谈起)。我们争取提炼出一些关于历史、关于价值的假设,或者说,可能的话,区分文学的"历史"话语和"批评"话语。

为了从时间维度上考察文本间的关系——如何转化与变动?为何一定会变异?——我选用了"历史"一词。用别的词也不是不行,比如说文学的"运动"、"演变"等。不过,历史一词,对我而言,较平淡,较常见,特别是它比较中性,因为对历史而言变化无所谓进步或倒退,对变化的种种褒贬都是人为的。使用"历史"一词或许有一个不便之处,即将我们的思考导入一个渠道:它不仅暗示我们从时间维度上考察文本彼此间的关系,还暗示了历史背景之于文本间关系的影响。然而,这两种视角的互补性要大于其矛盾性,总而言之,二者是不可分割的:历史背景通常有助于解释文学运动。最常见的说法是:文学在变,因为其历史环境在变。不同的文学对应不同的时代。瓦尔特·本雅明(Walter Benjamin①)1931年在一篇名为《文学史与文学科学》的文章中指出:

> 任何学科的现状,不仅是该科学历史发展链中的一个独立环节,更是当时整个文化的一个元素。不说明这一点,就不可能对该学科当前的状态进行定义。(Benjamin,1971,p.7)

此话用在文学上恰到好处。以"历史"为名,歧义不可避免,却为我们所欢迎:历史既指文学"动态"又指文学"背景"。这一歧义正是文学与历史之关系的歧义(文学的历史,历史中的文学)。

---

① 瓦尔特·本雅明(1892—1940):德国文学家、文艺批评家。其作品有《机械复制时代的艺术作品》、《巴黎:19世纪的首都》、《单行道》、《波德莱尔——发达资本主义时代的抒情诗人》等。

文学与历史,对其(具有双重意义的)关系的思考还可以与其他一系列人们熟悉的对立联系起来,如"模仿与创新"、"古与新"、"传统与决裂"、"古典主义与浪漫主义",或按接受美学的说法,"期待视野与审美间距"。这些概念在某个时期都起到了描述文学运动的作用。文学是模仿还是创新？是顺应读者的期待还是修正读者的期待？这里,文学运动问题——不过我也曾反复强调这些对立密切相关,构成一个系统——不仅涉及意图、风格或接受概念,还涉及价值,尤其是现代价值最为看重的创新概念。

分析文学和历史(作为背景和作为运动)的关系,熟知的方法就是从两个习惯上相反的立场出发,或者从两个老生常谈入手。一种立场否认二者具有关联性,另一种认为文学就是这种关系的反映:前者的代表有古典主义,或泛泛而言的形式主义;后者的代表有历史主义或者实证主义。与理论所揭露的其他幻象(意图幻象、指涉幻象、情感幻象、风格幻象)如出一辙,"生成幻象"的含义就是相信历史根由应该且能够解释文学。为确立文学的自主性,大多数理论所采取的第一个必不可少的步骤,大概就是唾弃历史。文学理论指责文学史将文学埋葬在历史过程中,完全忽略了文学的"特性"(即它跨越历史的特性)。与此同时,文学理论还埋怨——此说法不太一致,它一定不是出自同一批理论家之口——文学史并非真正意义上的历史,因为它没有将文学纳入历史进程,只是满足于为其标注年代。(视文学为文献的)历时视角与(视文学为建筑的)共时视角似乎无法调和,只有极少例外,例如俄国形式主义就曾尝试让某段文学史从属于某个文学理论(文学性即共时加历时的陌生化),不过立即有人指责说他们的历史并非真正的历史。

尽管文学理论与文学史在大多数情况下互不待见,但我们还是不得不承认作品之差异至少部分地与历史发生关系。因此,所有理论——所有文学研究——也就不得不面对下述问题:对历史差异如何发觉、定义和定位。一种理论,比如说语言学倾向的或精神分析倾向的理论,完全可以拒绝将历史当作文学的阐释框架,但它无权完全无视文学所必然具有的历史维度。另一方面，文学的演变与文学的背景化当然不是一回事，两个问题无法互相取代，但我们也不应该一直无视它们之间的亲缘关系。在进入文学理论与文学史当前的争论之前，我们还是退一步为妙，先简短地回顾一下文学研究中被归在文学史名下的都有哪些形式。

"文学史"与"文学的历史"

19世纪，历史和文学获得了现代定义。此前已有人撰写过关于作家生平和书籍的编年史，这其中包括美文的和科学的作家，比如说由道姆·里维(Dom Rivet)、道姆·克雷芒赛(Dom Clémencet)以及圣摩尔修道会(1733—1763)本笃会修士们编写的巨著《法兰西文学史》。受德国浪漫主义影响，斯塔埃尔夫人(Mme de Staël①)的《论文学》(1800)开始关注宗教、习俗、法律对文学的影响。在那之前，文学作为依托民族情感的时代和社会的产物，这种历史意识在法国尚未出现。历史批评——浪漫主义的女儿——生来就是描写性的和相对主义的。它与绝对主义的、规定性的、古典或后古典主义的传统相对立，用超越了时间的标准来判断每部作品。它为文献学和文学史奠定了基础，而这两个学科一致主张：若想理解作家及其作品，就必须深入他们所处的历史情境中去。

秉承法国传统，圣勃夫在其《文学肖像》中用作家生平和他所属社团的状况来解释作品。泰纳的决定论颇有实证色彩，他用三个充分必要因素来解释个体，即"种族"、"环境"和"时代"。除了生平和社会决定因素之外，布吕纳蒂耶又补充了文学传统之决定因素，文学传统这一决

---

① 斯塔埃尔夫人(1766—1817)：法国浪漫主义女作家、文学评论家。其作品有《黛尔菲娜》、《柯丽娜》、《论德国》、《论文学》、《论文学与社会制度的关系》等。

定因素则表现为作用于作品又受其反作用的"体裁"。19世纪、20世纪之交,为反对同时代人的印象主义文评,受实证主义传统和爱米尔·涂尔干(Émile Durkheim①)社会学影响的朗松表达了建立一个客观批评的理想。他设计了文学史课,用来取代修辞和美文,该课程自1880中教方案②提出后进入高中,1902年大学改革后进入大学。修辞学要培养的明显是演说家阶层,文学史当然应该承担起培养现代民主社会之公民的责任。

我们说"文学史",也说"文学的历史"。朗松,作为法国文学史之父(不过他没有参加1894年《法国文学史刊》的创建工作),其职业生涯始于《法兰西文学史》(1895),该书曾为几代学子所熟知。"文学的历史"与"文学史"不是同义词,也不完全相互独立(朗松对二者的联系有过说明)。一部(法兰西)"文学史",就是一个概括,一个总结,一个全貌,一种普及读物;它通常不是一部真正的历史,而是按时间顺序排列的知名或不知名作家的生平,按19世纪初的说法,就是一部"总纲";它是一本中学或大学教材,或者是一本面向文化人的精美的(插图)书。继朗松的教科书之后,卡斯泰(Castex)、苏尔(Surer③)合著的教材与拉加德(Lagarde)、米沙尔(Michard)合著的(综合了历史与选读的)教材瓜分了法国的高中教材市场。随后,在20世纪60年代末,又涌现出一批多少带有颠覆性的教材。到了今天,敢于独自为一个民族写一部文学史的人越来越少了。当下承担此类编写工作的通常是集体,这样写出来的文学史表面上看来更具有多元性和客观性。

自19世纪末以来,文学史就代表了一门高深学科或一种研究方法,用德语说即"科研"(*Wissenschaft*),用英语说即"学术"(*Scholarship*):

---

① 爱米尔·涂尔干(1858—1917):又译为迪尔凯姆、杜尔凯姆等,法国社会学家,是社会学的三大奠基人之一。其主要著作有《自杀论》、《社会分工论》等。
② 1880方案:1880年议会立法确认,普通中等教育分为初中和高中两个阶段,学制7年,其中初中4年,高中3年。
③ 苏尔:保罗·苏尔(Paul Surer)。

它是文献学在现代文学中的运用(《法兰西文学史刊》一面世就试图在中世纪文学研究领域里与1872年创刊的杂志《罗马文萃》分庭抗礼)。以文学史为名,大家做了大量分析研究,否则不可能形成任何有价值的综述(任何文学史):还是在它的名下,本笃会修士的博学传统通过法国大革命后铭文与美文学院的接力传到了大学的手中。文学史之于文学是一种体系建构,它主要描写那些大大小小的作家、文学运动和流派,很少应用于文学体裁和形式。从某种程度上讲,文学史与历史因果论决裂,后者是19世纪在法国发展起来的历史哲学观,从圣勃夫到泰纳,再到布吕纳蒂耶。不过最后它往往会陷入起源生成说。

最后,文学史与文学的历史有着同样长远的追求,二者皆不认为已实现之,但这一追求是它们生存的理由:写出一部有关法兰西文学形成的宏大社会史,或写出一部文学法国的(包含书籍与阅读的)通史。

第二个区别:与作为总纲的文学的历史相反,文学史作为一门学科有着广义与狭义之分。广义上,文学史涵盖所有关于文学的旁征博引的研究和所有文学探索(见朗松主义在法国文学研究中的长期垄断)。它接近于文献学,即德国人19世纪所说的关于一般语言、文学、文化的考古研究,它以希腊、罗马以及其后的中世纪研究为模式,要求身临其境地去重建那个我们出于无奈不得不承认自己不理解的时期。如果说文献学是一门研究已逝文明的总学科,如果我们承认并接受自己与那个文明的文本之间已有距离,那么文学史就是文献学的一个分支。

文学史的核心假设是,作家与作品应被置于其历史背景中,理解作品的前提是了解其背景。勒南写道:"一部艺术作品只有被置于其背景框架内才有价值,所有作品的框架就是其时代。"总之,做文献学或文学史,就是去国家图书馆查阅珍藏本,而不是在自家火炉旁阅读袖珍本。做文学史是否仅限于去图书馆就够了?从某种意义上讲,是的。朗松认为,当你开始对封面上的署名感兴趣,当你赋予文本最低限度的历史背景,并放下文本去了解一点点历史时,你就是在做文学史了。

不过,文献学还有一个更为现代的狭义解释,即历史语法,对语言的历史研究。一边是文学大业的宏大社会史,一边是局限于历史语言学的文献学,二者之间空间广阔,但文学史仍然饱受争议。

文学史与文学批评

文学史在19世纪末被设定为大学课程,它要与文学批评划清界限,后者被判为教条主义和印象主义(前有布吕纳蒂耶,后有法盖)。人们追随实证主义反对主观主义,教条的批评只能是变相的主观主义。

上述争辩已然过时,其实更基本的对立是共时性与历时性:前者追求普适,认为文学具有古典人文关怀——所有作品皆并存于世,并存于读者面前,我们可以不考虑其历史背景和时间距离,将其当作当代作品来阅读(欣赏和鉴别);后者是相对主义的,将作品视为融于历史进程的按时序发生的东西。这就是建筑视角与文献视角之间的区别。然而,艺术作品既是永恒的,又是历史的。这也是其悖论之所在,不能只谈一面而忽略另一面:它是一个不断给人带来审美享受的历史文献。

文学史既指整体(广义:一切文学研究),又指部分(狭义:时间序列研究)。"文学批评"一词也是如此,有广、狭义之分:既指所有文学研究,又指与评判相关的那部分文评。此类混淆不清的确令人不胜其烦。故而,无论哪部文学批评史教材,都会为某些令人厌恶的文评(价值判断)留块位置。一如我们所见,这是一块布满陷阱的地带。

文学批评与文学史的区别在于是否有判断,这一观点说明了什么?人们有时会说,史学家证明A乃B之果,批评家强调A比B更好。前一个命题中没有任何主观倾向和价值判断,后一个命题中观察者参与进去并主动表态。前者是客观表述,后者乃价值判断。不过,上述划分看起来漂亮其实是站不住脚的。显然,前一个命题——如普鲁斯特的无意识记忆起源于夏多布里昂（Chateaubriand①）、奈瓦尔（Nerval②）和波德莱尔的诗意回忆——意味着选择。首先要弄清谁是伟大的作家？何谓文学谱系之轴？在一个世纪汗牛充栋的文学作品中，人们仅仅记住了夏多布里昂、奈瓦尔、波德莱尔、普鲁斯特以及某几个二流作家的名字。文学史潮起潮落，天才作家山外有山。年代、书名、传记固然是事实，但任何文学史都不会满足于仅仅给出一份编年表。根据文学史原则，我们必须做出一个基本选择：哪些书属于文学？朗松派文学史家以为可以依托渊源和影响，仿佛渊源和影响乃客观事实。然而，没有限定的范围就无所谓渊源和影响，更不用说其相关性了，所以对范围必须限定。而范围，则是纳入某些作品和排除某些作品的结果，简言之，是判断的结果。

文学史就是将作品置于其背景中，而背景的范围则由一个或显或隐的预先批评（筛选）来限定。根据实证主义的宏愿或曰幻觉，这种重构（重现往昔、寻找证据、查阅文献、确立事实）足以标出文评中所发生的混淆时代的错误。文学史收集所有与作品有关的史实，朗松认为，一部作品，"相对于其作者及其时代，首先必须在其诞生的时代中被确认"。此话中"首先"这个词很难掩饰一个悖论，即文学史一直摆脱不了的文本与背景的悖论。"初步"接触一部作品，怎么可能"首先"从其诞生年代而不是从我们自己的时代去理解它呢？朗松的意思是说，将作品放在其时代来理解比什么都重要，比放在我们的时代来理解要重要得多。这就是文学史的金科玉律。关于文本之解释"首先"是依靠背景的解释。与泰纳和布吕纳蒂耶的社会学、体裁学系统法则迥然不同，一些"细枝末节"，也就是此处的所谓源头和影响，变成了文学史的关键词，其结果便是大量积累专题论述，无限推延"法兰西文学生活史"总规

---

① 夏多布里昂（1768—1848）：法国浪漫主义作家。其主要作品有《基督教的真谛》、《阿达拉》、《勒内》等。

② 奈瓦尔（1808—1855）：法国浪漫主义诗人，对象征主义和超现实主义的形成有一定影响，著有《东方之旅》等。

划的完成。

实证主义所倡导的文学评论半遮半掩,试图蒙混过关。一边是现代人毫无顾忌的判断(如《皮埃尔·梅纳尔:堂吉诃德的作者》,故意弄错年代),一边是建立在过去标准与规范之上的判断(尽力言之凿凿而无幻象),但判断永远是判断。像所有涉及文学研究的二分一样,将文学批评和文学史截然割裂的做法是陷阱,必须摈弃(文学理论已经这样做了),但绝不是捡一个弃一个。恰恰相反,而是为了对二者都能够做到知其所以然。历史主义幻想通过排除主观判断重建过去的某一时刻。历史主义文评不应妨碍我们企图走进前人的心里并遵从前人的规范。我们可以研究作品的背景和环境——作品的诞生背景和历史渊源——但不是将其作为原因而是作为条件。没有决定论的野心,我们依然可以对作品背景、历史渊源与作品的关联关系进行单纯的探讨,这并不意味着要舍弃其他有助于我们理解的东西。

观念史、社会史

摆脱了实证主义,文学史就是真正的历史了吗?或者就是真正的文学了吗?说得好听一点,它难道不是更像一部社会史或观念史吗?朗松对文学史的构想远不止是著名作家之生平和著作的系列,而是一个极其宏大的纲领。他于1903年出版的《法国外省文学历史研究纲领》至今仍有现实意义:

> 有了这部《法国文学的历史》,即拥有大量关于文学生产的实例的历史,我们还可以[……]写一部我们现在所没有的但今天还不敢尝试的《法国文学史》。在这里,我所说的是民族文学生活的总纲,是文化史,是那些默默无闻的阅读大众与声名显赫的创作个体的活动史。(Lanson, 1930, p. 8)

谁在读？读什么？如何读？不仅在宫廷，在沙龙，而且在乡下，在村镇。朗松承认这一计划十分宏伟，但并不认为它完全无法实现。

然而，1941年，吕西安·费弗尔（Lucien Febvre①）在对朗松的弟子兼传人丹尼尔·莫尔内（Daniel Mornet②）的一本书做出回应时，毫不客气、一针见血地驳斥了这种文学史观，攻击它过于局限于作者，尤其是著名作者：

> 关于文学的"历史意义上的历史"，[……]意味着或多或意味着讲述某一具体时代的文学史以及它与这一时代社会生活的关系。[……]书写这种历史时，应该重现历史背景，探讨谁在写，为谁写，谁在读，为何读；应该了解作者在中学或其他地方受过什么教育，读者受过什么教育；[……]应该了解他们各自获得过什么成就以及成就的广度和深度；应该将作者习惯、品位、创作、关注层面的变化与政治的变迁、宗教心理的转变、社会生活的进步、艺术形式及品位的变幻等因素联系起来。还应该……我就不讲了。（Febvre, 1992, p.264）

朗松之后，人们放弃了对文学的整个社会维度的研究，对此费弗尔深表遗憾。在他看来，这恰恰是这个所谓的文学史的真正的历史意义。

有年鉴学派背景的历史学家们直到近些年才着手推动朗松和费弗尔的计划。通过对印刷、再版、作品的生命力、作品的再度流行等信息的统计，他们开始近距离关注作品，关注作品的阅读。他们试图以诸如图书目录或作家死后的作品清单这类物质印迹为基础来认识、描述现实读者。他们试图修编法国人的扫盲资料，评估民间文学的分布，其中值得一提的是"特鲁瓦（Troyes）蓝色书架"这种作为上门兜售的、发行

---

① 吕西安·费弗尔(1878—1956)：法国年鉴学派历史学家。其著作有《论拉伯雷的无神论倾向》、《人类演化与地理环境》、《印刷术的诞生》等。

② 丹尼尔·莫尔内(1878—1954)：法国文史学家。其作品有《法国大革命的思想根源》、《法国文学与思想史》、《18世纪法国思想》、《法国古典文学史》、《莫里哀》等。

了好几个世纪的文学形式(Bollème①,1971)。图书由此成为研究对象,可以高度量化法国旧体制以及19世纪经济与社会系列历史。大家可以像罗杰·夏蒂埃(Roger Chartier②)20世纪80年代在几部重要著作中所做的那样,援引法国旧体制时期的阅读与阅读大众的历史,或援引关于出版社专题论文的历史,如让-伊夫·莫利耶(Jean-Yves Mollier③)关于米歇尔·莱维和加尔曼·莱维兄弟俩(Michel et Calmann Lévy)创建出版社的论述(1984)。因此,今日实现朗松方案的不是文学工作者,而是历史学家。

在文学历史名下,大家还会发现某些(文学)观念史,即将作品看作反映时代意识形态、时代感性的历史文献。这类历史长期以来甚至比追随朗松与费弗尔所写的历史流传更广。例如,保罗·阿扎尔(Paul Hazard④)关于欧洲意识危机(1935)、亨利·布雷蒙(Henri Bremond⑤)关于宗教情感(1916—1939)、保罗·贝尼舒(Paul Bénichou⑥)关于浪漫主义时代理论(1973—1992)的鸿篇巨制。相对于建立在反映论或吕西安·戈德曼(Lucien Goldmann⑦)反映论的结构主义变体(1959)之上的马克思主义社会批评著作,文学观念史更能经得起时间的考验。时至今日,谁会相信在帕斯卡尔的《思想录》与穿袍贵族两者的世界观之间存在着同构关系呢?但是,这类观念史通常饱受指摘,因为它们外在于文学。对于费弗尔的《拉伯雷传》(1942),人们也可以做出同样的

---

① 鲍莱姆:热诺维耶·鲍莱姆(Geneviève Bollème)。
② 罗杰·夏蒂埃(1945—):法国年鉴派历史学家。
③ 让-伊夫·莫利耶:法国年鉴派史学家。其著作有《突飞猛进的一百年:从欧洲现代出版业的诞生到大众文化的兴起》等。
④ 保罗·阿扎尔(1878—1944):法国文史学家。其著作有《外国人如何看法国?》、《拉马丁》、《堂吉诃德》、《欧洲意识危机》等。
⑤ 亨利·布雷蒙(1865—1933):法国文艺理论家。其著作有《宗教的忧患》、《拉辛与瓦雷里》、《法国宗教情感文学史》等。
⑥ 保罗·贝尼舒(1908—2001):法国文艺评论家。其著作有《多元文化论》、《作家的加冕礼》等。
⑦ 吕西安·戈德曼(1913—1970):法国文艺评论家。其著作有《隐蔽的上帝》等。

指责:该书分析文艺复兴时期的宗教心理,却没有抓住庞大固埃和卡冈都亚①的复杂性。社会史,观念史,不幸的是,由于文学的多义性和不连贯性,它们一遇到文学便一筹莫展。至多期待它们能给大家提供一些当代社会状况、心理结构的信息罢了。

还应该提一下各种文学形式(编码、技巧、惯例)的演变史,因为谈它们才最有可能既涉及历史性又涉及文学性。它们的对象既不是事实也不是先于阐释而存在的资料,而是明明确确的阐释建构。就研究模式而言,E. R. 库尔提乌斯撰写的《欧洲文学与拉丁中世纪》(1948)可谓精彩之极,该书全面扫描了古代母题或曰"老套子"在西方文学中的留痕。不过该书曾遭到猛烈的抨击,因为库尔提乌斯口中的"母题"(topos)过于个性化,在历史上很难讲得通:他以坎蒂里安的"论述渊源"(argumentorum sedes)为依据,将主题作为问题或选题筛选的基本标准,然而,他此后从中世纪文学中发现的回归重现成分却不太像古修辞中的母题,反而更像是一些固定意象或心理原型,其结果便是有可能取消各时代的典型特征。对于其研究的基本问题——欧洲文学中的拉丁烙印——他事先已规定了答案。他只见形式无所不在,却不见其功能变化多端。于是,这历史不仅始终是内在于文学的历史,它还一直是古拉丁传统在欧洲文化中延续的历史,新衣裹旧体的历史;个体差异,时代特征,文学流变,皆被略过,更毋论其社会历史条件了。那么,文学史到底是应该讲传承还是讲变异呢?这个问题,毫无疑问,涉及我们的偏爱,外在于文学的、伦理的或政治的偏爱,涉及我们注重创新还是注重模仿(见第7章)。

什么才是"真正的"文学史,针对文学自身的、自为的文学的历史?这提法本身在字面上可能就有矛盾,因为作品既是史料又是艺术品,它本身包含了太多的悖论。作品的缘起、作者的转变是如此独特,除了将

---

① 庞大固埃(Pantagruel)和卡冈都亚(Gargantua):拉伯雷的讽刺小说《巨人传》中的主要人物。卡冈都亚是巨人国国王,庞大固埃是卡冈都亚的儿子。

其纳入传记我们别无他法;然而,作品的接受史又牵扯太多的因素,才使得文学史一步步变成了历史整体的一个分支。文学与历史,取舍何其难!

文学演变

形式主义与历史主义似乎水火不容。然而,俄罗斯形式主义者自以为发明了一个新方法,可以把历史维度纳入文学研究。为此尤里·图尼亚诺夫(Iouri Tynianov)1927年写过一篇牛气冲天的文章,对他们而言,陌生化不仅是文学的本性,还是"文学演变"的原则。一边是自动化的文学形式(屡见不鲜者),一边是陌生化的文学形式(新奇罕见者),二者之间的差别让尤里·图尼亚诺夫设想出一种新的文学史,其对象不再是文学作品,而是文学创作手法。

我们记得,一个文本的文学性体现为错位,体现为对自动认知惯性的干扰。然而,上述自动惯性不仅来自于具体文本所特有的系统,还来自于宏观的文学系统。感知一种形式,尤其是一种文学形式,只能以惯性的自动化形式为背景。创作手法所蕴含的陌生化功能,不仅是对其所属的文学作品而言,也是对该文本之外的整个文学传统而言的。因此,作为对传统的偏离,陌生化有助于发现历史关系,即连接创作手法与文学系统、文本与文学的历史关系。文学历史演变的基础不再是延续(传统),它已被断裂(陌生化)所替代。库尔提乌斯强调西方传统的延续性,与之不同,形式主义注重决裂之动态,其实这与导致了形式主义的现代派和先锋派的作品美学是完全相符的。

以此为基础,俄罗斯形式主义总结出两种文学进化的运作模式:一种是对主流创作手法进行戏拟,另一种是让边缘创作手法进入文学中心。根据第一种,当某些创作手法在某时代或某体裁中成为主流以至于读者再也感觉不到新奇时,作品就应选择陌生化,对创作手法进行戏拟，使其再度进入读者的审美感知。显然，创作手法具有极大的因袭照旧性，戏拟之，则体裁的形式得新意，体裁亦随之进化。这方面的例子不胜枚举，但最理想的还是《堂吉诃德》，该作品通过戏拟，实现了从骑士小说到现代小说的转折。根据第二种模式，创作方法一旦成为程式，就应该被置换，从边缘体裁中寻找其他手段对其进行置换，此乃中心与边缘、高雅与通俗之间的交换游戏，它预告了即将诞生的巴赫金的对话主义。就这一模式，侦探小说无疑极大地丰富了20世纪的叙事文学，结果最后也变成了惯性程式。以上两种模式说明，断裂性在美学上的意义远远高于常态之延续，一部真正的文学作品，即戏拟与对话并行不悖的作品，游戏在自身体裁与其他体裁之间的作品。

可以说视陌生化为基本概念的俄国形式主义仍然无法回避来自历史的诘问。文学史一般不会关心形式问题，形式主义批评一般不会理会历史问题，但形式主义者口中的文学性毋庸置疑地具有历史性：某个具体文本所实现的陌生化必然取决于历史动态，历史动态则将其陌生化手段回收为惯性程式。

所以，文学史不再是名著自我繁殖的稀释化叙事，也不是经久不变、世代延续的形式传统。于是人们有理由问：历史何在？创作手法的动态变化在历史中如何定位？传统文学史的暗礁我们无法避开。

期待视野

姚斯版本的接受美学颇有雄心，它提出了一个对文学史和形式主义进行调和的更新规划。其幽灵在第4章中已然现身，在下一章谈文学价值之形成时我们还将涉及它。不过，此时来正面接触它似乎是一个好时机，因为历史主义有过分之处，文学理论也有过激之处，而它则提供了一个——颇为明智的？——妥协方案。

姚斯之文——《挑战文学理论的文学历史》(1967)，曾被人当作接受美学的宣言。这位德国批评家在文中拟定了一个新文学史纲。他认真研究了经典作品的接受史,然后开始质疑文学史对名家传统的屈从,实证性的或传承上的屈从。一代代读者的阅读体验成为连接过去与现在的桥梁,这桥梁也接通历史与批评。

姚斯首先告诉我们谁是他的对手:一个是本质主义,它将名著当作万世传承的典范;另一个是实证主义,它将名著当作一些讲述渊源传承的小故事。随后,他严厉且不乏善意地介绍了马克思主义和形式主义的可取之处,并企图消解二者间的不兼容:马克思主义视文本为纯粹的历史产物,它极其合理地关注历史背景,但又非常天真地无限抬高反映论;形式主义缺乏历史向度,它关注创作手法的动态流变值得赞赏,但根本不考虑背景因素。然而,在一个名副其实的文学史中,讲述创作手法的形式演变,不可能彻底脱离整个历史。于是,姚斯寄望于读者,请他们来沟通连接上述种种不同的思路:

> 为了填补横亘在历史知识与美学知识、历史与文学之间的鸿沟,我将再次从[形式主义与马克思主义]这两个流派止步之处说起。它们的做法是到再现美学和生产美学的封闭圈中去抓取"文学现象";结果它们剥夺了文学的一个向度,而这个向度是审美现象本质和社会功能所必然固有的向度:作品产生的效应(Wirkung)、读者赋予作品意义的向度,也就是作品的"接受"向度。读者、听众、观众——简言之,作为特别要素的受众——在两个理论中的角色微不足道。如果说正统马克思主义美学并没有完全忽视读者,那么对读者的态度与对作者的无甚区别:精心了解他们的社会状况[……]。形式主义需要读者仅是将其当作感知主体,后者在文本的刺激下应能识别形式或发现技巧。[……]上述两种方法都未充分留意读者及其特定角色,而读者及其特定角色,无论是对美学还是对历史来说,都绝对是不可或缺的。(Jauss, pp. 43 - 44)

经典作品是跨越时代具有普遍性的艺术品,或者说它超越历史因为它本身蕴藏着全部的张力,这类观点被姚斯用文学效应史的方案取而代之。任何作品,不管有多么经典,都不可能被读者囫囵吞枣地全盘接受。到此为止大家已经明白,接受美学明显在搞平衡,追求在对立双方间不偏不倚,结果是两边不讨好。

坚信现象美学但又给其加上一个历史向度的姚斯认为,每个时代,作品都在与读者对话,作品的意义就建立在这一"对话"关系(用"对话"而不用"辩证",是因为"辩证"一词被人滥用)之上:

> 没有读者的积极参与,文学作品的历史生命无法想象。读者的参与让作品进入了文学体验的绵延长河,地平线在不停地变换[……]。文学历史性及其交际特征,表明了在旧、新作品以及读者群体间存在着一种交流与演变关系[……]。读者与作品进行对话,创建一种连续性,如果从这一角度来考察文学史,我们就超越了美学与历史的二分,就能重建过去作品与今日体验之间被历史主义打断的联系。[……]即便是对作品的最初接纳,它的第一批读者也会拥有一种价值判断,这是以前读过的作品赋予他们的。上述对作品的初步印象会随着一代代人而不断地拓展和丰富,最后在历史中形成一个"接受链",作品的历史地位和审美层次便是由"接受链"决定的。
>
> (*ibid.*, p. 45)

英伽登与伊瑟尔曾说,作品既非文献亦非珍品,而是乐谱。但借历时性研究阅读之便,这个乐谱此刻成为历史与形式握手言和的起点。历史与文学的关系有两个向度:语境实化或动态演变,通常的做法是牺牲其中之一,但在此处二者关系牢靠。作品的效应就蕴含在作品之中,这效应不仅是初始效应和现实效应,也包括所有的后继效应。

借用伽达默尔的"视野融合"(*fusion des horizons*)概念,姚斯将某个文本所蕴含的以往经验与其当前读者的期待联系在一起。这一概念有助于他选择从古到今的不同时期,描写对文本之初次接受与后来接受的关系。伽达默尔的观点已经多少包含了这个意思。1931年本雅明在论及文学作品时指出:

> 它们(文学作品)的生命周期与作用周期拥有与其出生时一样的权利,甚至更多的权利。[……]因为关键并不在于介绍文学作品与其时代也就是说其诞生年代的关联,而在于介绍这些作品被认识的时代,也就是说我们的时代。(Benjamin, 1971, p.14)

传统文学史只关注作者,对此本雅明极为不满,姚斯则不仅与传统文学史决裂,也远离了放任读者任意施为的极端阐释学,他强调不了解文本的原初接受状况就无法理解文本。他并没有因之而清算反而是拯救了文献学传统,将后者置于一个更广阔、更远期的进程中。通过重新梳理文本效应史,他赋予批评家一个理想读者的角色:在昔日阅读体验与今日阅读体验之间扮演摆渡人。

为了描述新作品的生产和接受,姚斯引入了一对概念:(依然来自伽达默尔的)"期待视野"与(受俄国形式主义启发的)"审美差异"。期待视野类似于伊瑟尔的库存概念,更侧重于历史,它表达的是一代读者有可能共享的一个关于种种假设的集合:"新文本在读者心中唤醒一系列他在过去读书时已经熟悉了的期待和游戏规则,随着阅读的进展,这些期待和规则有可能被定型、被调整、被修正或被简单地复制。"(Jauss, p.51)期待视野具有跨主体性,它成于传统,可以通过一些属于某个时代的特殊文本策略(如类型、主题、诗学、互文等文本策略)而被识别出来。新作品将印证、修正、嘲弄乃至颠覆期待视野。比如说读《堂吉诃德》就要求读者熟知它所讥讽的作品,亦即当时的骑士小说。不过,新作品在审美上依然会或多或少地偏离期待视野(即存在于模仿与创新之间的古老辩证关系,只是此刻它被移植到了读者身上)。它的(类型、主题、诗学、互文)策略提供了一套标准,可以用来衡量体现作品新意的偏离：作品与其初始读者的期待视野之间的疏离程度，以及接受过程中新生的种种期待视野。

在文学接受中，姚斯关注那些推动接受发生变化的否定时机。古典作品遵从传统，追求永恒，其接受情况较为稳定。因此他脑中想到的首先是那些否定传统的现代作品。审美差异隐含了一个价值标准，即它可以用来鉴别两类文学的高下程度：消费文学取悦于读者，现代先锋派或实验文学干扰、打击、挑衅读者的期待。以中产阶级通奸的主题为例，姚斯比较了费多（Feydeau①）的通俗小说《法妮》与《包法利夫人》。费多当时就获得了成功，他的小说比福楼拜的要卖得好，后世读者却弃之而去，福楼拜则征服了越来越多的读者。期待视野前赴后继，这是形式主义者口中的审美否定之动力，在这一历史长河中，姚斯上述的两个基本概念有助于区分（创新）真艺术与他所谓的（消遣性）"烹调"艺术。

一代代传下来，颠覆性的陌生化作品——用巴特的话说应该是"可写的"（scriptible）——也会渐变为消费文学，经典文学或曰"烹调"文学——用巴特的话说即"可读的"（lisible）——例如《包法利夫人》就不再令人感到新奇或特别新奇。这就是为了重建原始读者和后世读者对此类作品的阅读、理解方式，为了重现它们的差别、它们的原始否定性及它们各自的价值，为什么有必要对这些作品做逆向阅读或者谓之逆毛摸而不是顺毛摸的原因——这正是研究接受史的人所肩负的任务。这一新型文学史的宗旨，便是重新找到作品曾经回答的问题。继续效法伽达默尔，姚斯将视野融合理解为问题和答案的对话。无论何时，作品都是在为读者提出的问题提供一个答案，接受史研究人员的任务便是找回这一答案。一部作品面临的种种期待视野其实就是一系列问题以及对这些问题作品给出答案。

---

① 费多：厄内斯特·费多（Ernest Feydeau），法国作家，福楼拜的朋友。《法妮》是费多当时所写的畅销小说。

没有期待视野,后人无法理解作品,后人的期待视野离不开他们的时代背景,所以作品将部分地受制于后人的期待视野。阅罢海德格尔的阐释学,姚斯强调往昔读法与当下读法一定决然不同,有人说文学作品具有永恒的现实意义,对此他坚决反对。在这一点上——下章还会论及——他与伽达默尔及其依靠视野融合进行验证的古典主义观念分道扬镳。忠实于黑格尔,伽达默尔认为经典作品本身蕴含了对自身的解说,它们拥有沟通过去与现在的内在能力。反之,姚斯认为不存在天生自在的经典作品,不了解一部作品在历史上回答了哪些问题,我们就不可能读懂它。

改头换面的文献学

试着为魔鬼辩护一番。心系从作品诞生到我们今天的整个历史过程,自然要为文献学正名,我们将从时间轴左边看起,因为初次的接受值得研究,其地位要高于后来的接受;初次接受乃衡量作品之否定功能也就是它的价值的标杆。换言之,若想像施莱尔马赫主张的那样继续关注作品的原始语境,就必须且只需关注它时至今日的所有接受语境。任务可谓极重,但这是文献学继续生存必付的代价,因为自 20 世纪中叶以来,人们普遍对这一学科持怀疑态度。

接受美学试图在三个相互联系的层面上构建文学的历史性:

(1) 作品属于一个文学系列,应在该系列中定位。这一历时性被看作问题与答案的辩证发展;每部作品悬置一个问题,下部作品处理之。这很像俄国形式主义所言的文学演变,不过,姚斯认为,形式创新并非文学运动的唯一动力,所有其他问题——与观念、意义相关的问题——都可能动摇。

(2) 作品还属于一个共时界面。鉴于同时性因素和异时性因素共存于历史和现在的每一刻,上述界面必须重构。这一观点与黑格尔的时间精神概念相对立,赞成它的姚斯援引了西格弗里德·克拉考尔(Siegfried Kracauer①),后者强调历史构成的多元性,将历史描述为非共时的多线索的微分编年表。两部同时出现的文学作品完全可以属于不同的时代,如《包法利夫人》和《法妮》,它们的同时性只是表面上的:有的超前,有的滞后于其时代。我们常听说浪漫主义、帕尔纳斯派、象征主义在19世纪前后相继,前者下台后者登场,但维克多·雨果直到自由诗诞生之时还在发表浪漫诗,亚历山大古体诗在20世纪依然风光无限。

(3) 文学史与普通史的联系既是被动的又是主动的,其间有一种辩证关系:既"决定"又"被决定"。此次姚斯对马克思主义的反映论做了一些修正或变通,以确认文化之于社会的相对独立性以及它对社会的影响力。于是,社会史、方法演变、作品生成似乎都联系在一起,联系在一部强大诱人、兼收并蓄的新文学史中。

但反对声音随之而来。整个文学史难道只有"偏离"这唯一的研究对象吗?换言之,现代作品的独特性就体现在否定性上吗?像迄今为止的大多数理论一样,接受美学将否定性这类非文学价值升格为共相,并企图借此来概括全部的文学。总之,在经典作品的接受史中,接受美学大概是一个难以捕捉的时刻,那时刻便是它借助否定性被察觉的时刻。这一现代时刻,延续一段但终将终止,历史性地"限定"又"被限定",它已被后现代主义一风吹去,尽管接受美学对后现代主义的抵抗最为不遗余力。

还有一个指责,来自右边。姚斯曾说作品的接受历史性地连通了过去与现在:通过视野融合,作品的接受能否保持作品长久的稳定性并将其变成一部跨历史的经典?姚斯以为,这观点十分荒谬,因为所有接受都无法摆脱历史。下一章将论及经典,但我们此刻就能发现姚斯的

---

① 西格弗里德·克拉考尔(1889—1966):德国著名电影理论家。其著作有《电影的本性》、《宣传和纳粹战争片》、《从卡里加利到希特勒》等。

理论尚不足以对"烹调"作品(通俗作品)与经典作品做出明确的区分,这的确令人烦恼。一个半世纪以后,《包法利夫人》变成经典,但这绝不等于说它也变成消费品。除非我们认定经典即"烹调"作品。尽管接受美学与文献学颇有默契,但其反经典的迂回路径,还是在上述矛盾中得到了验证。

许多研究在姚斯的理论中都找到了支撑:重建作者生平的做法饱受诟病,他们不屑为之,只致力于重新构建读者的期待视野。上述做法极大地加重了研究的负担(不过在那段时间内,高等教育的进一步普及催生了大量研究人员,他们需要课题);多亏了上述做法,文学史又找到了新的灵感,而且无须放弃实质:重新建构和落实语境。接受美学让文献学保留了基本生命:后人的接受不容忽视,初次的接受也得到正名,被看成理解作品不可或缺的知识。问、答之对话与作者意图并不矛盾,后者不是某种先决意图,而是被更为自由地视为一种行动意图。赫希谈论阐释,利科解析"模仿",伊瑟尔分析阅读,古德曼论及风格,或许与他们一样,姚斯的理论也属于一种无望的挣扎:从风靡20世纪末的认识上的怀疑论和强大的相对论手中拯救文学研究。他们与对手妥协,通过翻新术语让文学史再度起航,然而,用期待视野和审美差异替代古老的对立模仿与创新就能撼动文学研究吗?我前边提到过布吕纳蒂耶,他谈论作为接受模式的体裁时曾使用"体裁演变"的说法;那么,姚斯的"接受"就很可能是一个幌子,他说来说去说的还是著名作家。说到底还是老调重弹,用英语说即 business as usual。

258

在这一理论中,读者总是代人受过。得益于他,文学史似乎又有了合法地位,不过奇怪的是,读者始终待在暗影中。姚斯对被动接受和文学生产(成为作者的读者之接受)从未做过区分,对读者和批评家也不做区分。结果,充当他描写期待视野的证人的皆是些批评家,即那些留下了读后文字作为见证的博学读者。姚斯从不引用那些大量在案的资料,后者备受今日史学家的关注,被用来衡量图书尤其是通俗图书的传播情况。在姚斯的理论中,读者乃一个空洞的抽象符号,对于在实际中联系作者与公众的机制他也只字未提。然而,期待视野具有动态特征,在过去与现在之间除了作品之外还有许多别的中介值得关注,如学校或其他机构,吕西安·费弗尔在对莫尔内的评论中曾提及它们的重要性。最后,姚斯毫无顾忌地接受了关于普通语言与诗性语言的形式主义划分,并将批评的历史语境置之脑后。不错,姚斯为反对古典主义偏执,一针见血地强调了有关传统和有关经典的不确定性:谁也无法担保作品的余生,沉寂经年的作品有可能再度吸引读者。然而,就总体而言,他的复杂建构,他将批评家收入自己规划旗下的做法,似乎另有一功,即让文献学喘喘气。接受美学曾一度是高唱现代性的文献学。

上述批评有时让人觉得不太合理,那是因为接受美学与前文所提到的追求折中的其他理论一样,试图调和理论和常识,这让人无法原谅。对于一心想走中间路线的人,谁也不愿忍受。为了对付他们,极端主义者们似乎结成了同盟。

是历史还是文学?

概览到此为止的历史与文学并重的种种研究,细察它们的不足,文学理论认为它们的问题就出在综合上,并断言历史与文学这两个概念在根本上互不相容。在这一点上最悲观的诊断莫过于巴特的一篇文章,该文章名为《历史还是文学》,先是收录在 1960 年的《年鉴》中,后来又成为《论拉辛》的附文。巴特不无嘲弄地批驳了那些动辄打着文学史或艺术史旗号的带入情境的仓促做法,说他们不过是在堆砌乱糟糟的细节:"1789 年:三级会议召开,内克尔(Necker①)宣言,加卢皮

---

① 内克尔(1732—1804):雅克·内克尔,1788 年至 1789 年担任法国的财政大臣,促成三级会议的召开,并实现第三等级代表人数与特权等级代表人数相等,后因触怒国王和特权等级而被免职。

(Galuppi①)C 小调弦乐第四协奏曲。"这一乱糟糟的堆积毫无裨益,什么也不能说明,对更好地理解作品没有任何用处。于是,巴特转而关注吕西安·费弗尔的计划,后者研究受众、环境、群体心理以及作者和读者共同的知识构成。巴特对这一计划赞不绝口,并断言说:"唯有采用社会学方法,唯有关注社会活动和社会机构而非个体,文学史才有可能存在。"(Barthes, p.156) 换言之,只有舍弃文本,文学史才有可能存在。如果研究社会机构,那"文学史就成为纯粹的历史了"。

另一方面,与文学机制相对的是文学创作。巴特认为,对文学创作不可能进行任何历史性研究。自圣勃夫以来,通过探索因果关系,如肖像、反映论、渊源等,文学创作得到了越来越细致的说明。这一关于文学创作的发生学观似乎隶属于历史范畴,因为文本被解释为一种效应,那么它就有原因,有起源。但是,隐藏视角与历史无关,因为其注视范围局限于既为因又为果的大作家。局限于大作家之间传承关系的文学史被视为一种孤立于一般历史进程的现象,完全没有文学历史发展的含义。巴特拒绝这种生造的文学史,将研究文学创作的任务交给了心理学,因为他在当时还非常推崇心理学,并将其应用在对米什莱的主题研究中。他宣告作者之死,则发生在此后。

但是,内在分析、形式研究、文学的多元阅读将会很快被提上议事日程,一边是机构社会学,另一边是创作心理学,它们地盘已备好,地基已夯实。巴特玩了一手花招,他先是承认文学史的合法性,紧接着便抽身躲开,把历史责任全推给他的史学家同行。自那以后情况没有多大改变,继文学理论之后,先有费弗尔式的社会文化史,后有布尔迪厄的文学场社会学,它们越来越注重研究文学机构的社会史,越来越驾轻就熟,而且不局限于精英文学,而是囊括了全部图书生产。

在英国还有其他一些巴特不知道的先驱者在研究文学的历史社会学(巴特自己取的名称),从20世纪30年代起他们就属于F.R.利维斯

---

① 加卢皮(1706—1785):意大利作曲家,被誉为"喜歌剧之父"。

一派。F. R. 利维斯和妻子 Q. D. 利维斯在《小说与读者》(1932)一书中回顾了工业时代小说读者剧增的历史,然后比较了19世纪的大众文学和近代的畅销书,并得出了一个悲观的结论。随后出现了一系列研究,有历史的、社会学的和文学的,都带有某种马克思主义色彩或伦理色彩,详细分析了英国大众文化的发展,例如理查德·霍加特(Richard Hoggart①)的《穷人的文化》(1957),雷蒙·威廉斯(Raymond Williams②)的《文化与社会(1780—1950)》(1958),E. P. 汤普森(E. P. Thompson③)的《英国工人阶级的形成》(1963)。以这些(法国之外的)经典为起点,英美先后形成了一个学科,名为文化研究(Cultural Studies),专门研究大众文化或非主流文化。巴特对文学机构与文学创作的精心划分将机构研究推给史学家,20世纪六七十年代直至姚斯、德曼的大部分理论工程也是如此,如果没有其他不可告人的目的的话,其结果便是拯救雅文学,抵制俗文化不断加速的扩张。根据德曼的说法,卢梭之所以伟大并不是因为他想说的那些东西,而是因为他能让人谈论的种种东西,然而一直有人读卢梭。巴特评述过詹姆斯·邦德(James Bond),还曾用他自己的符号学分析过时尚和广告,然而在文评中他恰似一个陶醉的读者,欣赏大作家,其中就有夏多布里昂和普鲁斯特。总的来说,文学理论既没有促进"副文学"的研究,也没有颠覆经典标准。

在法国,在史学家们认真研究了书籍和阅读史之后,布尔迪厄还拓展了文学生产的领域,以便囊括在文学中起作用的所有要素。这位社会学家认为:

---

① 理查德·霍加特(1918—2014):英国文化史学家。其著作有《文化的用途》、《穷人的文化》、《当代文化研究:文学与社会研究的一种途径》、《关于文化与沟通》等。
② 雷蒙·威廉斯(1921—1988):英国文化史学家。其著作有《关键词——文化与社会的词汇》、《国家与城邦》等。
③ E. P. 汤普森(1924—1993):英国史学家。其著作有《英国工人阶级的形成》、《共有的习惯》等。

艺术作品好比神器和祭品,[是]一种宏大的"象征炼金"工程的产品。抱着同样的信念,为了不同的利润,在这一工程中相互合作的有艺术家,有默默无闻的写手和令人仰视的"大师",有评论家、出版商、作者,有热情的消费者和坚信成功的销售商。(Bourdieu, p.241)

在文学定义中引入阅读后,布尔迪厄引申出了一些可以理解的结果,他认为艺术品的象征生产不应被简单地理解为艺术家对物质的加工,它还应包括"评论家与评论的参与作用"。对现代艺术而言尤其如此,因为现代艺术需要对艺术进行反思,探索疑难,不掌握其读法我们就不得其门而入。因此,"评论作品的话语并不是提高我们理解和欣赏的简单辅助,而是作品产生、其意义和价值产生的必要工序"(*ibid.*, p.242)。继布尔迪厄之后,出现了大量专门针对古典主义作品或19世纪、20世纪先锋派作品的研究,它们关注文学职业,关注作品得到承认的种种机制,如研究院、奖项、杂志、电视,有时甚至忘了作品本身——没有作品,作家职业无从谈起——或者将作品简单地看作作家获得社会成功的一个策略。

美国20世纪80年代的"新历史主义"曾撼动了文学理论,受马克思主义文学理论和福柯关于权力的微观史学的影响,它上承历史社会学,提出要把文化当作权力关系来描写。该方法先被应用于文艺复兴时期,其中最著名的是斯蒂芬·J.格林布拉特(Stephen J. Greenblatt[①])的研究,后来又被应用于浪漫主义及其他时期,这种发生在理论落潮之时并落实到具体时期的文学研究,一般被认为是去政治化的和唯我的,但实际上它对政治的关切不言而喻。正如爱德华·萨义德

[①] 斯蒂芬·J.格林布拉特(1943—):美国历史学家,在美国享有"新历史主义之父"的称号。其作品有《人间莎翁》、《炼狱里的哈姆雷特》、《通向一种文化诗学》、《世界的意志》、《《文艺复兴时期自我塑造》导论》、《看不见的子弹》等。

(Edward Said①)在其名著《东方主义》(1978)中所做的那样,文学背景化研究关注所有因种族、性别或阶级而遭排斥的化外之民或长期处于西方殖民统治下的"归化民"。在不与朗松、费弗尔、巴特关于文学机制史的方案相决裂的情况下,按布尔迪厄的做法将文学描述视为象征体系,或追随福柯将文化研究看作权力博弈,这便将历史引入了公开介入时政的方向,于是,客观性便成了一个骗人的诱饵。在大多数人的思想中历史与文学相互对立,所以上述新出现的历史研究往往被认为是反理论的,甚至是反文学的。不过,若想对其进行驳斥,并言之有理,我们只能说它们和其他关于文学的外在研究方法一样,无法与内在性分析相沟通。所以,真正的文学历史,依然不见踪影。

历史即文学

如果连史学家也不再相信历史与文学的分野,我们还有必要对二者劝和吗?对疑点阐释的进步十分敏感的历史学认识论已改变,其影响在包括文学在内的所有文本的阅读中已明显地表现出来。与实证主义的遗梦相反,被大批历史理论研究者津津乐道的过去,只有借助文本形式——不是事实,而是文献、档案、言论、手稿——才能为我们所了解,即使此类文本有朝一日身价百倍,它们依然与构成我们今日的文本密不可分。所有文学历史,包括姚斯的文学历史在内,都建立在对"文本"与"背景"的基本区分上。但时至今日,历史越来越被大家当作文学来阅读,恰似背景就是文本。倘若背景不过是另一种文本,那文学历史又变成了什么呢?

---

① 爱德华·萨义德(1935—2003):巴勒斯坦裔文学理论家、批评家。其作品有《地点倒错:一部回忆录》、《文化与帝国主义》、《东方主义》、《人文主义与民主批评》等。

史学家的历史既不是唯一的也不是统一的,而是由大量的片段史、混杂的编年史和矛盾叙述构成。历史已不再拥有自黑格尔以来总体历史哲学所赋予它的唯一的发展方向了。历史是建构,是叙事,这叙事既展现了现在又展现了过去。历史文本是文学的组成部分。历史的客观性或超验性不过是镜花水月罢了,因为史学家必须进入话语,用话语来构建历史对象。不能意识到自己投身于话语,历史就不过是意识形态的投影罢了:这就是福柯、海登·怀特(Hayden White①)、保罗·韦纳(Paul Veyne②)、雅克·朗西埃(Jacques Rancière③)等名家留给我们的教训。

结果,文学史家包括其最新变种接受史学家都再也找不到历史作为依托。他们好像处于一种失重状态,因为根据后海德格尔阐释学,史学将会打破内外之分的樊篱,这樊篱曾经是整个文学评论和文学史的原则;而背景则是叙述的建构,是再现,它们依然而且始终是文本。"唯有文本",新史学比如说美国的新批评派如是说,在这一点上他们与互文性理论同声相和。新批评派的领军人物之一路易·蒙特罗斯(Louis Montrose)认为,美国文学研究向历史回归,其特征表现就是对"文本的历史性"和"历史的文本性"给予相同的关注,并重而不偏废(Montrose, p. 20)。所有非决定论文评在逻辑上的一致性都系于一个信念,不过这信念很容易让人想到某些古老的悖论,比如龚古尔兄弟俩(Les Goncourt)1862年记入《日记》的这个悖论:"历史是过去的小说;小说是未来的历史。"

何谓文学史?朗松或姚斯时代曾对它寄予厚望,可今天我们只敢说文学史就是破碎文本和片段话语的堆砌和罗列,它们与不同的编年

---

① 海登·怀特(1928—):美国著名思想家、历史哲学家、文学批评家。其著作有《话语的比喻》、《形式的内容》、《比喻实在论》等。

② 保罗·韦纳(1930—):法国年鉴派历史学家,精通罗马史研究。其著作有《论历史写作》、《书写历史,知识论文集》、《面包与竞技》等。

③ 雅克·朗西埃(1940—):法国思想家。其著作有《无产阶级之夜》、《爱之颂》等。

史发生关系,有的更有历史意义,有的更有文学意义,总而言之,它就是对传统经典规范的审视。兼有历史意识和阐释意识已不再可能,不过这不应成为我们撒手放弃的理由。理论的游历再次为我们拨乱反正,给出了相对主义的教训。

第7章 价 值

公众期待文学专业人士告诉他们哪些是好的作品,哪些是坏的作品:他们期待专业人士对作品进行识别,区分良莠、真伪,进而确定经典作品。文学批评家,从词源上讲,其作用就是向人宣布:"我认为这本书不错或不行。"然而,即使读者们对周刊、日报文学专栏上的武断结论不太仇视,他们依然有点厌烦这类随兴所至的价值判断,他们希望批评家能够自圆其说,比如明说:"这是我的理由,它们完全站得住脚。"文评的评价应该言之有据。然而,专业人士也好,业余读者也好,他们的文学评价真的具有客观依据吗?真的合乎理性吗?他们有可能超越诸如"我喜欢,我不喜欢"此类的主观臆断吗?如果我们接受任何批评赏析都不可避免地是主观的,这难道不是彻底陷入全面怀疑论和唯我论悲剧吗?

文学史是一门大学学科,它曾试图摆脱文学批评,斥之为印象主义或教条主义,并要用一门关于文学的实证科学来取代之。圣勃夫认为加斯帕兰夫人(Mme Gasparin)和鲁道夫·托普弗(Töpffer①)要远优于司汤达,布吕纳蒂耶对波德莱尔和左拉的作品深恶痛绝,从圣勃夫到布吕纳蒂耶的19世纪文论家,对其同时代作家的评价常常出错,这当

---

① 鲁道夫·托普弗(1799—1846):瑞士漫画家、版画家、作家。

然让人对他们的评论有所保留。于是博士论文不允许选在世作家,仿佛只要遵循了这一传统上的金科玉律,我们就能避免主观性和价值判断。与报刊评论和作者评论有别,在学术领域里,判断成为次要的东西,或者干脆被有意拿掉,这也是阿尔贝·蒂博代所区分的三大类评论。蒂博代的反对者认为价值取决于个体反应:每部作品都是独一无二的,每一个体皆根据自己独特的人生体验对作品做出反应。

但是,(科学的)客观性与(文评的)主观性之对立被文学理论视为陷阱,即使那些专注于事实的狭义文学史也依然以价值判断为基础,以先入为主、心照不宣的定论为基础,以文学的构成(经典、知名作家)为基础。那些纯理论或纯描写的方法(形式主义,结构主义,内在分析),不管愿意与否,也摆脱不了常常将评判作为基本手段的命运。是否可以这样说,任何理论都会有某种偏好,比如说某些文本更适于其概念的描写,某些文本为归纳该理论提供了材料(如俄国形式主义与先锋派诗歌的联系,接受美学与现代传统的联系,皆是明证)。结果,一个理论会赋予自己的偏爱或偏见以普遍性(如陌生化或否定性)。新批评学派中有不少诗人,于是他们格外看重类比性和象似性,这显然对诗歌有利而对散文不利。巴特关于"可读"文本与"可写"文本的区分,也具有公开评价的意味,他看重的是晦涩难懂的文本。为了反对常规与现实主义(现实主义是理论的大麻烦,颇具讽刺意味的是,理论反而不断地谈论它),结构主义总的来说更重视形式差别与文学意识。无论是有意识还是无意识,一切文学研究都会有一个偏爱体系。对于客观性和科学性的必要性与可能性,必须加以质疑,阐释学在 20 世纪就曾不胜其烦地这样做过。

在价值的名义之下,除了关于判断的主观性这一问题之外,还有关于"经典"(canon)——法语更喜欢用 classiques——的问题,"经典"的形成、"经典"在学校的权威、"经典"的争议性、"经典"的修正等问题。在希腊语中,经典是一个标准,一个榜样,是用来仿效的作品所代表的一种范式。在基督教中,经典是或长或短的书单——具有权威性的、神启的经书的书单。在民族主义抬头的时代,著名作家成为体现民族精神的英雄,经典将19世纪神学模式引入文学。所以说经典是民族的(一如文学史),它推出一系列可与希腊、罗马经典比肩的民族经典作品,它编织出一片个人欣赏不再是问题的蓝天:经典名下的一座座丰碑构成了民族遗产和集体记忆。

诗歌大多拙劣,但仍是诗歌

对文学文本的评价(文本的比较、分类和等级)和文学本身的价值,应当进行区别。当然,这两个问题不能截然分开:同一个价值标准通常主导了对文学文本与非文学文本的区分,以及对文学文本本身的分类(如陌生化、复杂性、晦涩性或纯粹性),我在此不再多谈文学的功能与性质(见第1章)。哲学家纳尔逊·古德曼曾写出以下之言:

> 我们必须明确区分[……]"何为艺术?"与"何为优秀艺术?"这两个问题。[……]如果我们用"优秀艺术"来界定"艺术作品",[……]我们最后将会迷失。因为遗憾的是,大多数艺术作品都很拙劣。(Goodman, 1984, p. 199)

绝大多数诗歌都很平庸,几乎所有小说都不值得我们牢记,不过,它们仍然是诗歌,仍然是小说。古德曼指出,对《第九交响曲》的拙劣演奏与对这支乐曲的优秀演奏均不失之为艺术(Goodman, 1976, p. 255)。

对一首诗进行理性评价,需要预设一个标准,也就是说需要一个对文学功能和性质的定义,它或者强调形式,或者强调内容,然后再看作品是否符合上述标准。看重形式者大致上会认为抒情诗优于寓意诗,象征小说优于主题小说(如普鲁斯特便在《重现的时光》中讥讽过爱国主义小说或通俗小说);不过,强调作品人文内涵的人一定会贬低"为艺术而艺术"、"纯粹"艺术或限制性文学(如"乌力波"),认为其劣于浓缩了人生体验的作品。于是我们又立即陷入了关于艺术等级的争论,该争论曾贯穿整个19世纪。什么才是高层次的艺术呢?大家还记得黑格尔的阶梯理论与叔本华(Schopenhauer)的分类竞争,前者视可理解性高于一切,其中包括诗歌,后者视音乐(普鲁斯特心中的天使语言)为艺术顶峰。这种两难选题所反映的很可能是一种趣味倾向:古典还是浪漫,理性还是感性,哪种品味具有最高审美价值?大家还记得自启蒙运动以来大多数美学家继承了康德传统,他们强调艺术的"非功利性",其结果当然是"纯粹"艺术在审美价值上要高于"主题"艺术、应用艺术和通俗艺术。那么,这些标准本身有何价值?纯粹是表达原则的教条?还是其本身就体现了美学价值?

T. S. 艾略特同样区分了"文学"与"价值"。他认为,确定一部文本的文学性(文本的文学属性),只能根据美学标准(康德传统:无功利性,或唯艺术),不过,一个文学文本(文学属性已然得到公认)的伟大与否则取决于非美学标准。在《宗教与文学》(1935)一文中,他写道:

> "文学"的伟大与否不仅仅是由文学标准所决定的。尽管我们需要时刻提醒自己:这算不算文学只能靠文学标准来确定。(Eliot, 1975, p. 97)

总而言之,我们先只看一个文本的形式,看它到底算不算文学作品(小说、诗歌、剧本等),然后再考察其意义,看它到底是"好"作品还是"差"作品。非功利性并非唯一的标准,决定一部作品是否伟大还有其他一些指标:伦理的、生命的、哲学的、宗教的等。诗人 W. H. 奥登(W. H. Auden①)也做过同样的区分,他说自己读诗时首先关心的是一个技术问题:"这是一台词语机器。它如何运转?"不过他的第二个问题从广义上讲属于伦理范畴:"这首诗属于什么类别?什么是它所说的美好生活和美好地域?不好的地域呢?它对读者掩盖了什么?它对自己掩盖了

---

① W. H. 奥登(1907—1973):英国诗人,诗作有《学术涂鸦》等。

什么?"(Auden, pp. 50 - 51)由于认为艾略特与奥登之流只强调文学内容的观点过于保守,现代主义者和形式主义者通常满足于使用一个美学标准,比如说创新,或俄国形式主义者发明的陌生化。不过这并不是一个规范,因为艺术的原动力在于不断与规范决裂。当偏离变成规范,一如19世纪的法国诗歌由"脱臼"诗走向自由诗那样,规范一词所含有的没有规矩不成方圆之义就完全不合时宜了。当偏离被人熟视无睹时,作品有可能失去其价值;当偏离又被视为偏离时,作品有可能重获其价值。正是为了避免这种随机的摇摆不定,艾略特区别了作品的文学属性和作品的伟大之处。

前边还提到其他一些价值标准,如"复杂性"或"多价性"。有价值的作品便是人们继续欣赏的作品,因为它蕴含了多个层次,可以满足不同读者的趣味。有价值的诗便是结构凝练的诗,其特征乃晦涩难懂,因为自马拉美和先锋派以来,晦涩难懂成了一个至关重要的原则。不过,独特性、丰富性和复杂性并非只属于形式,在语义上人们也可以提出同样的要求。于是乎,意义与形式之间的张力变成了标准上的标准。

19世纪末,英国作家马修·阿诺德(Matthew Arnold)给了文学批评一个任务,即建立社会道德以筑起一道抵挡内心野蛮的堤坝,他在一篇著名文章《今日批评之功能》(1864)中定义了文学研究:"以非功利的态度去了解和讲授人们在这世上已知、已想过的最美好的东西"(*a disinterested endeavour to learn and propagate the best that is known and thought in the world*)。"(Arnold, p. 50)对于这位维多利亚时代的批评家而言,文学教学,就是要陶冶、教化那些产生于工业社会的新兴中产阶级,使他们变得更人性化。文学的社会功能与康德所说的非功利性迥然不同,它的目标是为职场人士提供闲时的精神追求,在宗教日益衰落之时唤醒他们的民族情感。第三共和国时期,法国文学便扮演了类似的角色:人们期待文学教育能培养团结、爱国和文明精神。概括在这一经典中的文学价值,在当时取决于作家们所能提供的教诲。20世纪下半期,甚至早在30年代的英国,F.R.利维斯及其剑桥的同事们就揭露了文学的这种屈从地位。他们重新圈定了英国文学的经典,提升了一些在历史和社会问题上观点不那么合群但依然相当道德的作家的地位,F. R. 利维斯称这批作家为"伟大的传统"(简·奥斯丁[Jane Austen①]、乔治·爱略特[George Eliot]、亨利·詹姆斯[Henry James]、约瑟夫·康拉德[Joseph Conard]和 D. H. 劳伦斯[D. H. Lawrence])。对于利维斯或者雷蒙·威廉斯来说,文学的价值与它所表现出来的生命、力量和体验强度有关,与它是否能让人变得更美好有关。然而,自 20 世纪 60 年代起,人们一方面要求给予文学以社会自主性即颠覆的权力,另一方面又倡导文学研究的边缘化,仿佛在当今世界,文学的价值已经变得越来越不确定了一样。

我还是按前边的习惯先来介绍对立观点:传统观点坚信文学价值(文学的客观性、文学的合法性),文学史或文学理论则根据别的理由以为自己可以取消文学价值。此处会涉及一系列表述上边对立的术语:"经典"、"名家"、"名人堂"、"典籍"、"权威"、"独创性",另外还有"修正"和"翻案"。纯粹从逻辑上讲,唯有绝对相对论的立场最为严谨(作品本身没价值),但它挑战了人的直觉:我们确能感到文学的丰富内涵,当然也不应无限夸大。

美学幻象

热拉尔·热奈特最近有一本新著《审美关系》(1997),即《艺术作品》的第 2 卷。他在书中指出,人们一直以来(从柏拉图到阿奎那再到启蒙时期)将美看作事物的客观属性。休谟(Hume②)乃最早指出审美判断因人、因时、因民族而异的人之一,审美判断的差异乃一个巨大的

---

① 简·奥斯丁(1775—1817):英国女小说家。其作品有《理智与情感》、《傲慢与偏见》、《曼斯菲尔德庄园》、《爱玛》等。
② 休谟(1711—1776):英国哲学家。其著作有《人性论》等。

难题,但休谟随即用人们的判断多少会比较相符的情况来消解之:如果我们都能做出正确的判断,那么一首诗是美是丑,我们的意见还是比较一致的。康德的第三部批判著作《判断力批判》是从"美"的客观性(古典观念)向"美"的主观性、相对性(现代浪漫观念)过渡的奠基之作。康德写道:"[……]鉴赏判断并不是认识判断,因而不是逻辑上的,而是感性的[审美的],我们把这种判断理解为其规定根据**只能是主观的**。"(Kant, p. 181①)换言之,康德认为诸如"这一事物是美的"之类的判断所表达的无非是一种愉悦的情感("我喜欢这一事物"),它不可能得到一个有客观事实支撑的论证和探讨。对康德而言,审美判断是纯主观的,一如快适判断,后者表达感官的愉悦("这一事物让我快乐");它与认识判断或(伦理)实践判断不同,它们建立在客观属性或利害原则之上。快适判断也是主观的,但审美判断与它的不同之处在于审美判断的"非功利性",就这一点康德以为审美判断只关注对象的形式(而不关注其实存)。"鉴赏是通过不带任何利害的愉悦或不悦而对一个对象或一个表象方式做评判的能力。一个这样的愉悦的对象就叫作美。"(*ibid*., p. 189;译文:第 431 页)所以,美不是第一性而是第二性的:混淆了因果关系,它成为我们称呼非功利性愉悦之情的名称(该情感的客观化或理性化)。这一深刻的革命将美学从客体移向主体:美学不再是一门关于美的科学,而是一门关于审美鉴赏的科学。大众智慧似乎早就发现了这一点,比如说这句英语的谚语:"观者眼里出美景(*Beauty is in the eye of the beholder*)。"

审美判断的主观性已是板上钉钉,但康德想尽量避免给价值观念导出一个致命的结论,即美的相对性。审美判断固然是纯主观的,但康德仍想保护它不受相对主义的伤害,他称自己这一努力为"合法追求",即追求普遍性,追求统一性。当我做出一个与快适判断相对立的审

---

① 译文取自《康德三大批判精粹》,杨祖陶、邓晓芒编译,人民出版社,2001,第 424 页;下同。

276 美判断时,我便倾向于认为大家都会认同。一切审美判断都必须获得普遍的认同:

> 就快适而言,每个人都会满足于这一点:他的建立在私人感受之上的判断,他又借此来说一个对象使他喜欢,这判断也就会是只限于他个人的。所以如果他说:卡纳利葡萄酒是快适的,另一个人纠正他这种说法并提醒他应当说:这对我是快适的。[……]所以在快适方面适用于这条原理:每个人都有自己独特的口味(感官口味)。至于美则完全是另一种情况。在这里(恰好相反)可笑的将是,如果有一个人对自己的品位不无自负,想要这样来表明自己是正确的:这个对象[……]对于我是美的。[……]如果他宣布某物是美的,那么他就在期待别人有同样的愉悦:他不仅仅是为自己,也为别人在下判断,因而他谈到美时好像它是物的一个属性似的。(*ibid.*, pp. 190-191;译文:第433页)

康德认为,对判断普遍性的追求("就像")是抽象地建立在无利害关系这一特征之上的:既然审美判断不会被个人利益所败坏,那么它就必然得到(像我一样无利害关系的)众人的认同。这一理据无疑相当理想,它忽略了休谟所说的感性差异,似乎唯有利害关系才有可能败坏鉴赏判断(比如说其属性:我家的这幅画比邻居家的美;朋友的那本书比我的好或差)。但是,在康德眼中,对审美判断普遍性的追求能够在审美"共识"(*sens communis*)中得到印证,根据这一"共识",每一个体背后都有一个感性一致的群体。热奈特给出的结论是:

277 > 每个人都会将那些给自己带来无利害的愉悦之物称为美,并借以下两点的名义要求大家认同其美:其一是内心确信其无功利性,其二是诚心认定人的鉴赏品位具有同一性。(Genette, p. 84)

这一推理显然有些仓促,因为康德只是指出了鉴赏之主观判断追求必然性和普遍性,从未说过它是合法的,也未说过它是完满的。康德确立了审美判断的主观性,继而试图让该判断摆脱相对性这一无法避免的后果;他徒劳无功地竭力挽救关于价值的"共识",一个合法的美学等级。不过,在热奈特看来,这只是一厢情愿。

因此,事物并无自在之美。主观价值被赋予客体,仿佛成了客体的属性:"Beauty is pleasure objectified(美是客观化的愉悦)。"(*ibid.*, p. 88)我们说这也是一种幻象,美学幻象,一如前边被理论所分析、所揭露的种种幻象(意图幻象、指涉幻象、情感幻象、风格幻象、发生幻象):它是对主观价值的客观化。热奈特用来与之对抗的是彻底的相对主义,其衡量尺度则百分之百是康德的主观主义。他声明:"对我而言,所谓审美评价,不过是对主观评价的客观化而已。"(*ibid.*, p. 89)热奈特认为,承认审美评价的主观性,就必然导致彻底的相对主义。理性地定义一个价值于是也不再可能。一种"共识",一种"常识",一个经典有可能产生,却是经验性的,完全没有规律,它们不可能具有普遍性,也不可能具有先验性。

热奈特的态度前后一致。他以文本诗学的名义批驳了所有常见的文学幻象,继而舍弃叙事学走向美学,用同样的方式批判文学价值并总结出了康德主观主义的种种最终后果。他认为,一如意图、再现等概念,价值在理论上没有任何关联性,根本不可能成为文学研究的可行标准。阵营的分野此刻一目了然:一方是经典的传统捍卫者,另一方是质疑所有经典价值的文学理论家。处于二者之间的则是一些人数有限的居中调停者在努力维持价值的某种合法性,但他们的立论十分脆弱,经不起推敲。启蒙运动以降,传统与权威已被动摇,人们很难再将经典视为某种放之四海而皆准的典范,不过,这难道能成为我们彻底滑入相对主义的理由吗?我将分析捍卫经典的两种尝试、维持中庸的两种做法,其一是处在古典与浪漫之间的圣勃夫,其二是伽达默尔在关键时刻发表的一个论点,该论点对价值与意图一视同仁,即既想要山羊也想要白菜,既想要理论也想要常识。

何谓经典?

1850年圣勃夫发表了《何谓经典?》一文,在文中他给出了一个关于经典的复杂丰富的定义。他想象出一些可能会来自主观主义和相对主义的反对意见,于是在很长一段时期内非常巧妙地将其排斥到一边,请看他下面的操作手段:

> 真正的经典作家,[……]就是一个符合以下条件的作者:他充实了人类精神,丰富了人类的精神宝库,他推动了人类精神的进步,在看似被探索得无所遗漏的人类精神深处发现了某些确切的伦理真相或永恒情愫;他在表达思想、观察和创新时,无论采用何种形式,形式皆开阔宏大、细致敏锐、健康优美;他在对所有人的讲述中既拥有自己的独特风格,又能使自己的风格被大众所接受,这风格没有生僻词汇但又令人耳目一新,它兼收新旧,生命常青传万代。(Sainte-Beuve, t. III, p. 42)

经典作品跨越了所有的矛盾与冲突:个体与全体,现实与永恒,局部与整体,传统与独创,形式与内容。这段关于经典的颂词相当优美,不过优美过了头,不再适用于实际。

需要指出的是,作为观念和术语,"古典主义"在法语中出现得很晚。该术语现身于19世纪,"浪漫主义"时期被用来指那些新古典论调,即经典传统的拥趸和浪漫灵感的敌人。作为形容词,"classique"(经典的)出现在17世纪,用来形容那些作为榜样值得效仿并拥有权威性的作品。17世纪末,该词指的是那些在课堂上讲授的作品,18世纪,它又被用来指那些属于古希腊、古罗马的作品。直到19世纪,借鉴德语的用法,它才成为"浪漫主义"的反义词,被用来指代路易十四时代的那些大作家。

首先,圣勃夫所做的理想化定义——"真经典",与伪经典或假经典相对立——与"一般定义"大相径庭。他指出:"根据一般定义,经典作家乃古代作家,即某位在其体裁类型上备受尊崇、享有盛誉的作家。"(*ibid*,. p. 38)"古代"、"备受尊崇"、"享有盛誉"这三大特征被圣勃夫搁置一旁,因为他认为这些特征源于古罗马。圣勃夫指出,在拉丁语中,"classicus"(经典)一词原本是一个社会阶层概念,专指那些拥有一定收入的纳税公民,其对立面是"proletarii"(贫民),即不纳税的人。后来奥卢斯-盖里乌斯(Aulu-Gelle①)将这一二分用暗喻的形式用在文学上:在《阿提卡之夜》中他说"经典作家[……]不是贫民作家"(*classicus adsiduusque aliquis scriptor, non proletarius*, XIX, Ⅷ, 15)。对罗马人来说,经典作家就是古希腊作家;后来,对于中世纪和文艺复兴时期的人来说,经典作家包括古希腊、古罗马以及所有其他古代作家。古代作家,权威的化身,他们属于"二古国"(Sainte-Beuve, t. Ⅲ, p. 39)。二古国相交处,有维吉尔——名符其实的古典诗人,他后来被艾略特在《何谓经典?》(1944)一文中视为帝国的象征,该文上承圣勃夫。艾略特还认为:没有帝国就没有经典。

圣勃夫摈弃了经典的习惯定义,因为他关注的是意大利语、西班牙语、法语现代文学中经典的登基。如此一来,"经典"与"传统"这两个概念就不可分割了:"'经典'这个概念本身就蕴含着某种可传承的、厚重的内涵,蕴含着某种浑然一体的、可以构成传统的内涵,拥有某些自成一家的、源远流长的内涵。"(*ibid*., p, 40)换言之,如果该事物在本质上具有系列性和概括性,如果经典的品质不只是属于一位具体的作家(至少自第一位影响了万代后世文学的最伟大的诗人荷马以来),如果经典和传统是同一物的两个名称,那么,"何谓经典?"这个最初的问题就提

---

① 奥卢斯-盖里乌斯(约130—约180):罗马语法学家,所传著作有《远古夜》12卷。

得很有问题了。一部经典,是一个类的成员,是传统上的一环。按照上述说法,我们可以揭露法国文学不够尽善尽美,因为它不拥有像但丁、塞万提斯、莎士比亚、歌德这样卓越的天才,独绝的秀峰,能代表欧洲其他民族文学精神的经典作家,不过——这也是老生常谈——法国的经典作家形成群体,构成了一道具有群体效应的风景线。圣勃夫的本意并不是要为法国的特殊情况进行辩护,但他毕竟率先提出了一个关于法国文学的"经典中心论"——巴特后来对此深表遗憾(Barthes, p. 175)。置古今之争于不顾,圣勃夫在"路易十四世纪"中找到了一个可以作为传统的无可辩驳的经典模型:"最好的定义就是实例:自法兰西拥有了路易十四世纪,自它可以拉开一定距离来审视这一世纪,法兰西就明白了什么是经典,这效果要比推理效果好上百倍。"(Sainte-Beuve, t. Ⅲ, p. 41)于是,一个规范出台了。根据圣勃夫的定义,经典,或经典传统,在原则上包括文学运动,如布瓦洛(Boileau①)与佩罗(Perrault②)的古今之争的辩证互动。具有讽刺意义的是,最终取代古代作家成为法国经典作家的不是拥今派反而是拥古派作家。

我们知道圣勃夫在反对谁,因为他对经典的定义带有论战性质并自相矛盾:总而言之,他的定义是浪漫的,反经院的。1835年出版的《法兰西学院词典》认为经典是谋篇和风格的典范,"大家必须依样而制";他对此提出了公开的挑战:"显然,这种对'经典'的定义出自那些在世的老前辈即地位尊崇的法兰西学院院士之手,其用意是为了对付浪漫派这一大敌。"(ibid., p. 42)这就是圣勃夫做出上述定义的原因。作为崇尚进步的自由派,圣勃夫要调和传统与创新、现世与永恒,其做法与数年后更为出名的波德莱尔的"现代性"在本质上没有多大区别,后者主张从转瞬即逝的过眼云烟中提炼出无愧于古代的艺术。对圣勃夫来说,所谓经典作家,即"在对所有人的讲述中既拥有自己的独特风

---

① 布瓦洛(1636—1711):法国文艺理论家、诗人。其著作有《讽刺诗》等。
② 佩罗(1628—1703):夏尔·佩罗,法国诗人、文学评论家。其著作有《佩罗童话》、《诗歌艺术》等。

格,又能使自己的风格被大众所接受,这风格没有生僻词汇但又令人耳目一新,它兼收新旧,生命常青传万代"。在这个长句的尾部,圣勃夫有点失控,他试图让风格一词包容过多的悖论:特殊与普遍、古代与现代、现实与永恒。不过他还算诚实地描述了这一独特乃至奇特的过程:在这个过程中,一位在其首批读者眼中是叛逆者的作者后来转变为传统的继承者,"秩序与美之平衡"的恢复人。在关于经典的这个浪漫或现代的定义中还纳入了接受"节奏"(tempo)这个概念,圣勃夫认为,其最佳的代表是莫里哀(Molière)。为了自圆其说,圣勃夫不厌其烦地引用歌德,后者将一位作家的伟大归之于其作品历久弥新的妙境:一个经典作家,就是一个让人永远觉得有新意的作家。

圣勃夫也意识到自己的经典观在另起炉灶,因为法兰西学院及新古典主义通常的规定是"规范、睿智、节制、理性的条件"(ibid., p. 43)。他拒绝"让想象和感性屈从于理性"(ibid., p. 44),再次借助歌德颠倒古典主义和浪漫主义的极性:

> 我将经典作品称为"健体",将浪漫作品称为"病体"。对我而言,《尼伯龙根之歌》(Niebelungen①)的诗句与荷马史诗一样,同属于经典,两者均雄健有力。并不因为时下的作品是新的所以它们就是浪漫的,而是因为它们是孱弱的、病态的和不健全的;并不因为古代的作品是古老的所以它们就是经典的,而是因为它们是雄健的、清新的和饱满的。(ibid., p. 46)

结果呢,新生的经典活力四射,强有力地冲击和震撼了关于美和关于合宜的规范。立即得到公众接受的总是那些学院派经典,平庸但合乎理性。但轻松的成功往往代价高昂,一时闻名遐迩,后世湮没无闻:"过快地成为当代人的经典并非好事,其作品在后世很可能无人问津。[……]红极一时却生命短暂,这样早熟的经典可谓不胜枚举!"

---

① 《尼伯龙根之歌》:德意志中世纪史诗。

(*ibid.*, pp. 49-50)经典之于其时代必定是超前的,这是先锋派和未来主义者的理念,它直到19世纪末才深入人心,并在20世纪成为文人的口头禅。圣勃夫没有这样说,他只是像司汤达和波德莱尔那样提示说,无法立即得到承认是天才的处境之一:"在经典问题上,最出乎意料的才是最优秀、最伟大的。"(*ibid.*, p.50)莫里哀再次成为这方面的例证:他是路易十四世纪最令人感到意外的诗人,但根据19世纪的观点他是那个世纪的天才。19世纪以来,文学领域趋于独立;今天,当布尔迪厄描写因此而生的审美价值的悖论经济时,其观点也没有什么不同,他告诉我们说:"唯有在经济阵地上有所失(至少在短期内),艺术家才能在象征领域成功。反之亦然(至少在长期内)。"(Bourdieu, p.123)简言之,在最初的接受中,"优秀"作家的读者往往只有其他与之竞争的"优秀"作家,因其作品离奇诡异,他需要更多的时间来获得读者,即把自己的评判标准强加于世。

圣勃夫将路易十四世纪的作家作为经典样板,被他指名道姓的有莫里哀,不过这经典并非仿效之典范,而是永远令人心醉神迷的无法企及的高峰。虽然此处的范式来自路易十四世纪,但是受歌德和"世界文学观"(*Weltliteratur*)的影响,圣勃夫关于经典的观念是世界的而不是民族的:

> 无论在哪里,荷马都始终是第一个最接近神的人;不过,就像神的身后必然有东方三圣一样,我们在荷马的身后看见了三位超群绝伦的诗人,三位长期不为人知的荷马,他们曾为古老的亚细亚人民留下宏伟壮阔、万世景仰的史诗。他们便是古印度的伐尔米基(Valmiki)和毗耶娑(Vyasa),古波斯的费尔杜希(Firdousi)。(Sainte-Beuve, t. Ⅲ, p.51)

语气虽说有点老气横秋,但圣勃夫的法兰西民族自恋情结并不是太强。阿诺德·马修——圣勃夫的崇拜者,重申了这一关于经典的、普遍的而非民族的自由化定义:"世人心中所知所念的人间精品。"

文学中的民族传统

在另一场合,即 1858 年巴黎高等师范大学课程开讲时,圣勃夫对经典又给出了一个更规范且不那么自由的定义。其表述相当突兀:

有一种传统。

如何理解之?

如何保持之?(Sainte-Beuve, t. XV, p. 357)

在公布上述授课提纲之前,圣勃夫多次使用第一人称复数,以便与听众打成一片,达成民族认同和审美共识:"我们的文学","我们的主要文学作品","我们最辉煌的世纪"(ibid., p. 356)。他指的当然是路易十四世纪。面对高师的学生,一味列举古印度、古波斯诗人当然不妥,所以他只讲"我们的"传统:"我们必须拥抱、理解这些先师和名家的遗产,永不离弃。"(ibid., p. 358)"我们"在这几页讲义中无处不在,仅在最后一分钟才出现了一次"我":"我不否认人类在某种程度上普遍具有创作诗歌的能力。"(ibid., p. 360)显然,这已不再是教授视野所关注的领域。同样,想象高于理性的观点被推翻,因为在这里,"理性必须统御而且是最终的统御,即便你是想象力的天宠也应如此"(ibid., p. 368)。

歌德再次被引用。1850 年圣勃夫曾引用过诗人三段话,此刻再度引用其中两段,却有了不同的意味,让圣勃夫与之拉开了距离。帕尔纳斯派在引语中依然被描述为一道秀丽宜人的风景,在那里人人皆得其所,大小皆安其位,但圣勃夫对那一洛可可(rococo)形象已经开始产生怀疑:"(歌德)发扬光大了帕尔纳斯派,为它排位[……];他让它变得与加泰罗尼亚的蒙特-塞特拉山(这座山与其说是圆的还不如说是锯齿状的)极其相似,或许过分相似了。"(ibid., p. 368)"或许过分相似了",前两个副词道出了他的怀疑和过犹不及的现象,圣勃夫对歌德的普遍主

义表示出相当大的保留态度:

> 若非对希腊情有独钟,若非希腊校正了他的"淡漠"(indifférence),或者说得好听一点,他对什么都感兴趣的习性,歌德便有可能迷失在无限性和不确定性中;他对人类顶峰之作如数家珍,倘若奥林匹斯山不是他的挚爱,那么,他将去往哪里? 或者不去哪里? 他这个最开放、最了解东方的大师。
> (ibid., pp. 368-369)

圣勃夫对歌德笔下留情,因为统治他精神的依然是古典主义,但面对巴黎高师的青年学子,东方则变成了沉沦之地:"追求美的多样性,他(歌德)的漂流之旅将不会有止境。不过,他迷途知返,坐下并找出一个角度,眼中世界沉浸在最为明媚的春光中。"(ibid., p. 369)这个固定的角度,这一俯瞰万山的高峰,当然位于希腊,位于拜伦(Byron)歌唱过的苏尼恩(Sounion)海岬:

> Place me on Sunium's marbled steep.
> (请把我留在苏尼恩石坡上。)

勒南的《青少年往事》(1883)中有一个名篇——《雅典卫城的祈祷》。文中歌颂了"希腊奇迹",说它是"惊鸿一瞥,前无古人后无来者,但其影响长存于世,我想说的是一种永恒的美,一种没有任何区域或民族瑕疵的美"(Renan, p.753)。用这一理想来衡量,异国风情便不够档次了。

继续评述歌德的名言,圣勃夫说:"我将经典称为'健体',将浪漫称为'病体'……"这个说法与别人有所不同。在他 1850 年的文章中,以莫里哀为代表的经典的特征曾经是不可预见性。但在 1858 年的授课中,歌德句子却好像被理解为经典文学的健康取决于"作品与时代、社会环境、社会主导权力和准则是否一致,是否合拍"(Sainte-Beuve, t. XV, p.369)。经典文学浑然天成,它"不抱怨,不呻吟,不会'自怨自艾'。悲痛有可能导致过激,但美总是安详的"。美是坚实的、坚强的、合理的,不知"忧郁"为何物。此时的经典已不再是 1850 年的经典,已经偏离其原义,不过圣勃夫此刻对它的描写用了一些以往他避免使用的理性的、可敬的、俗人的语言:"经典[……]有多种特征,其中之一便是爱祖国、爱时代,看不见别的比这更美、更迷人的东西。"(ibid., pp. 370-371)圣勃夫不再暗示未来会补偿那些不为同代人所理解的大作家;经典作家心平气和,知足应时,不怨天尤人,也不会危及身后之名。此刻的参照唯有过去,就此而言浪漫情调是一种病征:"浪漫者忧古怀旧,比如说哈姆雷特;他追求自己没有的东西,直到云那边天尽头[……]。19世纪,他钟情于中世纪;18世纪,他与卢梭一块参加革命。"(ibid., p. 371)卢梭的忧郁表明,革命的憧憬其实是乌托邦的源头。在一个"才华与生活环境、精神与社会制度相平衡"的梦境中,经典之健体与浪漫之病体皆冰消雪融,融于一段颂歌,歌颂"我们美丽的祖国",歌颂"我们越来越美的大都市,我们祖国的最佳象征"(ibid., p. 371)。这类颂词与波德莱尔对巴黎的描写有得一比,比如说他在同一时期所写的《天鹅》。

上述对价值、对经典的看法与圣勃夫最初的说法相去甚远,近乎于对立,反而比较接近课堂上的说教:第三共和国鼓吹文化、语言民族主义,鼓吹"伟大世纪"的经典主义,即后来被巴特斥之为庸俗的"经典-温和派"。圣勃夫在自由主义与权威主义之间左右摇摆,为报刊撰稿他讲自由,面向学生他讲权威,因为经典的定义要看将它用在何方。在第一篇文字里,圣勃夫选择了作家的视角,经典以其多样性、独特性以及代代常新性激励作家力争上游;但在巴黎高师,讲话的是教授,价值标准变了:那不再是想当作家之人对前辈的滔滔敬仰,而是将文学应用于生活,即文学对人和公民的教化作用。

拯救经典

从18世纪末开始,经典一词渐渐有了两种含义,在这一点上,圣勃夫关于经典即文学价值的思考,就其张力和表现出来的矛盾而言,具有典型性：经典即超越民族与时代的作品，构成人类共同的遗产；经典构成民族宝库，在法国即路易十四世纪。比如说阿诺德·马修就是一个圣勃夫式的普遍主义者，他颇为知名（但在今天是一个不好的名声），因为他为了培养道德和爱国，在大、中、小学建立了英国文学课程。在19世纪人们就是这样理解的，经典同时具有两张相互竞争的面孔，一是"历史的"，一是"规范的"：理性与权威，二者并行不悖。圣勃夫还沿用了一种自启蒙运动以来十分常见的说法，借此人们试图重新恢复规范之于历史、权威之于理性的合法地位，尽管当时流行相对主义。这就是圣勃夫前后两个文本因受众不同而有所不同的原因：在一次交谈中，圣勃夫充当了世界文学的辩护人，因为想象在其中有一席之地；在大学课堂上，他以理性的名义捍卫民族文学。对于圣勃夫、阿诺德这样深思熟虑的业余理论家以及后来的T. S.艾略特来说，挑战之处就在于如何在休谟、康德之后，在启蒙运动、浪漫主义之后，找出一条为文学传统辩护的途径。圣勃夫与那些即便是理论所必需也不愿揭露常识和牺牲经典的人一样，时而体现出自由倾向，时而体现出教条倾向。

一位近代哲学家，比如说伽达默尔，即便其推理看上去更复杂、更抽象，在实质上并没有多大不同。他们的目标是一致的：从无序中抢救出经典。伽达默尔发现，19世纪，随着历史主义的兴起，过去像是超越了时间的"经典"概念开始被用来指一个历史阶段或一种历史风格，而且其起点和终点非常明确：古代经典。然后，这位哲学家又声明，上述意义变动并没有损害"经典"超越历史的规范价值。恰恰相反，过去人们可能一直认为规范性是武断的，而历史主义很可能最终证明历史风格完全可以成为超历史的规范。伽达默尔有多么能言善辩，历史主义又如何让经典重获合法化，请看下文：

历史思维试图让人相信，关于历史进程的一切目的论观念的历史反思和批判，会彻底清除判定某物为"经典"的价值判断，然而，事实绝非如此。"经典"概念所蕴含的价值判断反而会在上述批判中获得新的合法性，真正的合法性：所有能经得住历史批判的事物都是经典,因为该事物固有的历史力量和可保存、可传承的权威力量将超越所有历史反思,并在反思中长存。(Gadamer, pp. 308 - 309)

伽达默尔置历史主义于不顾强行回收了经典这一概念,尔后,他准备用这一概念来描述那种抵制历史主义的艺术,即历史主义也承认遇到其抵制的艺术,这恰好说明经典的价值无法简化为历史。重建的经典概念不仅是一个有赖于史学意识的描写概念,还同时是一个历史现实和超历史现实:

> 经典是不受人世沧桑和趣味变幻之影响的作品;经典是立即让人心动的作品[……]。将一部作品称为"经典",那大多是因为我们感悟到了它的恒常性,它那不朽的含义,它超越了一切具体的时空坐标,常在常新。(ibid., p. 309)

最后的说法让人想到圣勃夫。"经典"一词有两义,一是规范,一是时限,但二者并不一定不相容。恰恰相反,至少伽达默尔如此认为,自经典成为一个界限明确的历史时段的名称后,经典传统就获得了存在的理据,其固有的外套——武断无理——则不复存在。因为"回溯历史,我们称过去曾有过的那么一段唯一的辉煌为经典,那辉煌突显并成就了经典"。从规范人们得到一个内容,这内容既指一个关于风格的理想又指一个实现该理想的时代。

伽达默尔认为,将全部古典名著称为"经典",不过是恢复了几个世纪以来经院或新古典主义传统惯有的用法:古典规范,乃近古所立,它属于历史,属于过去;经典既指一个历史阶段,又指衰落之后看见的一个理想。人文主义亦是如此,它所重新发现的文艺复兴时期的经典规范,既是历史的又是理想的。其实,即使经典显得像是一种规范,它始终属于历史:即使作为命令式的教条而不是作为有理有据的评价,规范总能因此而得到证实。

伽达默尔细致入微的推理,使经典长达千年作为统一规范的含义与经典作为确定风格的历史主义概念联系起来。在原始意义上，经典似乎具有"先验的"超历史性，然而，它来自对过去历史的追溯性评估：在经历过一段冷遇之后，经典重新获得了人们的认可。经典作家被界定为某一种体裁创作的典范，而非被随意指定为某一体裁的典范，因为他们所起的范例作用在文学批评家的追溯眼光中一目了然。通常，经典指的是某一个时段，指的是在某个前后界定分明的时段中某种风格的最高典范；经典永远应该经由理性评估予以论证和推介。

19世纪的历史主义恢复而不是清除了经典这一概念。直到那时一直被视为规范的经典具有历史有效性，于是它已经准备走向黑格尔所说的普遍外延：黑格尔认为，一切有着内在"目的"(telos)统一性的美学发展，都是名副其实的经典，所以经典不仅是古典。普遍规范之概念，借助历史的特殊的成功，在风格史中也成为一个普遍概念。经典指那些经过时间大浪淘沙之后的遗存。黑格尔认为，经典便是"自身所特有的意义，于是也是自身所特有的阐释"。伽达默尔对此有以下评述：

> 归根结底，所谓经典，[……]绝不是关于某一逝去之物的声明，也不是关于某一待阐释之物的证据；相反，所谓经典，就是一本在任何时候都有意义的书，读者翻开它就一定会感到它为自己而写。(ibid., p. 311)

这些话又让我们想到圣勃夫的定义，不过，伽达默尔还是想利用一下历史的作用的，所以他又补充说："所谓'经典'，无疑是'超时性'的，不过，超时性也是一种历史的存在模式。"(ibid., p. 311)既是历史的，又是超越历史的，历史的超时性，经典成为一个可接受的关于过去与现在的一切关系的模型。

此经典与彼经典，历史的与超历史的，他们讲得很有理，人们很难想出比他们更妙的法子来进行调和。姚斯从伽达默尔的温和阐释学——温和阐释学乃其接受美学的原则，也是他从解构中救出阐释学的最后尝试——中吸取了不少营养，却对这种为救经典而玩的把戏进行了抵制。姚斯并无非分之想，或者说，他担心这种救经典的疯狂会损害伽达默尔阐释学的真正目标，损害接受美学，因为接受美学的角色并不是经典的终极救赎者，尽管这是它得到的最明显的结果。不管怎么样，姚斯不认为以否定性为主要特征的现代作品可以套入经过伽达默尔翻新的黑格尔图式，后者认为作品之价值即其特有含义。这种图示本身难道不是产生于我们常能观察到的某种循环吗？伽达默尔赞赏某些作品，或某些他人未注意到的作品，即他拿来与现代作品对照的所谓经典之作，然后根据这些作品总结出上述图式。

姚斯认为，这种关于名著的目的论观念掩盖了"作品最初的否定性"，没有这种否定性，就不会涌现出伟大的作品。任何作品都逃不出时间的检验，来自黑格尔的经典概念过于狭隘，很难用来描写真正的名著，尤其是现代名著。其概念过于依赖"模仿"美学：文学的价值，一般艺术的价值，并不只取决于它们的再现功能，还取决于它们的实验或"体验"层面（用来衡量它们引发的感受），这才是现代文学的特征（Jauss, p. 62）。一如黑格尔，伽达默尔的经典概念抬高传统，但传统原来并没有呈现出"经典"的面貌。姚斯强调说："即便是过去的那些文学名著，也不会透过其内在调节能力达到被接受、被理解的目的。"（ibid.）

姚斯虽然要与黑格尔和伽达默尔划清界限并像是要颠覆经典的定义，但他提出的用来替换的价值标准依然保护了规范。现代名著依靠否定性，在后世它们也会变成经典，于是那时其否定性就成了经典价值的真正依据。任何经典都会有伤处，其同代人看不出来的伤处，它会影响作品后续的生命。作家并非生来就是经典的，他变成经典，这也说明经典者不一定就永远经典，这也是伽达默尔竭力想避免的情况。

对客观主义最后的辩护

时至今日，并非所有人都乐意接受鉴赏判断具有相对性的观点，因为其后果十分严重，将导致针对文学价值的怀疑主义。经典就是经典：自康德、圣勃夫到伽达默尔，人们进行了无数次近乎绝望的尝试，要不惜一切代价捍卫经典，要避免从主观主义滑向相对主义、从相对主义滑向无政府主义。对解构阐释学和文学理论所引发的怀疑主义敬而远之，分析哲学成为捍卫经典最后一战的主角。热奈特对此有过详尽的描述和评价。无论是在认识上、伦理上，还是在审美上，分析哲学家都在源于主观主义的相对主义中看出了虚无主义的危险倾向。否定了客观标准、稳定价值和理性讨论，文学理论偏离了普通语言和常识，根据后者，我们的判断不可能完全脱离作品，而分析哲学关注和解释的也是普通语言和常识。

比尔兹利曾揭露意图幻象——这一行为，至少在美国土地上，可以被视为文学理论的出生证——但他最后也未敢断言审美价值判断也是一种相类似的幻象。他后来试图重建一种他所谓的审美"工具主义"，如果不能称其为客观主义的话。通过另一个转折，作品再次被定义为工具、程序或乐谱，这也是温和接受理论的主张，其目的是确保文本与读者、限制与自由之间的辩证关系：很难坚持认为意义完全在文本中，所以只好玩个滑稽，找个折中办法（作品是工具、程序、乐谱），进而证明它也不完全在读者手里。同理，如果一定要承认审美判断是主观的，那作为工具或程序的作品在审美判断中就没有一点客观的分量吗？总而言之，没有作品，判断无从谈起。

在《美学：文评哲学中的问题》(1958)一书里，比尔兹利介绍了两种对立的理论，一是客观主义的，一是主观主义或相对主义的，他对双方各打五十大板，最后提出第三条道路。他同时撇开了审美评价中的"源生性理由"(作品意图和起源)和"情感性理由"(对观众或读者的作用)，回到了客体的可观察属性之上。严格的客观主义与品味的多变性相冲突，但极端的主观主义将导致人们无所适从：一旦有分歧，我们凭什么说谁对谁错(对评判的评判)？在沙里波德与西拉两礁石①之间，比尔兹利将自己的中间道路称为"工具主义"理论。根据这一理论，审美价值取决于审美客体所引发的经验强度，具体讲，即客体有能力提供的审美体验的强度，这其中有三个主要标准，即潜在的体验"强度"、"统一性"和"复杂性"(Beardsley, p. 529)。这三种品质足以——至少比尔兹利这样认为——构建一种内在的审美价值，即一种说服对方认错的理性手段。意见不统一时，我可以说明自己何以喜欢，何以不喜欢，何以喜欢这个而不是那个，并给出喜欢或不喜欢、更喜欢或不太喜欢的最佳理由。将统一性、复杂性、强度作为衡量审美体验的尺度，我可以有说服力地证明为何应该喜欢 x 而不是 y，反之为何不妥等。

　　作品应当具备给人以某种情感体验的"能力"，这种体验的强度、统一性和复杂性可以用来衡量作品的价值(*ibid.*, p. 531)。走出理论二难选择之困境的出路就是接受理论。伊瑟尔要拯救文本，里法泰尔要拯救风格，姚斯要拯救历史，和他们一样，比尔兹利也求助于这一模棱两可的方案来消解非此即彼的客观主义与主观主义。文本与读者之间的中间道路就是作品-乐谱论。不过，作品中的这种潜在能力到底是什么东西呢？为何它不能是作品的一个客观属性呢？我们还能把它想象成别的什么吗？

　　热奈特认为比尔兹利的理论不够严谨，他为经典构筑的围墙不堪一击。热奈特还说，比尔兹利的价值标准恰好让人想到托马斯·阿奎纳关于美的三条件："完善"(*integritas*)、"和谐"(*consonantia*)、"明澈"(*claritas*)(Genette, p. 94)。在热奈特看来，上述比较莫名其妙：被命

---

　　① 沙里波德与西拉：位于意大利和西西里岛之间的两块礁石，附近水流湍急，船只很容易出事。这里暗指彼此极端对立的客观主义与主观主义。

名为"工具主义",被化装成接受理论,上述客观主义已变得似是而非。再者,正如姚斯反对伽达默尔时所强调的那样,经院哲学和分析哲学所共有的三大标准表明了经典品味的恒常性,驳斥了个人兴趣这个外在于文学的因素。"完善"、"和谐"、"明澈"体现的是一般意义上的经典作品的特点,而"强度"、"统一性"和"复杂性"所描述的则是读者对经典作品的体验。与此相反,现代作品质疑统一性,优先选用那些零散破碎的结构;或者走另一条路,打破复杂性,比如在单色作品或序号作品中就是如此。"强度"、"统一性"和"复杂性"标准会让人想到柯勒律治所推崇的,后来被19世纪"美国文艺复兴"(Matthiessen[①],1941)当作纲领的"有机形式",它们显然完全符合比尔兹利所宣扬的新批评派的美学诉求。新批评派有一个名篇,即克林斯·布鲁克斯(Cleanth Brooks[②])所写《精致的瓮》(1947),他将诗歌比作一个精雕细刻、四平八稳的瓮,具有很强的统一性,能够化解一切内部的悖论和歧义:这不是杜尚(Marcel Duchamp[③])的一件"成品艺术"(ready-made),而是一个希腊古瓶,它通过强度、统一性和复杂性提供了可衡量的体验。前面我们曾说,哲学家纳尔逊·古德曼要为风格恢复名誉,为避免主观性,他也落入了传统鉴赏标准的窠臼,他主张"美学的三个征兆可以是句法密度、语义密度和句法完整度"(Goodman,1976,p.252)。然而,从现代主义到后现代主义,托马斯·阿奎纳、柯勒律治、比尔兹利、古德曼的这一套标准可谓是备受鞭笞。值得一提的是,面对(眼下已被批臭的)客观主义和(大多数人难以接受的)相对主义,经典鉴赏的卫道士们一直在探寻第三条道路,一条几乎不可能存在的道路,他们没有意识到这条道路在原则上排斥现代艺术。

[①] F. O. 马西森。

[②] 克林斯·布鲁克斯(1906—1994):美国新批评学派批评家。其著作有《精致的瓮》、《小说导读》、《诗歌导读》、《戏剧导读》、《现代诗与传统》等。

[③] 马塞尔·杜尚。

价值与后世

为极端立场进行辩护要容易一些,虽说客观主义与主观主义都与人们的"常识"不符,后者希望价值拥有一个至少是相对的稳定性。所有的折中方案,包括康德的,都显得那么不堪一击,一驳就倒。热奈特之所以能毫不犹豫地祭出某种强硬的美学相对主义,是因为他从不思忖个人欣赏与社会集体评价之间的关系,从不思忖无政府主义为何不是主观主义的滥觞。理论之所以如此诱人,不仅是因为理论常常道出了真理,还因为理论永远只蕴含一部分真理,理论的反对者的观点同样有可取之处。然而,调和两种真理从来不是一件轻松的差事。

由于缺乏理论支撑,那些经验老到的观察家们毅然倒向了主观的个人品位论,却抗拒相对主义,殊不知相对主义乃上述立场之必然结果,于是他们求助于事实,也就是后世的评价,以此为证据来为价值的客观性或者说至少是它在经验上的合理性做辩护。据说,随着时间的推移,优秀作品将淘汰劣质作品。贺拉斯在给奥古斯丁的信(*Epistulae*, II, I, V. 39)中写道:"Est vetus atque probus centum qui perficit annos(流传百年以上的作品是古老且严肃的)。"可实际上该信的宗旨是维护新派,反对旧派之一统,并讥笑那种所谓诗歌如酒,越久越醇的说法(*ibid.*, V. 34)。热奈特也不赞同这一守旧论调,并针砭之:

> 对潮流的浅薄追风,对新意的暂时不解,皆将过去;真正优美的作品[……]终将扬名于世,成功经受"时间的考验",这就是其优良品质无可争议的标签。(Genette, p. 128)

经过了时间考验的作品流传下来,长存于世。我们可以寄望于时间,它将淘汰那些迎合浅薄者口味的作品(即姚斯所说的消费性或消遣性作品),或反之,将遴选出那些初读很难但意义隽永的作品。重复前边姚斯的例子:《法妮》在一代人后堕入了"烹调"作品的炼狱乃至地狱,《包法利夫人》逐渐取而代之成为名著。今天,历史学家(文献学家、接受美学家)们谈到福楼拜上述代表作的背景时,才会提一提《法妮》。

波德莱尔称后世为"纠错者",这一说法实际上就是姚斯反驳伽达默尔经典概念时所持的论调(不可否认,接受美学就是关于文学作品后世流传的情况史),无论是拥经典派还是现代派,对上述论调都很满意。经典派认为,时间将涤除文学作品中的时髦效应,涤除昙花一现的虚假价值。现代派认为,时间将揭示真实价值,将渐渐展示出那些初期不为人青睐的难啃作品中所具有的真经典品质。上述二元辩证观,自19世纪被提出以来已无人不晓,我就不深谈了:此说法乃"经典的浪漫主义",即经典的在其时代是浪漫主义的,浪漫主义的在明日是经典的。司汤达在《拉辛与莎士比亚》(1823)一书中提出了这一观点,先锋派为了论战又重申了这一观点,结果到最后他们甚至认为,立即受到欢迎获得成功,这对作品来说一定不是一个好兆头(Compagnon,1989,pp.54-55)。普鲁斯特坚信一部作品能够创造一批后代的读者,不过他又说一部作品会排挤另一部作品。可叹的是,在求新的传统中,关于后世的讨论是一把双刃剑。

西奥多·阿多诺(Theodor Adorno①)认为,只有一部作品的初始效应被驱散、被超越或被戏拟之后,该作品才会成为经典(Adorno,p.250)。按照这一推理,初期的读者只能是误读者:他们爱作品的理由一定是一个有问题的理由。正确的理由唯有等待时间来揭示。正确的理由在首批读者选读该书时也在暗中起作用,但那时他们还不明白那到底是什么。与伽达默尔不同,阿多诺并不打算为经典传统做辩护,他只想用否定性或陌生化之动力学来解释现代性。他提示说,前代的创新只有在后世创新的光照下才能为后人所理解。时间的距离使作品得

---

① 西奥多·阿多诺(1903—1969):德国哲学家、文艺批评家、音乐理论家,法兰克福学派的创始人之一。其著作有《论自由》、《否定的辩证法》、《启蒙的辩证法》等。

以摆脱其时代的局限和最初的效应,因为这局限、这效应妨碍读者读出作品的真意。《追忆似水年华》刚出之时,作者生平告诉读者他附庸风雅,哮喘,是同性恋者,于是读者有了一个关于作者(意图和气质)的幻象,该幻象妨碍读者读出作品的真价值;唯有后世的读者不再有上述偏见,或者他们的偏见与上述的不同,他们不再觉得《追忆似水年华》怪异,因为普鲁斯特的作品越来越有名气,越来越好读,甚至因为他们的阅读品位就是这本书培养出来的。普鲁斯特还说,雷诺阿(Renoir)之后,所有的女人都用雷诺阿之眼来审美。普鲁斯特之后,塞维尼夫人(Mme de Sévigné①)对女儿的爱将被解读为斯万的爱。所以,作品价值一旦开始提升,就很有可能进入加速度的轨道,因为这种提升会使作品成为文学评价的标准:作品的成功证明它是成功的作品。

于是乎,时间成为识别真价值的有利条件。不过,地理距离和种族差异也有助于价值的筛选,一部作品通常在远离出版地的异国他乡被解读得更为洞察入微,了无羁绊,例如普鲁斯特的作品在德国、英国或美国反而能更早或更好地被读者接受。这些国家所用的比较术语有所不同,不那么狭隘,更宽容一些,其偏见也有所不同,没有那么苛刻。

关于后世或异域的说法令人安心:时间或距离将进行筛选;我们大可对之抱有信心。但是,这并不意味着那个对作品的评价就永远正确,也不意味着对于它的鉴赏就彻底摆脱了跟风的嫌疑。拉辛的悲剧《费德尔》在几个世纪里完全盖过了普拉东(Pradon②)的《费德尔》的名声。两剧本的高下似乎已有定论。但这定论永远不变吗?谁又能够肯定,普拉东的《费德尔》在后世永远没有机会压倒拉辛的呢?虽说这种可能越来越小。一部作品,经过时间的炼狱,进入或者回归经典,这绝不等于它获得了永恒。古德曼说:"一部作品可以随时间而变换面孔:或咄咄逼人或魅力无穷,或闲情逸致或令人生厌。"(Goodman, 1976,

---

① 塞维尼夫人(1626—1696):法国女作家。其著作有《书简集》,以文笔清丽、感情细腻、措辞委婉典雅而著称。

② 普拉东:尼古拉·普拉东。

p. 259)名著因接受而趋向平庸,所以它始终在烦恼的窥视下。或者,按照圣勃夫的说法,真正的杰作,是那些永远不会令人觉得乏味的文本,如莫里哀的剧作。

最近几十年来,为了把握作品的无常命运,艺术史的一个分支——鉴赏史——获得了极大的发展。弗朗西斯·哈斯克尔(Francis Haskell[①])是其杰出代表,他提出了一个令人担忧的前提:"有人说时间是最高裁判。这完全是一个既无法证实又无法推翻的论断[……]。谁也无法肯定一个重新被人想起的艺术家不会再次被人遗忘。"(Haskell, pp. 10-11)鉴赏史研究作品的流行,庞大系列的形成,博物馆的藏书以及艺术市场。类似的调查如果能用于文学,当然令人欢迎,但谜底仍未解开。真正的经典作品难道是一部在未来任何时候都不令人厌烦的作品吗?除了专家权威们的论点之外,难道就没有其他维护经典的说法了吗?

走向温和的相对主义

为了与新古典主义教条对垒,现代派强调文学价值的相对性:作品进入经典系列或退出经典系列完全取决于品位的变幻与好恶,这一运动本身无任何理性可言。这样的例子举不胜举,比如说近 50 年来重见天日的作品,就有巴洛克诗歌、18 世纪的小说、莫里斯·赛夫(Maurice Sève[②])和萨德(Sade[③])侯爵。对于所有想找到一个恒定不变的理想标

[①] 弗朗西斯·哈斯克尔(1928—2000):英国艺术史学家。其著作有《赞助者与画家:巴洛克时代意大利艺术与社会间关系之研究》、《艺术中的再发现》、《趣味与古物》、《过去与现在》、《历史及其图像》、《短暂的博物馆》等。

[②] 莫里斯·赛夫(1510—1562):法国里昂诗人,早期作品多为情诗、颂诗和讽刺诗。他风格细腻,擅写美女柔情。其作品有《黛丽》等。

[③] 萨德(1740—1814):法国情色作家。其作品有《索多玛 120 天》、《小客厅里的哲学》等。

准的人来说,品位这玩意儿实在是变化多端,让人难以捉摸。文学经典来自于某一社群对"此时此地"文学之本质的认定,这种认定即英语所说的"self-fulfilling prophecy"(自行实现的预言):陈述因其陈述行为而增大了表达真理的机遇,或者说认定之被应用进一步证明认定之理所当然,要知道认定乃认定本身的标准。除非遇到顽强的反权威抵制,强势价值遭到唾弃——这种情况在历史上并非绝无仅有——否则,经典总会延续一段时间。这是一个无法往下推理的自证:我爱因为人家说我爱。

理论与常识的冲突把我们导入了一个非此即彼的选择,不过这选择是否过于僵硬?要么承认经典合法,一张不变的清单,座次分明的排序,要么承认一切皆是主观武断的。经典既不是固定不变的也不是变幻无常的,它时变时停。它是一个相对稳定的类,即使有变,也是变在边缘,一个发生在边缘与核心之间的有迹可循的游戏。它有进有出,但量并没有想象的那么大,也不是全然无法预料。诚然,20世纪末自由主义泛滥,任何东西都有可能被重新评价(其中包括50年代的"design"[设计]或"absence de design"[设计缺席]),不过,文学价值的交易所不玩"悠悠球"(Yo-Yo)。马克思对这一难解之谜做了以下表述:"困难不在于理解希腊艺术和史诗同一定社会发展形式结合在一起。困难的是,它们何以仍然能够给我们以艺术享受,而且就某方面说还是一种规范和高不可及的范本。"(转引自 Schlanger[①], p. 106)令人感叹的是,杰作代代相传,在脱离原始语境之后对我们而言仍有无穷魅力。文学理论揭露了价值的幻象,却未能撼动经典。恰恰相反,文学理论巩固了经典的地位:出于一些新的或据说是更为美好的理由,它要求人们反复重读经典。

建构合理的美学等级或许不大可能,但这并不妨碍我们效法鉴赏史或接受美学,对价值的变化进行理性研究。是的,就像我们无法分析

---

① 朱迪思·施兰格。

304 为何能在瞬间认出一张面孔或一个风格——"*Individuum est ineffabile*(个体是不可说的)——一样,我们无法对自己的偏爱做出合理解释,但这并不妨碍我们通过经验证明那些因文化、风尚或其他什么而产生的常识。价值的无序的多样性并不是判断之相对性无法避免的必然结果,否则英雄又怎么可能"所见略同"?各级掌管文学的官方机构又怎么可能达成部分的共识?一如语言,一如风格,共识的前身是个体的偏好,偏好凝聚为共识,继而演变成规范,这期间当然要通过一系列中介机构:学校、出版社、市场。但伽达默尔提醒我们:"艺术作品不是一匹匹赛马,其首要目标不是确定一个优胜者。"(Goodman,1976,pp. 261-262)对文学价值我们无法进行理论规范:这是理论的局限而不是文学的局限。

结论：理论探险

我试图对文学的基本概念、基本要素进行思考，即对文学分析、文学研究的所有话语预设进行思考，对专业人士或业余读者在谈论一首诗、一部小说或任何作品时所做的假设——有时是明示的，但大多数时间是隐含的——进行思考。文学理论应该承担起厘清这些一般假设的责任，以便我们清楚地知道自己在干什么。

我们的目的不是提供一些窍门、技巧、方法和一整套工具，将之运用于文本，也不是用一些抽象的行话和一些莫名其妙的新术语来吓唬读者，而是以大家对文学的简单的、含混的理解为基础着手分析。理论追求的目标是常识的崩盘。理论抗拒常识，批判常识，将常识斥之为一系列（作者的、世界的、读者的、风格的、历史的、价值的）幻象，文学研究若想成为真正的文学研究就必须摆脱这些幻象。然而，常识对理论的抵制厉害得令人难以想象。据保罗·德曼的观察，理论与抵制是必然相伴生的难兄难弟；没有常识对理论的抵制，理论便失去了存在的理由；这就像诗歌之于马拉美，如果他想象的那本"书"是可能的话。然而，常识不屈不挠，理论亦固执己见。拦路虎杀不尽，理论陷入烂泥潭。这种情况屡屡出现：为了彻底解决一个无处不在、阴魂不散的恶魔，理论家们开始支持一些悖论，比如说作者死了，比如说文学与现实无涉。在其幽灵的教唆下，理论耗尽自己的好运，因为每当一个说法走向自相矛盾时,理论家们便不得不进一步细分以走出困境。于是,常识又冒出头来。

我所描述的,是理论与常识间无休止的对抗,是二者在文学基本要素这块地盘上的殊死决斗。理论对常识发动攻势反而自受其害:面对常识这条不死的九头蛇,理论越是繁衍枝蔓,越是内斗不止,便越有可能忘记文学本身,结果在从批评走向科学的过程中,在用实证概念取代常识的过程中一败涂地。用英语说,理论可谓"paints itself into a corner"(自作自受),它为常识所设的圈套缚住了自身,它自己发明的难题成为它不可逾越的障碍。于是,战斗周而复始。除非有一个极具幽默感的赫尔克里(Hercule),否则无法成功摆脱这一困境。

理论或虚构

文学工作者对待理论的态度令人想起基督教神学中关于双重真理的理念。在基督徒中,理论既是信仰的对象又是背弃的对象:信之但又不应全信之。诚然,作者死了,文学与世界全然无关,同义现象本不存在,所有的阐释都有价值,经典乃非法概念,但人们依旧在阅读作家传记,将自己想象成小说中的主人公,兴致勃勃地在圣彼得堡的大街小巷中追寻拉斯柯尔尼科夫(Raskolnikov①)的足迹,他们喜爱《包法利夫人》胜过《法妮》,巴特在入睡前津津有味地品赏《基督山伯爵》。这就是理论无法取胜的原因。它无法消灭读者的自我。理论包含着某种真理,所以它充满魅力,但它不可能包含所有的真理,因为文学现实无法全然理论化。在最为理想的情况下,我对理论的笃信只能部分地影响我的常识,就像那些天主教徒们一样:只要自己觉得合适,教皇关于性问题的说教不听也罢。

因此,文学理论在许多方面更像是某种虚构。柯勒律治认为,一如

---

① 拉斯柯尔尼科夫:陀思妥耶夫斯基于1862年发表的《罪与罚》中的主人公。

对待诗歌幻象，人们不是从正面接受理论，而是从反面接受理论。人们大概会因此而指责我对理论过于认真，对它的阐释过于拘泥于字面义。作者死了？那不过是一个暗喻，尽管其效果令人振奋。完全按字面意义去理解它并将其推理到极致，就像在那个猴子打字的神话中一样，那只能说明我们极端短视，对诗意麻木不仁，这就好比一个收到情书的家伙不读情书却去挑剔其中的语言错误一样。真实效应？那只是一个美丽的童话或俳句，因为该效应是不讲伦理的。有人相信要用放大镜来细审理论吗？文学理论无法应用，所以也无法"证伪"，它应该被当作文学来看。我们甚至没有必要深究理论的认识论基础和逻辑后果。于是，在文学理论随笔和博尔赫斯的虚构故事、亨利·詹姆斯（Henri James[①]）的小说——如《大师的教训》或《地毯上的图像》这类难以界定的短篇小说——之间，就没有什么差别了。

我近乎赞同以下观点：理论犹如科幻小说，令人愉悦的是它的虚幻，但至少在一段时间里，它企望化身为真正的科学。我愿遵循博尔赫斯在《皮埃尔·梅纳尔：堂吉诃德的作者》中所推荐的"时代错位和搭配错位的技巧"，置理论家的意图于不顾，将理论当作小说来读。不过，即使要读小说，人们还是会偏爱那些根本无须将其当作小说来读的理论吧。理论的野心，无论怎么说，还是要比随便舍弃根本的漫不经心的自辩要好；我们应该认真对待理论，并根据其计划来对它进行评估。

理论与"语言层级"

我大概还会受到第二个指责：在我展示的理论与常识的争斗场上，每次过招都以理论遭遇难题而告终，常识似乎总能凯旋。按巴特的说

[①] 亨利·詹姆斯(1843—1916)：美国小说家。其作品有《一个美国人》、《贵妇人的画像》、《波士顿人》、《圣泉》、《鸽翼》等。

法，常识即"公众舆论，多数派精神，小资产者的共识，自然之声，偏见的暴力"，总而言之就是"令人恶心之物"（Barthes，1975，p.51）。我的结论或许是一个倒退，一种衰退，持之以恒地反复阅读自己少年时大师作品的人，很可能被人视为叛逆。这种情形并非头一回出现：《文学第三共和国》和《现代性五悖论》已经招来了类似的批评，不过那些批评我的读者们都不怎么熟悉帕斯卡尔或巴特。《思想录》把随着对客体认识的加深而返回自身进行反思的做法称为"递进"，帕斯卡尔认为学者重新接纳公众舆论没什么坏处："多亏背后的想法"，那已不再是同一个舆论，甚至可能不再是舆论，因为自此后它的动因变成了"效应理性"。这"认同与反对的风水轮流转"，这一会儿"正论"（doxa）一会儿悖论地不停改换门庭，巴特称之为"语言层级"（bathmologie）（ibid．，p.71）；继维柯（Vico①）后，巴特将上述现象比作螺旋上升而不是封闭回环（ibid．，p.92），也就是说"背后的想法"像是一个固有观念但又不再是该观念，因为它已经经过理论的洗涤：它是一个第二层级的观念。

虽说理论提出的解决方案已然失败，但它们至少动摇了固有观念，撼动了关于阐释可信或阐释虚妄的观念：这才是理论带来的首要益处，理论的关联性恰恰蕴含在它对直觉的质疑之中。从对作者、对指涉、对客观性、对文本、对经典的一系列诉讼中，批评的天地又豁然开朗。理论的努力，只要能被视为理论假设，其益处不容抹杀，不过，理论的定式仍然是二元论的，这与它所要摈弃的其他定论并无二致。为了对抗应用结构主义的枯涩、科学主义符号学的冰冷和叙述学分类体系的烦恼，巴特早就提倡过"结构主义活动"之乐和"符号学探险"之福。与其让理论变成"经院说教"，还不如像巴特一样进行理论探险：一如蒙田，更爱狩猎而不是猎物。"别按我说的做，请照我做的做"，这就是不断尝试新路的巴特、诙谐的巴特留给我们的忠告。所以，此书无意倡导理论的幻

---

① 维柯（1668—1744）：意大利哲学家，克罗齐的老师。其著作有《我们这个时代的研究方式》、《新科学》等。

灭,而是想促使大家进行理论的怀疑,提高批评的警惕,这二者并非一回事。真正有成效的理论只能是反躬自问并对自己话语进行质疑的理论。巴特说他的小书《罗兰·巴特论罗兰·巴特》是"一本抵抗自己观念的书"(ibid., p.123)。理论的作用是被穿越,被舍弃,被人退后几步审视,而不是为了后退。

　　用常识来检验理论,这一关于文学基本要素的思考同样没能给出一部批评史或一部文论史。如果我也喜欢拉大旗做虎皮,我便会称上述思考为"认识论"。批判之批判,或理论之理论,它要求读者具有理论意识与内在批判意识。它不是为读者解决困难或以读者的名义排除障碍,而是设定一些需要意识到的情况。各章结尾处的疑难并没有多么令人难以承受:无论是常识提供的答案还是理论提供的答案,都不是好答案,或者说,单方面的答案皆非好答案。我们可以息事宁人分而论之,但二者谁也无法灭掉对方,因为每种方案都拥有部分真理。当卡冈都亚发现有了儿子却死了妻子时,他不知该哭还是该笑,我们也命定地处于同样的窘状。二者间没有中间道路可走,因为妥协的企图既经不住常识的冲击,也经不住理论的进攻,要知道越是极端的观念其逻辑性越强。布朗肖常玩恐怖的排中律,他也承认文学是一种放弃:俄耳甫斯(Orphée①)在爱与欲之间备受煎熬,一边是救出欧律狄刻(Eurydice)的心愿,一边是看一眼久别爱妻的诱惑,结果他没经住诱惑,爱人则因之而永别;但若要救出爱妻,就必须放弃欲望;布朗肖认为,文学背叛了灵性的绝对性。必须有扇门是开着的或关闭的,但大多数门是半开半闭的。

---

　　① 俄耳甫斯:希腊神话人物,能以琴声使山林、岩石移动,使野兽驯服。在爱妻欧律狄刻死后,他闯入地狱相救,因其琴声哀婉,感动了冥王,冥王允准他将妻子带出地狱,条件是他离开地狱的路上不能回头。但俄耳甫斯没有遵守约定,离开地狱时他忍不住回头望妻子一眼,导致欧律狄刻永远消失在地狱的黑暗之中。

理论与困惑

本书一共分析了七个文学概念或观念:"文学"、"作者"、"世界"、"读者"、"风格"、"历史"、"价值"。这应该足以让我们对文学问题有一个全面的了解。那么是否还有什么遗漏？有什么难点尚未直接涉及？或许是体裁，不过在将其视为接受模式时我们曾简要讨论过它。或许是文学研究与其他学科之间的关系；传记学、心理学、社会学、哲学、视觉艺术，50 年前，韦勒克与沃伦曾说过这些学科为我们进行外在文学研究提供了切入点；另外，根据特里·伊格尔顿(Terry Eagleton①)《引论》普及本，英美学界还有一张定义文学理论的科目表，其中皆是些比较现代的学科：精神分析、马克思主义、女权主义、文化学。

我还想象出了对我的最后一个指责。对理论进行反思，还原其背景，其生成的历史契机，人们会说我只关心过去，而理论展望未来。给大学生授课，我有意将理论与常识的冲突加以戏剧化，结果感到自己仿佛也化身为一座历史牌楼。为何不将调研延续到今日让它同时具有现实意义呢？莫非是，1975 年以后，再也见不到有趣的理论文章发表？难道说那以后我没读过书？难道说我一直在笔耕？上边这些回答不全对但又都沾得上一点边。

最后再次重申：我的目的是唤醒读者提高警惕，让他不再随便肯定，动摇他的天真和迟钝，让他变得聪明起来并获得文学的理论意识基础。这就是本书的宗旨。如同任何认识论一样，文学理论属于相对论，

---

① 特里·伊格尔顿(1943—)：英国文学理论家，F. R. 利维斯的学生。其著作有《莎士比亚和社会：莎士比亚戏剧论文集》、《力量的神话：对勃朗特姐妹的马克思主义研究》、《克拉莉萨的被污：塞缪尔·理查森作品中的风格、性行为和阶级斗争》、《批评和思想：马克思主义文学理论研究》、《马克思主义和文学批评》、《文学原理引论》、《批评的功能：从"观察家"到"后结构主义"》等。其《马克思主义和文学批评》、《文学原理引论》有中译本行世。

而不属于多元论,因为我们不可能不做选择。要想研究文学,就必须立场鲜明,选定一条道路,因为方法互不兼容,折中将一事无成。关键假设确定了研究步骤,我们需要了解关键假设,我们更需要批判精神。

我是否剥掉了理论的神秘外衣？是否成功地避免了把它变成一种类似于辅助教学手段的否定性形而上学？批判之批判,评判文学研究就是评价它们的关联性、一致性、丰富性、复杂性,即那些似乎经不起理论冲击但争议最少的标准。就像民主一样,批判之批判是体制中最不赖的东西;虽说我们不知道什么是最好的,但我们毫不怀疑别的体制会更差。我没有为某一个理论辩护,也没有为常识辩护,却倡导对所有理论的批判,其中也包括对常识的批判。唯有困惑,乃文学的伦理道德。

致　谢

几年前,在纽约哥伦比亚大学时,我曾将自己所教授的研讨课命名为"理论疑难"("Some Puzzles for Theory")。大家围着圆桌,重读某些经典文学理论文本和一些被认为已经达成共识的范文,即那些大家在品评时已不太为难的著作。后来,在索邦大学我又讲授了一门文学理论课。当时,由于阶梯教室里听众甚多,我必须选择讲大课的庄重形式,不过我并没有放弃探讨疑难问题。本书便是这些讲稿的产物。在此,我要感谢让本书面世成为可能的那些听课的学生。

自《文学第三共和国》出版以来,人们常常埋怨我在调研变得有意思的时候却停了下来:大家期待故事继续,文学的第四或第五共和国。但是,如果不详谈理论精神的流变,我们又怎么好畅谈文学史让位于文学理论及其后续发展呢?为了打断理论门户的脉络并恢复论争的锋芒,我取了另一本书——《现代性五悖论》——的结构形式,这本书是它的续章。对于敦促我写出本书的让-吕克·基利波（Jean-Luc Giribone）,以及为它校对的马克·埃斯科拉（Marc Escola）、安德烈·基尤（André Guyaux）、帕特里查·隆巴尔多（Patrizia Lombardo）与西尔维·托雷尔-卡耶托（Sylvie Thorel-Cailleteau）,我在此表示感谢。

成书前第 2 章的内容曾被我整理成两篇文章在他处发表,一篇名为《寓意与语文学》(*Retorica e interpretaziona*, Rome, Bulzoni, 1994);

另一篇名为《关于对齐法的几点想法》(*Studi di letteratura francese*, n° 22,1997);另外发表过的还有第 5 章的初稿和第 7 章的部分文字,前者名为《赶出门、钻进窗的风格》(*Littérature*, n°105, 1997, 3);后者名为《圣勃夫与规范》(*Modern Language Notes*, t, CX, 1995)。

安托万·孔帕尼翁

参考书目

序言

Adams, Hazard, éd., *Critical Theory Since Plato*, New York, Harcourt, Brace, 1971, 1992.

Althusser, Louis, «Idéologie et appareils idéologiques d'État» (1970), *Position (1964-1975)*, Paris, Éd. Sociales, 1976.

Aristote, *La Poétique*, trad. Dupont-Roc, R., et Lallot, J., Paris, Éd. du Seuil, 1980.

—, *Poétique*, trad. Magnien, M., Paris, coll. «Le Livre de poche», 1990.

Barthes, Roland, *Critique et Vérité*, Paris, Éd. du Seuil, 1966.

—, «Réflexions sur un manuel», dans Doubrovsky, Serge, et Todorov, Tzvetan, éd., *L'Enseignement de la littérature*, Paris, Plon, 1971.

Borges, Jorge Luis, *Fictions* (1944), trad. fr., Paris, Gallimard, 1957; réédition coll. «Folio».

Bourdieu, Pierre, *Les Règles de l'art. Genèse et structure du champ littéraire*, Paris, Éd. du Seuil, 1992.

Charles, Michel, *Introduction à l'étude des textes*, Paris, Éd. du Seuil, 1995.

Collier, Peter, et Geyer-Ryan, Helga, éd., *Literary Theory Today*, Ithaca, NY, Cornell University Press, 1990.

Contini, Gianfranco, *Varianti et altri linguistica. Una raccolta di saggi (1938-1968)*, Turin, Einaudi, 1970.

Croce, Benedetto, *La Poésie. Introduction à la critique et à l'histoire de la poésie et de la littérature* (1936), trad. fr. , Paris, PUF, 1951; réédition partielle dans *La Philosophie comme histoire de la liberté. Contre le positivisme*, Paris, Éd. du Seuil, 1983.

—*Essais d'esthétique*, trad. fr. , Paris, Gallimard, coll. «Tel» , 1991.

de Man, Paul, *The Resistance to Theory*, Minneapolis, University of Minnesota Press, 1986.

Dictionnaire des genres et notions littéraires, Paris, Encyclopaedia Universalis et Albin Michel, 1997.

Dictionnaire encyclopédique des sciences du langage, Ducrot, Oswald, et Todorov, Tzvetan, éd. , Paris, Éd. du Seuil, 1972; réédition coll. «Points» .

Dosse, François, *Histoire du structuralisme*, Paris, La Découverte, 1991 - 1992, 2 vol. ; réédition coll. «Le Livre de poche» .

Eagleton, Terry, *Critique et Théorie littéraires. Une introduction* (1983, 1996), trad. fr. , Paris, PUF, 1994.

Ellis, John M. , *The Theory of Literary Criticism: A Logical Analysis*, Berkeley, University of California Press, 1974.

French Literary Theory Today: A Reader, Todorov, Tzvetan, éd. , Cambridge, Cambridge University Press, 1982.

Genette, Gérard, «Critique et poétique» , *Figures III* , Paris, Éd. du Seuil, 1972.

Gracq, Julien, *En lisant en écrivant*, Paris, José Corti, 1981.

Graff, Gerald, *Literature Against Itself: Literary Ideas in Modern Society*, Chicago, University of Chicago Press, 1979.

Hallyn, Fernand, et Delcroix, Maurice, éd , *Méthodes du texte. Introduction aux études littéraires*. Paris et Gembloux, Duculot, 1987.

Jefferson, Ann, et Robey, David, éd. , *Modern Literary Theory: A Comparative Introduction*, Londres, Batsford, 1982, 1986.

Kibédi Varga, Aron, éd. , *Théorie de la littérature*, Paris, Picard, 1981.

Lanson, Gustave, *Histoire de la littérature française* (1895), Paris, Hachette, 1952.

Macherey, Pierre, *Pour une théorie de la production littéraire*, Paris, Maspero, 1966.

Macksey, Richard, et Donato, Eugenio, éd., *The Structuralist Controversy: The Languages of Criticism and the Sciences of Man*, Baltimore, Johns Hopkins University Press, 1972.

Merquior, J. G., *From Prague to Paris: A Critique of Structuralist and Post-Structuralist Thought*, Londres, Verso, 1986.

Nouveau Dictionnaire encyclopédique des sciences du langage, Ducrot, Oswald, et Schaeffer, Jean-Marie, éd., Paris, Éd. du Seuil, 1995.

Paulhan, Jean, *Les Fleurs de Tarbes ou la Terreur dans les lettres*, Paris, Gallimard, 1941; réédition coll. «Folio».

Pavel, Thomas, *Le Mirage linguistique. Essai sur la modernisation intellectuelle*, Paris, Éd. de Minuit, 1988.

Poulet, Georges, éd., *Les Chemins actuels de la critique*, Paris, Plon, 1967.

Proust, Marcel, *Le Temps retrouvé* (1927), *A la recherche du temps perdu*, Paris, Gallimard, coll. «Bibl. de la Pléiade», 1989, t. IV; réédition coll. «Folio».

Ravoux, Rallo, Élisabeth, *Méthodes de critique littéraire*, Paris, Armand Colin, 1993.

Santerres-Sarkany, Stéphane, *Théorie de la littérature*, Paris, PUF, coll. «Que sais-je?», 1990.

Sollers, Philippe, «Préface» à la réédition de *Théorie d'ensemble* (1968), Paris, Éd. du Seuil, coll. «Points», 1980.

Spitzer, Leo, «Les études de style et les différents pays», dans *Langue et Littérature* (1960), Paris, Les Belles Lettres, coll. «Bibl. de la Faculté de philosophie et lettres de l'université de Liège» (n° 161), 1961.

Tadié, Jean-Yves, *La Critique littéraire au XXe siècle*, Paris, Belfond, 1987; réédition coll. «Pocket».

Théorie de la littérature. Textes des formalistes russes, Todorov, Tzvetan, éd., Paris, Éd. du Seuil, 1966.

Todorov, Tzvetan, *Poétique*, dans *Qu'est-ce que le structuralisme ?*, Paris, Éd. du Seuil, 1968; réédition coll. «Points».

—, *Critique de la critique. Un roman d'apprentissage*, Paris, Éd. du Seuil, 1984.

Valéry, Paul, «L'enseignement de la poétique au Collège de France» (1936), *Variété V* (1944), *Œuvres*, Paris, Gallimard, coll. «Bibl. de la Pléiade», 1957, t. Ⅰ.

Wellek, René, *A History of Modern Criticism (1750 -1950)*, New Haven, Yale University Press, 1955-1992, 8 vol.

—, *Concepts of Criticism*, New Haven, Yale University Press, 1963.

Wellek, René, et Warren, Austin, *La Théorie littéraire* (1949), trad fr. , Paris, Éd. du Seuil, 1971.

Wimsatt, W. K. , et Brooks, C. , *Literary Criticism: A Short History*, New York, Knopf, 1957.

第 1 章 文学

Arnold, Matthew, *Culture and Anarchy and Other Writings* (1869), Cambridge, Cambridge University Press, 1994.

Barthes, Roland, *S/Z*, Paris, Éd. du Seuil, 1970; réédition coll. «Points».

—, «Réflexions sur un manuel», dans Doubrovsky, Serge, et Todorov, Tzvetan, éd. , *L'Enseignement de la littérature*, 1971 (voir introduction).

Blanchot, Maurice, *L'Espace littéraire*, Paris, Gallimard, 1955; réédition coll. «Folio».

—, *Le Livre à venir*, Paris, Gallimard, 1959; réédition coll. «Folio».

Chklovski, Viktor, « L'art comme procédé » (1917), dans *Théorie de la littérature*, 1966 (voir introduction).

Combe, Dominique, *Poésie et Récit. Une rhétorique des genres*, Paris, José Corti, 1989.

Du Bos, Charles, *Qu'est-ce que la littérature ?* (1938), Paris, Plon, 1945.

Eikhenbaum, Boris, «La théorie de la "méthode formelle"» (1925), dans *Théorie de la littérature*, 1966 (voir introduction).

Eliot, T. S. , «Tradition and the Individual Talent» (1919), *Selected Prose*, Londres, Faber and Faber, 1975.

Foucault, Michel, *Les Mots et les Choses*, Paris, Gallimard, 1966; réédition coll. «Tel».

Genette, Gérard, *Introduction à l'architexte*, Paris, Éd. du Seuil, 1979; repris dans Genette, Gérard, et Todorov, Tzvetan, éd. , *Théorie des genres*, coll. «Points» , 1986.

—, *Fiction et Diction*, Paris, Éd. du Seuil, 1991.

Ginzburg, Carlo, «Traces» (1979), *Mythes, Emblèmes, Traces. Morphologie et histoire* (1986), Paris, Flammarion, 1989.

Goodman, Nelson, «When is Art?» (1977), *Ways of Worldmaking* (1978), Indianapolis, Hackett, 2ᵉ éd. , 1985;«Quand y a-t-il art?» , trad. fr. dans Lories, Danielle, éd. , *Philosophie analytique et Esthétique*, Paris, Klincksieck, 1988.

Hamburger, Käte, *Logique des genres littéraires* (1977), trad. fr. , Paris, Éd. du Seuil, 1986.

Hjelmslev, Louis, *Prolégomènes à une théorie du langage* (1943), trad. fr. , Paris, Éd. de Minuit, 1968.

Jakobson, Roman, «La nouvelle poésie russe» (1919), *Questions de poétique*, trad. fr. , Paris, Éd. du Seuil, 1973; réédition partielle, *Huit questions de poétique*, coll. «Points» .

—, «Qu'est-ce que la poésie?» (1933 - 1934), *ibid*.

—, «La dominante» (1935), *ibid*.

—, «Linguistique et poétique» (1960), *Essais de linguistique générale*, trad. fr. , Paris, Éd. de Minuit, 1963; réédition coll. «Double» .

Kant, Emmanuel, *Critique de la faculté de juger* (1790), trad. fr. , Paris, Aubier, 1995.

Lotman, Youri, *La Structure du texte artistique* (1970), trad. fr. , Paris, Gallimard, 1973.

Mallarmé, Stéphane, *Correspondance. Lettres sur la poésie*, Paris, Gallimard, coll. «Folio», 1995.

Proust, Marcel, *Le Temps retrouvé*, 1989 (voir introduction).

Sartre, Jean-Paul, *Qu'est-ce que la littérature?* (1947), Paris, Gallimard, 1948; réédition coll. «Folio».

Trodorov, Tzvetan, «La notion de littérature» (1975), *Les Genres du discours*, Paris, Éd. du Seuil, 1978; réédition partielle, *La Notion de littérature et Autres Essais*, coll. «Points».

Tolstoï, Léon, *Qu'est-ce que l'art?*, trad. fr., Paris, Perrin, 1898.

Valéry, Paul, «L'enseignement de la poétique au Collège de France», 1957 (voir introduction).

第2章 作者

Anscombe, G. E. M., *Intention*, Oxford, Blackwell, 1957.

Austin, John L., *Quand dire, c'est faire* (1962), trad. fr., Paris, Éd. du Seuil, 1970; réédition coll. «Points».

Barthes, Roland, *Michelet*, Paris, Éd. du Seuil, 1954; réédition coll. «Points».

—, *Sur Racine*, Paris, Éd. du Seuil, 1963; réédition coll. «Points».

—, *Critique et Verité*, 1966 (voir introduction).

—, «La mort de l'auteur» (1968), *Le Bruissement de la langue*, Paris, Éd. du Seuil, 1984; réédition coll. «Points».

—, *S/Z*, 1970 (voir chapitre 1).

Benveniste, Émile, «La nature des pronoms» (1956), *Problèmes de la linguistique générale*, Paris, Gallimard, 1966, t. I; réédition coll. «Tel».

Bloom, Harold, *The Anxiety of Influence: A Theory of Poetry*, New York, Oxford University Press, 1973, 1997.

Compagnon, Antoine, *Chat en poche. Montaigne et l'allégorie*, Paris, Éd. du Seuil, 1993.

Derrida, Jacques, *L' Écriture et la Différence*, Paris, Éd. du Seuil, 1967; réédition coll. «Points».

—, *La Voix et le Phénomène. Introduction au problème du signe dans la philoso-

phie de Husserl, Paris, PUF, 1967.

—, *La Dissémination*, Paris, Éd. du Seuil, 1972; réédition coll. «Points».

Eco, Umberto, *Les Limites de l'interprétation* (1990), trad. fr., Paris, Grasset, 1992, réédition coll. «Le Livre de poche».

Eden, Kathy, *Hermeneutics and the Rhetorical Tradition: Chapters in the Ancient Legacy and Its Humanist Reception*, New Haven, Yale University Press, 1997.

Eliot, T. S., «The Frontiers of Criticism» (1956), *On Poetry and Poets*, New York, Farrar, Straus, 1957.

Empson, William, *Seven Types of Ambiguity* (1930), New York, New Directions, 1949.

Fish, Stanley, *Is There a Text in This Class? The Authority of Interpretative Communities*, Cambridge, Mass., Harvard University Press, 1980.

Foucault, Michel, «Qu'est-ce qu'un auteur?» (1969), *Dits et Écrits*, Paris, Gallimard, 1994, t. I.

Frege, Gottlob, «Sens et dénotation» (1892), *Écrits logiques et philosophiques*, trad. fr., paris, Éd. du Seuil, 1971.

Gadamer, Hans-Georg, *Vérité et Méthode* (1960; 1972, 3ᵉ éd.), trad. fr. partielle, Paris, Éd. du Seuil, 1976; nouvelle éd. intégrale citée, 1996.

Heidegger, Martin, *Être et Temps* (1927; 1963, 10ᵉ éd.), trad. fr. partielle, Paris, Gallimard, 1964; nouvelle éd. intégrale citée, 1986.

Hirsch, E. D., Jr., *Validity in Interpretation*, New Haven, Yale University Press, 1967.

—, *The Aims of Interpretation*, Chicago, University of Chicago Press, 1976.

Jakobson, Roman, et Lévi-Strauss, Claude, «"Les Chats" de Charles Baudelaire» (1962), dans Jakobson, R., *Questions de poétique*, 1973 (voir chapitre 1).

Juhl, P. D., *Interpretation: An Essay in the Philosophy of Literary Criticism*, Princeton, Princeton University Press, 1980.

Mallarmé, Stéphane, *Œuvres complètes*, Paris, Gallimard, coll. «Bibl. de la Pléiade», 1945.

Newton-de Molina, David, éd. , *On Literary Intention*, Édimbourg, Edinburgh University Press, 1976.

Picard, Raymond, *Nouvelle Critique ou Nouvelle Imposture*, Paris, Pauvert, 1965.

Poulet, Georges, *La Conscience critique*, Paris, José Corti, 1971.

—, *La Pensée indéterminée*, Paris, PUF, 1985.

Proust, «Préface de *Tendres Stocks*» (1920), *Contre Sainte-Beuve*, suivi de *Essais et Articles*, Paris, Gallimard, coll. «Bibl. de la Pléiade» , 1971.

Richard, Jean-Pierre, *Littérature et Sensation*, Paris, Éd. du Seuil, 1954; réédition coll. «Points» .

—, *Poésie et Profondeur*, Paris, Éd. du Seuil, 1955; réédition coll. «Points» .

Ricœur, Paul, *Le Conflit des interprétations. Essais d'herméneutique*, Paris, Éd. du Seuil, 1969.

—, *Du texte à l'action. Essais d'herméneutique II* , Paris, Éd. du Seuil, 1986.

Riffaterre, Michael, «La description des structures poétiques: deux approches du poème de Baudelaire, "Les Chats"» (1966), *Essais de stylistique structurale*, trad. fr. , Paris, Flammarion, 1971.

Sartre, Jean-Paul, *L'Être et le Néant*, Paris, Gallimard, 1943; réédition coll. «Tel» .

Searle, John R. , «Reiterating the Differences: A Reply to Derrida» , dans Weber, Sam, et Sussman, Henry, éd. , *Glyph*, Baltimore, Johns Hopkins University Press, 1977, t. I .

—, *L'Intentionnalité. Essais de philosophie des états mentaux* (1983), trad. fr. , Paris, Éd. de Minuit, 1985.

Schleiermacher, Friedrich, *Herméneutique* (1838), trad. fr. , Paris, Éd. du Cerf, 1987.

Szondi, Peter, *Introduction à l'herméneutique littéraire* (1975), trad. fr. , Pais, Éd. du Cerf, 1989.

Wimsatt, W. K. , et Beardsley, Monroe, «The Intentional Fallacy» (1946), dans Beardsley, M. , *The Verbal Icon. Studies in the Meaning of Poetry*, Lexington, University of Kentucky Press, 1954; «L'illusion de l'intention» , trad. fr. dans Lories, Danielle, éd. , *Philosophie analytique et Esthétique*, Paris, Klincksieck, 1988.

第3章 世界

Aristote, *La Poétique*, trad. Dupont-Roc, R. , et Lallot, J. , 1980 (voir introduction).

Auerbach, Erich, *Mimésis. La représentation de la réalité dans la littérature occidentale* (1946), trad. fr. , Paris, Gallimard, 1968; réédition coll. «Tel» .

Austin, John L. , *Quand dire, c'est faire*, 1970 (voir chapitre 2).

Bakhtine, Mikhaïl, *La Poétique de Dostoïevski* (1929, 1963), trad. fr. , Paris, Éd. du Seuil, 1970.

—, *L'Œuvre de François Rabelais et la Culture populaire au Moyen Age et sous la Renaissance* (1965), trad. fr. , Paris, Gallimard, 1970; réédition coll. «Tel» .

—, *Esthétique et Théorie du roman* (1975), Paris, Gallimard, 1978; réédition coll. «Tel» .

Barthes, Roland, *Sur Racine*, 1963 (voir chapitre 2).

—, «Éléments de sémiologie» (1964), *L'Aventure sémiologique*, Paris, Éd. du Seuil, 1985; réédition coll. «Points» .

—, «Introduction à l'analyse structurale des récits» (1966), *ibid.*

—, *Critique et Vérité*, 1966 (voir introduction).

—, «L'effet de réel» (1968), dans *Littérature et Réalité*, 1982 (éd. citée; voir *infra*); *Le Bruissement de la langue*, 1984 (voir chapitre 2).

—, *S/Z*, 1970 (voir chapitre 1).

—, *Leçon*, Paris, Éd. du Seuil, 1978; réédition coll. «Points» .

—, *La Chambre claire*, Paris, Gallimard-Éd. du Seuil, 1980.

Benveniste, «Nature du signe linguistique» (1939), *Problèmes de linguistique générale*, 1966, t. I (voir chapitre 2).

Bremond, Claude, *Logique du récit*, Paris, Éd. du Seuil, 1973.

Cave, Terence C. , *Recognitions: A Study in Poetics*, Oxford, Clarendon Press, 1988.

Coleridge, Samuel Taylor, *Biographia Literaria* (1817), *The Collected Works*, Princeton, Princeton University Press, 1983, t. Ⅶ (2 vol).

Compagnon, Antoine, *La Seconde Main ou le Travail de la citation*, Paris, Éd. du Seuil, 1979.

Deleuze, Gilles, *Différence et Répétition*, Paris, Éd. de Minuit, 1968.

de Man, Paul, *Blindness and Insight : Essays in the Rhetoric of Contempotary Criticism* (1971), Minneapolis, University of Minnesota Press, 1983.

Eco, Umberto, *L'Œuvre ouverte* (1962), trad. fr. , Éd. du Seuil, 1965; réédition coll. «Points» .

Foucault, Michel, *Les Mots et les Choses*, 1966 (voir chapitre 1).

Freud, Sigmund, *Au-delà du principe de plaisir* (1920), *Essais de psychanalyse*, nouvelle trad. fr. , Paris, Payot, coll. «Petite Bibliothèque» , 1981.

Frye, Northrop, *Anatomy of Criticism*, Princeton, Princeton University Press, 1957; trad. fr. , Paris, Gallimard, 1969.

Genette, Gérard, «Vraisemblance et motivation» , *Figures Ⅱ* , Paris, Éd. du Seuil, 1969; réédition coll. «Points» .

—, «Discours du récit» , *Figures Ⅲ* , 1972 (voir introduction).

—, *Introduction à l'architexte*, 1979 (voir chapitre 1).

—, *Palimpsestes. La littérature au second degré*, Paris, Éd. du Seuil, 1982; réédition coll. «Points» .

—, *Fiction et Diction*, 1991 (voir chapitre 1).

Ginzburg, Carlo, «Traces» (1979), *Mythes, Emblèmes, Traces*, 1989 (voir chapitre 1).

Greimas, A. J. , *Sémantique structurale. Recherche de méthode*, Paris, Larousse, 1966; nouvelle éd. PUF, 1986.

Hamon, Philippe, «Pour un satut sémiologique du personnage» (1972), dans *Poétique du récit*, Paris, Éd. du Seuil, coll. «Points» , 1977.

—, «Un discours contraint» (1973), dans *Littérature et Réalité*, 1982 (voir *infra*).

—, *Analyse du descriptif*, Paris, Hachette,1981.

Jakobson, Roman, «Du réalisme en art» (1921), *Questions de poétique*, 1973 (voir chapitre 1).

—, «Deux aspects du langage et deux types d'aphasie» (1956), *Essais de linguistique générale*, 1963 (voir chapitre 1).

—, «Linguistique et poétique» (1960), *ibid.*

Jameson, Fredric, *The Prison-House of Language: A Critical Account of Structuralism and Russian Formalism*, Princeton, Princeton University Press, 1972.

Kristeva, Julia, *Sèméiôtikè. Recherches pour une sémanalyse*, Paris, Éd. du Seuil, 1969; réédition coll. «Points».

Lacan, Jacques, «Fonction et champ de la parole et du langage en psychanalyse» (1953), *Écrits*, Paris, Éd. du Seuil, 1966; réédition coll. «Points».

Lévi-Strauss, Claude, «L'analyse structurale en linguistique et en anthropologie» (1945), *Anthropologie structurale*, Paris, Plon, 1958, 1974; réédition coll. «Pocket».

—, *Les Structures élémentaires de la parenté*, Paris, PUF, 1949. *Littérature et Réalité*, Paris, Éd. du Seuil. coll. «Points», 1982.

Lukács, Georg, *La Théorie du roman* (1920), trad. fr., Paris, Gonthier, 1963; réédition coll. «Tel».

—, *Balzac et le Réalisme français*, trad. fr., Paris, Maspero, 1967.

Mallarmé, Stéphane, *Œuvres complètes*, 1945 (voir chapitre 2).

Pavel, Thomas, *Univers de la fiction*, Paris, Éd. du Seuil, 1988.

Peirce, Charles S., *Écrits sur le signe*, trad. fr., Paris, Éd. du Seuil, 1978.

Prendergast, Christopher, *The Order of Mimesis: Balzac, Stendhal, Nerval, Flaubert*, Cambridge, Cambridge University Press, 1986.

Propp, Vladimir, *Morphologie du Conte* (1928), trad. fr., Paris, Éd. du Seuil, coll. «Points», 1970.

Proust, *Du côté de chez Swann* (1913), *A la recherche du temps perdu*, Paris, Gallimard, coll. «Bibl. de la Pléiade», 1987, t. I; réédition coll. «Folio».

Ricœur, Paul, *Temps et Récit*, Paris, Éd. du Seuil, 1983-1985, 3 vol. ; réédition coll. «Points».

Riffaterre, Michael, «L'illusion référentielle» (1978), dans *Littérature et*

Réalité, 1982 (voir *supra*).

Ruwet, Nicolas, «Limites de l'analyse linguistique en poésie» (1968), *Langage, Musique, Poésie*, Paris, Éd. du Seuil. 1972.

—, «Roman Jakobson, "Linguistique et Poétique", vingt-cinq ans après» , dans Dominicy, Marc, éd. , *Le Souci des apparences*, Bruxelles, Éd. de l'université de Bruxelles, 1989.

Saussure, Ferdinand, *Cours de linguistique générale* (1916), Paris, Payot, nouvelle éd. , 1972.

Searle, John R. , *Les Actes de langage* (1969), trad. fr. , Paris, Hermann, 1972.

—, «Le statut logique du discours de la fiction» (1975), *Sens et Expression* (1979), trad. fr. , Paris, Éd. de Minuit, 1982.

Sollers, Philippe, «Le roman et l'expérience des limites» (1965), *Logiques*, Paris, Éd. du Seuil, 1968.

Todorov, Tzvetan, *Littérature et Signification*, Paris, Larousse, 1967.

—, *Introduction à la littérature fantastique*, Paris, Éd. du Seuil, 1970; réédition coll. «Points» .

—, *Mikhaïl Bakhtine*, *Le principe dialogique*, Paris, Éd. du Seuil, 1981.

第 4 章　读者

Abrams, M. H. , *The Mirror and the Lamp: Romantic Theory and the Critical Tradition*, New York, Oxford University Press, 1953.

Baldensperger, Fernand, *Goethe en France. Étude de littérature comparée*, Paris, Hachette, 1904.

Barthes, Roland, *S/Z*, 1970 (voir chapitre 1).

Booth, Wayne C. , *The Rhetoric of Fiction*, Chicago, University of Chicago Press, 1961, 1983.

Brunetière, Ferdinand, «Théâtre complet de M. Auguste Vacquerie» , *Revue des Deux Mondes*, 15 juillet 1879.

—, art. «Critique» , *La Grande Encyclopédie*, Paris, 1892, t. XIII.

Charles, Michel, *Rhétorique de la lecture*, Paris, Éd. du Seuil, 1977.

—, *L'Arbre et la Source*, Paris, Éd. du Seuil, 1985.

Dällenbach, Lucien, et Ricardou, Jean, éd., *Problèmes actuels de la lecture*, Paris, Clancier-Guénaud, 1982.

Eco, Umberto, *Lector in fabula. Le rôle du lecteur* (1979), trad. fr., Paris, Grasset, 1985; réédition coll. «Le Livre de poche».

Fish, Stanley, *Is There a Text in This Class?*, 1980 (voir chapitre 2).

Hamburger, Käte, *Logique des genres littéraires*, 1986 (voir chapitre 1).

Ingarden, Roman, *L'Œuvre d'art littéraire* (1931), trad. fr., Lausanne, Éd. L'Age d'homme, 1983.

Iser, Wolfgang, *Der implizite Leser*, Munich, Fink, 1972; *The Implied Reader*, trad. américaine, Baltimore, Johns Hopkins University Press, 1974 (éd. citée).

—, *Der Akt des Lesens. Theorie ästhetischer Wirkung*, Munich, Fink, 1976; trad. américaine, Baltimore, Johns Hopkins University Press, 1978 (éd. citée); *L'Acte de lecture. Théorie de l'effet esthétique*, trad. fr., Bruxelles, Mardaga, 1985.

Jauss, Hans Robert, *Pour une esthétique de la réception* (1975), trad. fr., Paris, Gallimard, 1978; réédition coll. «Tel».

—, *Pour une herméneutique littéraire* (1982), trad. fr., Paris, Gallimard, 1988.

Kermode, Frank, *The Art of Telling: Essays on Fiction*, Cambridge, Mass., Harvard University Press, 1983.

Lanson, Gustave, «Quelques mots sur l'explication de textes» (1919), *Méthodes de l'histoire littéraire* (1925); réédition à la suite de *Homme et Livres* (1895), Paris-Genève, Slatkine, 1979.

—, «Le centenaire des *Méditations*» (1921), *Essais de méthode, de critique et d'histoire littéraire*, Paris, Hachette, 1965.

Mallarmé, Stéphane, *Œuvres complètes*, 1945 (voir chapitre 2).

Picard, Michel, *La Lecture comme jeu. Essai sur la littérature*, Paris, Éd. de Minuit, 1986.

Proust, «Journée de lecture» (1907), *Contre Sainte-Beuve*, 1971 (voir chapitre 2).

—, *Le Temps retrouvé*, 1989 (voir introduction).

Richards, I. A., *Principles of Literary Criticism*, New York, Harcourt, Brace, 1924.

—, *Practical Criticism: A Study of Literary Judgment*, New York, Harcourt, Brace, 1929.

Sartre, Jean-Paul, *Qu'est-ce que la littérature?*, 1948 (voir chapitre 1).

Schaeffer, Jean-Marie, *Qu'est-ce qu'un genre littéraire?*, Paris, Éd. du Seuil, 1989.

Suleiman, Susan R., et Grosman, Inge, éd., *The Reader in the Text*, Princeton, Princeton University Press, 1980.

Théorie des genres, Genette, Gérard, et Todorov, Tzvetan, éd., Paris, Éd. du Seuil, coll. «Points», 1986.

Tompkins, Jane P., éd., *Reader-Response Criticism*, Baltimore, Johns Hopkins University Press, 1980.

Valéry, Paul, «L'enseignement de la poétique au Collège de France», 1957 (voir introduction).

Wimsatt, W. K., et Beardsley, M., «The Affective Fallacy» (1949), dans Beardsley, M., *The Verbal Icon*, 1954 (voir Wimsatt et Beardsley, chapitre 2).

第5章 风格

Albalat, Antoine, *La Formation du style par l'assimilation des auteur* (1001), Paris, Armand Colin, 1991.

—, *Le Travail du style enseigné par les corrections manuscrites des grands écrivains* (1903), Paris, Armand Colin, 1991.

Aristote, *Rhétorique*, trad. fr., Paris, coll. «Le Livre de poche», 1991.

Arrivé, Michel, «Postulats pour la description linguistique des textes littéraires», *Langue française*, n°3 («La stylistique»), septembre 1969.

Bally, Charles, *Précis de stylistique*, Genève, Eggimann, 1905.

—, *Traité de stylistique française* (1909), Paris, Klincksieck, 1951.

Barthes, Roland, *Le Degré zéro de l'écriture*, Paris, Éd. du Seuil, 1953; réédition coll. «Points».

—, «L'ancienne rhétorique, aide-mémoire» (1970), *L'Aventure sémiologique*, 1985 (voir chapitre 3).

Benveniste, Émile, «Catégories de pensée et catégories de langue» (1958), *Problèmes de linguistique générale*, 1966, t. I (voir chapitre 2).

—, «Sémiologie de la langue» (1969), *Problèmes de linguistique générale*, Paris, Gallimard, 1974, t. II ; réédition coll. «Tel».

Combe, Dominique, «Pensée et langage dans le style», dans Molinié, Georges, et Cahné, Pierre, éd. , *Qu'est-ce que le style ?* , 1994 (voir *infra*).

Cressot, Marcel, *Le Style et ses techniques. Précis d'analyse stylistique* (1947), Paris, PUF, 1969.

Fish, Stanley, «What Is Stylistics and Why Are They Saying Such Terrible Things about It?» (Part I , 1972; Part II , 1977), *Is There a Text in This Class?*, 1980 (voir chapitre 2).

Genette, Gérard, *Fiction et Diction*, 1991 (voir chapitre 1).

Goodman, Nelson, «The Status of Style» (1975), *Ways of Worldmaking* (1978), Indianapolis, Hackett, 1985, 2ᵉ éd. ; «Le statut du style», *Esthétique et Connaissance*, trad. fr. , Combas, Éd. de l'Éclat, 1990.

—, *Of Mind and Other Matters*, Cambridge, Mass. , Harvard University Press, 1984.

Guiraud, Pierre, *La Stylistique*, Paris, PUF, coll. «Que sais-je?» , 1954.

Hjelmslev, Louis, *Prolégomènes à une théorie du langage*, 1968 (voir chapitre 1).

Hough, Graham, *Style and Stylistics*, Londres, Routledge, 1969.

Jakobson, Roman, et Lévi-Strauss, Claude, « "Les Chats" de Charles Baudelaire» (1962), dans Jakobson, R. , *Questions de poétique*, 1973 (voir chapitre 1).

Marouzeau, Jules, *Précis de stylistique française* (1941), Paris, Masson, 1965.

Molinié, Georges, *La Stylistique*, Paris, PUF, coll. «Que sais-je?» , 1989.

Molinié, Georges, et Cahné, Pierre, éd. , *Qu'est-ce que le style ?* Paris, PUF, 1994.

Molino, Jean, «Pour une théorie sémiologique du style» , dans Molinié, Georges, et Cahné, Pierre, éd. , *Qu'est-ce que le style ?* , 1994 (voir *supra*).

Proust, *Le Côté de Guermantes I* (1920), *A la recherche du temps perdu*, Paris, Gallimard, coll. «Bibl. de la Pléiade» , 1988, t. II ; réédition coll. «Folio» .

—, *Le Temps retrouvé*, 1989 (voir introduction).

Queneau, Raymond, *Exercices de style*, Paris, Gallimard, 1947; réédition coll. «Folio» .

Rastier, François, «Le problème du style pour la sémantique du texte» , dans Molinié, Geroges, et Cahné, Pierre, éd. , *Qu'est-ce le style ?* , 1994 (voir *supra*).

Riffaterre, Michael, «Critères pour l'analyse du style» (1960), *Essais de stylistique structurale*, 1971 (voir chapitre 2).

—, «La description des structures poétiques: deux approches du poème de Baudelaire, "Les Chats"» (1966), *ibid*.

—, *La production du texte*, Paris, Éd. du Seuil, 1979.

—, *Sémiotique de la poésie*, Paris, Éd. du Seuil, 1983.

Schapiro, Meyer, «La notion de style» (1953), *Style, Artiste et Société*, trad. fr. , Paris, Gallimard, 1982; réédition coll. «Tel» .

Spitzer, Leo, «Art du langage et linguistique» (1948), *Études de style*, trad. fr. , Paris, Gallimard, 1970; réédition coll. «Tel» .

Starobinski, Jean, «Psychanalyse et connaissance littéraire» (1964), *La Relation critique*, Paris, Gallimard, 1970.

, «Léo Spitzer et la lecture stylistique» (1964 - 1969), *ibid*.

Ullmann, Stephen, *Style in the French Novel*, Cambridge, Cambridge University Press, 1957.

Wölfflin, Heinrich, *Principes fondamentaux de l'histoire de l'art. Les problèmes de l'évolution du style dans l'art moderne* (1915), trad. fr. (1952), Paris, Gallimard, coll. «Idées Art» , 1966.

第6章 历史

Auerbach, Erich, *Introduction aux études de philologie romane* (1944), Francfort, Klostermann, 1949.

Barthes, «Histoire ou Littérature?» (1960), *Sur Racine*, 1963 (voir chapitre 2).

Bénichou, Paul, *Le Sacre de l'écrivain* (1750-1830) (1973), Paris, Gallimard, 1996.

—, *Le Temps des prophètes. Doctrines de l'âge romantique*, Paris, Gallimard, 1977.

—, *Les Mages romantiques*, Paris, Gallimard, 1988.

—, *L'École du désenchantement*, Paris, Gallimard, 1992.

Benjamin, Walter, «Histoire littéraire et science de la littérature» (1931), trad. fr. , *Poésie et Révolution*, Paris, Denoël, 1971; réédition *Essais*, Gonthier, coll. «Médiations» , t. I.

—, «Thèses sur la philosophie de l'histoire» (1940), *ibid*.

Bollème, Geneviève, *La Bibliothèque bleue. Littérature populaire en France du XVIe au XIXe siècle*, Paris, Julliard, 1971.

Bourdieu, Pierre, *Les Règles de l'art*, 1992 (voir introduction).

Bremond, Henri, *Histoire littéraire du sentiment religieux en France*, Paris, Armand Colin, 1916-1939, 12 vol.

Chartier, Roger, éd. , *Pratiques de la lecture*, Marseille, Rivages, 1985.

—, *Lectures et Lecteurs dans la France d'Ancien Régime*, Paris, Éd. du Seuil, 1987.

Chartier, Roger, et Martin, H. -J. , *Histoire de l'édition française*, Paris, Promodis, 1983-1986, 4 vol.

Compagnon, Antoine, *La Troisième République des lettres*, Paris, Éd. du Seuil, 1983.

Curtius, Ernst Robert, *La Littérature européenne et le Moyen Age latin* (1948), trad. fr. , Paris, PUF, 1956; réédition coll. «Pocket» .

Delfaux, Gérard, et Roche, Anne, *Histoire/Littérature*, Paris, Éd. du Seuil,

1976.

Febvre, Lucien, «Littérature et vie sociale. De Lanson à Daniel Mornet: un renoncement» (1941), *Combats pour l'histoire* (1953), Paris, Armand Colin, 1992; réédition coll. «Pocket».

—, *Le Problème de l'incroyance au XVIe siècle. La religion de Rabelais*, Paris, Albin Michel, 1942; réédition coll. «L' Évolution de l'humanité».

Genette, Gérard, «Poétique et histoire» (1969), *Figures III*, 1972 (voir introduction).

Goldmann, Lucien, *Le Dieu caché*, Paris, Gallimard, 1959; réédition coll. «Tel».

Greenblatt, Stephen J., *Renaissance Self-Fashioning*, Chicago, University of Chicago Press, 1980.

—, *Ces merveilleuses Possessions. Découverte et appropriation du Nouveau Monde au XVIe siècle* (1991), trad. fr., Paris, Les Belles Lettres, 1996.

Hazard, Paul, *La Crise de la conscience européenne (1680-1715)*, Paris, Boivin, 1935; réédition coll. «Le Livre de poche».

Hoggart, Richard, *The Uses of Literacy* (1957); *La Culture des pauvres. Étude sur le style de vie des classes populaires en Angleterre*, trad. fr., Paris, Éd. de Minuit, 1970.

Jauss, Hans Robert, «L'histoire littéraire comme défi à la théorie littéraire» (1967), *Pour une esthétique de la réception*, 1978 (voir chapitre 4).

Lanson, Gustave, «Programme d'études sur l'histoire provinciale de la vie littéraire en France» (1903), *Études d'histoire littéraire*, Paris, Champion, 1930.

—, «La méthode de l'histoire littéraire? » (1910), *Essais de méthode, de critique et d'histoire littéraire*, 1965 (voir chapitre 4).

Leavis, Q. D., *Fiction and the Reading Public*, Londres, Chatto & Windus, 1932; réédition coll. «Penguin».

Moisan, Clément, *Qu'est-ce que l'histoire littéraire ?*, Paris, PUF, 1987.

Mollier, Jean-Yves, *Michel et Calmann Lévy ou la Naissance de l'édition mode* rne, *1836 – 1891*, Paris, Calmann-Lévy, 1984.

Montrose, Louis, «Professing the Renaissance: The Poetics and Politics of Culture», dans Veeser, H. Aram, éd., *The New Historicism*, Londres, Routledge, 1989.

Rancière, Jacques, *Les Mots de l'histoire. Essais de poétique du savoir*, Paris, Éd. du Seuil, 1992.

Rudler, Gustave, *Les Techniques de la critique et de l'histoire littéraires en littérature française moderne*, Oxford, Oxford University Press, 1923; réédition Genève, Slatkine, 1979.

Said, Edward W., *L'Orientalisme* (1978), tra. fr., Paris, Éd. du Seuil, 1980; nouvelle édition, 1997.

—, *The World, the Text, and the Critic*, Cambridge, Mass., Harvard University Press, 1983.

Thompson, E. P., *La Formation de la classe ouvrière anglaise* (1963), trad. fr., Paris, Gallimard-Éd. du Seuil, 1988.

Tynianov, Iouri, «De l'évolution littéraire» (1927), dans *Théorie de la littérature*, 1966 (voir introduction).

Veyne, Paul, *Comment on écrit l'histoire. Essai d'épistémologie*, Paris, Éd. du Seuil, 1971; réédition coll. «Points».

White, Hayden, *Metahistory: The Historical Imagination in Nineteenth-Century Europe*, Baltimore, Johns Hopkins University Press, 1973.

Williams, Raymond, *Culture and Society (1780 – 1950)*, Londres, Chatto &. Windus, 1958; réédition coll. «Penguin».

第 7 章 价值

Adorno, Theodor, *Théorie esthétique* (1970), trad. fr., nouvelle édition, Paris, Klincksieck, 1989.

Arnold, Matthew, «The Function of Criticism at the Present Time» (1864), *Culture and Anarchy and Other Writings*, 1994 (voir chapitre 1).

Auden, W. H., *The Dyer's Hand, and Other Essays* (1962), New York, Vintage, 1989.

Barthes, Roland, «Réflexions sur un manuel», dans Doubrovsky, Serge, et Todorov, Tzvetan, *L'Enseignement de la littérature*, 1971 (voir introduction).

Beardsley, Monroe, *Aesthetics: Problems in the Philosophy of Criticism* (1958), Indianapolis, Hackett, 2ᵉ éd., 1981.

Bourdieu, Pierre, *Les Règles de l'art*, 1992 (voir introduction).

Brooks, Cleanth, *The Well Wrought Urn: Studies in the Structure of Poetry*, New York, Harcourt, Brace, 1947.

Compagnon, Antoine, *Les Cinq Paradoxes de la modernité*, Paris, Éd. du Seuil, 1989.

Eliot, T. S., «Religion and Literature» (1935), *Selected Prose*, 1975 (voir chapitre 1).

—,« What is a Classic?» (1944), *ibid.*

Gadamer, Hans-Georg, *Vérité et Méthode*, 1996 (voir chapitre 2).

Genette, Gérard, *L'Œuvre de l'art*, t. II, *La Relation esthétique*, Paris, Éd. du Seuil, 1997.

Goodman, Nelson, *Languages of Art: An Approach to a Theory of Symbols* (1968), Indianapolis, Hackett, 2ᵉ éd., 1976 (éd. citée); trad. fr., *Langages de l'art*, Paris, Jacqueline Chambon, 1990.

—, *Of Mind and Other Matters*, 1984 (voir chapitre 5).

Haskell, Francis, *La Norme et le Caprice. Redécouvertes en art* (1976), trad. fr., Paris, Flammarion, 1986; réédition coll. «Champs».

Jauss, Hans Robert, «L'histoire littéraire comme défi à la théorie littéraire» (1967), *Pour une esthétique de la réception*, 1978 (voir chapitre 4).

Kant, Emmanuel, *Critique de la faculté de juger*, 1995 (voir chapitre 1).

Kermode, Frank, *The Classic: Literacy Images of Permanence and Change* (1975), Cambridge, Mass., Harvard University Press, 1983.

—, *History and Value*, Oxford, Clarendon Press, 1988.

Lafarge, Claude, *La Valeur littéraire. Figuration littéraire et usage sociaux des fictions*, Paris, Fayard, 1983.

Lanson, Gustave, «L'immortalité littéraire» (1894), *Hommes et Livres*, 1979 (voir chapitre 4).

Leavis, F. R., *Revaluation: Tradition and Development in English Poetry*, Londres, Chatto & Windus, 1936.

—, *The Great Tradition*, Londres, Chatto & Windus, 1948; réédition coll. «Penguin».

—, *The Common Pursuit*, Londres, Chatto & Windus, 1962; réédition coll. «Penguin».

Matthiessen, F. O., *American Renaissance: Art and Expression in the Age of Emerson*, New York, Oxford University Press, 1941.

Mortier, Roland, *L'Originalité. Une nouvelle catégorie esthétique au siècle des lumières*, Genève, Droz, 1982.

Renan, Ernest, «Prière sur l'Acropole» (1860), *Souvenirs d'enfance et de jeunesse* (1883), *Œuvres complètes*, Paris, Calmann-Lévy, 1948, t. II; réédition coll. «Folio».

Sainte-Beuve, «Qu'est-ce qu'un classique?» (1850), *Causeries du lundi*, Paris, Garnier, 1874-1876, 15 vol., t. III.

—, «De la tradition en littérature et dans quel sens il la faut entendre» (1858), *ibid.*, t. XV.

Schlanger, Judith, *La Mémoire des œuvres*, Paris, Nathan, 1992.

Steiner, George, *Réelles Présences. Les arts du sens* (1989), trad. fr., Paris, Gallimard, 1990; réédition coll. «Folio».

Thibaudet, Albert, *Physiologie de la critique* (1930), Paris, Nizet, 1971.

—, *Réflexions sur la critique*, Paris, Gallimard, 1939.

结论

Barthes, Paul, «L'aventure sémiologique» (1974), *L'Aventure sémiologique*, 1985 (voir chapitre 3).

—, *Roland Barthes*, Paris, Éd. du Seuil, 1975.

de Man, Paul, *The Resistance to Theory*, 1986 (voir introduction).

人名索引

（索引中的页码为原著页码，检索时请查本书边码）

Abrams, M. H. 艾布拉姆斯, M. H.: 163.
Adorno, Theodor 阿多诺, 西奥多: 300.
Alembert, Jean Le Rond d' 达朗贝尔, 让·勒朗: 201.
Althusser, Louis 阿尔都塞, 路易: 11.
Anscombe, G. E. M 安丝孔帕, G. E. M.: 97.
Aragon, Louis 阿拉贡, 路易: 40.
Aristote 亚里士多德: 13, 17, 30, 32, 33, 36, 37, 40, 43, 58, 111, 113, 117–122, 142, 147–152, 154, 158, 159, 185, 187, 198, 199, 212.
Arnold, Matthew 阿诺德, 马修: 38, 166, 273, 284, 288, 289.
Arrivé, Michel 阿里韦, 米歇尔: 209.

Auden, W. H. 奥登, W. H.: 272.
Auerbach, Erich 奥尔巴赫, 埃里希: 111, 113, 123, 154.
Augustin, Saint 奥古斯丁, 圣: 59, 60, 61, 64, 65, 78, 81.
Aulu-Gelle 奥卢斯-盖里乌斯: 280.
Austen, Jane 奥斯丁, 简: 273.
Austin, John L. 奥斯丁, 约翰·L.: 104, 149, 157.

Bachelard, Gaston 巴什拉, 加斯东: 219.
Bakhtine, Mikhaïl 巴赫金, 米哈依尔: 125, 128, 129, 130, 131, 247.
Baldensperger, Fernand 巴尔登斯贝格, 费尔南德: 173.
Bally, Charles 巴利, 夏尔: 206, 207, 209, 212, 228.
Balzac, Honoré de 巴尔扎克, 奥诺

雷·德:89,90,133,156,159,177.

Barthes, Roland 巴特,罗兰:10,11, 15,30,34,47,54 - 56,74 - 76,88, 89,91,102 - 103,113,116,122, 125,126 - 128,132,133 - 139,140, 141,143 - 147,153,160,161,171, 176,179,192,193,196,206 - 208, 213,215,217,222,253,254,259 - 261,263,268,281,288,307,308, 309.

Batteux, *abbé* Charles 巴陀,(修士)夏尔:13.

Baudelaire, Charles 波德莱尔,夏尔:7,20,39,74,78,81,82,83,84, 85,86,87,88,109,158,209,240, 268,282,283,287,299.

Beardsley, Monroe C. 比尔兹利,门罗·C.:92,93,97,165,294,295 - 297.

Beckett, Samuel 贝克特,塞缪尔:57.

Bénichou, Paul 贝尼舒,保罗:244.

Benjamin, Walter 本雅明,瓦尔特:233.251,252.

Benveniste, Émile 本维尼斯特,埃米尔:55,145,212,213,218,228, 229.

Blanchot, Maurice 布朗肖,莫里斯:57,123,132,310.

Blin, Georges 布兰,乔治:82.

Bloch, Oscar 布洛赫,奥斯卡:197, 205.

Bollème, Geneviève 鲍莱姆,热诺维耶:244.

Booth, Wayne C. 布斯,韦恩·C.:177,188.

Borges, Jorge Luis 博尔赫斯,豪尔赫·路易斯:53,110,112,241, 307,308.

Bourdieu, Pierre 布尔迪厄,皮埃尔:27,261,262,263,283.

Bremond, Claude 布雷蒙,克罗德:125.

Bremond, Henri 布雷蒙,亨利:244.

Breton, André 布勒东,安德烈:117.

Brizeux, Auguste 布里泽,奥古斯特:82.

Brooks, Cleanth 布鲁克斯,克林斯:297.

Brunetière, Ferdinand 布吕纳蒂耶,费迪南:38,49,164,186,236,237, 239,241,258,268.

Buffon, *comte de* 布丰,(伯爵):197.

Byron, *lord* 拜伦,(勋爵):286.

Camus, Albert 加缪,阿尔贝:46.

Carlyle, Thomas 卡莱尔,托马斯:33.

Carnap, Rudolf 卡尔纳普,鲁道夫:8.

Cassirer, Ernst 卡西尔,恩斯特: 218.

Castex, Pierre-Georges 卡斯泰,皮埃尔-乔治:237.

Cave, Terence C. 凯夫,特伦斯·C.:154.

Cervantès, Miguel de 塞万提斯,米格尔·德: 37,57,129,138,247, 253,281.

Champollion, Jean-François 商博良,让-弗朗索瓦:108.

Charles, Michel 夏尔,米歇尔:184.

Chartier, Roger 夏蒂埃,罗杰:244.

Chateaubriand, François René de 夏多布里昂,弗朗索瓦·勒内·德: 240,262.

Chénier, André 谢尼埃,安德烈: 206.

Chklovsky, Viktor 什克洛夫斯基,维克多:44.

Chladenius, Johann Martin 克拉登尼乌斯,约翰·马丁:80,85-87, 97.

Chomsky, Noam 乔姆斯基,诺姆: 142.

Cicéron 西塞罗:59,61,62,64,200, 201.

Clémencet, dom 克雷芒赛,(修士): 235.

Coleridge, Samuel Taylor 柯勒律治,塞缪尔·泰勒:81,113,138, 297,307.

Combe, Dominique 贡布,多米尼克: 33,218.

Compagnon, Antoine 孔帕尼翁,安托万:62,300.

Conrad, Joseph 康拉德,约瑟夫: 273.

Contini, Gianfranco 孔蒂尼,吉安弗朗科:7.

Crépet, Jean 克雷佩,让:82.

Croce, Benedetto 克罗齐,贝内代托:7.

Curtius, Ernst Robert 库尔提乌斯,恩斯特·罗伯特:7,245,247.

Dante 但丁:22,37,64,281.

Darwin, Charles 达尔文,查尔斯: 57.

Daudet, Alphonse 都德,阿尔封斯: 135.

Deleuze, Gilles 德勒兹,吉尔:112.

De Man, Paul 德曼,保罗:12,15, 23,24,161,162,261,305.

Demetrius 德米特里乌斯:199.

Démosthène 狄摩西尼:205.

De Quincey, Thomas 德·昆西,托马斯:81.

Derrida, Jacques 德里达,雅克:11, 73,103,105,114,123.

Dilthey, Wilhelm 狄尔泰,威廉:69.

Diomède 迪奥梅德:200.

Donat 多纳图斯:200.

Dostoïevski, Fedor 陀思妥耶夫斯基,费奥多尔:129,307.

Du Bos, Charles 杜·博斯,夏尔:30.

Duchamp, Marcel 杜尚,马塞尔:297.

Dumarsais, César Chesneau 迪马赛,塞萨尔·谢诺:201.

Dumas, Alexandre 大仲马,亚历山大:307.

Dupont-Roc, Roselyne 杜邦-洛克,罗塞琳:120.

Durkheim, émile 涂尔干,爱米尔:236.

Eagleton, Terry 伊格尔顿,特里:311.

Eco, Umberto 艾柯,安伯托:96,171,184,189,193.

École de Genève 日内瓦学派:7,13,73,219.

Eden, Kathy 伊登,凯茜:59,60.

Eikhenbaum, Boris 艾亨鲍姆,鲍里斯:12.

Eliot, George 艾略特,乔治:273.

Eliot, T. S. 艾略特,T. S.:35,100,271,272,280,289.

Empson, William 燕卜荪,威廉:104.

Faguet, Émile 法盖,埃米尔:18,19,239.

Febvre, Lucien 费弗尔,吕西安:243,244,258,260,261,263.

Feydeau, Ernest 费多,厄内斯特:253,256,299,307.

Firdousi 费尔杜希:284.

Fish, Stanley 费什,斯坦利:76,166,171,183,188-192,193,210,211,213,222.

Flaubert, Gustave 福楼拜,居斯塔夫:37,74,134,135,136,138,156,161,201,253,254,256,257,299,307.

Formalistes russes 俄国形式主义者:7,12,13,23,24,43,47,51,52,117,120,129,181,234,246-248,252,255,268,272.

Foucault, Michel 福柯,米歇尔:11,42,43,54,57,58,112,117,123,263,264.

France, Anatole 法朗士,阿纳托尔:164.

Frege, Gottlob 弗雷格,戈特洛布:8,80,99.

Freud, Sigmund 弗洛伊德,西格蒙德:52,57,139,161.

Frye, Northrop 弗莱,诺思洛普:92, 148-150,151,154,155,1287.

Furetière, Antoine 福尔蒂埃,安托万:102.

Gadamer, Hans-Georg 伽达默尔,汉斯-格奥尔格:67,71,72,76,92,95, 96,167,174,251,252,254,278, 289-294,297,299,300.

Gasparin, Agémor de 加斯帕兰,阿热莫·德:268.

Gautier, Théophile 戈蒂耶,泰奥菲尔:80.

Genette, Gérard 热奈特,热拉尔:9, 10,12,31,33,40,41,43,47,48, 120,125,129,131,225-228,274, 277,278,294,296,298,299.

Gide, André 纪德,安德烈:117.

Ginzburg, Carlo 金兹堡,卡洛:37, 154,155,220.

Goethe, Johann Wolfgang 歌德,约翰·沃尔夫冈:173,281,282,284, 285,286,287.

Goldmann, Lucien 戈德曼,吕西安: 244.

Goncourt, Edmond et Jules de 龚古尔,埃德蒙和朱尔·德:265.

Goodman, Nelson 古德曼,纳尔逊: 30,196,222-225,258,270,297, 301,304.

Gracq, Julien 格拉克,朱利安:23.

Greenblatt, Stephen J. 格林布拉特,斯蒂芬·J.:263.

Greimas, A. J. 格雷马斯,A. J.: 125.

Guillaume, Gustave 纪尧姆,古斯塔夫:218.

Hamburger, Käte 汉布格尔,克特: 40.

Hamon, Philippe 哈蒙,菲利普: 112,125.

Haskell, Francis 哈斯克尔,弗朗西斯:302.

Hazard, Paul 阿扎尔,保罗:244.

Hegel, G. W. F. 黑格尔,G. W. F.: 254,255,264,271,291,292,293.

Heidegger, Martin 海德格尔,马丁: 8,70,71,72,107,144,167,189, 211,254,265.

Hemingway, Ernest 海明威,欧内斯特:46.

Herder, Johann 赫尔德,约翰:218.

Hirsch, E. D. Jr. 赫希,E. D. Jr, 65,99,101-103,170,226,227, 257.

Hjelmslev, Louis 耶姆斯列夫,路易:41,221.

Hoggart, Richard 霍加特,理查德: 261.

Hölderlin, Friedrich 荷尔德林,弗里德里希:123.

Homère 荷马:53,62,63,64,65,67,68,111,155,280,282,284.

Horace 贺拉斯:36.37,113,298.

Hough, Graham 霍夫,格雷厄姆:210.

Hugo, Victor 雨果,维克多:256.

Humboldt, Wilhelm von 洪堡,威廉·冯:218.

Hume, David 休谟,大卫:274,276,289.

Husserl, Edmund 胡塞尔,埃德蒙德:8,70,71,73.

Ingarden, Roman 英伽登,罗曼:174,176,179,187,251.

Iser, Wolfgang 伊瑟尔,沃尔夫冈:171,174,175-184,187,188,189,191,251,252,257,296.

Isocrate 伊索克拉底:205.

Jakobson, Roman 雅各布森,罗曼:30,43,44,45,47,82,87,114,115,116,124,130,141,142,147,209,214,218,227.

James, Henry 詹姆斯,亨利:273,307.

Jameson, Fridric 詹姆逊,弗雷德里克:145.

Jauss, Hans Robert 姚斯,汉斯·罗伯特:171,174,184,188,191,248-254,255-259,261,264,265,292,293,296,297,299.

Joyce, James 乔伊斯,詹姆斯:129.

Juhl, P. D. 尤尔,P. D.:82,83,110.

Kafka, Franz 卡夫卡,弗兰兹:124.

Kant, Immanuel 康德,伊曼努尔:41,43,271,273,274-278,289,294,298.

Kermode, Frank 克莫德,弗兰克:183,221.

Kracauer, Siegfried 克拉考尔,西格弗里德:255.

Kristeva, Julia 克里斯蒂娃,朱丽娅:11,128,129.

La Bruyère, Jean de 拉·布吕耶,让·德:98.

Lancan, Jacques 拉康,雅克:139.

Lagarde, André 拉加德,安德烈:237.

Lallot, Jean 拉洛,让:120.

Lamartine, Alphonse de 拉马丁,阿尔封斯·德:173,206.

LaMothe LeVayer, François 拉莫特·勒瓦耶,弗朗索瓦:201.

Lanson, Gustave 朗松,居斯塔夫:10,18,19,20,22,23,38,53,164,

168,169,171,173,194,236,237,
238,241,242,243,244,263,265.

Lautréamont, *comte de*, Isidore Ducasse 洛特雷阿蒙,(伯爵),伊西多尔·迪卡斯:35,39.

Lawrence, D. H. 劳伦斯,D. H.: 273.

Leavis, F. R. 利维斯,F. R.:7,261, 273.

Leavis Q. D. 利维斯,Q. D.:261.

Lénine, Vladimir Ilitch Oulianov 列宁,弗拉基米尔·伊里奇·乌里扬诺夫:11.

Leopardi, Giacomo 莱奥帕尔迪,贾科莫:81.

Lévi-Strauss, Claude 列维-斯特劳斯,克洛德:82,87,115,116,209, 214,218.

Lévy, Michel et Calmann 莱维,米歇尔和加尔曼:244.

Littré, Émile 利特雷,埃米尔:102.

Lukács, Georg 卢卡奇,格奥尔格: 123.

Macherey, Pierre 马舍雷,皮埃尔: 11.

Mallarmé, Stéphane 马拉美,斯特凡:20,38,42,43,55,57,116,117, 124,132,161,162,164,165,171, 174,272,305.

Marx, Karl 马克思,卡尔:11,12, 13,16,18,19,23,38,52,57,123, 132,244,249,250,256,261,263, 303,311.

Matthiessen, F. O. 马西森,F. O.: 297.

Meier, Georg Friedrich 迈尔,格奥尔格·弗里德里希:78,79.

Meillet, Antoine 梅耶,安托万:218.

Michard, Laurent 米沙尔,洛朗: 237.

Michelet, Jules 米什莱,儒勒:31, 74,88,134,136,260.

Molière, Jean-Baptiste Poquelin 莫里哀,让-巴蒂斯特·波克兰:282, 283,284,287,301.

Molinié, Georges 莫利涅,乔治: 221.

Molino, Jean 莫里诺,让:198.

Molier, Jean-Yves 莫利耶,让-伊夫:244.

Montaigne, Michel de 蒙田,米歇尔·德:37,42,50,64,86,98,99, 137,164,194,200,309.

Montesquieu, *baron de* 孟德斯鸠,(男爵):10.

Montrose, Louis 蒙特罗斯,路易: 265.

Mornet, Daniel 莫尔内,丹尼尔: 243,258.

Muller, Charles 穆勒,夏尔:222.

Musset, Alfred de 缪塞,阿尔弗雷德·德:81.

Nerval, Gérard de 奈瓦尔,热拉尔·德:240.

New Critics 新批评(学派):7,13,51,52,117,130,165,167,168,177,189,192,268,297.

Nietzsche, Friedrich 尼采,弗里德里希:8.

Ombredane, Louis 翁布雷丹,路易:139,139.

Oulipo 乌力波:117,270.

Ovide 奥维德:53,63,64,65,68.

Pagnol, Marcel 帕尼奥尔,马塞尔:135.

Pascal, Blaise 帕斯卡尔,布莱士:31,244,308.

Paul, *saint* 保罗,圣:60.

Paulhan, Jean 包兰,让:8,208.

Pavel, Thomas 帕维尔,托马斯:113,124,143,159,160.

Peirce, Charles S. 皮尔斯,查尔士·S.:114,210,225.

Perrault, Charles 佩罗,夏尔:281.

Picard, Raymond 皮卡尔,雷蒙:74,74,91,102,105.

Platon 柏拉图:17,36,58,95,113,118,119,127,148,274.

Poulet, Georges 普莱,乔治:73,74,170.

Pradon, Nicolas 普拉东,尼古拉:301.

Prendergast, Christopher 普伦德加斯特,克里斯托夫:136,137,138.

Prévost, *l'abbé* 普雷沃,(修士):19.169.

Propp, Vladimir 普洛普,弗拉基米尔:125.

Proust, Marcel 普鲁斯特,马塞尔:21,34,38,42,53,55,80,106,108,112,129,135,168,169,170,171,174,194,201,203,220,222,223,226,240,262,270,271,300,301.

Queneau, Raymond 格诺,雷蒙:117,199,222,223.

Quintilien 坎蒂里安:59,62,245.

Rabelais, François 拉伯雷,弗朗索瓦:53,64,66,68,77,98,129,244,310.

Racine, Jean 拉辛,让:74,75,88,102,139,147,163,300,301.

Rancière, Jacques 朗西埃,雅克:264.

Rastier, François 拉斯蒂耶,弗朗索

瓦:201.

Reboux, Paul 勒布,保罗:222.

Renan, Ernest 勒南,厄内斯特:18, 238,286.

Renoir, Auguste 雷诺阿,奥古斯特: 300.

Richards, I. A. 理查兹,I. A.:165, 166,167,168,170.

Ricoeur, Paul 利科,保罗:92,96, 150,151,152,153,154,155,257.

Riffaterre, Michael 里法泰尔,米奥埃尔:83,84,85,87,88,130,131, 132,140,141,167,171,196,209, 214-218,222,296.

Rimbaud, Arthur 兰波,阿蒂尔:38, 39.

Rivet, dom 里维,(修士):235.

Rousseau, Jean-Jacques 卢梭,让-雅克:261,287.

Roussel, Raymond 鲁塞尔,雷蒙: 117.

Ruskin, John 拉斯金,约翰:168.

Russell, Bertrand 罗素,伯特兰:8, 99.

Ruwet, Nicolas 留威,尼古拉:115.

Sade, marquis de 萨德,(侯爵):35, 302.

Said, Edward 萨义德,爱德华:263.

Sainte-Beuve, Charles Augustin 圣

勃夫,夏尔·奥古斯丁:49,53,82, 236,237,260,267,278-288,289, 290,294,301.

Sapir, Edward 萨丕尔,爱德华:144.

Sartre, Jean-Paul 萨特,让-保罗: 30,42,73,170,171.174,208.

Saussure, Ferdinand de 索绪尔,费尔迪南·德:94,114,126,131, 140,141,142,143,144,145,146, 170,206,207,219,228,229.

Scève, Maurice 赛夫,莫里斯:302.

Schapiro, Meyer 夏皮罗,梅耶:202, 203,204.

Schlanger, Judith 施兰格,朱迪思: 303.

Schleiermacher, Friedrich 施莱尔马赫,弗里德里希:67,68,69,71,72, 203,255.

Schopenhauer, Arthur 叔本华,亚瑟:271.

Searle, John R. 瑟尔,约翰·R.: 103,105,106,157,158.

Sévigné, marquise de 塞维尼侯爵夫人:301.

Shakespeare, William 莎士比业,威廉:49,139,164,281,287,300.

Sollers, Philippe 索莱尔斯,菲利普: 11,111,112.

Sophocle 索福克勒斯:149,154.

Spengler, Oswald 斯宾格勒,奥斯瓦

尔德:204.

Spinoza, Baruch 斯宾诺莎,巴鲁赫:64,65.

Spitzer, Leo 斯皮策,利奥:7,8,203,211,219,220,221,228.

Staël, Germaine de 斯塔埃尔夫人:235.

Starobinski, Jean 斯塔罗宾斯基,让:219.

Stein, Gertrude 斯泰因,格特鲁德:134.

Stendhal, Henri Beyle 司汤达,亨利·贝尔:139,268,283,300.

Surer, Paul 苏尔,保罗:237.

Szondi, Peter 斯从狄,彼得:78,79,85,86,87,88,92.

Taine, Hippolyte 泰纳,伊波利特:49,236,237,241.

Thibaudet, Albert 蒂博代,阿尔贝:170,268.

Thomas d'Aquin, saint 托马斯·阿奎纳:78,274,296,297.

Thompson, E. P. 汤普森,E. P.:261.

Todorov, Tzvetan 托多洛夫,茨维坦:10,12,24,120,125.

Tolstoï, Leo 托尔斯泰,列夫:30,129.

Töpffer, Rodolphe 托普弗,鲁道夫:268.

Tynianov, Iouri 图尼亚诺夫,尤里:246.

Ullmann, Stephen 厄尔曼,斯蒂芬:209.

Valéry, Paul 瓦雷里,保罗:7,43,44,55,117,171,173.

Valmiki 伐尔米基:284.

Veyne, Paul 韦纳,保罗:264.

Vico, Giambattista 维柯,詹巴蒂斯塔:309.

Virgile 维吉尔:53,63,68,200,280.

Vossler, Karl 浮士勒,卡尔:219.

Vyasa 毗耶娑:284.

Warburg, Aby 瓦尔堡,阿比:228.

Warren, Austin 沃伦,奥斯汀:8,23,254,92,311.

Wartburg, Walther von 沃特堡,沃尔瑟·冯:197,205.

Wellek, René 韦勒克,勒内.:8,23,24,92,311.

White, Haydn 怀特,海登:264.

Whorf, Benjamin Lee 沃尔夫,本杰明·李:144.

Williams, Raymond 威廉斯,雷蒙:261,273.

Wimsatt, William K. 维姆萨特,威

廉·K.:92,93,97,165.

Wittgenstein, Ludwig 维特根斯坦，路德维希:8.

Wölfflin, Heinrich 沃尔夫林，海因里希:202.

Woolf, Virginia 伍尔芙，弗吉尼亚:111.

Zola, Émile 左拉，埃米尔:268.

《当代学术棱镜译丛》
已出书目

媒介文化系列

第二媒介时代 [美]马克·波斯特
电视与社会 [英]尼古拉斯·阿伯克龙比
思想无羁 [美]保罗·莱文森
媒介建构:流行文化中的大众媒介 [美]劳伦斯·格罗斯伯格 等
揣测与媒介:媒介现象学 [德]鲍里斯·格罗伊斯
媒介学宣言 [法]雷吉斯·德布雷
媒介研究批评术语集 [美]W. J. T. 米歇尔 马克·B. N. 汉森
解码广告:广告的意识形态与含义 [英]朱迪斯·威廉森

全球文化系列

认同的空间——全球媒介、电子世界景观与文化边界 [英]戴维·莫利
全球化的文化 [美]弗雷德里克·杰姆逊 三好将夫
全球化与文化 [英]约翰·汤姆林森
后现代转向 [美]斯蒂芬·贝斯特 道格拉斯·科尔纳
文化地理学 [英]迈克·克朗
文化的观念 [英]特瑞·伊格尔顿
主体的退隐 [德]彼得·毕尔格
反"日语论" [日]莲实重彦
酷的征服——商业文化、反主流文化与嬉皮消费主义的兴起 [美]托马斯·弗兰克
超越文化转向 [美]理查德·比尔纳其 等
全球现代性:全球资本主义时代的现代性 [美]阿里夫·德里克
文化政策 [澳]托比·米勒 [美]乔治·尤迪思

通俗文化系列

解读大众文化 [美]约翰·菲斯克
文化理论与通俗文化导论(第二版) [英]约翰·斯道雷
通俗文化、媒介和日常生活中的叙事 [美]阿瑟·阿萨·伯格
文化民粹主义 [英]吉姆·麦克盖根
詹姆斯·邦德:时代精神的特工 [德]维尔纳·格雷夫

消费文化系列

消费社会 [法]让·鲍德里亚
消费文化——20世纪后期英国男性气质和社会空间 [英]弗兰克·莫特
消费文化 [英]西莉娅·卢瑞

大师精粹系列

麦克卢汉精粹 [加]埃里克·麦克卢汉 弗兰克·秦格龙
卡尔·曼海姆精粹 [德]卡尔·曼海姆
沃勒斯坦精粹 [美]伊曼纽尔·沃勒斯坦
哈贝马斯精粹 [德]尤尔根·哈贝马斯
赫斯精粹 [德]莫泽斯·赫斯
九鬼周造著作精粹 [日]九鬼周造

社会学系列

孤独的人群 [美]大卫·理斯曼
世界风险社会 [德]乌尔里希·贝克
权力精英 [美]查尔斯·赖特·米尔斯
科学的社会用途——写给科学场的临床社会学 [法]皮埃尔·布尔迪厄
文化社会学——浮现中的理论视野 [美]戴安娜·克兰
白领:美国的中产阶级 [美]C.莱特·米尔斯

论文明、权力与知识 [德]诺贝特·埃利亚斯

解析社会：分析社会学原理 [瑞典]彼得·赫斯特洛姆

局外人：越轨的社会学研究 [美]霍华德·S.贝克尔

社会的构建 [美]爱德华·希尔斯

新学科系列

后殖民理论——语境 实践 政治 [英]巴特·穆尔-吉尔伯特

趣味社会学 [芬]尤卡·格罗瑙

跨越边界——知识学科 学科互涉 [美]朱丽·汤普森·克莱恩

人文地理学导论：21世纪的议题 [英]彼得·丹尼尔斯 等

文化学研究导论：理论基础·方法思路·研究视角 [德]安斯加·纽宁 [德]维拉·纽宁 主编

世纪学术论争系列

"索卡尔事件"与科学大战 [美]艾伦·索卡尔 [法]雅克·德里达 等

沙滩上的房子 [美]诺里塔·克瑞杰

被困的普罗米修斯 [美]诺曼·列维特

科学知识：一种社会学的分析 [英]巴里·巴恩斯 大卫·布鲁尔 约翰·亨利

实践的冲撞——时间、力量与科学 [美]安德鲁·皮克林

爱因斯坦、历史与其他激情——20世纪末对科学的反叛 [美]杰拉尔德·霍尔顿

真理的代价：金钱如何影响科学规范 [美]戴维·雷斯尼克

科学的转型：有关"跨时代断裂论题"的争论 [德]艾尔弗拉德·诺德曼 [荷]汉斯·拉德 [德]格雷戈·希尔曼

广松哲学系列

物象化论的构图 [日]广松涉

事的世界观的前哨 [日]广松涉

文献学语境中的《德意志意识形态》 [日]广松涉

存在与意义（第一卷）［日］广松涉
存在与意义（第二卷）［日］广松涉
唯物史观的原像 ［日］广松涉
哲学家广松涉的自白式回忆录 ［日］广松涉
资本论的哲学 ［日］广松涉
马克思主义的哲学 ［日］广松涉
世界交互主体的存在结构 ［日］广松涉

国外马克思主义与后马克思思潮系列

图绘意识形态 ［斯洛文尼亚］斯拉沃热·齐泽克 等
自然的理由——生态学马克思主义研究 ［美］詹姆斯·奥康纳
希望的空间 ［美］大卫·哈维
甜蜜的暴力——悲剧的观念 ［英］特里·伊格尔顿
晚期马克思主义 ［美］弗雷德里克·杰姆逊
符号政治经济学批判 ［法］让·鲍德里亚
世纪 ［法］阿兰·巴迪欧
列宁、黑格尔和西方马克思主义：一种批判性研究 ［美］凯文·安德森
列宁主义 ［英］尼尔·哈丁
福柯、马克思主义与历史：生产方式与信息方式 ［美］马克·波斯特
战后法国的存在主义马克思主义：从萨特到阿尔都塞 ［美］马克·波斯特
反映 ［德］汉斯·海因茨·霍尔茨
为什么是阿甘本？ ［英］亚历克斯·默里
未来思想导论：关于马克思和海德格尔 ［法］科斯塔斯·阿克塞洛斯
无尽的焦虑之梦：梦的记录（1941—1967）附《一桩两人共谋的凶杀案》（1985） ［法］路易·阿尔都塞
马克思：技术思想家——从人的异化到征服世界 ［法］科斯塔斯·阿克塞洛斯

经典补遗系列

卢卡奇早期文选 ［匈］格奥尔格·卢卡奇

胡塞尔《几何学的起源》引论 [法]雅克·德里达

黑格尔的幽灵——政治哲学论文集[Ⅰ] [法]路易·阿尔都塞

语言与生命 [法]沙尔·巴依

意识的奥秘 [美]约翰·塞尔

论现象学流派 [法]保罗·利科

脑力劳动与体力劳动：西方历史的认识论 [德]阿尔弗雷德·索恩-雷特尔

黑格尔 [德]马丁·海德格尔

黑格尔的精神现象学 [德]马丁·海德格尔

生产运动：从历史统计学方面论国家和社会的一种新科学的基础的建立 [德]弗里德里希·威廉·舒尔茨

先锋派系列

先锋派散论——现代主义、表现主义和后现代性问题 [英]理查德·墨菲

诗歌的先锋派：博尔赫斯、奥登和布列东团体 [美]贝雷泰·E.斯特朗

情境主义国际系列

日常生活实践 1.实践的艺术 [法]米歇尔·德·塞托

日常生活实践 2.居住与烹饪 [法]米歇尔·德·塞托 吕斯·贾尔 皮埃尔·梅约尔

日常生活的革命 [法]鲁尔·瓦纳格姆

居伊·德波——诗歌革命 [法]樊尚·考夫曼

景观社会 [法]居伊·德波

当代文学理论系列

怎样做理论 [德]沃尔夫冈·伊瑟尔

21世纪批评述介 [英]朱利安·沃尔弗雷斯

后现代主义诗学：历史·理论·小说 [加]琳达·哈琴

大分野之后：现代主义、大众文化、后现代主义 [美]安德列亚斯·胡伊森

理论的幽灵：文学与常识 [法]安托万·孔帕尼翁

反抗的文化:拒绝表征 [美]贝尔·胡克斯
戏仿:古代、现代与后现代 [英]玛格丽特·A.罗斯
理论入门 [英]彼得·巴里
现代主义 [英]蒂姆·阿姆斯特朗
叙事的本质 [美]罗伯特·斯科尔斯 詹姆斯·费伦 罗伯特·凯洛格
文学制度 [美]杰弗里·J.威廉斯
新批评之后 [美]弗兰克·伦特里奇亚
文学批评史:从柏拉图到现在 [美]M. A. R.哈比布
德国浪漫主义文学理论 [美]恩斯特·贝勒尔
萌在他乡:米勒中国演讲集 [美]J.希利斯·米勒
文学的类别:文类和模态理论导论 [英]阿拉斯泰尔·福勒
思想絮语:文学批评自选集(1958—2002) [英]弗兰克·克默德
叙事的虚构性:有关历史、文学和理论的论文(1957—2007) [美]海登·怀特
21世纪的文学批评:理论的复兴 [美]文森特·B.里奇

核心概念系列

文化 [英]弗雷德·英格利斯
风险 [澳大利亚]狄波拉·勒普顿

学术研究指南系列

美学指南 [美]彼得·基维
文化研究指南 [美]托比·米勒
文化社会学指南 [美]马克·D.雅各布斯 南希·韦斯·汉拉恩
艺术理论指南 [英]保罗·史密斯 卡罗琳·瓦尔德

《德意志意识形态》与文献学系列

梁赞诺夫版《德意志意识形态·费尔巴哈》 [苏]大卫·鲍里索维奇·梁赞诺夫
《德意志意识形态》与MEGA文献研究 [韩]郑文吉

巴加图利亚版《德意志意识形态·费尔巴哈》[俄]巴加图利亚
MEGA:陶伯特版《德意志意识形态·费尔巴哈》 [德]英格·陶伯特

当代美学理论系列

今日艺术理论 [美]诺埃尔·卡罗尔
艺术与社会理论——美学中的社会学论争 [英]奥斯汀·哈灵顿
艺术哲学:当代分析美学导论 [美]诺埃尔·卡罗尔
美的六种命名 [美]克里斯平·萨特韦尔
文化的政治及其他 [英]罗杰·斯克鲁顿
当代意大利美学精粹 周　宪　[意]蒂齐亚娜·安迪娜

现代日本学术系列

带你踏上知识之旅 [日]中村雄二郎　山口昌男
反·哲学入门 [日]高桥哲哉
作为事件的阅读 [日]小森阳一
超越民族与历史 [日]小森阳一　高桥哲哉

现代思想史系列

现代主义的先驱:20世纪思潮里的群英谱 [美]威廉·R. 埃弗德尔
现代哲学简史 [英]罗杰·斯克拉顿
美国人对哲学的逃避:实用主义的谱系 [美]康乃尔·韦斯特
时空文化:1880—1918 [美]斯蒂芬·科恩

视觉文化与艺术史系列

可见的签名 [美]弗雷德里克·詹姆逊
摄影与电影 [英]戴维·卡帕尼
艺术史向导 [意]朱利奥·卡洛·阿尔甘　毛里齐奥·法焦洛
电影的虚拟生命 [美]D. N. 罗德维克
绘画中的世界观 [美]迈耶·夏皮罗

缪斯之艺:泛美学研究　[美]丹尼尔·奥尔布赖特
视觉艺术的现象学　[英]保罗·克劳瑟
总体屏幕:从电影到智能手机　[法]吉尔·利波维茨基
[法]让·塞鲁瓦
艺术史批评术语　[美]罗伯特·S.纳尔逊　[美]理查德·希夫
设计美学　[加拿大]简·福希
工艺理论:功能和美学表达　[美]霍华德·里萨蒂
艺术并非你想的那样　[美]唐纳德·普雷齐奥西　[美]克莱尔·法拉戈
艺术批评入门:历史、策略与声音　[美]克尔·休斯顿

当代逻辑理论与应用研究系列

重塑实在论:关于因果、目的和心智的精密理论　[美]罗伯特·C.孔斯
情境与态度　[美]乔恩·巴威斯　约翰·佩里
逻辑与社会:矛盾与可能世界　[美]乔恩·埃尔斯特
指称与意向性　[挪威]奥拉夫·阿斯海姆
说谎者悖论:真与循环　[美]乔恩·巴威斯　约翰·埃切曼迪

波兰尼意会哲学系列

认知与存在:迈克尔·波兰尼文集　[英]迈克尔·波兰尼
科学、信仰与社会　[英]迈克尔·波兰尼

现象学系列

伦理与无限:与菲利普·尼莫的对话　[法]伊曼努尔·列维纳斯

新马克思阅读系列

政治经济学批判:马克思《资本论》导论　[德]米夏埃尔·海因里希

西蒙东思想系列

论技术物的存在模式　[法]吉尔贝·西蒙东

Antoine COMPAGNON
Le démon de la théorie
Copyright © Editions du Seuil, 1998
Simplified Chinese Edition Copyright © 2016 by NJUP
All rights reserved
江苏省版权局著作权合同登记　图字:10-2017-101 号

图书在版编目(CIP)数据

理论的幽灵:文学与常识/(法)安托万·孔帕尼翁著;吴泓缈,汪捷宇译.— 南京:南京大学出版社,2017.6(2024.5重印)
(当代学术棱镜译丛/张一兵主编)
ISBN 978-7-305-18569-4

Ⅰ.①理… Ⅱ.①安… ②吴… ③汪… Ⅲ.①文学理论—理论研究 Ⅳ.①I0

中国版本图书馆 CIP 数据核字(2017)第 097032 号

出版发行	南京大学出版社
社　址	南京市汉口路 22 号　邮　编　210093
丛 书 名	当代学术棱镜译丛
书　名	理论的幽灵:文学与常识
	LILUN DE YOULING: WENXUE YU CHANGSHI
著　者	[法]安托万·孔帕尼翁
译　者	吴泓缈　汪捷宇
责任编辑	张　静
照　排	南京南琳图文制作有限公司
印　刷	南京爱德印刷有限公司
开　本	635 mm×965 mm　1/16 开　印张 19.25　字数 271 千
版　次	2017 年 6 月第 2 版　印次 2024 年 5 月第 5 次印刷
ISBN 978-7-305-18569-4	
定　价	52.00 元

网址:http://www.njupco.com
官方微博:http://weibo.com/njupco
官方微信号:njupress
销售咨询热线:(025) 83594756

* 版权所有,侵权必究
* 凡购买南大版图书,如有印装质量问题,请与所购
　图书销售部门联系调换